주
말
여
행

문지클래식 8 / 소설집

주말여행

초 판 1쇄 발행 1976년 1월 10일
초 판 4쇄 발행 1985년 5월 30일
재 판 1쇄 발행 2006년 3월 9일
 3 판 1쇄 발행 2020년 7월 15일

지 은 이 홍성원
펴 낸 이 이광호
주   간 이근혜
편   집 조은혜 최지인 이민희 박선우
펴 낸 곳 ㈜문학과지성사
등록번호 제1993-000098호
주   소 04034 서울 마포구 잔다리로7길 18 (서교동 377-20)
전   화 02)338-7224
팩   스 02)323-4180(편집)   02)338-7221(영업)
전자우편 moonji@moonji.com
홈페이지 www.moonji.com

ⓒ 홍성원, 1976, 2006, 2020. Printed in Seoul, Korea

ISBN 978-89-320-3753-0 03810

이 도서의 국립중앙도서관 출판예정도서목록(CIP)은 서지정보유통지원시스템 홈페이지
(http://seoji.nl.go.kr)와 국가자료공동목록시스템(http://www.nl.go.kr/kolisnet)에서
이용하실 수 있습니다. (CIP제어번호: CIP2020027322)

문지
클래식

지
식

8

홍성원

주말여행

소설집

문학과지성사

늪

"선생님 안녕!"

차가 구르기 시작한다. 소녀가 차창에 이마를 대고 이쪽을 향해 손을 흔든다. 창호지처럼 창백한 얼굴. 그러나 그 하얀 얼굴은 이내 차창에서 사라진다. 그리고 잠시 소음이 들린 후 소녀를 실은 차까지 사라진다.

"날씨가 춥죠?"

"아, 그렇군요."

나는 여대생의 시선을 좇아 골목에 갇힌 좁은 하늘을 올려다본다. 맑은 하늘이다. 땅 위는 이렇게 떠들썩한데 하늘은 시침을 떼듯 너무 푸르고 무심하다.

"댁이 어디세요?"

여대생이 앞서 집 앞을 떠나며 억눌린 목소리로 말을 걸어온다.

"청량리 쪽입니다."

"저와 같은 방향이군요."

"어디죠, 댁은?"

"홍릉."

시멘트 타일이 깔린 좁은 골목길에 여대생의 하이힐 굽소리가 유난히 크게 울린다. 나는 여인들의 하이힐 굽소리를 언제부턴가 사랑하기 시작했다. 어느새 그것들은 이웃집 옥상의 빨랫줄에 걸린 여인들의 내복만큼 신비롭고 흥미롭다. 나는 이제 여인들의 모든 것을 시시콜콜히 알고 싶은 이십대가 된 것이다.

"댁은 참, 페이가 얼마예요?"

"만 5천 원."

"아."

"댁은 얼마죠?"

"적어요. 댁보다."

댁, 댁. 구차스러운 대명사다. 우리 국어에는 왜 이렇게 옹색한 대명사밖에 없는 것일까? you는 얼마나 간편한가. 대통령도 you, 사기꾼도 you, 아버지도 you, 공산당도 you……

"저보다 꼭 5천 원이 많군요."

"뭐요?"

"댁의 보수가 제 보수보다 5천 원이 더 많다는 말씀이에요."

"그렇습니까?"

여대생은 아무 말 없이 골목길 모퉁이에 걸린 미장원 간판을 올려다본다. 같은 집에서 가정교사를 하는데 그녀는 나보다 5천 원을 적게 받는다. 5천 원이 적어서가 아니라, 그 안에 숨겨진 미지의 곡절이 궁금하다.

"댁은 언제부터 이 집에서 머슴살이 일을 했죠?"

"넉 달 조금 못 됐어요."

가정교사라는 것은 여유가 있을 때는 그런대로 참을 만한 부업이다. 그러나 등록금을 보탠다거나 하숙비를 마련하기 위해 꼭 해야 하는 불가피한 작업일 경우에는 그것은 이미 여유가 아니고 지긋지긋한 시간제 머슴살이이다.

"고용 시간은 몇 시간이죠?"

"한 시간."

"전 한 시간 반입니다."

"결국 반 시간이 5천 원의 차이군요."

"그런 것 같습니다."

우리는 골목에서 좀더 밝은 큰길로 나온다. 해가 막 지고 있어서 우리들의 그림자가 길바닥에 길게 누워 있다. 여대생은 큰길로 나오자 조금쯤 긴장한 몸짓을 보인다. 그녀는 첫눈에 보기에도 서울 출신은 절대로 아니다. 그러나 그녀의 얼굴 생김새와 다리만큼은 아무리 에누리를 해도 절대로 근사하다. 나는 이 여대생과 좋은 인연을 맺고 싶다. 제발 그녀에게 하니라고 불리는 너절너절한 놈팡이가 없었으면 좋겠다. 하지만 아마 이 여대생에겐 이미 그런 종류의 놈팡이가 차례를 기다리듯 줄줄이 늘어서 있을 것이다. 나는 그런 놈팡이들을 학교 강의실과, 중국집 칸막이 방과, 영화관 구석 자리와, 후미진 골목길에서 자주 보아왔다. 여인들의 가방이나 열심히 들어주는 그런 놈팡이들은 하나같이 골통이 빈 너절한 속물들이다. 그들은 데모에 앞장을 서기도 하고, 어떤 서클의 회장도 하고, 바둑 5급에 당구는 3백쯤 치고, 1년에 한두 번씩 모이는 산

악회나 봉사단 회원이고, 때 없이 술을 잘 사고, 족보에도 없는 춤으로 분위기를 잘 이끌고, 가끔 누군가에게 직사하게 얻어터지기도 하고, 때로는 또 누군가를 팬 뒤 한 달포쯤 종적을 감추기도 한다. 한데 왜 모든 젊은 여자들은 이런 속 빈 건달들을 좋아하는 것일까? 왜 나 같은 진지한 놈에게는 예쁜 여인들이 달려들지 않는 걸까?

"댁은 참 무슨 과에 다니시죠?"

"국문괍니다."

"아, 국문과······"

"원래 전 문학에 소질이 있었습니다."

"그래요?"

"제가 문학에 소질이 있다는 건 저보다 제 고등학교 담임 선생이 먼저 발견했죠."

"그래서요?"

"그런데 전 고등학교 선생보다 좀더 큰 발견을 했습니다."

"무슨 발견이죠?"

"고등학교 선생님이 틀렸다는 발견이죠. 전 문학에 소질이 없더군요."

여대생은 웃기 위해 눈썹을 조금 꿈틀한다. 그리고 잠시 망설이더니 여대생이 갑자기 소리 내어 웃기 시작한다. 그래서 별로 우습지는 않지만 나도 그녀를 따라 웃는다. 그러나 곧 우리들의 웃음은 엉뚱한 방해에 부닥친다. 어느새 우리는 다른 골목길로 접어들어 시청 표지의 마크가 달린 푸른색 특장차(特裝車) 옆을 빠르게 지나가고 있다. 잠시 숨을 멈췄는데도 분뇨 냄새가 악착스레 우리들의 뒤를 따라온다. 우리는 분뇨차의 악취를 막기 위해 피차 코까지는 막지 않는다. 나는 그러나 나와 동행 중인 여대생이 자기 폐공(肺空)에 분뇨의 악취를 1입방센티도 넣지 않기 위해, 분뇨차를 완전히 지나칠 때까지 숨을 전혀 들이쉬지 않고 있다는 것을 알고 있다. 잠시 후 악취권에서 벗어나자 그녀가 드디어 견골이 움푹 파일 정도로 숨을 크게 들이마신다. 나는 여대생이 무안하지 않도록 먼 육교 쪽을 바라보며 무심하게 입을 연다.

"댁은 참 피아노를 언제부터 전공하셨습니까?"

"소학교 2학년 때부터요."

"댁에 그럼 피아노가 있었습니까?"

"그즈음엔 있었어요."

피아노는 냉장고나 자가용만큼 필요한 물건이다. 그러나 그것은 언제부턴가 우리의 사회적 지위의 고하를 상징하는 물건이 되어버렸다. 그것은 피아노나 냉장고의 잘못은 아니다. 나는 약간의 질투를 느끼며 여대생에게 다시 묻는다.

"피아노가 예전엔 있었는데 지금은 없다는 건 댁의 집안 형편과도 관련이 있겠죠?"

"물론이에요."

"제 집엔 옛날이나 지금이나 피아노가 없었고 없습니다."

"그게 저와 무슨 상관이죠?"

"상관이 있습니다. 댁은 있었는데 없어져서 피아노에 별로 미련이 없지만 전 애초부터 없었기 때문에 피아노에 동경과 미련이 많습니다."

여대생이 눈살을 찌푸리며 나를 힐끗 돌아본다. 그러나 그것은 나를 비난하기 위해서가 아니고 노을빛이 정면으로 비쳐 눈이 부셨기 때문이다. 나는 갑자기 이 여대생이 오늘 저녁에는 아무 일도 없어서 나와 함께 죽 있어주었으면 하고 마음속으로 희망한다. 만일 여대생이 느닷없이 머리가 돌아서 나를 따라 여관방에까지 동행해주는 기적은 일어나지 않을까?

"우리 고용주는 무척 부자예요."

여대생이 문득 나를 향해 싸울 듯이 말한다.

"그래요?"

"댁은 술을 좋아하시나요?"

"예."

"댁은 오늘 첫 페이를 탔어요. 그것도 저보다 5천 원이나 많이……"

"제 잘못은 아니죠. 더구나 돈은 많을수록 좋은 거고……"

"댁은 그 돈으로 뭘 하실 작정이죠?"

"저는 돈에 원한이 있습니다. 그래서 이런 어중간한 돈은 뭘 해야 좋을지 모르겠습니다."

"어떤 원한이죠, 돈에 대한 원한은?"

"제게는 지금 약 백만 원가량의 돈이 필요합니다. 만일 지금 그 백만 원이 저한테 생긴다면 저는 그 돈을 한 푼도 낭비하지 않을 것입니다. 그러나 이런 어중간한 돈은 백만 원에 비하면 너무 적고 대폿값에 비하면 너무 큽니다. 그래서 전 이런 돈이 생겼을 때 돈 쓰기가 가장 어렵고 난처합니다."

"제가 그럼 댁의 돈을 훌륭히 쓰는 방법을 알려드릴까요?"

"뭐죠, 댁의 방법은?"

"그 돈으로 우리 고용주를 성토하는 술좌석을 만드는 거예요."

"고용주요?"

"네."

여대생이 고개를 꼿꼿이 세운 채 소머리표 마가린의 광고를 바라본다. 나는 이런 여대생의 표정을 그 집에 고용된 첫날 응접실에서도 잠깐 본 기억이 있다. 그녀는 나와 반 시간 차이로 그 집의 외딸인 미나의 피아노 레슨을 지도하고 있다. 내가 미나에게 가르치는 과목은 오직 영어 한 과목뿐이다. 미나는 올해 겨우 아홉 살인 소학교 3학년생의 예쁜 계집애다. 나는 왜 미나의 부모들이 미나에게 벌써부터 영어를 가르쳐야 한다고 생각했는지 알 수가 없다. 특히 나는 미나의 어머니, 마치 18세기 인상파 화가들이 즐겨 그린 귀부인들처럼 뽀얗게 살이 찐 미나의 어머니에게서, 내가 미나를 가르치는 5시 반부터 7시까지는 미나에게 일체 영어로만 말해야 한다는 엄명을 받았다. 그리고 그 뽀얀 부인의 엄명은 꼭 한 달 동안 충실히 지켜졌다. 그러나 오늘은 그 미나가 TV 어린이 프로에 출연하기 위해 방송국으로 차를 타고 가버렸다. 그래서 나와 여대생은 각각 일거리를 잃어버렸고, 마침 페이를 타는 날이어서 우리는 모처럼 같은 시간에 미나의 집을 떠나오게 된 것이다.

해삼 장수의 물투성이 손수레가 순경들에게 쫓겨 골목 안으로 들어온다. 나와 여대생은 손수레를 피해 빠른 걸음으로 골목을 빠져나온다. 골목과 맞닿은 큰길의 횡단보도에 갈 길이 바쁜 많은 사람들이 웅기중기 초록 불을 기다리고 있다. 우리도 그들과 어깨를 부딪치며 우두커니 서서 초록 불을 기다린다. 신호등은 고장이 나지 않았나 싶어 조바심이 날 즈음 초록 불로 바뀐다. 우리는 별로 바쁘지 않았지만 남들처럼 바쁜

척 횡단보도를 건너간다. 여대생이 번화가인 M동 거리로 휘어지며 나를 힐끗 돌아본다.

"댁은 집이 서울인가요?"

"아뇨, 제 집은 시골에 있습니다. 현재는 셋방에서 혼자 자취를 하고 있죠."

"혼자?"

"예, 혼자."

"저도 자취를 하고 있어요."

나는 문득 이 여대생의 자취방을 상상해본다. 아마 그녀의 좁은 방에는 베토벤이나 토스카니니의 사진이 압핀에 찔려 벽 한 곳에 걸려 있을 게다. 그리고 몇 권의 교과서와 주간 잡지들이 밥상 겸 책상에 쌓여 있을 것이고, 부엌에는 닭표 간장과 라면 포장지, 연탄집게, 플라스틱 양동이, 그러고는 시골집에서 막 돈이 왔을 때 '기분'으로 사놓은 미제 소시지가 남아 있을지도 모른다.

"혼자 자취를 하는 경우 남자들은 주로 무슨 찬을 장만하죠?"

"돈이 올라온 일주일 동안은 주로 인스턴트 찬을 먹습니다."

"라면이나 통조림 같은 것 말씀이죠?"

"예."

"돈이 떨어진 경우는?"

"그때도 역시 인스턴트입니다."

"어떻게요?"

"전 돈이 떨어진 경우에는 전당포를 찾아갑니다."

"전당포!"

외치듯 짧게 말하고 여대생은 갑자기 입을 다문다. 전당포를 처음 찾았을 때의 기분을 나는 결코 잊을 수가 없다. 드디어 나도 소설이나 영화의 주인공이 된 듯한 기분이었다. 『죄와 벌』의 라스콜리니코프는 가난한 대학생의 영웅이다. 그러나 대머리 전당포 주인과 밀고 당기는 홍정이 시작되면서 나는 이내 머릿속에서 낭만의 흔적을 지워야 했다. 우리 동네 벽돌집 전당포는 낭만과는 아예 머나먼 곳이었다.

"저 오늘 폐가 안 된다면 댁과 함께 한잔하고 싶은데요?"

"예?"

나는 하마터면 여대생을 향해 꽥 소리를 지를 뻔했다. 그러나 나는 꽥 소리 대신에 여대생을 향해 정중히 말한다.

"할 일이 좀 있습니다만 댁이 정 원하신다면……"

여대생은 그럴 것으로 미리 알고 있었다는 듯 내 대답의 찬부(贊否)에는 전혀 개의치 않는 듯한 표정이다. 나는 가슴이 터질 것 같은 황홀한 기분을 억누르면서 여대생과 어깨를 부딪치며 나란히 어느 대폿집으로 들어간다.

우리가 찾아든 대폿집은 시간이 이른 탓인지 손님들이 생각보다 많지 않다. 일류 대학이기 때문에 교복을 잘 입고 다니는 S대학 학생이 세 명, 라이반 갑을 허리띠에 찬 카키복 차림의 ROTC 소위 두 명, 이거 우리 잘못 들어오지 않았나 하는 듯한 표정의 사십대 중년 두 명, 간단히 한잔만 빨고 가자는 듯 카운터 앞 둥근 의자에 앉은 알로하셔츠 차림의 청년 두 명, 그리고 마치 애인이나 되는 듯이 약간 우쭐해서 나타난 우리들이 전부였다.

우리는 담뱃불로 검은 점이 숭숭 파인 구석 자리의 술상 앞에 앉았다. 여대생은 손에 들었던 『코르위붕겐』을 술상 위에 놓았고 나는 주머니를 뒤적여 파고다 담뱃갑을 꺼내놓았다. 여대생이 내 어깨 너머로 벽에 붙은 빨간 글씨의 메뉴판을 살피는 듯했다. 나는 그녀의 검은 눈 속에 낙지볶음, 대합탕, 생두부, 홍어회 등의 안주가 마치 해부대 위에 진열해놓은 어느 소동물의 내장처럼 퍽 현란하게 떠오르고 있음을 알 수 있다. 그녀가 이제 결정했다는 듯 나를 향해 상냥스레 말한다.

"술은 역시 막걸리가 좋겠죠?"

"예."

"전 안주로 미역무침을 하겠어요. 댁은 뭘 좋아하시죠?"

"빈대떡을 택했습니다."

"댁은 그럼 빈대떡 말고는 모든 안주를 싫어하시나요?"

"무슨 뜻이죠?"

"댁은 빈대떡을 택했다고 했어요. 한데 여러 가지 안주 중에서 빈대떡 하나를 택한다는 것은 빈대떡 이외의 모든 안주를 댁은 싫어한다는 뜻이 아닌가요?"

"하지만 안주는 여러 종류고 전 그것을 전부 다 먹을 수는 없지 않습니까?"

"그래요, 전부 다는 먹을 수 없어요. 그러나 다른 안주도 싫어하시는 건 아니잖아요?"

"물론입니다."

"그렇담, 댁은 택한 게 아니에요. 그냥 빈대떡을 하고 싶다는 뜻이었어요."

나는 차츰 우리들의 대화가 이상하게 발전하는 것을 깨닫기 시작한다. 그러나 나는 그런 분위기가 어쩐지 오늘따라 대단히 기분 좋게 느껴진다. 그래서 나는 여대생 쪽이 먼저 그런 분위기를 깨뜨리기 전에는 절대로 내가 방정을 떨어서 그런 분위기를 헝클지 않으리라 마음속으로 작정한다.

우리는 곧 손등이 물에 불어서 허옇게 핀 대폿집 소녀에게 빈대떡 두 장과 미역무침 한 접시와 막걸리 한 되를 주문한다. 술과 안주가 도착하자 여대생이 다시 입을 연다.

"댁은 우리 고용주 집안이 어떤 집안인지 알고 계세요?"

"모릅니다."

"그 집은 돈이 너무 많기 때문에 자기 외동딸을 학대하고 있어요."

"미나를 말입니까?"

"네."

"돈은 편리한 물건입니다. 학대하고는 거리가 멀죠."

"그렇지 않아요. 돈은 적당히 있을 때만 사람에게 편리를 제공해요. 돈이 아주 많을 때와 아주 없을 때는 같은 비중으로 사람을 괴롭혀요."

"같은 비중은 아닐 테죠. 역시 많은 쪽이 덜 괴롭겠죠."

"미나는 지금 댁과 내가 결정적으로 학대하고 있어요."

"우리가 말입니까?"

"지금 미나에게 가장 필요한 건 댁과 내가 내일부터 당장 가정교사를 그만두는 일이에요."

"어떻게 하시는 말씀이죠?"

"그 애는 이제 겨우 아홉 살이에요. 그런데 댁과 나한테 피아노와 영어를 배워야 하고, 저녁 전에는 헬스클럽의 수영장에 가야 하고, 잠들기 전에는 요구르트와 비타민을 먹어야 하고, 가난한 이웃 동네 아이들과는 함께 놀지 말아야 하고, 새벽에는……"

"아아, 알겠습니다. 우린 미나를 각종 속박에서 해방시켜야 된다는 거죠?"

"그래요. 아홉 살 난 꼬마들에게는 무릎이 깨질 권리가 있어요."

"무릎이 깨질?"

"뛰어놀다가 무릎도 깨지고, 찬 곳에서 놀다가 독감에도 걸리고……"

"줄넘기를 하다가 다리도 분지르고?"

"용변이 급할 때는 팬티도 적시고……"

"불장난을 하다가 집도 태워 먹고?"

"그래요. 미나는 아홉 살이에요. 아홉 살 꼬마에게는 자기 나름의 세계가 필요해요."

"한데 그 집 부모들은 그 애를 애로 키우지 않고 사나운 맹수를 길들이듯 돈으로 칭칭 얽어맸군요?"

여대생이 대답 대신 나를 향해 코를 찡긋한다. 나는 그녀의 코 찡그림이 우리들 사이의 암호임을 알고 있다. 그것은 우리가 몇 번 만나지 않았지만 지금 제법 의기가 투합하고 있다는 고무적인 신호다. 이 신호가 계속되는 한 우리는 피차 경계할 필요가 없다. 나는 여관에 같이 가자고 했을 때도 그녀가 서슴없이 코를 찡긋해주었으면 하고 바란다. 그러나 아마 그런 결정적인 순간에는 이 여대생도 안면을 싹 바꾸리라. 그녀는 아마 나를 향해 사나운 개처럼 으르렁거리리라. '날 뭘로 본 거예요? 난 창녀가 아니에요!'라고.

"댁은 역사상 계급과 인종과 종교를 초월해서 사람들이 혼연일체로 뭉치는 예를 보셨어요?"

"그런 일은 있을 수 없죠. 인간은 둘 이상만 모여도 한데 뭉칠 수가 없습니다."

"아뇨, 한 가지 예외는 있어요. 가난한 사람들이 부자를 공격할 때요."

"아……"

하고 나는 잠시 멈췄다가 다음 말을 꿀꺽 삼킨다. 내가 하려던 다음 말은 '그건 공산당의 말'이라는 것이다. 아무 잘못도 없는 부자들을 공산당은 무조건 미워한다. 공산당의 미움을 사지 않기 위해서는 우리는 무조건 가난해야 한다. 동급생 대학 친구들의 대화에 끼기 위해 나는 여러 권의 마르크스를 읽었는데 그의 저작들의 근본 요지는 가난은 선(善)이고 부는 악(惡)이라는 것이었다.

"자, 한잔."

여대생이 문득 내 잔에 술을 따른다. 그리고 갑자기 엉뚱한 질문을 한다.

"댁은 신문이나 잡지에 나오는 퀴즈 풀이 같은 것 좋아하세요?"

"예, 좋아합니다. 특히 학기말 시험이 내일모레로 박두했을 때는……"

"왜 하필 시험 때예요?"

"시험 공부는 죽어라 하기 싫고, 시험 범위는 무지하게 넓어서 도대체 어디부터 착수해야 좋을지 모를 때 전 에라 모르겠다 하는 기분으로 아주 열심히 퀴즈를 풀곤 합니다."

"전 세상의 모든 진리가 퀴즈 같다고 생각해요. 제가 직접 경험하지 않은 일은 모두 진리가 아니라고 믿고 있어요."

"저도 댁과 동감입니다. 한데 댁은 어떤 진리를 경험하셨죠?"

"술통이 언덕 위에서 언덕 밑으로 구른다는 것은 제 경험에 비추어 볼 때 틀림없는 진리였어요."

"정상적인 사람의 눈은 반드시 눈썹 위가 아니고 눈썹 밑에 있다는 것도 진리입니다."

"자하문 밖의 자두는 반드시 자하문 밖의 자두나무에서만 딸 수 있다는 것도 진리였어요."

"제 성이 김가라는 것은 제가 직접 확인한 진리입니다."

"뭐라구요?"

하고 여대생이 갑자기 나를 힐난하듯 돌아본다.

"댁은 댁의 진짜 성이 김가라고 정말 확신할 수 있어요?"

"확신합니다. 제 아버지가 김가이고 제 할아버지도 김가였으니까요."

"댁의 아버지나 할아버지가 김가라는 것과 댁의 성이 김가라는 것과는 상관이 없어요."

"어째서 그렇죠?"

"댁이 처음 생명체로 생겨날 즈음에는 정충이나 난세포에 불과했어요. 따라서 댁의 진짜 성을 당시의 댁은 알 수가 없어요."

"그럼 제 성은 김가가 아닙니까?"

"그건 저도 알 수가 없어요. 그걸 진짜로 아는 사람은 세상에 오직 댁의 어머니뿐이에요."

나는 여대생을 벙벙히 쳐다보며 잠시 그녀의 말이 대수로운 뜻이 아니라는 것을 깨닫는다. 내가 더 이상 아무 말도 하지 않자 여대생이 맥 빠진 얼굴로 자기 잔에 술을 따른다.

"우리는 학교나 선배에게서 배운 진리 중에 여러 가지가 실제 경험상 형편없는 거짓이며 야바위라는 걸 알고 있어요."

여대생의 말에 동의하는 뜻으로 나는 고개를 끄덕인다.

"저도 그런 예를 많이 알고 있죠."

"어떤 거죠, 댁의 예는?"

"세상에서는 젊은 사람들이 결혼 전에 성교를 해서는 안 된다고 가르칩니다. 그런데 우리는 성교를 하고 싶고, 성교하면 안 된다고 하기 때문에 골방에서 자위행위를 할 수밖에 없습니다. 그러나 세상에서는 자위행위까지도 건강에 나쁘다고 조심하라고 경고하고 있습니다. 우린 결국 성교도 할 수 없고, 자위행위도 할 수 없으니 그 욕망을 없애기 위해서는 그것에 가위질을 할 수밖에 없습니다."

"우린 또 모든 모성애는 신성하다고 배웠어요. 하지만 어떤 여자가 정당한 절차나 전통적인 예식을 저버리고 가령 호텔방에서 사생아를 낳았을 경우 그 여자는 자기가 어머니임에도 불구하고 그 아이를 침대 밑 휴지통에 버리고 가는 수가 있어요. 세상에서 가장 숭고하다고 찬양되는 모성애도 출산 경위만 약간 다르면 대개 이런 정도에 불과해요."

"우리는 또 우리 세대가 인류 역사상 가장 큰 위기에 직면해 있고, 불행하고 절망적이며 부도덕한 세대라고 알고 있습니다. 그런데 우리의 아버지나 우리의 할아버지들은 우리 세대는 아무것도 아니고 진짜로 괴로웠던 세대는 당신들의 젊은 시절이었다고 말하고 있습니다."

"전 또 한강 철교에서 막 투신하려는 사람을 보았을 때 '잠깐만 참으시오'라고 말해야 된다고 들었어요. 하지만 전 그런 때 '어서 뛰어내리세요'라고 독촉을 해야 된다고 생각해요."

"댁은 자살을 찬양하십니까?"

"아뇨, 저도 자살은 싫어해요. 전 다만 그 사람이 '남이야 뛰어내리거나 말거나 네가 무슨 상관이냐' 하고 화를 내도록 해야 된다고 생각했어요."

우리는 한동안 마주 보다가 정신없이 웃기 시작한다. 우리는 우리의 정신없는 웃음이 아무 뜻 없는 웃음임을 알고 있다. 그러나 그것은 뜻이 없기 때문에 조만간에 그쳐질 웃음이 아니다. 그래서 나와 나의 상대는 경쟁이나 하듯이 계속해서 노동하듯 웃고 있다. 여대생이 드디어 눈물을 글썽이며 이제 그만 웃을 때도 됐다는 듯 나의 빈 잔에 술을 따른다. 나는 내 술잔을 향한 채 다시 그녀의 질문을 받는다.

"댁은 10년 후의 댁의 모습을 현재 시점에서 상상할 수 있어요?"

"있을 것 같습니다."

"전 제가 10년 후에 콜걸이 되어 있지나 않을까 가끔 상상해보곤 해요."

"왜 하필 콜걸이죠?"

"전 소학교에 다닐 때는 잔 다르크가 되고 싶었어요. 그리고 중학교에 다닐 때는 음악가의 부인이 되고 싶었어요. 그리고 고등학교에 다닐 때는 은행장 부인이 되고 싶었고, 대학에 막 입학했을 때는 건축기사 부인이 되고 싶었어요. 그런데 현재 2학년이 되자 아무의 부인도 되고 싶지 않아요. 이렇게 한없이 하향 지망만 계속하다 보면 전 졸업할 무렵에는 콜걸로 낙착될 것 같아요."

"전 제가 삼십대가 되면 장가를 가게 될 것이고, 냉장고 월부 돈을 지불해야 될 것이고, 내 마누라를 제외한 모든 여자가 예뻐 보일 테고, 우리 집과 회사 사이를 하루에 한 번씩 왕복하게 될 겁니다."

"걸어서 말인가요?"

"걷거나 타거나 상관없습니다. 전 다만 생선 장수가 갓 잡은 생선에 소금을 뿌리듯이 제 집과 회사 사이에서 일생을 샛노랗게 절여가며 살 것 같습니다."

"그건 틀림없는 우리들의 비극이죠?"

"예, 그런데 우리들이 우리들의 장래를 예견할 수 있다는 게, 그 비극보다 더 큰 비극입니다."

"아아, 그래요. 우리들은 지금 미래를 예견할 수 있는 위대한 시대에 살고 있어요."

"위대한 시대를 위해!"

"좋아요, 우리 시대를 위해!"

우리는 술 한 되를 다 비우고 다시 한 되를 시켰으나 그것은 반도 못 마시고 두 시간 만에 대폿집을 나왔다. 밖은 한낮의 모든 열기가 눅눅하게 식어 있었고, 모든 상점가 건물들의 창구에서 몇 제곱미터의 어둠들을 밝히고 있었다.

우리는 높은 빌딩에 갇힌 좁은 골목길을 묵묵히 걸었다. 우리가 걷는 골목길 양쪽에는 양장점, 구둣방, 카바레와 미장원이 있었고, 다시 약 백 미터쯤 올라가자 양장점, 구둣방 등 비슷한 점포들이 반복되었다. 여대생이 심하게 딸꾹질을 하며 내게 다시 말을 걸어왔다.

"댁은 다방을 좋아하세요?"

"별로 좋아하지 않습니다."

"댁은 그렇다면 여태까지 연애나 데이트를 못 해보셨군요?"

"어떻게 그렇다고 단정하시죠?"

"우리 선배들은 우리들이 왜 다방에만 죽치고 있느냐고 우리들을 못마땅하게 생각하죠. 한데 우리들이 애인의 손이라도 잡을 곳은 온 시내를 통틀어서 다방밖에 더 있어요?"

나는 이 여대생이 차츰 재미없게 되어간다고 생각한다. 그녀는 내가 예측한 대로 어떤 너절한 놈팡이 녀석이 있는 모양이다. 나는 그 너절한 놈팡이가 그녀를 여관에까지는 끌고 가지 않았기를 희망한다. 아니, 여관까지는 끌고 갔더라도 그녀가 완강히 저항하여 마지막 그것만큼은 허락하지 않았기를 희망한다. 그러나 내가 만일 어떤 여자의 애인이 되어서 그녀를 여관방이나 중국집 칸막이 방까지 데리고 갔다면 나는 그녀를 열심히 구슬려서 기어코 그것을 빼앗고야 말 것이다.

만일 그녀가 주려 하지 않으면 나는 완력을 동원해서라도 기어코 그녀에게서 그것을 빼앗으리라. 내가 폭력을 동원해서까지 그것을 빼앗으려 하는 이유는 그것을 반드시 빼앗고 싶다는 단순한 욕망에서만은 결코 아니다. 만일 내가 우물쭈물하여 그것을 진작 빼앗아놓지 못한다면 나 이외의 어떤 잽싼 녀석이 나보다 더 교활한 방법으로 그것을 슬쩍 가로챌지도 모르기 때문이다. 아아, 왜 세상의 모든 여자들은 그것을 그렇게 쉽게 도둑맞거나 강탈당할까? 그것은 마치 18세기의 아시아의 식민지와 흡사하다. '이곳은 내가 먼저 다녀간 땅이다. 그래서 내 것임을 증명하기 위해 이곳에 내 깃대를 꽂아둔다!'

"남자분들은 술집을 나온 뒤 대개 다시 어디로 가시죠?"

"우리는 한번 들어간 술집은 불가피한 경우가 아니면 결코 다시 나오지 않습니다."

"불가피한 경우란 뭐죠?"

"술집 문을 닫을 시간이 되었다든지 주머니에 돈이 떨어져서 시계를 끌러 주어도 모자라는 불가피한 경우죠."

"댁은 그럼 대학에 입학한 후 얼마 정도의 술을 마셨어요?"

"우리 용돈의 반 이상이 술집에 들어간 정돕니다."

"나머지 반의 용처는 어디예요?"

"당구장과 담배 가게와 라면을 파는 구멍가게 정도겠죠."

"우린 댁들과 약간 달라요."

"어떻게 다릅니까?"

"아이스크림과 극장 구경과 스타킹값들이 우리들의 용처예요."

"우린 결국 대학에 다니면서 이중의 공부를 한 셈이죠?"

"이중의 공부라뇨?"

"댁들은 몇 개의 스타킹 상표와 극장 프로를 외운 셈이고 우린 백조와 파고다 담배가 어떻게 맛이 다른가를 감식할 수 있게 되었으니까요."

여대생은 아무 말 없이 딸꾹질을 계속한다. 나는 우리들 앞을 걸어가는 어느 임산부의 짧은 다리를 바라본다. 그녀의 다리는 각기병 환자처럼 아래위의 구분 없이 공평하게 통통하다. 나는 그녀의 다리를 저렇게 만든 그녀의 배 속의 태아를 생각한다. 그리고 그 태아를 그녀에게 만들어준 어떤 사내의 그 짓을 할 때의 엉거주춤한 자세를 생각한다. 그 친구는 어쩌면 그 짓을 할 때 저 태아를 만들고 싶지 않았을는지도 모른다. 술에 취했거나 너무 조급해서 장화 신는 것을 깜박 잊었을는지도 모른다. 한데 그건 그렇다 하더라도 나라는 인간은 대체 어떻게 이 세상에 태어났을까? 혹시 내 아버지께서도 그날 몹시 취하시지 않았을까? 설마 하고 기대도 안 했는데 그게 재수 없이 내가 되어 태어난 게 아닐까?

길가의 어느 레코드 상점에서 이미자 노래의 첫 소절이 들려온다. 여대생이 무언가가 생각난 듯이 내게 생뚱맞은 질문을 한다.

"우린 아직 우리들의 얘기를 종결짓지 못하고 있어요."

"어떤 얘기 말이죠?"

"우리는 우리가 가르치는 미나를 내일 당장 해방시켜줘야 해요."

"하지만 우리가 가정교사를 그만둔다고 해서 우리 고용주가 외동딸의 교육을 포기할 가능성은 없지 않습니까?"

"그건 물론 댁의 말이 옳아요. 하지만 저한테 한 가지 비상수단이 있어요."

"어떤 수단이죠?"

"전 미나의 어머니가 오래전부터 가까이 하고 있는 어떤 청년을 알고 있어요."

"가까이 하고 있는?"

"그 청년은 댁이 고용되기 전에 바로 댁의 전임자였어요."

"아……"

"전 그 청년과 미나의 어머니가 목간통에서 열심히 실수하는 것을 우연히 봤어요."

"그건 실수가 아닐 테죠?"

"실수예요."

하고 여대생이 무자비하게 내 말을 무지른다.

"두 사람은 위험성에 대비해서 그 일에 좀더 조심성을 기울여야 했어요. 목간통 문을 안으로 걸어 잠그거나 형광등 정도는 끄고 할 수도 있었을 거예요."

"그럼 댁은?"

"……"

나는 너무나 흥분해서 한동안 아무 말도 할 수가 없다. 그리고 문득 뽀얗게 살이 찐 미나의 어머니를 머릿속에 떠올린다. 아아 그놈은 어떤 놈일까? 내 전임자란 놈은 대체 어떤 놈팡이일까?

"우리 오늘 그 청년을 찾아가요. 잘하면 그곳에서 미나의 어머니도 만날 수 있을 거예요."

"미나의 어머니를?"

"전 미나의 아버지가 오늘 오후 부산에 출장을 간 것을 알고 있어요. 그리고 그것을 알고 있기 때문에 미나의 어머니가 오늘 저녁에 유난히 즐거워했던 것도 알고 있어요."

나는 목구멍에 살구 씨가 걸린 듯 갑자기 목 주위가 딱딱하게 굳는 것을 깨닫는다. 어느 술꾼들이 우리들 앞에서 그것들을 꺼내 들고 용변을 보았으나 나는 이미 그런 것에는 아무런 관심도 없다. 여대생이 그 술꾼들을 황송한 듯이 피해 가고, 나는 여대생을 호위하듯이 술꾼들의 그것을 내 몸으로 가려준다.

"댁은 그럼 그 청년을 찾아가 어떤 얘기를 하실 셈이죠?"

"우리가 지금 찾아갈 상대는 남자가 아니고 여자예요. 우린 미나의 어머니를 만나서 미나의 여러 가지 구속을 풀어줘야 해요."

"그러나 만일 우리가 찾아갔을 때 그 사람들이 또 목간통에서 정신없이 실수 중이라면?"

"기다려야죠."

"목간통 밖에서?"

"네."

"댁은 그럴 용기가 있으십니까?"

"그런 걸 댁은 용기라고 부르나요?"

그렇다. 그런 건 용기가 아니다. 용기란 클린트 이스트우드가 영화 속에서만 보여주는 물건이다. 나는 요즈막 우리 주위에서 용기라는 것을 본 일이 없다. 우리에게 용기가 없는 것이 아니고 보여줄 기회가 없는 것이다.

M동이 끝나는 골목 어귀에서 우리는 잠시 걸음을 세운다. 좌석도 가끔 있는 좌석버스가 길게 우리들의 시야를 가로막고 있다. 카바이드 불을 단 땅콩 장수의 손수레가 부끄러움도 없이 좁은 보도에 버티고 있다. 나는 별안간 소변이 마려워서 잠시 옆에 선 여대생의 눈치를 살핀다. 만일 우리들의 목적지가 가깝다면 나는 그곳까지 소변을 참으리라. 그러나 그곳이 동대문 밖이라면 나는 어차피 지금 그것을 보아두지 않으

면 안 된다. 나는 어깨를 추스르고 우쭐대듯이 여대생을 돌아본다. 그녀는 마침 먹은 것이 불편한지 딸꾹질과 하품을 연거푸 하고 있다.

"지금 우리가 찾아가려는 청년의 집이 어디쯤이죠?"

"서대문 근처예요."

"저 잠깐 볼일이 있습니다. 이곳에서 잠시 기다려주시겠습니까?"

"어딜 가시게요?"

"급히 다녀올 장소가 있습니다. 불과 5분이면 충분합니다."

여대생이 문득 흰 이를 드러내고 내 옆으로 바싹 붙어 선다.

"저도 같이 가겠어요."

"어딘 줄 알고?"

"화장실."

우리는 서로 상대를 바라보고 아무 말 없이 활짝 웃는다. 그것은 마치 어린 악동들이 나쁜 짓을 들켰을 때 지어 뵈는 계면쩍은 웃음과 흡사하다. 나는 이런 종류의 웃음만이 진짜 웃음이라는 것을 알고 있다. 그러나 요즈막의 우리 주위에서는 이런 천진한 웃음들을 찾아보기 어렵다. 요즘에 우리가 자주 보는 웃음은, 콩을 팥이라고 우겨놓고 아닌 보살처럼 웃어 보이는 웃음뿐이다. 그래서 우리는 서글픈 마음으로 차라리 엎어지고 자빠지는 서영춘과 구봉서의 코미디를 좋아하고 있다.

우리는 번잡한 지하도를 통과해서 길 맞은편의 백화점으로 들어간다. 번화가에서 용변이 급할 때는 특히 백화점의 화장실이 편리하다. 나는 그것을 나 혼자만 알고 있다고 생각했는데 여대생도 이미 그런 것쯤은 상식이라는 듯한 표정이다.

백화점은 바야흐로 폐점을 하려 하고 있다. 가게를 지키던 많은 여자들이 귀가하기 위해 화장들을 하고 있다. 우리는 몇 개의 유리문과 몇 개의 점포와 몇 개의 통로를 거쳐 어렵게 화장실을 찾아 들어간다. 화장실에는 남자용 변기와 여자용 변기가 함께 있다. 남자들의 변기는 네 개가 있는데 그중에 두 개가 비어 있었고, 여자용 화장실은 두 개뿐인데 그 앞에 두 명씩의 여자들이 차례를 기다리고 있다. 나는 그녀들을 왼쪽 벽에 붙은 거울을 통해 볼 수 있다. 어떤 여자가 거울 속에서 급하다는 듯이 화장실의 문을 쾅쾅 두드린다.

"뭘 하세요, 다른 데는 벌써 두 사람이나 다녀 나왔어요."

문득 그 화장실 안에서 깜짝 놀랄 만큼 상냥한 목소리가 들려온다.

"미안해요, 변비예요."

나는 거울에서 눈을 돌리고 그 상냥한 목소리의 주인공이 어떤 여자일까 하고 생각한다. 그리고 그녀가 용변을 보면서도 저렇게 상냥히 말할 수 있다는 것에, 역시 사람은 동물과 다르구나 하고 진심으로 감탄한다.

잠시 후 우리는 백화점을 나와서 급한 듯이 택시를 집어 탔다.

우리는 서대문 로터리를 약간 지나 우산 가게와 낚시 도구 상점이 마주 보고 있는 어느 골목길 어귀에서 차를 내렸다. 골목길은 약간 비탈이 졌고 바닥에 네모진 시멘트 타일이 깔려 있다. 길 양쪽은 높은 담장들이 마치 성채처럼 우람하게 줄지어 있었고, 그것들은 너무 무겁게 철조망과 유리 조각과 쇠창살로 무장되어 있어서 내가 만일 솜씨 좋은 도둑이라면 한

번쯤 도전해보고 싶은 투지를 불러일으킬 것들이었다.

여대생은 택시를 내린 후 처음으로 내게 말을 걸어왔다.

"댁은 내가 그 청년의 집을 어떻게 알았는지 알고 싶지 않으세요?"

"실은 그게 무척 궁금했죠. 그러나 대답은 뻔한 게 아닙니까?"

"뻔하다뇨?"

"아마 그 친구도 오늘의 나처럼 댁과 함께 페이를 탔겠죠. 그리고 댁에게 임자가 없다면 한번 친해보고 싶다고 말했겠죠."

"댁도 그럼 저하고 친해보고 싶으세요?"

"뭐 전적으로 그렇지는 않습니다. 댁에겐 분명히 임자가 있을 테니까요."

"왜 댁은 저한테 애인이 있을 거라고 단정하시죠?"

"전 애인이 무척 갖고 싶습니다. 그리고 제가 애인으로 갖고 싶었던 여자들은 모두 임자가 있었습니다."

"모두가요? 모두가 그랬어요?"

"아니, 모두는 아닐 겁니다. 직접 확인하지 못했으니까……"

여대생이 고개를 다소곳이 숙이고 잠시 묵묵히 길바닥을 내려다본다. 길바닥에는 롯데 껌 껍질과 깨어진 활명수 병이 두어 개 굴러 있다.

"전 우리나라 남성들이 무척 불쌍하다고 생각해요."

"불쌍합니까?"

"댁들은 자랑거리가 하나도 없어요. 그래서 때로는 별걸 다 자랑하고 있어요."

"뭐죠, 우리의 자랑거리는?"

"우리나라엔 나폴레옹도 없고 셰익스피어나 록펠러도 없어요. 그래서 댁들은 어떤 권투 선수가 모처럼 세계 챔피언이 되었을 때 겨우 그 권투 선수 정도를 영웅이나 되는 듯이 좋아했어요."

"권투 선수 정도를?"

"네, 그 정도를."

"하지만……"

"하지만 댁들은 용기를 내야 해요. 애인이 갖고 싶으면 강간이라도 해야 돼요."

나는 그녀에게 대답을 해주는 대신 한쪽 발을 슬쩍 쳐들어 활명수 병을 힘껏 걷어찬다. 활명수 병은 저만치 굴러가서 벽에 부딪혀 산산이 부서진다. 여대생은 어쩌면 지금 나한테 변형된 애국을 설명하는지도 알 수 없다. 그러나 그것은 재수 없는 친구들이 너무 많이 입에 올려 떠들어서, 공중변소 오물통에 찔린 똥걸레처럼 더럽고 냄새가 난다. 그래서 요즘은 제대로 된 친구라면 아무도 공공연히 애국 이야기를 꺼내놓지 않는다. 우리들까지도 어느 날 불쑥 애국하고 싶은 마음이 들곤 하지만, 곧 슬며시 부끄러워져서 애국을 몰래 머릿속에서 내려놓는 것이다. 그런데 이 여대생은 부끄러움도 없이 애국 얘기를 공공연히 떠벌린다. 모든 뒤 책임은 여자들이 질 테니 남자들은 다시 용기를 내어 하고 싶은 대로 한번 해보라고 하고 있다. 아아 얼마나 슬프고 갸륵하며 헌신적인 애국의 방법인가?

여대생이 문득 나를 제지하고 어느 높다랗게 치솟은 층계 위로 올라가기 시작한다. 층계 위에는 뿌연 외등 밑에 녹슨 철제 대문이 우리를 내려다보고 있다. 여대생이 힐끗 나를 돌아보고 용기를 떨치듯이 대문을 쾅쾅 주먹으로 두드린다. 나는 층계 밑 쓰레기통에 기대어 선 채 어서 대문이 열리고 그 청년이 나타나기를 기다린다. 그놈은 대체 어떻게 생긴 녀석일까? 나보다 얼마나 잘생긴 얼굴일까?

"누구시죠?"

"저예요."

"저가 누구예요?"

"저 아랫방에 세 든 학생을 좀 만나러 왔어요."

"그 학생 집에 없는데요."

"어딜 갔죠?"

"글쎄요……"

"글쎄요에 갔나요?"

"뭐라구요?"

"전 지금 그 학생이 어딜 갔느냐고 묻고 있어요."

"그건 우리도 잘 몰라요. 누님이라는 어떤 부인과 벌써 두 시간 전에 집을 나갔어요."

"하나도 고맙지 않군요."

"네에?"

여대생은 이미 대문을 떠나 층계 밑까지 내려왔다. 내가 실망과 분함을 감추고 여대생을 막 위로하려 하자 여대생이 앞서 집 앞을 떠나면서 역시 분한 듯 낮게 입을 연다.

"틀렸어요, 아마 오늘 밤은 어느 호텔에서 본격적으로 실수를 하나 봐요."

"본격적으로?"

"네, 본격적으로……"

우리는 한동안 아무 말 없이 비탈길을 걸어 내려간다. 비탈길은 경사가 몹시 급해서 우리는 갑자기 허청허청 힘이 빠진다. 그리고 우리 몸에 힘이 빠지자 우리는 어느새 늘 경험하는 자포자기의 시큰둥한 기분으로 빠져든다. 여대생이 분함을 억누르듯 사나운 눈길로 나를 다시 돌아본다.

"지금 몇 시죠?"

"10시 반입니다."

"전 오늘 페이를 타면 고양이를 한 마리 살까 했어요."

"고양이를?"

"전 고양이의 오만이 좋아요. 주인을 우습게 아는 유일한 동물이거든요."

"하지만 그놈은 댁한테 일부러 오만한 체를 할지도 모르죠."

"폼으로 말인가요?"

"예."

"댁은 참 이번 페이로 뭘 하실 계획이었어요?"

"아령을 하나 살까 했습니다."

"아령을?"

"네."

"댁은 운동을 좋아하시나요?"

"아니 전혀 좋아하지 않습니다."

"한데 왜 아령을 사시죠?"

"제가 자취하는 주인집 아들이 최근에 엑스밴드를 하나

샀습니다. 그래서 저도 아령을 사서 그 친구에 대한 질투심을 달래볼까 생각하고 있습니다."

우리는 다시 대화를 잃었다.

비탈길 밑 큰길 쪽에서 사이렌 소리가 가늘게 들려온다. 나는 그 사이렌 소리가 문득 도시의 비명 같다고 생각한다. 서울은 지금 뚜껑이 닫힌, 한창 부패 중인 오만 잡고기의 내장이 담긴 젓 통이다. 한데 뒤섞인 채 통 안에 갇힌 내장들은 저마다 고유한 색깔로 열심히 부패하고 있다. 한데 그 젓 통을 지구라는 수레가 땀을 뻘뻘 흘리며 열심히 굴리고 있어서, 부패 중인 내장들은 메스껍고 어지러워서 저렇게 한목소리로 째지는 듯한 비명을 내지른다. 바빠서 아무도 듣고 싶지 않은데 저렇게 들어달라고 아우성을 치는 것이다.

"저 오늘 결심했어요."

"예?"

"댁은 아령을 사고 싶다고 했죠?"

"그렇습니다."

"우리 아령도 고양이도 말고 오늘 밤 한번 실수를 해보죠?"

"댁과 내가?"

"댁은 솔직히 말해서 여자가 무척 알고 싶은 나이예요. 그런데 저도 정직히 말하면 댁들이 무척 알고 싶어요. 우린 피차 상대가 알고 싶고 지금까지 고이 간직해온 매우 귀중한 몸의 장치도 가지고 있어요."

"댁은 그걸 장치라고 부릅니까?"

"그래요, 그건 즐거움을 동반한 매우 귀중한 생식 장치예요."

나는 여대생을 돌아본다. 그리고 그녀의 번쩍이는 눈빛이 새삼스레 역겨울 정도로 요염함을 깨닫는다. 그러나 나는 내부에서 아우성치는 욕심과는 달리 여대생의 요염한 눈길을 완강히 외면한다.

"그만두시죠."

"왜요?"

"우린 내일 또 같은 장소 같은 시간에 만나야 하지 않습니까?"

"내일 만나면 안 되는 이유라도 있나요?"

"댁은 오늘만 살고 내일은 자살할 계획이라도 있습니까?"

"그런 계획이 있어야 하나요?"

나는 비탈길을 내려가며 내 몸에서 다시 차근차근 힘이 빠지는 것을 느낀다. 그러나 내 몸에서 힘이 빠지자 그 빈자리를 다른 어떤 것이 도둑처럼 스며들어 채우는 것을 느낀다. 그것은 내가 아령을 하고 해구신을 먹어도 물리칠 수 없는 것이다. 권태는 내가 발짝을 뗄 때마다 큰북을 두드리듯이 차근차근 고조되고 있다.

나는 드디어 여대생을 외면한 채 스스로에게 타이르듯 느릿하게 입을 연다.

"오늘 우리들 사이의 얘기들은 모두 없었던 걸로 해두는 게 좋겠습니다. 굳이 우리들이 아니라도 다른 상대에게 똑같은 말을 했을 테니까요."

무전여행

유리문 밖 처마 밑에 걸린 붉은 헝겊이 바람을 받아 요란스레 펄럭인다. 바람은 우리가 이 마을 동구로 들어설 때부터 불기 시작했다. 좋은 날씨라고까지는 말할 수 없지만 우리가 화물열차에서 뛰어내릴 때의 날씨는 하늘에 구름이 서너 뭉치 떠 있는 외에 별로 신경이 쓰이지 않는 평범하고 편리하고 언제나 그런 7월의 날씨였다. 그러나 지금 유리문과 들창문이 꼭 닫힌 이 술집 안에서 내다보는 바깥 날씨는 그렇지 않다.

신문이나 라디오에서는 오래전부터 비 오기를 기다린다는 농부들의 걱정을 자기들의 걱정처럼 대신해주고 있다. 비가 와야 한다,라고 한 농사꾼이 우울하게 말한다. 그 옆에 서 있는 두 명의 낚시꾼, 류색과 라이반과 긴 낚시 가방을 휴대한 사십대의 낚시꾼들은 이 농부의 걱정스러운 물음에 갑자기 진지한 응답을 보낸다. 물론입니다, 비가 와야죠, 못자리가 바싹 말랐더군요. 못자리가 말랐다는 두 명의 낚시꾼은, 그러나 오늘만큼은 절대로 비가 오지 않을 것을 알고 있으며, 그것을 알고 있기 때문에 대단히 유쾌하다는 안도의 표정이다. 여행을 떠난 뒤에는 나도 늘 이 낚시꾼들과 같은 위장 표정을 하고 있다. 내가 여행을 하는 동안은 비가 오지 않을 것이며, 또 만일 비가 온다면 나는 지독한 고생을 겪으리라. 그러나 오늘은 그렇지 않다. 물기 머금은 바람이 구름을 짙게 몰고 오고 있고, 목이 긴 왜가리 떼들이 서쪽으로 분주히 날아가고 있기 때문이다.

"비가 올 것 같아" 하고 김(金)이 느릿하게 말을 건네온다.

"그래, 바람이 세군."

우리는 목로판이 마주 보이는 바른쪽 들창 가에 앉아 있다. 창문들을 모두 닫은 술집 안은 정체불명의 김이 서려 목간통처럼 무덥고 습하다. 우리가 들어올 때 목로판 저쪽으로 앉아 있던 술집 주인은 지금 칼을 손에 들고 무언가를 열심히 썰고 있다.

"술 한 되만 주시오" 하고 내가 주인에게 말을 건넨다. 그러나 주인은 내 말을 못 들은 듯한 표정을 하고 있다.

"술 한 되만 주시오" 하고 내가 다시 말을 건넨다. 주인이 손에서 칼을 놓고 나를 잠깐 마주 본다.

"술 없수."

"예?"

"술이 다 떨어져서 양조장으루 사람을 보냈수."

나는 술집 주인을 향해 아무 말 없이 빙긋 웃는다. 중년의 이 무뚝뚝한 사내는 이미 우리와 같은 손님들을 무척 많이 겪은 모양이다.

"술이 없다구요?" 하고 이번에는 김이 큰 소리로 주인에게 묻는다. 주인이 손에서 칼을 놓고 우리 쪽을 멍하니 바라보는 순간, 나는 다시 빙긋 웃으며 주머니에서 재빨리 꼬깃꼬깃한 백 원짜리 지폐 한 장을 꺼내 보인다.

"방금 부엌문이 열리는 것 같군요. 양조장에서 방금 술이 도착한 게 아닙니까?"

내 쪽으로는 아예 눈길도 주지 않고 술집 주인은 손에 든 칼을 내려놓고 목로판 뒤로 몸을 낮춘다. 우리는 이제 술집 주인의 머리가 다시 목로판 위로 솟을 때를 기다리면 된다. 술항아리에서 술 푸는 소리가 시원스레 들려오고, 곧 목로판 저쪽에서 주인의 머리가 다시 솟는다.

"돈 먼저 주시우" 하고 술집 주인은 무표정하게 말한다. 우리는 이런 무표정한 얼굴에는 이미 습관이 되어 별다른 감정이 없다. 나는 자리에서 일어나 목로판 앞으로 다가간다. 술주전자와 백 원짜리 지폐가 반대쪽으로 자연스레 교환된다. 내가 주전자를 손에 들고 김이 앉아 있는 술상으로 향하자 술집 주인이 내 등 뒤에서 들릴 것을 계산한 듯 작은 인기척을 보내온다.

"어디서들 오셨수?"

"서울."

"멀리서들 오셨구면?"

나는 적당한 대꾸를 고르다가 이미 내 자리로 돌아와버렸다. 김이 술 사발에 술을 따르며 내 대신 주인 쪽을 힐긋 돌아본다.

"안주는 뭐 좀 안 됩니까?"

"뭘 들려우?"

"지금 써는 건 뭡니까?"

"돼지고기 수육이우."

"그것 한 접시만 맛봅시다."

"다른 걸루 드시지?"

나는 마주 앉은 김의 얼굴을 바라본다. 다부지고 영리해 보이지만 성질이 무척 격할 것 같은 사내다. 이 사내와 만난 것이 갑자기 후회스럽다. 더구나 이 사내의 수중에는 돈이 한 푼도 있어 보이지 않는다. 술을 잔뜩 먹여놓고 적당한 기회에 도망치는 것이 좋을 것 같다.

"여보, 주인 양반" 하고 김이 제법 어른스러운 어투로 말한다.

"왜 그러시우, 알 만한 양반이? 우리가 돼지고기 한 접시에 도망이라두 칠 것 같소?"

그러나 주인은 대꾸가 없다. 좁은 이마를 앞으로 숙인 채 열심히 도마 위로 칼질을 할 뿐이다. 개새끼,라고 하는 듯한 격한 표정이 김의 얼굴에 잠깐 스친다. 그러나 격한 표정이 잠깐 스치는 정도로 그만이다. 이 사내와 나는 지금 화를 내는 것이 매우 서툴다. 화를 가끔씩 내기는 해도 그 화가 전혀 의미 있는 것도 아니다. 정말 필요할 때 화를 내지 못하고 아무 때나 잠깐씩 화를 내기 때문이다.

김이 곧 자리에서 일어나 목로판 앞으로 당당히 걸어간다. 그러나 주인은 김이 아무리 당당히 걸어와도 조금도 무섭지 않다는 표정으로 칼질만을 계속하고 있다. 나는 김이 더 이상 당당하게 굴지 않기를 희망한다. 김은 요즘 세상이 당당하게 굴어서 해결되는 세상이 아니라는 것을 모르는 것 같다.

"안주를 주십시오" 하고 김은 약간 기가 죽은 목소리로 말한다. "온종일 배를 곯아서 뭐라두 좀 먹어야겠어요."

"당신들 무전여행 패들이지?"

"맞습니다."

"맞습니다?" 하고 술집 주인은 무표정한 얼굴로 김을 바라본다. 김이 약간 기가 죽은 것은 저 무표정한 눈길 때문이다. 나도 가끔 우쭐하다가 저런 무표정한 눈길을 맞아본 경험이 있다. 저런 눈길을 당했을 때는 사실 손을 쓸 길이 없다. 저런 눈길을 맞지 않도록 다음부터는 조심하는 도리밖에 없다.

"배가 고프면 두부를 드시우. 요기로는 두부가 제격이지."

다가온 김을 무시하고 술집 주인이 김의 어깨 너머로 나를 향해 말한다.

"난 당신들이 질색이야. 도무지 무슨 배짱인지 알 수가 없단 말야."

그러나 나는 이 사내 말에 조금도 감동하거나 놀라지 않는다. 이런 종류의 푸대접은 집을 떠나올 때 이미 숱하게 경험한 나다. 무전여행을 귀엽게 봐주는 세월은 이미 지나갔다. 내가 그런 세월이 지나간 것을 안 것은 청량리역을 벗어나 50리도 미처 못 가서였다. 나는 그 50리 이후에 약 2천 리 길을 더 왔으며, 이미 집을 떠난 지도 보름이 지난 것이다.

"이 마을에도 우리 같은 사람들이 벌써 많이 다녀간 모양이죠?"

"감자밭을 보시우" 하고 술집 주인이 김에게 화난 듯 말한다. "1년 내내 지어놓은 농사를 그놈들이 모두 망쳐놓았어."

"사람 나름이겠죠. 우린 감자밭을 보지두 못했는걸요?"

주인은 두부 한 모를 접시에 담아 김에게 건네준다. 김이 자리로 돌아왔을 때 들창문이 세차게 흔들렸고 우리는 흔들리는 들창문을 통해 바깥 날씨가 좀더 사나워진 것을 깨닫는다.

우리는 오래도록 술을 마셨다. 술맛은 도 경계가 바뀔 때마다 사투리가 바뀌는 것처럼 약간씩 서로 맛이 달랐다. 우리가 술을 마시는 동안 들창문이 점점 더 세게 흔들렸으며 술집 주인은 들창문이 흔들릴 때마다 우리를 불안하게 돌아보곤 했다. 우리는 그러나 술이 약간 오른 뒤로는 술집 주인과 흔들리는 들창과 바람의 속도 등에는 아무런 관심도 없었다. 아무것에도 관심이 없는 것에, 김이 문득 선동적인 관심을 보여왔다.

"뭘 생각하슈?" 하고 김이 늙은 배우처럼 느리게 물어온다.

"잠자리."

"이 마을에서 잘 셈요?"

"바람이 이렇게 불어서는 노숙을 하기두 틀렸잖소."

나는 김이 더 이상 그따위 질문을 하지 않기를 바라고 있다. 그러나 김은 너무 많은 것을 알고 싶어 했고, 내가 의미 없는 화를 낼 때까지 내게 계속 많은 것을 물어올 것이다.

"이 마을을 떠나면 어느 마을루 갈 거요?"

"제주도행 배를 탈까……"

"배를 타려면 바람이 자야지."

바람이 자야지, 하고 나는 이 사내의 말을 입속으로 되뇌어본다. 그러나 이 사내와 내가 만난 것은 불과 두 시간 전에 불과하다. 두 시간 전에 만났음에도 불구하고 이 사내는 내게 무척 친절한 척 굴고 있다. 무척 친절한 사람을 만나면 나는 항상 거북해지고, 거북해진다고 느꼈을 때는 나는 그 사람을 피하고 싶다.

"어느 쪽에서 오는 길이쇼? 화물열차는 어디서 탔수?"

김과 나는 화물열차에서 두 시간 전에 우연히 만났다. 화물열차는 K읍을 벗어나 비탈진 고개를 힘겹게 오르는 중이었다. 열차의 호흡 소리가 턱에 닿을 만큼 높아졌을 때 김이 불쑥 화차 지붕에서 사다리를 타고 내가 탄 화물칸 안으로 들어왔다. 그는 나를 보고 느닷없이 씩 웃었다. 여행을 할 때 웃는다는 것은 장례식장의 조화(弔花)처럼 중요하다. 웃는 얼굴에 침 뱉을 수 없다,라고 우리는 어느 때나 웃을 준비들을 하고 다닌다. 김이 내게 느닷없이 웃은 것은 우리 여행자 사이에만 통하는 모든 인사말의 시작이고 끝이다.

우리는 한 시간 동안 아무 말 없이 나란히 앉아 있었다. 나는 그의 얼굴에서 그의 나이를 읽을 수 있었다. 그는 내 나이 비슷한 나이였고, 스물다섯은 절대로 넘지 않았으며 스물둘은 절대로 넘어 있었다. 나는 내 나이 또래를 대단히 애매한 나이라고 생각한다. 연애를 하기에는 너무 어리고 사창가에 가기에는 너무 늙은 나이들이다. 우리는 우리가 진지할 필요를 느끼지 않을 때는, 굉장히 늙어 있거나 늙어 있는 체를 한다. 창녀를 다룰 때는 서른다섯쯤 늙어 있지만, 다방에서 동급의 여대생을 만날 때는 너무 어려서 벽이나 쳐다보며 담배 연기로 뻐끔뻐끔 동그라미나 만드는 게 고작이다. 그러나 우리에게도 우리를 꼭 필요로 해서 오라는 곳이 하나 있다. 우리는 이 오라는 곳에 관해 많은 소문을 듣고 있다. 5만 원 정도만 들이면 안 갈 수도 있다는 풍문과, 사내자식이면 인생 경험상 한

번쯤 가보는 것도 좋다는 풍문이 엇갈린다. 그러나 나는 5만 원을 들여서 안 가고 싶지만 5만 원이 없다. 5만 원을 들여 그곳에 안 가는 사람들은 우리들 사이에서 존경을 받고 있다. 그러나 그 존경도 공공연한 장소에서는 국가 반역죄에 버금가는 비난을 받기도 한다.

김이 갑자기 노래를 하고 싶어 해서 나는 퍽 난처해진다. 김의 노래는 술김에 들어도 노래라기보다는 억지로 쥐어짜는 비명이나 고함 소리에 더 가깝다. 그는 노래를 하는 짬짬이 자기의 주량이 얼마나 큰지를 자랑처럼 말하곤 한다. 그러나 나는 이런 자랑이 그만의 자랑이 아닌 우리 모두의 자랑인 것을 알고 있다.

우리 나이 또래가 자랑할 수 있는 것은 대개 한정된 종류의 퍽 초라한 것들뿐이다. 소주 석 되를 단숨에 마시고, 다방 레지 미스 고와 함께 잤으며, 성당 앞에서 오줌을 쌌고, 해병대 두 명을 직사하게 패주었다는 자랑 정도는 만일 김이 아니라면 내가 먼저 했을지도 모른다. 그러나 이런 다 아는 자랑들을 우리는 피차 감동하여 듣는 척하기로 약속하고 있다. 이런 자랑을 반박할 만큼 우리 모두에게는 별다른 자랑이 없기 때문이다.

"더 합시다. 한 되만 더" 하고 김이 취한 척 나를 향해 말한다. 그러나 나는 더 하고 싶지만 수중에 돈이 한 푼도 없다. 수중에 돈이 없다는 뜻은 물론 비상금을 제외한 여타의 돈이 없다는 뜻이다. 우리 사이의 비상금이란 5백 원 정도가 고작이지만 이 5백 원을 꺼내놓기까지는 무척 집요한 승강이가 필요하다. 아무리 술에 취하고 의기가 서로 투합해도 우리는 이 비상금을 꺼내놓은 뒤의 그 고약한 상실감을 견딜 수 없기 때문이다.

김이 두번째로 '한 되만 더'를 외치는 순간 우리 왼쪽의 유리문이 열리며 건장한 사내 하나가 술집으로 들어선다. 그가 술집으로 들어설 때 너무 지독한 바람이 불어 들어서 우리는 그 사내를 보는 대신 열린 문틈 사이로 들새 떼들이 바람에 날려 비스듬히 날아가는 것을 보았을 뿐이다. 밖은 지독한 바람이 불고 있고, 해가 많이 남았건만 퍽 어둡게 흐려 있다. 방금 들어온 건장한 사내가 술청을 가로질러 목로판 앞으로 다가간다.

"태풍이 온다는군" 하고 사내가 큰 소리로 술집 주인에게 말한다. "갯가에선 바람 때문에 배들을 모두 뭍으루 끌어올리느라 야단들이야."

"태풍이 온다굽쇼?" 하고 술집 주인이 헐떡이듯 되묻는다. "언제 태풍이 온답디까? 지금 이 바람은 태풍이 아닙니까?"

사내의 등이 목로판을 가리고 있어서 우리는 술집 주인의 얼굴을 볼 수가 없다. 김이 자리에서 일어나 '한 되만 더'를 다시 외치자 사내가 두 손을 목로판에 얹은 채 우리 쪽을 잠시 돌아본다.

"뭐야 저건?" 하고 사내가 우리 쪽을 향한 채 주인에게 묻는다.

"귀찮은 녀석들이죠. 감자밭을 망치는 무전여행 패들입니다."

사내는 그러나 우리 쪽을 보는 대신 다시 술집 주인에게 턱짓을 하며 입을 연다.

"큰 사발루 화주 한잔 주쇼. 다시 갯가루 나가봐야 하니까."

러닝셔츠를 걸친 사내의 육중한 팔에 용을 그려 넣은 아름다운 문신이 어깨에까지 길게 뻗어 있다. 용 문신은 어깨 끝에서 커다란 입을 벌리고 사내의 귀를 뜯어먹을 듯 올려다보고 있고, 손등까지 내려온 용의 꼬리가 팔목을 굽힐 때마다 팔뚝에서 살아 있듯 부드럽게 움직인다. 문득 김이 자리를 떠나 목로판 앞으로 으스대며 다가간다. 나는 김이라는 사내의 허세에는 이제 넌덜머리가 날 지경이다. 김은 사내와 나란히 서자 머리 하나가 모자랄 만큼 작다.

"형씨"하고 김이 사내에게 가다듬은 목소리로 말을 건넨다. "여비가 떨어졌수다. 우리 술 한 되만 받아주쇼."

마침 술잔을 기울이는 중이어서 사내는 김에게 아무 말도 할 수가 없다.

"뭐라구?"하고 잔을 내려놓으며 사내가 힐끗 김을 돌아본다. "여비가 떨어졌다구? 자네가 날 형씨라구 했나? 건방진 녀석! 너 지금 몇 살이야?"

나는 김이 사내의 주먹을 맞고 쓰러지는 것을 보고 싶지 않다. 그러나 김은 너무 빨리 쓰러졌고, 나는 김과 더 이상 동행할 생각이 없어서 사내가 나를 붙잡기 전에 서둘러 술집을 나왔다. 사내는 내가 술집 밖으로 도망치는 것을 보고도 다행히 나를 따라오지는 않았다. 나는 김을 떼쳐놓은 것이 무엇보다도 다행했기 때문에 태풍이 불기 시작하는 마을을 향해 아무 생각 없이 남쪽으로 걸어갔다. 태풍은 마을의 작은 집들과 나무들 위로 양철이 갈리는 소리를 내며 무섭게 불어왔고, 나는 그 태풍을 맞으며 오늘은 이 마을에서 쉬어가리라 작정한다.

태풍이 불기 시작한 마을을 나는 이쪽 끝에서 저쪽 끝까지 관통해서 걸어갔다. 내가 방금 관통한 마을은 작은 포구가 왼쪽으로 붙어 있는, 더럽고 가난하고 고집이 세어 보이는 어촌이다. 나는 서울을 떠나온 뒤 이런 마을들을 무수히 지나왔다. 초가지붕이 몹시 두텁고, 자갈이 깔린 길은 먼지투성이이고, 담배 가게와 소금 가게가 나란히 붙어 있고, 가로수 밑동에 '방첩'이 붙어 있고, 아낙네 등에 업힌 어린애는 땀범벅이 되어 자고 있고, 영양실조의 비쩍 마른 사내들은 따가운 햇볕 속에서 무슨 일인가를 꾸물꾸물하고 있고, 서울에서 20리만 벗어나면 보고 싶지 않아도 얼마든지 보이는 그런 구질구질한 이 나라 시골의 가난한 마을들이다. 그러나 이런 구질구질한 마을들이 실은 우리 모두의 고향으로 되어 있어서 나는 이 고향들에 지금은 무척 절망하고 있다. 소설을 쓰고 있는 나의 형은 이 고향들에 대한 불평이 나보다 더 심한 것 같다. 형은 언젠가 방바닥에 배를 깔고 엎드린 채 『삼국지』를 보다가 탄식처럼 이렇게 말했다. 우리에겐 왜 만리장성이나 그랜드캐니언이 없는 것일까? 일주일쯤 열차를 타야 하는 그렇게 널찍한 땅덩이가 없는 것일까? 열대와 한대가 함께 있는 나라에 왜 나는 태어나지 못했을까?

내가 태어난 곳은 지금은 이북이 된 강원도라고 한다. 그러나 강원도가 아닌 어느 도라도 상관없다. 잡지나 달력의 화보에 나오는 우리의 고향들은 언제나 아름답거나 아름다운 척을 하고 있다. 하지만 그 고향들은 왜 화보에서만 아름다워 보이는 것일까? 내가 이번 여행을 떠난 것은 이 아름다운 고향을 보기 위해서는 아니다. 등록금 마련이 어려워져서 한 학기를 쉬려고 나온 것도 아니며, 객지에 나가면 배울 것이 많다는 노인들의 충고를 따르기 위해서도 물론 아니다. 나는 이 여행을 떠나기 며칠 전에 1년 내내 한 번도 찾아가본 일 없는 동회라는 곳에서, 장방형 종이의 가장자리에 붉은 줄이 반듯하게 그려진 입영 통지서라는 것을 받았다. 나는 이 붉은 줄이 그려진 종이가 엄청나게 질기고 강한 구속력을 갖고 있다는 것을 소문으로 듣고 있어서, 갑자기 내 일생이 수챗구멍에라도 쑤셔 박히는 듯한 고통과 허탈감을 느꼈다. 그 뒤로 이틀 동안 나는 아무것에도 흥미가 없어졌고, 모든 일에 관심을 기울였고, 갑자기 할 일이 많아진 기분이었고, 그러나 실은 아무것도 하지 못한 채 그 종이에서 도망치려고만 갈팡질팡 애를 썼다. 그러나 내가 애를 쓴다고 해서 그 종이가 지닌 위협이 내게서 쉽게 떠나주는 것은 아니다. 내가 할 수 있는 일은 집에서 빈둥빈둥 낮잠이나 자며 지정된 날짜가 가까워지기를 기다리는 것뿐이다. 하지만 기다리는 일에 우리처럼 훈련이 잘되어 있는 사람에게도, 그 날짜를 기다리는 일이란 생각보다 무척 어려웠다. 결국 내가 그 기다림에서 피하려고 작정했을 때, 나는 어둠 속에서 성냥통을 찾아내듯 갑자기 이번 여행을 계획하게 된 것이다.

그러나 이번 여행이 나에게 결코 유쾌하다고는 할 수 없다. 실상 나는 서울에서 늘 피로하고 지쳐 있었다. 내가 항용 지쳐 있는 일이란 이발하는 시간이 너무 길다거나, 점심때 무엇을 먹을까 결정하는 일이 귀찮다거나, 늘 만나던 친구들이 어느 날 갑자기 보기 싫다거나 하는 따위들이다. 그러나 내가 정말로 지친 것은 내가 지루하다고 느껴온 이런 일들을 다른 사람들은 조금도 지루해하지 않는다는 점이다. 나는 그때 이후로 이런 사람들을 존경하기로 하고 있다. 그런 사람들 사이에서 내가 지쳐 있는 것은 백조 새끼가 오리들 틈에서 지쳐 있는 것만큼 당연한 일이다. 그러나 그런 일들이 번거로워 떠나온 이번 여행 역시 나를 지치고 번거롭게 하기는 마찬가지다. 다만 이번 여행에서 다행인 것은 낮 동안 쌓인 피로만큼 밤에 잠이 잘 온다는 것이다. 그것으로 내 정신적 피로는 충분히 보상받고 있는 셈이다.

마을이 거의 끝나는 곳에 검푸르게 자란 콩밭이 보이고 그 콩밭 복판에 회색빛 목조 창고가 하나 있다. 창고는 지붕을 함석으로 얹었고, 그 지붕 위로는 자음과 모음이 조금씩 이지러진 커다란 글씨가 씌어져 있었으며, 그 글씨를 조합하면 농협 창고라는 것을 쉽게 알 수 있다. 나는 아직 태풍까지는 되지 못한 거센 바람을 등에 지고 콩밭 사이로 좁게 뚫린 지름길로 걸어간다. 바람이 계속 내 등을 밀어서 나는 많은 사람들에게 부축을 받는 듯한 상쾌한 기분이다. 목조로 된 창고 안에는 부서진 탈곡기와 바퀴가 빠진 리어카와, 높게 쌓인 피죽(皮竹)더미, 새끼 꼬는 기계, 삽자루, 가마니짝 등이 함부로 널려 있다. 나는 그동안에 익힌 경험으로 하룻밤 쉬어갈 수 있는 잠자리 장소를 찾을 수 있다. 내가 택한 잠자리는 부서진 탈곡기와 리어카 사이의 넓고 평평한 가마니짝 위다.

우리 같은 여행자에게는 이만한 정도의 잠자리는 보기 드문 행운이다. 여행을 떠난 첫날밤의 노숙을 나는 공교롭게도 제법 큰 어느 묘 앞의 잔디밭으로 택하고 있었다. 사실 내가 이번 여행에 필요하다고 느낀 장비는 전혀 실용을 고려하지 않은 전시 효과에 불과한 물건들이었다. 나는 이 전시용 물건들을 여행을 떠난 사흘 밤이 되는 날 길가에 버리기도 하고 다리 밑에 놓아두기도 하고 마을에 들어와 팔기도 하며 거의 다 털어버렸다. 내가 집에서 출발할 때 지니고 나온 장비는 군용 텐트 한 장과 모포 한 장, 눈을 보호하기 위한 선글라스 한 개, 갈아입을 내복과 양말, 타월 한 장, 머큐로크롬 한 병, 수통과 나이프 각각 한 개, 반합, 스푼, 볼펜 두 개와 엽서 다섯 장, 칫솔 치약에, 화장비누 한 장 등이었다. 그러나 이런 물건들은 시골 마을의 신작로를 지나갈 때 마을 사람들에게 내 신분이 도둑이나 불량배가 아니라는 것을 증명하는 정도 이외에는 아무런 실용적인 효과가 없었다. 하지만 이런 장비에도 불구하고 내가 지나온 마을에서는 무전여행을 귀엽게 봐주는 아름다운 세월은 이미 지나가 있었다. 나는 집에서 지고 나온 장비를 모두 벗어버린 뒤에야 이번 여행의 참뜻을 알 것 같았고, 그 참뜻을 안 뒤로는 아무 곳에서나 쉽게 잠들 수 있었다.

　명승과 고적으로 유명한 R시에서의 일이다. 그곳에는 우리와 같은 무전여행자가 너무나 많이 다녀갔고 또 모든 숙박시설이 빈틈없이 준비되어 있어서 우리 같은 여행자에게는 가장 까다롭고 괴로운 도시였다. 그러나 나는 이 완강한 도시에서 뜻밖에도 퍽 즐거운 하룻밤을 보낼 수 있었다. 내가 이 마을에 들른 것은 명승고적을 보기 위한 한가한 목적만은 아니었다. 이 도시는 내가 가려는 도정(道程)의 중간쯤에 위치했다. 더구나 나는 이 도시의 30리 반쯤 되는 외곽에서 화물열차의 승무원에게 강제 하차를 당한 터였다. 달리는 화물열차에서 짐짝처럼 내던져진 나는 그러나 한 예외적인 관광버스를 만나 굉장히 기분 좋게 이 도시에 잠입했다. 내가 만난 그 관광버스는 모국어를 전혀 모르는 재일교포 2세들이 D시에서 전세를 내어 타고 온 버스였다. 나는 그들과 곧 친해졌다. 그들은 그들이 교포라는 것과, 교포는 모국 동포와 다르다는 것과, 다르기 때문에 모국 동포에게 친절히 대해야 한다는 것을 잘 알고 있는 듯했다. 나는 그들의 친절이 나의 실수로 해서 갑자기 증오로 변하지 않도록 조심스레 행동했다. 언제부턴가 나는 나보다 우월한 사람에게는 아첨하는 기술을 터득하고 있었다. 이 기술은 서울에서는 여러 방향으로 자연스럽고 편리하게 이용되었다. 다방 레지에게 엽차를 주문할 때 나는 로마의 원로원과 같은 표정으로 다방 레지에게 아첨한다. 시내버스 안에서 연필을 파는 고학생을 만났을 때 나는 그 고학생에게 더 가련한 목소리로 아첨한다. 백화점에서 물건을 흥정할 때 나는 백화점 점원에게 굉장히 부자이지만 물건이 마음에 들지 않아 사지 않는 것처럼 행세한다. 그러나 이런 아첨도 결정적인 파국에서는 별로 효력이 없었다. 버스 안에서 갑자기 친해진 재일교포들은 나에게 굉장히 친절하려고 노력했다. 그러나 그들이 내게 보여준 굉장한 친절은 너무 많이 준비했기 때문에 남길지도 모르는 많은 음식물들을 나에게 조금 나누어 준 것뿐이었다. 나는 그들에게서 숙소도 제공받았다. 그들이 타고 온 버스를 그들이 호텔에서 자는 동안 내가 지켜주며 숙소 대용으로 사용해도 좋다는 것이었다. 나는 버스 안에서 하룻밤을 잤다. 그리고 이튿날 아침 나는 교포들로부터 교포들에게서만 받을 수 있는 대단히 은근하면서도 예절 바른 모멸을 받았다. 내가 버스 쿠션 위에서 퍽 아늑한 하룻밤을 지내는 동안 버스 안에 그들이 남겨놓고 간 카메라 한 대가 없어진 것이었다. 나는 그 카메라 한 대 때문에 모국 동포 전부에게 대단히 불공평한 죄를 씌워준 셈이었다. 그러나 그 죄는 시간이 가면 잊힐 것이었다. 그리고 정말 그날 오후쯤에 그 죄는 흔적도 없이 내 머리에서 잊혔다. 내 양심은 죄를 잊는 데 매우 잘 적응하도록 훈련되어 있었으며, 또 그 훈련된 양심은 나를 다시 옛날처럼 태평하게 해주었던 것이다.

나는 부서진 탈곡기와 리어카 사이의 잠자리에 누웠다. 태풍에 가까운 거센 바람이 목조 창고 지붕 위로 세차게 휩쓸고 지나간다. 해가 지기까지는 아직 한 시간쯤 더 남았고 날이 어둡기까지는 아직 세 시간쯤 더 남은 저녁이다. 문득 조금 전에 술집에 두고 온 김이라는 사내가 생각난다. 이 사내와 내가 만난 것은 쇠똥 냄새가 은근히 풍기는 화물열차 안에서다. 그러나 화물열차가 아니더라도 나는 이런 사내를 대한민국 어디에서나 만날 수 있다. 스물서넛쯤 되는 나이. 요즘 같은 세월에는 가장 재수 없는 어중간한 나이. 장차 대학교수가 될 수도 있지만 내일쯤은 운수 사납게 사형수가 될 수도 있는 나이. 군대를 갈까 자살을 할까, 그러나 두 가지 다 공상만으로 그치는 나이. 경찰서 보호실에 들어가서도 우리들은 가장 흉한 대접을 받곤 한다. 서너 살만 덜 먹어도 주먹따귀 네댓 대 정도로 간단히 훈계 방면될 수 있을 텐데 우리는 스물에서 서너 살을 더 먹었기 때문에 주먹따귀를 맞기에는 너무 많은 나이였고, 정식 구속을 당하기에는 가장 어린 나이였다. 나는 넥타이를 처음 매었을 때의 그 쑥스러움과 두려움을 잊을 수가 없다. 우리 같은 나이가 되면 세상은 우리들에게 '넥타이를 매는 게 좋지 않을까'라고 퍽 정중하게 우리들을 꼬이기 시작한다. 그러나 내가 아는 우리들은 세상이 아는 것처럼 그렇게 얕볼 수도 없는 처지다. 우리들은 강의실 안에서는 순진해 있고, 집 안에서는 고집불통이고, 다방에서는 준건달이고, 군대에서는 이등병이고, 그러나 혼자 있을 때는 항상 아무것도 아닌 스물세 살에 불과하다. 왜 우리 스물세 살들은 이렇게 아무 쪽에도 붙여주지 않는 것일까?

빈속에 마신 더운 술 기운이 온몸의 피부를 유쾌하게 간질인다. 창고 지붕 위를 스치는 바람은 아까보다 한층 더 거칠어진 느낌이다. 먼 곳에서 울려오는 둔중한 땅울림이 낡은 창고 전체를 요란하게 흔들고 있다. 나는 창고의 흔들림에 사지를 내맡긴 채 모처럼 편안히 누워 있다. 마치 열차라도 타고 있는 듯한 은은하고 쾌적한 기분이다. 문득 시간이 알고 싶으나 나는 곧 단념한다. 사흘 전까지 차고 있던 시계를 나는 G읍에서 떡값으로 끌러 주었다. 이제 동회 직원이 일러준 날짜는 겨우 이틀이 남았을 뿐이다. 이틀 후에는 어차피 서울로 올라가서 어머니가 쥐여주는 기천 원의 용돈을 들고, 열차를 타고, 발길로 차이고, 머리를 깎이고, 이등병이 되는 것이다. 이등병. 아아 이등병. 대한민국의 자랑스러운 이등병.

나는 잠을 깬다. 창고 안에 햇빛이 쏟아져 눈을 못 뜰 만큼 주위가 밝다. 지붕의 일부가 날아간 곳에서 햇빛이 아낌없이 창고 안으로 쏟아지고 있다.

"어이," 하고 누군가가 창고 입구에서 나를 부른다. "어이,

여기 있었군. 자 어서 일어나라구."

지붕에서 날아 떨어진 함석 두 장이 창고의 좁은 입구에 비스듬히 가로 걸쳐 있다. 나는 자리에서 일어나 어이 쪽을 돌아보았고 어이는 기분이 좋아서 빙글빙글 웃고 있는 김이었다.

"손님이 왔어" 하고 김이 함석을 넘어 탈곡기 앞으로 다가온다. 김의 뒤쪽으로는 뜻밖에도 용 문신의 사내가 함께 서 있다.

"태풍이 지나갔네. 저 파란 하늘을 보라구."

나는 김이 가리키는 대로 하늘을 올려다본다. 그러나 내가 쳐다보기에는 하늘은 너무 밝아 눈이 아플 지경이다.

"자네가 여기 있을 거라구 나는 진작부터 알구 있었지. 아마 나라두 여기 말구는 갈 만한 데가 없었을 거야."

지붕이 날아간 저쪽 구석으로 빗물이 흥건하게 고여 있고 그 빗물에 하늘이 비쳐서 두 개의 하늘이 마주 보고 있다. 나는 자리에서 일어나 하품을 가득 물고 김을 향한다.

"어떻게 왔어 여긴?"

김이 내 말에 대한 대답으로 등 뒤에 선 사내를 호기 있게 돌아본다. 나는 김과 이 사내가 어느새 퍽 친숙해진 것을 알 수 있다.

"아침을 사주겠네" 하고 사내가 갑자기 나를 향해 말한다. "난 자네들의 협조가 필요해. 갑자기 일거리가 생겼단 말이야."

"무슨 협조가 필요하시죠?"

"가보면 알아."

사내가 따라올 것을 계산하고 앞서 창고를 나갔으나, 나는 이런 일에 끼어들고 싶지 않아 리어카 발통을 향하여 묵묵히 소변을 본다. 김이 곧 나와 나란히 소변을 보며 입을 연다.

"거칠긴 해두 속임수는 없어. 일감이 생긴 모양이야. 하루 낮이면 끝나는 일인데 일당으로 2만 원을 주겠다는군."

"무슨 일이야 대체?"

"나두 아직 모르겠어. 하지만 무언가 신나는 일일 거야."

나는 소변을 다 보았고 김도 몸을 부르르 떤다. 우리는 어느새 '하게' 투로 말하고 있었으며 '하게' 투로 말하게 된 것이 김은 무척 즐거운 눈치다.

우리는 나란히 창고를 나온다. 햇빛이 밝게 내리쬐는 콩밭은 거의 완전하게 망가져 있다. 창고 지붕에서 날아 떨어진 서너 장의 함석 조각이 비질을 한 듯 가지런히 쓰러진 콩밭 위로 흩어져 있다. 몹시 긴장해서 몸이 작아진 너덧 마리의 참새 떼들이 우리 머리 위를 곧게 날아서 포구 쪽으로 활강하고 있다.

"간밤에 불어온 태풍이 마을을 아주 망쳐놓았어."

"음."

"지독한 태풍이었어. 자네두 물론 구경했겠지?"

나는 김의 말에 아무 대꾸도 하지 않는다. 사실 나는 지난밤에 태풍을 전혀 보지 못했고 그 태풍은 내가 자는 동안 창고 지붕만을 날려 보냈으며, 내가 아침에 눈을 떴을 때는 태풍은 이미 지나간 뒤다.

"집이 세 채나 태풍에 쓰러졌어. 포구에 배들두 반 이상이나 침몰했다네."

우리는 밭둑을 지나고 도랑을 건넌 뒤 다시 대밭과 언덕을 넘어 마을 입구로 들어선다. 마을은 김의 말대로 철저하게 파괴되어서 마치 어질러놓은 쓰레기 더미를 보는 느낌이다.

생울타리와 돌담이 무너진 좁은 골목길을 돌아 나와 우리는 곧 마을 복판의 공회당 앞을 통과한다.

"저걸 보게"하고 김이 손을 들어 한곳을 가리킨다.

"이 마을의 유일한 기와집이 고목에 눌려 납작해졌어."

나는 김이 가리키는 한 그루의 커다란 고목을 바라본다. 뿌리가 반쯤 뽑힌 고목 밑에 진회색 기와들이 낭자하게 널려 있고, 그 바른쪽 짚더미 위에는 송아지의 시체 하나가 해를 외면한 채 누워 있다.

"지독한 태풍이었어. 사람두 둘이나 실종되었다네."

교회당 앞을 통과한 우리들은 무너진 토담의 흙덩이를 밟으며 포구 쪽으로 곧게 뚫린 골목길로 들어선다. 어디선가 가까운 곳에서 여인들의 울음소리가 가냘프게 들려온다. 나는 그 울음소리를 듣자 갑자기 심한 구토와 타는 듯한 갈증이 느껴진다.

"여자들이 우는군"하고 김이 나를 향해 다시 말한다. "실종된 사람들의 가족들일 테지. 바다에 나갔는데 빈 배만 돌아왔어."

뜨겁고 눈부신 태양이 등 쪽으로 내리쪼여서 우리는 눈을 가늘게 뜨고 좁은 골목길을 묵묵히 걷는다. 마을은 같은 크기와 같은 모양의 골목이 많았으며 모든 골목마다 토담이 무너졌고, 모든 초가마다 지붕이 반쯤 벗겨져 있다. 그러나 이러한 태풍의 횡포에 나는 곧 익숙해지기 시작한다. 우리는 이미 어떠한 것에도 오래 놀라는 일은 없다. 우리가 오래 놀라지 않는 것은 우리의 잘못이 아니고, 우리는 오래전부터 너무 지독히 놀라보아서 아무리 슬프고 무서운 일에도 지금은 별로 크게 놀라는 일이 없다.

포구가 곧바로 내려다보이는 작고 단단한 제방 앞에 우리는 해를 등으로 지고 땀범벅이 되어 멈춰 선다. 반쯤 쓰러진 창고 하나가 제방 앞을 가로막아서 우리를 인도하던 용 문신의 사내는 갑자기 혀를 차며 어느 술집으로 급히 들어간다.

"어서 옵쇼"하고 누군가가 어둠 속에서 우리를 맞는다.

"자, 마루로 올라가십쇼. 술청은 아직 치우질 못했습니다."

우리는 의자들이 나뒹구는 어수선한 술청을 지나 솔가지와 땔감이 쌓인 헛간 앞의 작은 쪽마루에 앉는다. 술집 주인으로 생각되는 오십대의 얽은 사내가 증기 자욱한 부엌 쪽에서 우리들 쪽으로 다가온다.

"손님들, 뭘루 하시겠수? 술인가요, 조반인가요?"

"밥 주시우"하고 사내가 술집 주인에게 화난 듯 말한다. "해장 술두 한 되만 주시우. 밥 먹으며 반주루 먹게."

주인이 두 손을 마주 비비고 증기 속으로 다시 사라지자 용 문신의 사내가 곧 나에게 말을 걸어온다.

"어디서 왔나 자네는?"

"서울요."

"몇 살이지?"

"스물셋."

"여비가 떨어진 모양인데 용돈 좀 벌어볼 생각 없나?"

"많은 돈이라면 벌고 싶지만 푼돈이라면 사양합니다."

"자네들 몫으로 2만 원을 주지. 그것두 빠르면 해 안에 주겠어."

"무슨 일입니까?"

"배를 건지는 일이야."

"배를 건지다뇨?"

"어젯밤에 태풍을 만나 객선 한 척이 바닷속에 침몰했네. 그 배를 우리가 찾아내서 배 속에 뭐가 있는지 알아보려구 하는 거야."

나는 이 사내가 거짓말을 한다고는 생각하지 않는다. 그러나 정말로 듣기에는 그 일은 너무 놀랍고 한편으로는 그럴 듯한 이야기였다.

"그런 일이라면 경찰이 해야지 우리가 하면 뒤탈이 없을까요?"

사내가 턱을 당기며 갑자기 입귀로 빙그레 웃는다.

"그 배를 본 사람은 나뿐이야. 그리구 경찰들은 지금 태풍 때문에 정신들이 없어. 더 바쁜 일에 매달려서 이런 어촌에는 신경 쓸 겨를이 없단 말야."

술집 주인이 밥상을 날라 와서 우리는 잠시 대화를 중단한다. 주인이 다시 주방 쪽으로 물러가자 사내가 곧 수저를 집어 들며 나를 향해 은근히 말했다

"난 그 침몰한 객선을 전부터 잘 알고 있어. P촌과 D군을 왕복하는 20톤짜리 정기 객선이야."

"객선이라면 사람두 탔겠군요. 살아난 사람은 한 명두 없습니까?"

"배 안을 벌써 살피구 왔어. 풍랑이 높아서 선실 문을 모두 잠갔구, 문이 잠겨서 한 사람두 빠져나오지 못한 것 같아."

나는 이 사내의 구체적인 설명에 갑자기 몸이 가려운 듯한 호기심과 흥분을 느끼기 시작한다. 따분하고 지루했던 보

름 동안의 여행이었다. 이제 그 지루한 여행 속에 새로운 사건이 끼어들려 하고 있다. 20톤짜리의 커다란 객선을 바닷속에서 건져 올린다. 그 속에는 돈이 있고 보물이 있고 시체도 있다. 우리 셋만이 알고 있는 세상에 하나뿐인 은밀한 보물선이다. 스물세 살의 따분한 나이로는 드물게 만나는 짜릿한 모험 중의 하나다. 나는 이 흥미로운 모의에 빠지고 싶지 않았으며 이틀밖에 남지 않은 앞으로의 시간을 퍽 유용하게 쓰고 싶다.

"생각 있으면 지금 말하라구. 자네들 몫으로 2만 원일세."

"배가 가라앉은 장소는 여기서 가까운 바단가요?"

"덴마루 세 시간쯤 걸리지. 하루 낮이면 충분히 돌아올 수 있어."

"덴마가 뭐죠?"

"덴마두 몰라? 노를 저어가는 작은 배 말이야."

"합시다" 하고 느닷없이 김이 큰 소리로 내게 말한다. "나는 하겠어, 신나는 일이야. 바닷속에서 배를 건지다니."

하는 둥 마는 둥 식사를 하며 우리는 계속 모의를 주고받았다. 배가 침몰한 것은 선장이 물길을 잘못 든 때문이며, 선실 문을 깨어 열자면 많은 연장이 필요하며, 선실 안에는 잘은 모르지만 대단한 물건들이 들어 있을 것이며, 침몰한 배 안에는 많은 선객의 시체들이 갇혀 있을 것이다. 나는 모의가 계속되는 동안 흥분과 기대가 점차 부풀어 밥을 제대로 삼킬 수가 없었다. 바닷속에서 배를 건지다니! 모의를 끝낸 우리는 서둘러 술집을 나왔다.

해가 머리 위로 높게 떠서 우리의 그림자가 난쟁이처럼

왜소하다. 우리는 사내와 술집에서 헤어진 뒤 마을 남쪽의 대숲에서 사내와 한 약속 시간을 기다렸다. 사내는 준비 관계로 두 시간 동안의 여유가 필요했고, 우리는 그 두 시간 동안에 낮잠을 자기로 했던 것이다.

"해가 높이 떴어" 하고 김이 자리에서 일어난다. "두 시간은 너무 짧아. 내려갈 시간이 되지 않았을까?"

서늘한 바람이 대숲을 흔들어서 숲 전체가 춤을 추듯 싱그럽고 소연하다. 굵고 곧은 대나무 사이로 얼룩무늬의 그늘이 사방에 흩어져 있다. 우리는 곧 대숲을 빠져나와 마을 남쪽의 포구로 향한다.

포구로 뻗은 좁은 길에는 바다에서 퍼 올린 듯한 검고 매끄러운 자갈들이 깔려 있다. 경사가 급한 산허리를 깎아 만든 길이어서 바다로 향한 길 왼쪽은 가파른 벼랑을 이루고 있다. 길 주위에 몸을 숨길 만한 적당한 그늘이 보이지 않아서 우리는 따가운 햇볕 속에 걸레를 쥐어짜듯 후줄근히 땀들을 흘린다.

"지독한 더윌세. 바다에 나가면 시원하겠지."

바다에 나가면, 하고 나는 잠깐 김을 돌아본다. 턱이 짧고 이마가 넓고 목이 긴 이 사내는 술집에서 이곳에 온 후로는 무언가를 찾아 끊임없이 두리번거린다. 그러나 김의 불안한 눈길을 나는 좀체 탓할 수가 없다. 우리는 지금 바다에 빠진 난파선을 털 셈이고, 그 난파선은 아무도 모르는 우리 셋만의 소중한 비밀이다.

"침몰한 배가 객선이라는데 시체는 대개 몇 구나 될까?"

"알 수 없지."

"이왕이면 늙은 남자보단 젊은 처녀의 시체가 좋겠어."

"자네, 사람의 시체를 전에 한 번이라두 본 일 있나?"

"딱 한 번 할머니의 시체를 우리 집 마루에서 잠깐 보았지."

"그건 혹시 시체가 아니구 시체가 담긴 관이 아닌가?"

김이 손등으로 이마를 누르며 나를 힐끗 돌아본다. 노골적인 경멸의 표정이 김의 얼굴에 역력히 드러난다.

"시체나 관이나 매일반이지. 송판 한 장의 차이 아닌가."

"하지만 객선에 갇힌 시체들은 송판 한 장두 가린 게 없어."

자갈길이 거의 끝나자 작은 구릉이 나타났고 우리는 구릉과 개울을 건넌 뒤 포구 아래쪽의 마을로 들어선다. 마을은 우리가 오전에 본 대로 황폐하고 지저분한 모습인 채, 무너진 토담과 깨어진 독들이 길가에까지 어지럽게 널려 있다. 사내와 약속한 장소가 솔숲 아래쪽에 나타나자 김이 다시 땀을 닦으며 앞을 향한 채 헐떡이듯 입을 연다.

"자네 혹시 두 시간 동안에 마음이 변한 건 아닐 테지?"

"뭐?"

"여기서 돌아서면 만사는 다시 원점이야. 선택의 기회는 오직 지금뿐이라구."

"돌아가잔 말인가?"

"자네가 원한다면."

"여비가 떨어진 건 곤란한 일이야. 바다에 나가면 여기보다는 시원하지 않을까?"

"좋아, 그럼 하는 거야. 퍽 소중한 경험이 되겠지."

다복솔이 우거진 솔숲을 뚫고 우리는 곧 좁고 험한 비탈길을 내려간다. 길 양쪽에 밀생한 잡초가 키를 가릴 만큼 무성했으며, 바다와 잇단 해변에는 작달막한 소나무가 드문드문

박혀 있다. 마른 잡초 사이로 우리가 헤엄치듯 걸어 내려가자 잔솔나무 그늘 속에서 사내가 예고 없이 불쑥 나타난다.

"어서들 오게" 하고 사내가 웃는 얼굴로 우리를 맞는다. "떠날 준비는 다 됐겠지? 서둘지 않으면 늦어지겠어."

우리는 사내의 안내를 받아 해초가 두엄처럼 밀린 더러운 해변으로 내려간다. 경사가 급한 작은 언덕이 해변 주위를 둥글게 막아서 배를 숨겨놓은 그늘 쪽은 들새의 둥지처럼 외지고 아늑하다.

"저놈이 우리가 타고 갈 덴마야. 쓸 만한 배라곤 저것뿐일세."

기름에 전 갈색 마포가 배를 반 이상 가리고 있었으며, 마포 위로는 햇볕에 바랜 긴 노와 바가지 한 개가 놓여 있다. 사내가 곧 배 위로 오르며 우리를 향해 손짓을 한다.

"포구를 멀리 돌아가야 하네. 마을 사람들한테 들키는 건 자네들두 원치 않겠지?"

바람이 없는 좁은 바다는 호수처럼 잔잔하다. 해초가 밀린 해변 양쪽에는 많은 나무토막들이 빽빽하게 떠 있었고, 부옇게 흐린 물속에는 들쥐와 작은 새들의 시체들도 쓰레기와 함께 섞여 있다. 사내의 배 젓는 소리가 잔잔한 물 위로 낮게 퍼지자 김이 바닷물에 손을 담그며 사내를 향해 모처럼 입을 연다.

"현장까지 도착하자면 대충 얼마나 걸립니까?"

"넉넉잡아 세 시간이야. 바람이 좋으면 조금 더 빠르겠지."

"준비했다는 연장들은 모두 어떤 종류들이죠?"

"선실 문짝을 깨뜨려 열자면 도끼와 해머가 있어야 해. 만일 안으로 자물통이 물렸으면 뻰찌나 갈구리두 필요할 거야."

배가 조금씩 앞으로 나가자 넓은 바다가 보이기 시작한다. 바다 위로는 태풍에 휩쓸린 많은 물건들이 떼를 지어 떠 있었고, 우리는 그 물건들을 바라보자 태풍의 피해를 간접으로나마 실감할 수 있다.

파도 위를 지나온 바람이 상쾌하게 우리 몸을 스친다. 멀리 보이는 해변에는 자갈과 모래가 눈처럼 희게 반사한다. 머리 위로 높게 뜬 해가 살갗에 닿아 따가웠고, 바다는 이제 너무 맑아서 거울 속처럼 투명하고 잔잔하다.

"어이" 하고 사내가 노를 저으며 고물 쪽에서 우리를 부른다. "자네들 도대체 무슨 배포루 돈 한 푼 없이 여행을 떠나온 거지?"

"배포라구요?" 하고 김이 뱃전에 앉은 채 사내를 바라본다. "배포 때문에 떠나온 게 아닙니다. 고생두 경험이라 우린 일부러 고생하러 나왔어요."

"고생을 해? 일부러?"

"젊어서 하는 고생은 사서도 한다지 않습니까?"

"자네두 그런가?"

사내가 노질을 하며 나를 향해 턱짓을 한다. 그러나 나는 이 사내에게 별로 신통한 대답을 줄 수 없다. 내가 여행을 떠나온 것은 김의 설명과는 약간 다르다. 고생을 하기 위해서라면 나는 오히려 서울에 남아 있어야 했다. 서울은 모든 고생의 수단들이 백화점의 진열장처럼 빈틈없이 갖추어져 있다. 그래서 우리는 방문만 열면 고생을 아무 때라도 손쉽게 만날 수 있다. 사내가 노질을 하며 계속 내 말을 기다리는 눈치여서 나는 잠깐 김을 돌아본 뒤 김과 똑같은 대답을 한다.

"경험을 쌓으러 내려왔죠. 세상 구경두 할 겸 말입니다."

"자넨 서울서 뭘 했나? 대학에 다니는 학생인가?"

"학생은 올봄에 끝났습니다. 지금은 그냥 장정입니다."

사내가 잠시 노질을 멈추고 상의를 훌렁 벗어 배 안으로 내려놓는다. 땀으로 번쩍이는 어깨와 팔에 푸른색 용 문신이 눈이 부시도록 아름답다. 김이 뱃전으로 올라앉으며 부러운 눈으로 사내를 다시 올려다본다.

"근사한 문신이군요. 뱀같이 생겼는데 용인가요, 뱀인가요?"

"이거 말인가?" 하고 사내가 노질을 계속하며 빙긋 웃는다. "재작년 일본에 들렀을 때 8천 원 주구 새겨 넣었지."

"아저씬 그럼 선원이었군요? 상선을 탔나요 화물선을 탔나요?"

"선원은 선원인데 가짜 선원이야. 요즘은 세월이 없어서 고깃배 따위나 따라다니네."

"일본엔 어떻게 들렀어요? 선원으로 배를 타구 갔었나요?"

사내가 타월로 땀을 닦으며 잠시 우리들을 번갈아 바라본다. 두 눈 사이가 몹시 넓어 퍽 대범하고 시원스러운 인상이다.

"자네들 신문에서 가끔 봤을 거야. 난 이태 동안 밀수선을 타구 다녔어."

"밀수선을?" 하고 놀란 목소리로 김이 내 쪽을 돌아본다. 그러나 나는 놀라는 김에게 코를 찡긋하며 장난스레 웃어 보인다. 김이 다시 시선을 옮겨 사내 쪽을 눈부신 듯 올려다본다.

"밀수를 하다니 대단하시군요. 그래 그동안 돈을 많이 버셨나요?"

"제일 걸직하게 한탕한 배가 삼천포 앞바다에서 운수 사납게 붙잡혔지. 물건을 버리구 뛰는 바람에 이태를 번 전 재산이 세관 창고루 고스란히 끌려갔어."

뭉게구름 서너 뭉치가 바른쪽 바다 위로 둥실 떠 있다. 구름 그림자에 깔린 바다는 탁하고 진한 초록빛이다. 사내가 바다를 향해 가래침을 탁 뱉은 뒤 노를 다시 고쳐 잡으며 우리를 향해 엄숙히 입을 연다.

"자네들 아마 학생들인 모양인데 어쩔 셈으루 날 따라왔지?"

"2만 원이면 큰돈이죠. 여비가 떨어져서 뭐든 해야 할 판입니다."

"어이, 자네두 돈 때문인가? 여비 때문에 날 따라왔나?"

"침몰한 배가 보고 싶었습니다. 물속에 잠긴 시체도 보고 싶고."

"시체가 보구 싶다구?"

"예, 시체가."

"송장을 봐서 뭘 한다는 거지?"

나는 사내를 마주 보고 대답 대신 빙긋 웃는다. 시체를 봐서 무엇을 할까? 그러나 나는 시체를 보고 싶다. 시체가 지닌 독특한 자세와 시체만이 갖는 완전한 침묵. 죽은 사람의 철저한 무와 산 사람의 살아 있는 위로. 나는 사내를 무시하고 김을 힐끗 돌아본다. 그러나 김은 나를 보는 대신 멍한 눈길로 바다 쪽을 보고 있다.

"스물세 살이 되도록 시체 구경을 못 했습니다. 오늘 시체를 본다구 해두 내 나이로는 빠른 편이 아니죠."

"시체란 말이야" 하고 사내가 얼굴을 찌푸리며 귀찮은 듯
입을 연다.

"언제 보아두 새로운 기분이구 아무리 보아두 익숙해지
지 않는 물건이야. 난 벌써 여러 차례 수십 구의 시체를 봤어.
하지만 그때마다 단 한 번두 시체의 얼굴을 정면으로 본 일은
없어."

구름 한 덩이가 우리 머리 위로 돛단배처럼 빠르게 다가
온다. 주위가 곧 어두워지고 우리는 갑자기 검은 그늘 속에 갇
혀버린다. 김이 문득 몸을 틀어 사내 쪽을 올려다본다. 뱃전을
잡은 김의 두 손은 핏기가 없어 백묵처럼 새하얗다.

"배를 건져 올리자면 우리 셋으론 어렵겠죠?"

"어림없지. 배를 건져 올리는 게 아니구 배를 깨뜨려 여는
걸세."

"하지만 물속에 잠긴 배를 물 밖에서 어떻게 깨죠?"

"물 밖에서 깨는 게 아니야. 우리가 물속에 들어가야지."

"우리 셋이 말인가요? 아저씨하구 우리들까지?"

사내가 이마를 찌푸리며 힐끗 내 쪽을 돌아본다. 무언가
계산이 빗나간 듯 사내는 갑자기 낭패한 표정이다.

"자네들 참, 헤엄칠 줄은 알겠지?"

"수영이라면 조금 합니다. 하지만 저 친구는 어떨까요?"

"어이, 여기까지 따라와서 헤엄을 못 친다면 곤란한데."

"전 헤엄을 못 쳐요. 물속에 들어가면 잠수함이죠."

"뭐야? 헤엄을 못 친다? 그렇담 여긴 왜 따라왔어?"

"아저씬 배를 건진다구 했지 배를 깬다구는 하지 않았어요."

"이런 멍청일 봤나. 바다에 빠진 건 20톤짜리 커다란 객선이야."

"건질 수 없나요, 객선은?"

"이런 거룻배와 빈손으루 우리 셋이서 어떻게 배를 건져?"

"하지만 배를 깬다구 해두 세 사람 다 물속에 들어갈 필요는 없잖아요?"

"20톤짜리 커다란 밸세. 열 명이 들어가두 좁지는 않아."

"도대체 우리가 물속에 들어가서 뭘 어떻게 한다는 거죠?"

"닫힌 문들을 깨뜨려 열구 배 안에서 값나가는 물건을 찾는 거야."

"시체가 떠다니는 배 안에서 값나가는 물건만 찾는단 말이죠?"

"물론이지. 자넨 그럼 우리가 뱃놀이라두 나온 줄 알았나?"

"시체 속에서 물건을 훔치다니, 난 거기까진 미처 몰랐어요!"

사내가 노질을 멈추고 다시 내 쪽을 멍하니 돌아본다. 찌푸린 이마와 구릿빛 어깨로 사내는 땀을 찐득하게 흘리고 있다. 나는 이미 마주 앉은 김과는 아무 말도 하기 싫다. 똥개처럼 아무 때나 짖어댈 뿐 그는 정작 일을 당해서는 아무 일도 하지 못하는 인간이다. 나는 이런 '스물세 살'을 서울에서 이미 무수하게 보아왔다. 다방이나 달리는 버스 속에서 갑자기 광포해져서 '니나노'를 부르는 스물세 살, 학비를 대주는 자기 아버지를 '꼰대'라고 부르는 구역질 나는 스물세 살, 꼬치 담배를 사 피울망정 신탄진만 찾는 가여운 스물세 살, 넉넉한 하숙비를 다 써버리고 멋으로 가정교사를 하는 꼴불견의 스물세 살, 학생회장에 출마한 후로 갑자기 친절해진 징그러운 스물세 살. 아아 그리고 너무나 많은 저 싸구려의 볼품사나운 스물세 살들. 나는 곧 사내를 향해 아무렇게나 내뱉는다.

"우리 둘이서 물속에 들어가죠. 저 친군 밖에서 배나 지키라죠."

갈매기 수십 마리가 바다 한곳을 커다랗게 맴돌고 있다. 질펀한 바다 위로는 많은 기름이 무지개 색으로 떠서 흐르고, 주위는 바람이 거의 없어 다른 바다보다 훨씬 조용하고 적막하다.

"다 왔네" 하고 사내가 긴장을 감춘 목소리로 말한다.

"기름 탱크가 터진 모양이야, 물 위에 온통 뱃기름투성이군."

머리 위에 떠 있던 구름이 어디론가 가버려서 좁고 긴 거룻배 안은 숨이 막힐 듯 무덥고 답답하다.

"그동안 새 떼들이 모여들었어. 어딜 가나 저 새들이 골치라구."

배가 용골로 파도를 가르며 느린 속도로 새 떼들 복판으로 들어간다. 새들이 세차게 날갯짓을 하며 우리들의 머리 위에서 날카롭게 우짖는다. 사내가 드디어 노질을 멈추고 뱃머리 쪽으로 급하게 다가간다. 기름이 탁하게 떠 있는 바다는 아무리 들여다보아도 동굴 속처럼 캄캄하다.

"여기가 사고 현장이 분명한데 그동안 물이 많이 불었군."

멀리 바다 왼쪽으로 육지가 보일 뿐 가까운 주위 바다에는 질펀한 수평선뿐이다. 새들이 끊임없이 머리 위를 날며 우리를 위협하듯 날카롭게 짖어댄다. 뱃머리에 선 사내가 물속을 이리저리 살피는 동안 김과 나는 뱃전에 앉은 채 새 떼와 바다를 번갈아 바라본다.

"그렇다니까!"

바닷속으로 닻을 던지며 사내가 다시 큰 소리로 중얼거린다.

"어이, 옳게 찾아왔어. 저기 물속에 삐죽 솟은 연통을 보라구."

우리는 뱃전에서 일어나 사내와 나란히 바닷속을 들여다본다. 믿을 수 없으리만큼 커다란 배 한 척이 모로 비스듬히 쓰러진 채 바닷속에 잠겨 있다. 일렁이는 파도 때문에 선체 전부는 보이지 않았지만 선수를 앞으로 처박고 있어서 선미는 수면과 매우 가깝게 솟아 있다. 사내가 뱃전에서 몸을 일으키며 타월로 얼굴의 땀을 닦는다.

"새벽에 물이 빠졌을 때는 저 연통이 물 밖으루 한 자나 보였었지. 고물 쪽에 발을 딛구 서면 무릎밖에 올라오지 않았어."

"굉장히 큰 배로군요" 하고 김이 모처럼 입을 연다. "저렇게 크구 튼튼한 배가 어쩌다가 침몰했는지 모르겠군요."

"선장이 뱃길을 잘못 잡은 거야. 태풍 때문에 방향을 잃구 배를 수심이 얕은 돌밭으루 몰구 온 거야."

"아저씬 어떻게 이 배를 찾으셨죠?"

"태풍 후에는 가까운 바다에 쓸 만한 물건이 꽤 많이 뜨지. 그것들을 주우러 나왔다가 기름띠를 보구 우연히 이 배를 찾아냈어."

바닷속에서 갑자기 커다란 물굽이가 솟아오르고 그 솟아오른 물굽이 속으로 뱃기름이 뭉클 해면 위로 솟구친다. 사내가 곧 바지를 벗으며 내 쪽을 힐끗 돌아본다.

"자 늦기 전에 일을 하자구, 해 안엔 포구루 돌아가야지."

나는 사내와 김을 돌아본 뒤 곧 서둘러 옷을 벗는다. 김은 나와 눈길이 마주치자 황망하게 고개를 돌린다. 그러나 나는 김에게는 이제 아무런 관심도 흥미도 없다. 사내가 간편한 팬츠 차림으로 문득 배 위에 덮인 마포 자락을 걷어치운다. 고물 쪽의 우묵한 뱃바닥에 더러운 물이 약간 고여 있고, 그 물속에 여러 종류의 연장들이 빽빽하게 숨겨져 있다.

"이걸 쓰구 물속에 들어가게. 기름 때문에 눈이 상할지두 모르니까."

나는 사내가 건네주는 작고 튼튼한 물안경을 받아 든다. 투명한 유리알 주위에 부드러운 고무가 둘러싸인 수경(水鏡)이다.

"여기 여러 가지 연장이 있어. 자네 편할 대루 아무거나 골라잡으라구."

나는 김과 나란히 고물 쪽의 뱃바닥을 내려다본다. 자루가 긴 도끼 한 개와 해머 한 개가 놓여 있고, 그 밑으로는 커다란 갈고리와 손칼 철봉 등이 차곡차곡 쌓여 있다. 사내가 문득 허리를 굽혀 갈고리 한 개를 집어 든다. 손목에 단단히 채울 수 있도록 기묘한 장치가 갖추어진 갈고리다.

"이건 해녀들이 쓰는 갈고리지. 전복이나 조개를 따는 데 쓰는 연장일세. 물속에서 놓치지 않도록 손잡이에 이런 족쇄가 붙어 있어."

새들이 머리 위로 낮게 선회하며 우리를 향해 요란하게 우짖고 있다. 사내가 곧 도끼를 집어 들며 고개를 돌려 김을 잠깐 내려다본다.

"자넨 여기서 배나 잘 지키라구. 누가 오면 닻줄을 잡구 위에서 힘껏 흔들라구. 그럴 리야 없겠지만 경찰 감시선이 올지두 모르니까."

물안경을 머리에 쓰자 주위가 갑자기 고요해진 기분이다. 나는 사내와 나란히 뱃머리 쪽으로 걸어간 뒤 기름이 탁하게 떠 있는 바다로 다리부터 서서히 잠겨 들어간다.

처음 시도한 우리의 자맥질은 배를 대강 살피는 정도로 간단하게 끝났다. 배는 물 밖에서 보기보다는 대단히 크고 견고했으며, 두 개의 문을 발견했으나 도끼 정도로는 꼼짝도 하지 않았다. 사내의 자맥질 솜씨는 대단히 능숙했고, 나는 서너 번의 자맥질 후에는 이미 질금질금 코피를 흘리기 시작했다. 침몰선이 누워 있는 장소는 바닷속 바위들 사이의 두터운 모래톱 위다.

처음 물속에 들어갔을 때 나는 한 개의 유리창을 발견했다. 갑판 위로 붙은 난간을 한 손으로 꽉 잡은 채 나는 원형의 유리창을 통해 선실인 듯한 넓은 방을 들여다보았다. 방에는 네댓 구의 여인들 시체가 떠 있었고, 풀어진 머리털이 사방으로 흩어져서 마치 섬세한 해초 뭉치를 보는 듯한 기분이었다. 두번째의 자맥질 때는 나도 해머를 손에 들고 들어갔다. 앞서 들어간 사내가 도끼로 문짝을 깨는 동안 나는 커다란 해머를 휘둘러 선실 유리창을 깨는 데 성공했다. 그러나 유리창을 깨기 위하여 해머를 너무 세게 휘둘러서 나는 해머가 내 손을 빠져나가 모래톱 속으로 서서히 가라앉는 것을 보았다. 물속에서의 도끼 소리는 매우 둔하고 진동이 크다. 수압 때문에 몸이 조여 골이 아프기 시작했고, 자맥질 시간이 너무 짧아서 우리는 계획대로 작업을 할 수 없었다.

우리는 두번째의 자맥질이 끝난 후 잠시 배 위에서 몸을 쉬었다. 끈끈한 뱃기름이 온몸에 묻어서 마치 몸 위에 끈끈한 페인트라도 칠한 듯한 기분이다. 사내가 숨을 헐떡이며 무언가 입속으로 끊임없이 투덜대고 있다. 출입문으로 짐작되는 두 개의 문짝을 공격했으나 그는 문을 여는 데 성공하지 못했다. 빈손으로 올라온 것으로 보아 나는 사내도 나처럼 도끼를 바닷속에 잃었다고 생각했다.

"도무지 문을 깰 수가 없어. 도끼만 모래 속에 빠뜨렸네."

"나두 해머를 잃어버렸어요. 모래 속에 빠졌는데 보이질 않는군요."

"선실 안에는 뭐가 보이던가? 궤짝 같은 건 보이지 않았나?"

"여자들 시체만 떠 있더군요. 숨이 차서 제대루 살피지 못했습니다."

"목이 타는군. 이러다가는 아무것두 못 건지구 빈손으로 돌아가게 생겼네."

우리는 다시 배 위에서 일어섰다. 새들이 계속 머리 위를 맴돌았고 무엇에 놀랐는지 미친 듯이 우짖는다. 사내가 고물로 다가가 남은 연장들을 찾는 동안 나는 코피가 흐르는 코를 종이 뭉치로 꼼꼼히 틀어막았다.

"어이, 이놈이 편리하겠군. 손에 이렇게 채우면 놓칠 염려

두 없구 말이야."

해녀용 갈고리를 팔목에 채우며 사내가 나를 향해 어설 프게 웃는다. 나는 이유는 알 수 없지만 이 사내와는 급속하게 친숙해진 느낌이다. 김이 내 옆으로 다가와 앉았으나 나는 그에게는 관심조차 보이지 않았다.

"다시 한번 해볼까요? 나도 이번엔 문짝을 깨죠."

"무슨 연장이 좋을 것 같나? 이 단검이 가볍구 좋겠지?"

사내가 끝부분이 굽은 작은 단검을 나에게 건네준다. 용도가 매우 의심스러운 새파란 날의 작고 예리한 단검이다.

"문짝을 뜯자면 깎아내야죠. 자 다시 들어가봅시다."

우리는 나란히 배를 떠나 기름이 뜬 바다로 다시 뛰어든다. 사내가 앞서 물을 헤치고 선실 쪽의 문짝으로 다가간다. 문짝은 상하로 길고 두터운 각목과 송판으로 짜여 있다. 두 사람이 양쪽에 붙어 문짝과 문설주의 틈을 찾는다. 두꺼운 나무가 물에 불어 마치 고무처럼 굳게 맞붙었다. 사내가 입으로 공기 방울을 토해내며 갈고리 끝으로 문을 찍어 밖으로 세차게 끌어당긴다. 그러나 나는 두어 번의 칼질로도 이미 숨이 가빠 골이 띵하게 아파온다. 나는 더 이상 참을 수가 없어 머리를 해면으로 쳐들며 두 발로 힘껏 선체를 걷어찬다. 두 길 남짓한 수면 위로 나는 힘겹게 다시 떠오른다. 해면에 뜬 탁한 기름이 벌린 입속으로 왈칵 밀려든다. 심한 구토와 갈증을 느끼고 나는 뱃전을 두 손으로 꽉 잡는다.

"지독한 더위야" 하고 김이 내 쪽을 보며 한가로이 말한다. "문짝이 꽤 튼튼한 모양이군. 문을 열지 못해서는 아무것두 건지지 못하겠지?"

나는 갈증과 구토 때문에 아무 말도 하기 싫다. 배 위로 오르고 싶었으나 팔과 다리에 힘이 없다. 몸을 옆으로 비스듬히 눕히고 배 위로 막 몸을 굴리자 등 뒤에서 요란한 물소리와 함께 사내의 고함 소리가 들려온다.

"열렸어! 문이 열렸네! 이젠 일이 손쉽게 됐어!"

우리는 나란히 배 위로 기어오른다. 숨찬 사내의 호흡 소리가 흡사 기관차의 증기 소리처럼 급하고 거칠다. 손목에 감긴 해녀용 갈고리가 용 문신의 사내의 팔에서 짤랑짤랑 쇳소리를 내고 있다.

"저 배를 언젠가 타본 일이 있지. 금고는 바로 선장실 왼쪽 선반 위에 있어."

"금고라구요?" 하고 김이 눈빛을 빛내며 사내를 돌아본다. 그러나 사내는 김을 무시하고 나를 돌아보며 다시 말한다.

"자넨 선실루 들어가보게. 난 조타실을 찾아보겠어. 만일 그럴듯한 물건이 있거든 나한테 곧 알려달라구."

멀리 바른쪽 바다 위로 콩만 한 크기의 통통배가 지나간다. 연기가 곧게 하늘로 올라서 배는 마치 굴뚝의 끝부분 같다.

"지나가는 밸세, 고깃배겠지. 하지만 저만 한 거리면 우리 쪽은 뵈지두 않아."

배에서 울려오는 기관 소리가 창호지를 두드리듯 아득하게 들려온다. 사내가 천천히 호흡을 가눈 뒤 다시 물속으로 뛰어든다. 나는 사내가 사라진 한참 후에야 안경을 고쳐 쓰고 뒤따라 물속으로 들어간다.

침몰선 옆구리에 매달린 문짝은 과연 커다란 구멍처럼 벙싯 하니 열려 있다. 푸르게 보이는 사내의 몸이 조타실 이곳저

곳을 헤엄치는 것이 보이고, 나는 문짝이 뜯긴 구멍으로 들어가 사내와 헤어져 선실 쪽을 살피기 시작한다. 문득 선실 왼쪽으로부터 무언가가 눈앞으로 커다랗게 육박해온다. 선실 마루에 깔아놓았던 장방형의 커다란 왜식 돗자리다. 수중에 뜬 돗자리를 치우고 몸을 안으로 급히 들이민다. 사방이 송판으로 막힌 선실은 천장이 매우 낮아서 의외로 몹시 어둡다. 몸을 한 바퀴 회전시켜 나는 재빨리 좁은 공간을 두루 살핀다. 수화물 비슷한 무수한 물건들이 내가 몸을 회전시키자 좁은 공간으로 일제히 부침한다. 그러나 부침하는 물건들은 수화물 종류의 짐 보따리만은 아니다. 네댓 구의 여인들 시체가 고무풍선처럼 둥실 떠올랐고, 시체가 뜨자 선실 사방에서 짙은 먼지가 구름처럼 피어오른다. 호흡이 몹시 급했으므로 나는 분주히 몸을 돌린다. 선실을 막 빠져나오자 어디선가 연속된 진동음이 들려온다. 높은 조타실과 선장실 사이로 사내의 머리가 잠깐 보인다. 사내는 조타실 안에서 무엇을 갈고리에 걸고 있었으며 그 갈고리에 온몸을 실은 채 사납게 그것을 뿌리치고 있다.

갈매기 떼가 계속해서 머리 위를 맴돌고 있다. 해면에 떠오른 한참 후에도 사내가 떠오르지 않아 나는 적지 않이 궁금하다. 손칼을 손에 든 채 뱃머리 쪽의 김을 바라보자 김도 역시 의아한 표정으로 나를 향해 조심스레 묻는다.

"뭘 하는 거야, 이 아저씨는? 이번엔 퍽 오래 걸리는군?"

나는 문득 조타실 안에서 사내가 격렬하게 움직이던 것을 상기한다. 홀연히 불길한 예감이 들어 나는 바닷속을 급히 굽어본다. 그러나 바다는 기름이 뜬 채 한낮의 햇빛을 받고 조용히 번쩍일 뿐이다.

"혹시 사고라도 난 게 아닐까? 이렇게 오랫동안 떠오르지 않다니."

"사고가 났다곤 믿지 않네. 그 사람은 원래가 바닷사람이야."

"하지만 물속에 들어가서는 사람의 체력에도 한계가 있어."

"궁금하다면 들어가보게나. 어차피 곧 떠오를 테니까."

나는 허파에 바람을 잔뜩 넣고 다시 몸을 뒤집어 물속으로 깊이 들어간다. 커다란 선체가 모로 누운 채 곧 눈앞으로 서서히 다가든다. 문짝이 달렸던 커다란 구멍으로 돌연 뿌연 탁수가 뭉클뭉클 솟아 나온다. 어두운 구멍으로 몸을 디밀고 급히 조타실과 그 주위를 분주히 살핀다. 먼지가 섞인 뿌연 탁수가 조타실 안에서 안개처럼 계속 솟는다. 기름과 먼지가 섞인 해수는 마치 뜨물처럼 뻑뻑하고 농도가 짙다. 드디어 조타실 벽 밑에서 나는 사내를 다시 발견한다. 육중한 몸을 가로 누인 채 사내는 사지를 내던지고 짙은 탁수 속에 편한 자세로 두둥실 누워 있다. 내가 가까이 다가가도록 사내는 웬일인지 내 쪽을 돌아보지 않는다. 문신을 그린 우람한 바른팔에 해녀용 갈고리가 굳게 감겨 있고, 그 갈고리는 조타실 안으로 무엇에 붙잡아 맨 듯 단단히 고정되어 있다. 손에 든 칼을 입에 물고 나는 급히 사내의 앞쪽으로 돌아간다. 내가 걷어찬 물살의 힘으로 사내가 갑자기 빙그르르 몸을 뒤집는다. 그러나 몸을 뒤집은 사내는 매우 어색하면서도 기묘한 포즈를 취하고 있다. 나는 순간 이 사내가 이미 죽은 것을 깨달았고, 호흡이 다시 급해져서 선체를 발로 차며 급히 물 밖으로 솟아오른다.

해가 많이 기울어서 서쪽 바다가 눈부시게 번쩍이고 있다. 주위의 바다를 둘러보았으나 보이는 것은 막막한 수평선뿐이다. 손목이 잘린 사내의 시체가 거룻배 좁은 공간을 꽉 채운 채 길게 누워 있다. 얽힌 갈고리를 벗길 수 없어서 나는 사내의 팔목을 잘라야 했고, 두 시간 동안의 인공호흡에도 그는 결코 살아나지 않았다. 김이 시체를 외면한 채 해를 바라본 뒤 어눌하게 입을 연다.

"서너 시간 후면 해가 지겠지. 지나가는 배라두 만나야 할 텐데."

나는 너무 피로해서 거의 눈조차 뜰 수가 없다. 몸에 묻은 두꺼운 기름이 기계유(機械油)처럼 미끈거렸고, 심한 갈증과 오한으로 이마가 타는 듯 뜨거웠다.

"이 시체를 어쩔 셈인가? 마을루 신구 가면 우리만 난처해질 텐데?"

"난처해두 할 수 없지. 시체만이라두 끌구 가야지."

"자네 퍽 피곤해 뵈는데 거기 아무 데나 좀 누우라구."

"목이 말라 죽을 지경이군. 마을까지는 얼마나 될까?"

"이걸 타구 세 시간 걸렸으니 4, 50리는 넉넉히 되겠지."

"이렇게 무작정 기다릴 게 아니라 우리 둘이서라두 배를 한번 저어보지."

"자네 배 저을 줄 아나?"

"전혀……"

대화가 끊어진다. 멀리 수평선 저쪽으로 거대한 뭉게구름이 새하얗게 솟아 있다. 너무 크고 망망해서 바다는 어느 쪽으로도 그 끝이 보이지 않는다. 김이 문득 고개를 떨구며 혼잣말처럼 중얼거린다.

"모두 다 내 탓이야. 내가 먼저 하자구 했거든."

"누구 탓을 따질 때가 아니야. 우리는 항상 재수가 없어."

"그래, 재수가 없어" 하고 김이 느릿하게 다음 말을 잇는다.

"왜 하필 여행을 나와서 이 고생을 하는지 모르겠어."

다시 대화가 끊어진다. 볕이 뜨겁게 내리쪼여 피부가 타는 듯 따갑고 쓰리다. 닻이 풀린 배가 커다란 파도에 실려 어딘가로 한없이 흘러가고 있다. 반듯이 누운 시체의 피부는 어느 틈에 햇볕에 타서 탄력을 잃고 쭈글쭈글 수축되기 시작한다. 팔목 부근에서 잘린 팔은 담홍색 피가 타르처럼 엉겨 있다. 김이 다시 어깨를 움츠리며 느릿한 목소리로 말을 걸어온다.

"돈 2만 원 벌자구 한 노릇이 이렇게 될 줄은 미처 몰랐군."

"공돈을 노린 우리가 잘못이지. 좋게 그냥 서울로나 올라갈걸……"

"자넨 참, 이번 여행을 무슨 목적으루 떠나왔나?"

"징집 영장이 나왔길래 입대 전에 세상 구경이나 할까 허구……"

"야, 그거 신통한 일인데? 나두 보름 전에 영장을 받았어."

"신통할 것 하나두 없어. 스물세 살엔 누구나 영장을 받으니까."

"재수 없는 스물세 살. 얼른 서른 살쯤 되었으면."

문득 바른편 바다 쪽에서 뱃고동 소리가 아득히 들려온다. 그러나 아무리 둘러보아도 망망한 바다뿐, 배 같은 것은 보이지 않는다. 우리는 다시 고개들을 떨구고 배 안을 가득 채운 시체 쪽을 멍하니 굽어본다. 닻줄이 풀린 배는 방향도 없이 어딘가로 한없이 흘러가고 있다. 그 많던 갈매기가 모두 떠나고 이제는 겨우 두세 마리가 배 주위를 맴돌 뿐이다.

해가 지기까지는 아직 서너 시간이 남았으며 그 서너 시간이 다 가기 전에 우리는 꼭 뭍으로 가야 한다. 그러나 뭍은 너무 멀고 우리는 지금 형편없이 지쳐 있다. 서울에서 지쳐 있듯이 바다 위에서도 지친 것이다.

프로방스의 이발사

어서 오십시오. 아, 이쪽 의자루 앉으시죠. 날씨가 무척 뜨겁습니다. 잠깐, 선풍기를 돌려놔야겠군요. 자, 이제 됐습니다.

그런데 손님은 처음 뵙겠습니다? 물론 이 고장 손님은 아니실 테죠? 네? 로렌 지방에서 오셨다구요? 아 피서차. 그러니까 이 고장 명물인 해수욕장을 찾아오신 모양이군요. 하긴 사철 중에 이맘때가 되면 이 지방은 늘 이렇게 피서객으로 붐빈답니다. 대부분 북부 유럽의 점잖은 부자들이죠. 어디 우리 같은 가난뱅이야…… 전 벌써 6년째 이 프로방스에 살아도 바닷가엔 통 가보질 못했습니다. 불과 5마일 남짓한 거리지만 늘 일에 쫓기다 보니 바다 구경할 짬이 있어야죠. 가난은 죄악입니다. 인간을 동물로 추락시키기 때문이죠. 네 네, 스포츠머리로, 알겠습니다. 수염은 물론 기르시겠죠? 콧수염이 무척 보기에 좋습니다. 선생님, 혹시 연구소나 대학에 나가시지 않습니까? 역시 그렇군요! 뭐 별다른 재주가 있는 건 아닙니다. 직업이 직업인지라 많은 손님을 대하다 보니까 자연히 손님의 직장쯤은 눈치로 알 수 있게 된 거죠. 따지고 보면 비참한 일입니다. 인간이 빵을 벌기 위해서 한 직장에 일생을 바쳐야 하다니! 사실 전 여기서 이발업을 하기 전엔 커다란 방직 공장에 수년간 다녔었죠. 어마어마한 공장이었습니다. 직공이 천8백 명에 테니스 코트와 수영장까지 갖추어진…… 그런데 이렇게 안락하고 편리한 직공 생활이 제게는 언제나 까닭 없이 불안하더군요. 이제라도 내가 해고를 당해서 시립공원 벤치로 쫓겨날 것만 같더란 말입니다. 사실 그 공장은 훌륭했습니다. 노동자의 노동 시간이 합리적으로 계산되었고 의료 시설과 편의 시설이 완벽하게 갖추어졌죠. 봉급도 그만하면 좋은 편이어서 생활에 전혀 불편이 없었습니다. 그런데 이렇게 잘 갖추어진 보장 제도 때문에 나는 오히려 더 큰 불안과 두려움을 느끼곤 했죠. 사실 요즘의 모든 공장들은 그 작업 구조가 거의 동일합니다. 가령 예를 들면 A가 하는 일을 B가 대신해도 되고 B가 하는 일을 C가 대신해도 된다는 말입니다. 그러니까 노동자 개인 사이에 서로 작업을 교체하더라도 그 작업 내용 자체에는 하등 변화가 없는 거죠. 이러니 어째 우리 노동자가 불안하지 않겠습니까? 내가 없더라도 언제든지 타인이 내 일을 대신할 수 있다, 나 하나쯤 없어져도 공장이 당장 문을 닫는 건 아니다……

　자, 고개를 바로 하시죠. 됐습니다. 라디오 소리가 시끄럽지 않습니까? 그냥 놔두라구요. 뉴스를 즐겨 들으시는 모양이군요. 난 통 요즘 뉴스에는 흥미가 없습니다. 선생님은 신문 기사나 방송 뉴스를 사실로 믿으시는 편이십니까? 신용하신다구요. 물론 저도 대개의 경우는 매스컴의 보도를 신용합니다. 그러나 이 세상에 앞뒤가 꽉 들어맞는 진실이나 진리가 있을까요? 가령 하나에다 하나를 더하면 둘이 된다는 식의 진리 말입니다. 물론 수학적인 진리도 포함해서죠. 아하, 그러시군요. 그 점에서 저는 선생님과 의견을 달리합니다. 저는 대체로 그런 유의 진리를 신용하지 않는 편입니다. 더구나 그 진리가 의심할 여지없이 완전무결할 때는 더욱 신용하지 않죠. 저는 며칠 전에 이상한 현상을 보았습니다. 바로 제가 사는 아파트 2층에서죠. 빨랫줄에 물방울 두 개가 매달렸는데 바람에 불려서 그 두 놈이 합쳐졌죠. 그런데 두 놈이 합쳐졌는데도 결국 떨어지는 물방울은 한 개뿐이었습니다. 진리라는 게 대개 이런 속임수가 아닐까요? 글쎄요. 제 나름의 계산법의 차이라……

잠깐. 저 뉴스를 들어보십시오. 아니, 저런!…… 이번엔 프랜시스라는 미국인 관광객이 당했군요. 선생님, 저 살인 사건 이야기를 들으셨습니까? 끔찍한 일입니다. 사람을 여섯이나 이유 없이 죽이다니…… 그것도 모두 면도칼로 말입니다. 이번에는 시체를 방파제 밑에서 건졌군요. 역시 목이 없는 엽기적인 시체로…… 경찰은 도대체 뭘 하는 걸까요? 길 건너는 노파를 도와주는 정도가 경찰의 임무는 아닐 텐데 말입니다. 선생님은 이 사건을 어떻게 보십니까? 단순한 엽기적인 살인으로 보신다고요? 말하자면 편집광이나 사디스트 같은 성격 파탄자의 이상 행위라…… 하지만 저는 선생님과는 약간 다른 각도로 이 사건을 보고 있습니다. 사람에겐 누구나 공상의 자유가 있는 법이죠. 불쾌하지만 않으시다면 제 이야길 용서하십쇼. 우선 이 사건은 범인 스스로 쪽지에 적어 고백했듯이 전혀 이유 없는 살인입니다. 굳이 이유를 찾는다면 살인이라는 그 자체에 이유가 있다고 할 수 있죠. 범인은 지금 알파벳 순서로 A에서 F까지 차례로 여섯 명의 무고한 사람을 살해했습니다. 다음은 물론 G로 시작되는 이름의 사람이 희생될 것이고, 범행이 계획대로 진행된다면 Z까지 무려 20명이 더 살해되어야 합니다. 그런데 선생님은 인간이 인간을 죽일 때 이유 없이 죽이는 경우를 보셨습니까? 물론 없으시겠죠. 이상한 일입니다. 사냥꾼이 꿩이나 토끼를 사냥할 때는 이유가 없습니다. 아니, 이유가 전혀 없다면 이상하지만 적어도 사람을 죽일 때처럼 관습상이나 형법상 요란하지는 않다는 말씀입니다. 나나 선생님이 집에서 기르는 고양이를 죽였다 해서 형법상의 벌을 받는 건 아니지 않습니까? 그런데 그 죽이는 대상이 동물 아닌 인간일 때는 어떻습니까? 우린 어마어마한 죄인이 되어 법정이라는 삼엄한 장소에서 합법적인 절차를 밟아 꼼짝 못하고 무서운 형벌을 받아야 합니다. 말하자면 사회 질서를 유지하고 인간 생명의 존엄성을 지킨다는 등의 명목으로 이런 법적인 삼엄한 절차가 마련되어 있는 셈이죠. 이 점에서는 의심할 여지없이 인간이 네 발 달린 동물과 구별되는 것이 분명합니다.

그런데 여기 한 가지 이의(異意) 제기가 있습니다. 이렇게 사람을 겁주는 온갖 형벌들이 완벽하게 갖추어져 있는데도 지금 우리가 살고 있는 이 세계는 어떻습니까? 정말 사람이 사람을 죽이는 소위 살인 사건이 없습니까? 아, 물론 자연재해나 우발적인 사고도 없지 않습니다. 가령 비행기 추락 사고로 불의의 죽임을 당한다든지, 목간통에서 실족하여 뇌진탕으로 사망하는 경우 등…… 그러나 저는 지금 그런 살인을 말하는 게 아닙니다. 인간이 뚜렷한 의식을 지니고 의도적으로 인간을 죽이는 경우를 말하는 것입니다. 선생님은 전쟁에 출정하신 일이 있습니까? 아하, 지난 2차 대전에…… 아마 전쟁처럼 인간이 인간을 무더기로 살해하는 경우는 드물 것입니다. 전 그때 불행히도 도이치의 루르 지방에 있었죠. 물론 프랑스 사람으로 말입니다. 뭐 별다른 이유는 없었습니다. 여편네가 독일 태생이라서 잠깐 다니러 갔다가 전쟁을 만난 거죠. 그런데 수백만이 죽이고 죽는 이 전쟁이 제게는 퍽 기묘하게 보이더군요. 적군이고 아군이고 서로 상대편을 죽이면서 양편 모두 그럴싸한 이유가 있다는 말씀입니다. 나치 말을 들으면 유대인 학살도 그럴듯하고, 연합군 말을 들으면 그쪽 주장도 그럴싸하고…… 말하자면 양쪽 모두 사람을 죽이면서 자기 나름의 아주 합당한 이유가 있다는 말입니다. 갑자기 이 대목에서 묘한 생각이 떠오르더군요. 인간이 인간을 죽일 때는 반드시 이유가 필요하다, 만일 인간이 동물을 죽일 때도 이처럼 장황한 이유와 변명이 필요할까?…… 아니, 천만의 말씀입니다. 인간의 사상 체계나 이데올로기를 부정하는 게 아닙니다! 인간은 행동보다 생각이 많은 동물이죠. 저도 그 점에서는 인간의 우월성을 한없이 높이 평가하는 사람입니다. 보십시오, 완전에 가까운 이 법령들과 사회 제도들을. 이렇게 빈틈없이 조직화된 사회에서 인간이 어떻게 이유 없이 타인을 살해할 수 있겠습니까? 사실 저는 프로방스의 한 평범한 노동자일 뿐입니다. 다만 제가 지금 이런 말을 하는 뜻은, 인간은 왜 살인 행위에만 그처럼 여러 제약과 이유들을 장치하느냐 하는 것입니다. 사람을 살해하는 범죄 행위에는 물론 예방과 치안 유지 차원에서 철저한 법적 장치와 처벌이 필요합니다. 그러나 선생님은 현행 사형 제도를 어떻게 생각하십니까? 겉보기만 조금 그럴싸해 보일 뿐 살인이라는 점에서는 사형 제도도 일종의 살인 행위가 아닐까요?…… 개념상의 차이라! 개념상의 차이라는 것은 저도 물론 인정합니다. 하지만 사람이 사람을 죽인다는 면에서는 결과적으로 사형 제도도 살인과 동일한 행위가 아닐까요? 극악한 살인범일 경우 새로운 범죄 예방 조치로 사회와 영원히 격리시킨다는 뜻이 있다…… 물론 영원한 격리 조치일 수도 있고, 예비 범죄자에 대한 본보기가 될 수도 있습니다. 그러나 사형을 당하는 사형수의 처지로서는 분명히 외부 인간에게 살해를 당하는 것입니다. 어떤 지정된 개인이 사형수를 살해하는 것은 물론 아닙니다. 사회 제도, 즉 인간의 집단이 자체 내의 질서를 유지한다는 구실로 한 사람을 본보기로 골라 약정에 의해 살해하는 것이죠. 잠깐, 이야기가 어쩌다 보니 옆길로 흘렀습니다. 결국 제 이야기는 이렇습니다. 인간은 그 형태가 전쟁이거나 사형 제도거나 간에 사람을 죽일 때는 반드시 거창한 이유를 필요로 한다는 말입니다.

그런데, 이번에 이 연쇄 살인 사건은 어떻습니까? 전혀 구체적인 이유 없이 사람을 알파벳 순서로 그냥 차근차근 살해하지 않습니까? 저는 이 점에 이번의 이 연쇄 살인 사건이 다른 살인 사건과는 현격하게 다르다는 차이점을 느낍니다. 아, 물론 이상 성격자의 끔찍한 범죄 행위임에는 틀림이 없습니다. 그러나 앞에서도 말씀드렸습니다만 인간에게는 법 제도와는 상관없이 머리만 굴리는 공상이나 상상의 자유라는 것이 있죠. 언젠가 저는 거리를 거닐면서 귀밑에 사마귀가 달렸다는 단순한 이유만으로 어느 소녀를 문득 죽이고 싶은 충동을 느낀 적이 있습니다. 그러나 역시 그 충동은 내 나름의 잠시 동안의 공상이었을 뿐입니다. 나는 한동안 그 소녀를 열심히 바라보며 꽤 구체적으로 살해 계획까지 세웠습니다만 결국 그 계획을 실현시키지는 못했습니다. 선생님은 일상생활 중에 이런 유의 충동을 느껴보신 일이 없으십니까? 가령 곤히 낮잠 자는 개를 문득 발길로 걷어차고 싶다거나, 벼랑 끝에 서 있는 사람을 등 뒤에서 왈칵 떠밀고 싶다는 등의…… 물론 있으시겠죠! 인간에게는 본래적으로 이런 엉뚱한 충동이 조금씩은 내재하는 모양입니다. 다만 이 충동을 억제하여 행동으로만 옮기지 않을 뿐 머릿속으로는 더 끔찍한 상상도 얼마든지 가능하다는 말입니다. 그러니까 결국 공상이나 충동은 그것이 실제 행동으로 옮겨지지 않는 한 조금도 수치스럽다거나 죄가 될 수 없습니다. 사실 세상에서 범죄 행위로 다루는 것도, 인간 내심에서 일어나는 감정의 변화가 아니고 항상 밖으로 드러나는 현행범에만 국한되는 게 아닙니까?

자, 이제 라디오를 끄는 게 좋겠습니다. 선생님, 저런 음악을 어떻게 생각하십니까? 물론이죠. 저도 동감입니다! 저건 음악이 아니라 음악이라는 이름의 귀 따가운 소음일 뿐입니다. 아무리 취향이 다르기로서니 저런 것을 음악이라고 공익 방송에서 내보내다니……

아, 네, 살인 사건 이야기를 계속하라구요. 원, 철학이라니! 그렇게 말씀하시면 제가 오히려 부끄럽습니다. 뭐 제게 별다른 철학이나 남다른 생활 태도가 있는 건 아닙니다. 다만 저는 이 사건을 다른 사람보다는 좀 다른 각도로 생각해본 것뿐입니다. 우선 선생님은 이 사건이 보통의 살인 사건과는 다르게 어딘가 좀 이상하다고 생각지 않으십니까? 가령 우리가 범인의 입장이 되어 범인의 생각으로 이번 사건을 유추해보면…… 물론 있을 수 없는 일이겠죠. 하지만 가정한다면 말입니다. 인간은 누구나 어떤 행위를 할 때 그 동기라는 게 있지 않겠습니까? 그러니까 제가 만일 범인이라고 가정한다면 저는 그 동기를 이렇게 말할 수 있을 것 같습니다. 범인은 우선 인간의 생명에 대해서 어떤 경외감도 가지고 있지 않습니다. 그 예로는 벌써 여섯 명이라는 사람을 죽이고도 전혀 자기의 계획, 말하자면 알파벳 순서에 따라 스물여섯 명을 죽이겠다는 당초의 계획 말입니다, 이 계획을 아주 태연한 자세로 현재도 침착히 이행하고 있다는 것입니다. 물론 선생님의 말씀도 충분히 이해할 수 있습니다. 하지만 어떤 인간이 잔인하다는 성격 하나로 여섯 명이라는 많은 사람을 살해할 수 있을까요? 아니, 그렇지 않습니다. 저는 인간을 그렇게 잔인하다고는 생각지 않습니다. 사실 이 세상의 모든 인간은 보기보다 그렇게 악인도 없고, 소문처럼 그렇게 착한 사람도 없습니다. 그러니까 결국 이 범인의 범행 원인은 성격에서 오는 잔인성 때문도 아니고, 어떤 개인적인 원한이나 감정 때문도 아닙니다. 단순히 자기가 작성한 시나리오에 맞춰 자기의 시간표에 따라 한 치의 흐트러짐도 없이 묵묵히 계획대로 이행하는 것뿐이죠. 말하자면 냉철한 이성 밑에서 이 작업, 아 죄송합니다, 작업이 아니고 범행이군요, 이 범행을 착실하게 이행한다는 말입니다. 더구나 범인은 자기가 살해한 시체의 팔목에 항상 자기 심정을 토로한 쪽지를 달아놓곤 합니다. 지난번 차고 속에서 세번째로 발견된 샤를이라는 소년의 시체에 명백히 자기 심정을 토로하지 않았습니까? "나는 샤를이라는 이 소년에게는 하등의 원한이나 감정도 없다. 아직 아홉 살밖에 안 된 이 어린 소년을 나는 우연히 차고 안에서 만났을 뿐이다. 이 소년이 내 손에 살해된 이유는 단순히 그 이름이 C 자로 시작되기 때문이다. 속물 중에도 속물들인 당신네 경찰들은 또 전일의 어리석은 방법을 따라 수사라는 이름의 떠들썩한 소동을 벌일 것이다. 그러나 분명히 밝혀두지만, 나는 이 소년과는 아무런 관계도 없다. 이 살해에 아무런 이유가 없다는 것도 전일에 이미 쪽지에 남긴 메시지를 통하여 밝혀둔 바와 같다. 다음 차례는 물론 애초의 약속대로 D 자로 시작되는 어느 이름의 사람일 것이다……"

자, 보십시오. 선생님! 얼마나 침착하고 냉정한 범인입니까? 마치 시골 농부가 책상 위에 앉은 파리를 신고 있던 슬리퍼로 때려 잡을 때처럼 조금도 감정의 동요가 보이지 않지 않습니까? 물론 나치의 유대인 학살이나 재판관의 사형 판결처럼 요란하고 거창한 이유도 없습니다. 단순히 알파벳 순서대로 아무 이유 없이 사람을 죽이겠다는 맹랑한 이야깁니다. 아 살인광! 글쎄요, 살인이라는 행위에 광적으로 집착하는 일종의 살인광인지도 모르겠습니다…… 하지만 이 범인은 보통 살인광처럼 살인 행위 자체에는 별로 흥미가 없지 않습니까? 차라리 살인 행위보다도 그 살인을 지켜보는 주위 사람들에게 더 큰 흥미를 느끼는 게 아닐까요? 글쎄, 그 이유는 설명하기 곤란하군요. 좌우간 이런 정도의 이야기는 될 수 있겠죠. 가령 인간이 살인 행위를 할 때 반드시 어떤 이유나 구실이 필요한 것은 아니다. 인간은 그처럼 대단한 존재도 아니며 또 늘 그렇게 대단한 존재로 취급받아오지도 않았다. 인간도 가축이나 해충처럼 전혀 이유 없이 간단히 처리될 수 있다. 왜 이렇게 자연스럽고도 대수롭지 않은 행위를 인간들은 살인 행위에 한해서만은 그토록 요란하게 구실을 붙여 다루어왔느냐. 사실 지금까지 무수한 인간들이 살해되어왔고 그때마다 그들의 가해자는 그럴싸한 이유와 화려한 구실들을 붙여왔다. 그러나 그 떠들썩한 이유만큼 인간이 한 번이라도 제대로 된 합리적인 죽음을 당해본 적이 있느냐. 그러니까 나는 이런 구차한 이유보다는 아예 아무 이유 없이 내가 작성한 시나리오에 따라 사람들을 차근차근 살해해 보일 작정이다. 이 이유 없는 살인을 관람하고 당신들이 나를 뭐라건 나는 별로 관심이 없다. 내가 오직 관심을 두는 바는 바람에 날린 기왓장에 우연히 길 가다가 머리를 맞아 죽듯이 인간은 아무 이유 없이 다른 인간의 손으로 살해될 수 있다는 사실이다. 살인도 역시 자연재해처럼 아무 이유 없이 인간들 사이에 자연스레 발생하는 작은 사건에 불과하다는 것을 보여주면 그뿐이다…… 네? 궤변이라구요? 물론 궤변이죠. 궤변이고말고요. 그러나 나치가 유대인을 학살할 때도, 그리고 네로가 로마를 불태울 때도 그 이유는 역시 이런 궤변과 비슷한 것이었습니다. 제 궤변과 좀 다른 점이 있다면, 그 친구들의 궤변은 여러 가지 수사가 붙어 좀더 웅장하고 화려했다는 차이 정도죠……

　　잠깐, 창문을 열어놔야겠습니다. 이맘때면 바닷가에서 해풍이 상쾌하게 불어올 시간이죠. 프로방스의 해풍. 염분을 잔뜩 머금은 지중해 특유의 상큼한 해풍! 선생님은 이 프로방스 지방을 좋아하십니까? 성자의 무덤 같은 십자가의 포도밭이라! 하지만 포도밭 때문에 이 프로방스 지방이 좋아진 것은 아닐 테죠? 이 지방의 옛날 역사를 선생님은 알고 계십니까? 네, 그렇습니다! 옛날에는 동서 문화의 교역지였죠. 나귀를 타고 온 페르시아인과, 군선을 이끌고 온 로마의 정예군, 자세힌 모르겠습니다만 애꾸눈 한니발이 코끼리를 타고 온 곳도 바로 이 근방이 아닌가 싶습니다. 아, 해풍이 불어오는군요. 잠깐, 저 거울을 바라보십시오. 카나리아 새장이 걸려 있고 분홍색 커튼이 활짝 열린…… 이제 조금만 있으면 금발의 미녀가 창가에 나타납니다. 글로리아라는 열아홉 살의 아가씨죠. 무엇 하는 여자냐구요? 꿈을, 프로방스의 꿈을 파는 여자죠. 마르그리트를 닮아서 늘 그 금발머리에 동백꽃을 단다나요. 드디어 글로리아가 나타났습니다. 카나리아에게 먹이를 주는군요. 어떻습니까? 꿈을 파는 여자치고는 너무 아름다운 얼굴이죠? 아마 이 지방의 기후 때문일 것입니다. 이 프로방스 지방에서는 통 노파를 구경할 수가 없답니다. 모두 저렇게 능금빛 볼을 하고…… 그러니까 늙지 않는 비결이라도 있는 거죠. 네? 짐을 싸고 있어요? 아하, 드디어 저 아가씨도 여길 떠나는 모양입니다. 아마 방금 라디오에서 뉴스를 들은 모양이죠? 무슨 뉴스라니! 방금 우리가 들은 살인 사건 말입니다. 그렇죠. 그런데 왜 떠나느냐! 딱하군요 선생님이…… 그렇게 둔감하실 줄은 몰랐습니다. 자, 들어보십시오. 오늘 방송에서 프랜시스라는 미국인이 죽었다구 했죠? 그런데 그 F 다음에는 알파벳 순서로 G

가 아닙니까? 아하, 이제 알아들으셨군요. 그렇죠. 저 아가씨 이름이 글로리아거든요. 역시 G 자로 시작된단 말입니다. 그런데 그 옆방 창문을 보십시오. 검은 커튼이 늘어져 있죠? 이제 그 아가씨는 곧 집으로 돌아올 것입니다. 며칠 전에 파리로 급하게 여행을 떠났죠. 별다른 이유는 없습니다. 역시 그 아가씨 이름이 프랑수아였거든요. 하지만 F 자가 벌써 죽었으니 이젠 자기 차례는 지나갔다는 거겠죠. 뭐라구요? 선생님 이름이 G 자로 시작된다? 기욤 씨라! 이거 큰일났습니다. 내 집에 오신 손님 중 G 자 손님은 퍽 드뭅니다. 그런데 조금도 불안을 느끼시지 않으십니까? 역시 선생님은 건전한 상식인이십니다. 물론이죠. 사람은 간혹 조금쯤 둔감하거나 미련해질 필요가 있습니다. 감정이 예민하다는 건 일종의 형벌입니다. 전 언젠가 리옹 거리에서 50세쯤 되는 중년의 광인을 본 일이 있죠. 그런데 그 후에 들은 이야기입니다만 그 광인이 발광한 이유가 걸작이었습니다. 일본에 있는 히로시마라는 도시에 원폭이 떨어진 것을 선생님은 아시겠죠? 바로 이 광인이 발광한 이유가 그 원폭의 위력에 놀란 탓이라는군요. 이야긴즉 이렇습니다. 이 광인은 전부터 우리가 사는 지구를 여러 개의 세포가 뭉친 생명체로 보았다는 것입니다. 그런데 그 어마어마한 원폭이 폭발해서 지구의 표피에 상처가 났으니 조만간 그 상처가 안으로 화농되어 가장 표피가 얇은 자기 농장 주위에 고름의 홍수가 터져 나올 것이라는군요. 하하하! 상상력도 이쯤 되면 분명히 형벌입니다. 여기 또 하나 재미난 실례가 있습니다. 우리 유럽 사람들은 정신병 환자가 너무 많아서 정신병원이나 뇌병원이 늘 만원을 이루고 있지 않습니까? 하지만 동양의 어느 나라에서는 정신병 환자의 수가 너무 적어서 오히려 그 정신병자를 존경하고 우러러보기까지 한답니다. 그렇죠, 말씀하신 대로입니다. 말하자면 정신병이란 과다한 사유가 만들어낸 일종의 정신적 사치병이죠. 이번에 이 떠들썩한 살인 사건도 저는 불안 의식의 과잉 반응이 만들어낸 일종의 정신적 사치병이라고 생각합니다. 네? 무슨 패닉이라구요? 아니올시다. 저는 그렇게 어려운 의학 용어는 모릅니다. 제가 지금 확실히 알고 있는 것은 제 주변이나 제 개인에 관한 사소한 일상사들뿐입니다. 가령 제 이름이 폴이라는 것과 바리캉의 톱날은 어떻게 갈아야 잘 드는가…… 아하, 농담이 심하시군요. 폴의 P자가 돌아오려면 아직도 아홉 사람이 더 죽어야 합니다. 아직 서두를 필요는 없겠죠. 그런데 확실히 이번 사건은 이 프로방스 지방에 커다란 불안을 가져온 것은 사실입니다. 제 친구 중에 양복점을 열고 있는 그랑이라는 조그마한 귀염둥이 친구가 있죠. 이 친구는 병원에서 위장병의 진단을 받고 무려 8개월 동안 엄격히 금주를 해왔습니다. 한데 이 살인 사건의 소문을 듣고는 갑자기 불안과 공포에 휩싸여 위장병 따위는 저 멀리 내동댕이친 채 당장 술집으로 달려갔습니다. 아마 지금쯤은 고주망태가 되어 어느 경찰서 벤치 위에 길게 누워 있을 것입니다. 네? 종교라구 하셨습니까? 불안을 덜고 마음의 안정을 얻기 위해 교회를 찾는 것도 한 방법이다…… 물론 좋은 생각이죠. 안정을 구하고 영혼의 구원을 받기 위해서! 그러나 교회라는 곳도 그렇게 만만히 볼 장소가 못 됩니다. 가령 선생님이 목사나 신부라고 가정한다면, 필요할 때만 예수를 찾는 그런 신자를 좋아하시겠습니까? 어림없죠. 그러나 현실은 어떻습니까? 이 고장뿐 아니라 전 유럽의 모든 교인들은 자신의 필요에 의해서만 교회를 찾는 게 요즘의 추셉니다. 그러니까 저로 말하더라도 일생 동안에 교회에 나가는 숫자는 단 세 번밖에 안 된다는 말입니다. 갓 태어나 세례를 받기 위해서 최초로 교회를 찾고, 결혼할 때 결혼 서약을 하기 위해 두번째로 교회를 찾고, 죽어서 장례를 치를 때 시체가 되어 마지막으로 교회를 찾습니다. 아닙니다. 단순히 그런 이유 때문만도 아닙니다. 제게는 또 한 가지 교회에 발걸음을 멀리하는 이유가 있죠…… 현대는 불안과 공포의 시대라고 어느 우편배달부가 제게 말한 적이 있습니다. 선생님도 물론 이 배달부 말에 얼마쯤은 찬동하리라 믿습니다. 그렇죠! 바로 말씀하셨습니다. 결국 이렇게 사람 살기가 바쁘고 고단한 시대에, 즉 난로 위에서는 빵이 타고 있고, 고장 난 수도꼭지에서는 물이 줄줄 새고 있고, 우편함에는 각종 고지서가 매일처럼 쌓여가는데 어떻게 단정히 정장을 하고 성서를 옆구리에 낀 채 교회를 찾아갈 수 있겠느냔 말입니다. 사실 말을 바로 하자면 예수교의 그 성스러운 십계명도 전쟁터에서는 말짱 무용지물이죠. 마치 토끼를 잡아 이제 막 뜯어 먹으려는 이리에게 예수님의 이웃 사랑을 설명하는 것과 비슷하죠. 아, 신을 믿지 않느냐구요? 창조주 하나님 말씀입니까?…… 물론 필요할 때는 믿습니다만 오늘처럼 해풍이 상쾌할 때는 믿지 않습니다. 솔직히 말해서 저는 신을 우습게 알죠. 자, 제 말을 조금만 더 들어보십시오. 물론 신이 우주를 창조하고 아담과 이브를 만들었습니다. 그러나 우주를 창조한 그 위대한 신의 권능보다도, 인간이 그 위대한 신의 권능을 용케 알고 있다는 사실이 제게는 더욱 놀랍습니다. 그 신비로운 신의 권능을 우리같이 보잘것없는 인간까지도 알 수 있다면 결국 그 신의 권능이란 것도 별로 신통한 게 아니잖습니까? 적어도 창조주인 신이 하시는 일이라면 우리 같은 미천한 인간은 짐작도 못 해야 되는 게 아닙니까?

자, 바로 앉으시죠. 이제 가위질이 남았습니다. 방 안이 갑자기 어두워졌군요. 아하, 빗방울이 듣기 시작합니다. 역시 비가 오려고 날씨가 그렇게 무더웠던 모양입니다. 잠깐, 전등을 켜야겠군요. 됐습니다. 그런데 선생님은 비를 좋아하십니까? 물론 휴가철의 비라니 좋으실 리가 없으시겠죠. 하지만 세상사는 항상 불공평하도록 되어 있답니다. 한쪽에서는 비 오기를 열심히 기다리고 한쪽에서는 쾌청한 날씨가 계속되기를 기다리고…… 이런 뜻에서 우산 장수와 노천극장 주인은 영원히 화해가 불가능하겠죠. 저는 물론 어느 쪽이든 상관이 없습니다. 이발은 비와는 전혀 무관한 사이니까요. 하지만 제 개인의 취향을 말하라면, 비가 오는 쪽이 훨씬 더 제 기분에 상쾌합니다. 한없이 펼쳐진 잿빛의 하늘, 안개처럼 자욱한 빗속의 지붕들, 함초롬히 비를 맞는 시골길의 우유 배달 달구지…… 아니죠, 저는 로맨티스트가 아닙니다. 엄밀한 의미에서는 아무 주의에도 속해 있지 않습니다. 그러나 제가 지금 확실히 말할 수 있는 것은 이 세상은 푸딩처럼 뒤죽박죽이라는 것과 무언가 불안한 그림자가 닥쳐오고 있다는 것뿐이죠. 선생님은 간혹 이런 불길한 기분을 느끼지 않습니까? 가령, 탑승권을 예매해 둔 비행기가 공교롭게도 내일 대서양 상공에서 엔진 고장으로 추락하지나 않을까 하는…… 물론 신경이 과민한 탓이겠죠. 그러나 그런 우발적인 위험이 아주 없는 것도 아닙니다. 보시

다시피 이 사회에는 각종의 안전 제도가 거의 다 구비되어 있습니다. 생명보험을 비롯해서 그 무수한 보장 제도들…… 그렇지만 과거의 전례로 보아서 어디 그 보장 제도만큼 불의의 사고가 없었어야죠. 하긴 또 그런 불의의 사고가 아주 없다면 세상은 천국만큼이나 밋밋하고 멋대가리 없는 동네가 되겠죠. 그렇습니다. 천국은 분명히 우리 범속한 인간들이 살기에는 도무지 재미라고는 없는 멋대가리 없는 동넵니다. 아무 괴로움과 불편이 없고 모든 것이 충족되는 그런 고장에는 물론 간음이나 살인 같은 짜릿하고도 아기자기한 사고도 없겠죠. 하지만 선생님은 손가락이나 발가락 사이를 모기에게 물렸을 때 그 물린 상처를 손으로 긁어보신 일이 있으십니까? 그 아릿하고 통쾌하면서도 상쾌한 긁는 맛이라니! 그러나 천국엔 모기가 없으니 그런 상쾌한 맛도 느낄 수가 없겠죠. 제 테니스 친구 중에 손버릇이 고약해서 가끔 경찰서 신세를 지는 작자가 있습니다. 이 친구, 어느 날 남의 집 담을 뛰어넘다가 재수 없이 경찰관의 총에 맞았죠. 그런데 다리에 총상을 입고 병원에 누워서 한다는 말이 "여보게, 폴, 역시 이 세상이 천국이 아니길 다행이야. 만일 이 세상이 천국이었다면 나는 지금쯤 이 병원 대신에 저 컴컴한 시체실에 누워 있을지도 모르네. 천국에서 근무하는 경찰관은 모두 백발백중의 명사수일 테니까 말이야".

    네, 알겠습니다. 그러니까 사회의 불안을 이야기했던가요? 공포와 불안! 도처에 산재한 예측 불허의 위험과 불안이라! 역시 선생님의 표현은 우리 범인들이 미치지 못하는 예리하고 날카로운 맛이 있습니다. 사실 저는 학교 과목 중 수사학

점수가 제일 나빴죠. 아마 수사학 선생이 제가 제일 미워하는 타입의 사람이었던 모양입니다. 하지만 수사학과 일반 화술과는 엄연히 다르죠. 어떤 친구는 저를 좀 수다스럽다고 공박하지만 수다스러운 정도는 아직 용서할 수 있습니다. 화법 중에 제일 고약한 것은 역시 훈계조의 오만한 자세가 아닐까요? 네, 네, 또 이야기가 옆으로 새고 말았군요……

아니, 아무것도 아닙니다. 창밖에 경관이 지나가고 있어서요. 요즘 이 골목길에도 갑자기 경찰의 순찰이 많아졌답니다. 아마 그 살인 사건 때문이겠죠. 그런데 선생님 생각에는 그 범인이 경찰의 손에 잡힐 것 같습니까? 물론 언젠가는 시간이 해결하겠죠. 제 말은 그런 뜻이 아니고 범행 동기가 엉뚱하고 애매해서 일반 살인 사건과는 달리 수사하기가 오히려 어렵지 않겠느냐 하는 것입니다. 경찰을 못 믿어서 하는 말이 아닙니다. 사실 지금 형편으로는 경찰밖에 믿을 데가 없죠. 그런데 이건 제 생각입니다만 범인이 전혀 의외의 사람일 것 같지 않습니까? 가령 모 신문사의 지방 지국장이라든지, 어느 유치원의 늙은 보모라든지, 어쩌면 경찰서의 나이 어린 사환인지도 모르죠. 글쎄, 일종의 직감이랄까요. 좌우간 이번 사건은 도무지 오리무중입니다. 벌써 범행이 시작된 지 3주일이 지났는데도 경찰은 단서 하나 잡지 못하고 있지 않습니까? 시민들이 전에 없이 불안을 느끼는 것도 이런 지지부진한 수사 때문이 아닌가 싶습니다. 그런데 선생님은 혹시 이런 생각을 해보신 적이 없으십니까? 시민들에게 좀더 불안을 느끼게 하기 위해서 범인이 일부러 알파벳순으로 사람을 살해한다…… 사실 유럽 사람의 이름 중에 로마자로 표기할 수 없는 이름은 하나도 없습니다. 그러니까 결국 전 유럽 사람들이 모두 한 번씩은 살해의 대상이 되는 셈이죠. 며칠 전 이곳 지방 신문에서 읽었습니다만, 아이들을 열두 남매나 거느린 어느 과부는 도저히 그 아이들을 전부 보살필 수가 없어서 경찰서 감옥에 넣어 줄 것을 서장에게 간청했답니다. 아마 오늘이나 내일 신문에는 이름을 바꾼다는 광고가 어마어마하게 많을 겁니다. 물론 벌써 차례가 지나간 A에서 F 사이의 이름으로 말입니다. 부끄러운 일입니다만, 한 사람의 실없는 장난이 이렇게 큰 파문을 던질 줄은 몰랐습니다. 사실 저는 세계 대전을 두 번이나 겪었습니다만 요즘처럼 이 지방이 소란스러웠던 일은 처음 봅니다. 물론 선생님도 이 거리를 지나오셨으니 눈으로 보고 몸으로 겪으셔서 잘 아실 것입니다. 마치 지금 당장이라도 지구의 종말이 올 것 같은 불안한 얼굴들을 하고 있지 않습니까? 그렇죠! 닥쳐올 무엇을 기다리는 예측 불허의 황당한 공황 상태…… 그러나 역시 인간의 일생은 기다림의 연속이 아닐까요? 가령 선생님은 훌륭한 논문이 씌어지기를 기다리고, 우리 프로방스 주민은 풍년이 들기를 기다리고…… 그렇군요, 불행을 기다리는 초조도 있겠고, 죽음을 기다리는 공포도 있겠습니다. 사실 현대 사람들은 기다리는 대상이 너무나 많습니다. 구두 수선을 하고 있는 제 옆집의 프랑수아라는 직공은 평생 소원이 쌍돛대가 달린 최신형 요트를 사는 겁니다. 그러나 예수님 같은 위대한 성자는 그 소망도 범인과 다른 어마어마한 것이었죠. 지구 위에 사는 모든 국가의 모든 백성을 당신을 믿고 따르는 정신적인 종들로 만들려구 했으니까요. 그러구 보니 이 살인 사건의 범인도 욕심이 보통은 아닌 것 같습니다.

전 유럽 사람을 모두 공포와 불안에 떨게 했으니…… 하아, 물론 선생님 같은 예외의 분도 계십니다. 그런데 한 가지 선생님께 여쭈어볼 일이 있습니다. 도대체 우리가 늘 말하는 불안이니 절망이니 허무니 하는 것은 뭘까요? 나사못이나 군밤처럼 손으로 만져서 확인할 수는 없는 것일까요? 전 가끔 변소에서 용변을 보며 이런 엉뚱한 걸 생각해봅니다. 인간은 왜 하루에 한 번씩 이런 장소에 쭈그리고 앉아야 하는가…… 왜 오지도 않을 편지를 기다리며, 죽은 사람의 사진을 보고 눈물을 흘리는 것일까?…… 선생님은 에펠 탑에 올라가 보셨겠죠? 그 탑에서 파리 시가를 내려다보며 뭐 특별하게 느끼신 거라도 없으십니까? 현기증이 났을 뿐이라구요! 물론 저도 현기증을 느꼈습니다. 그러나 전 육체적인 현기증보다 좀더 큰 현기증을 느꼈죠. 말하자면 뭔가 제 삶을 되돌아보게 하는 근원적인 불안과 회의를 느낀 거죠. 마침 제가 에펠 탑에 올라간 날은 청명한 가을날이었습니다. 하늘은 온통 코발트색 비단이었고, 사방을 둘러봐도 눈에 막히는 게 없었습니다. 마치 전 세계를 정복한 칭기즈 칸만큼이나 마음이 호방하고 상쾌했더랬죠. 그런데 전 갑자기 호기심이 생겨서 같이 올라온 소년에게 쌍안경을 빌려가지고 파리 시가를 잠깐 내려다보게 됐습니다. 그때 제가 뭘 보았다고 선생님은 생각하십니까? 세계의 심장인 파리 시가의 활기찬 모습이라구요? 천만에 말씀입니다. 전 그때 엄청나게 혼잡스러운 작은 동물들의 분주한 질주를 보았을 뿐입니다. 개미 떼 같은 두 발 짐승의 어마어마한 혼잡과 슬픈 질주! 사방으로 뻗은 수많은 도로와 크고 작은 무수한 건물의 창구마다 인간은 뜨거운 체열을 발산하며 무언가 바쁘게 움직이고 있었습니다. 물론 그들의 요란한 대화들은 제 귀에는 한마디도 들려오지 않았습니다. 다만 그 동작만이, 쉴 새없이 움직이고 다투는 듯한 동작만이 까마득한 거리를 격해웅성웅성 내 눈에 보일 뿐이었죠. 아닙니다. 저는 파리를 무척사랑했습니다. 센 강과 노트르담 사원과 루브르 박물관과 샹젤리제 거리, 그리고 그 무수한 카페들과 레스토랑, 선술집 들을 저는 미칠 듯이 사랑했습니다. 만일 그것이 파리의 물건이라면 길거리에 흘려진 호두 껍데기까지도 제게는 무척 친숙하고 사랑스러웠죠. 그러나 그날 쌍안경으로 파리 시가를 보고나서 저는 문득 파리라는 도시를 동정하기 시작했습니다. 사랑이 아니고 동정입니다. 도저히 파리를 동정하지 않을 수 없었죠. 왜 그처럼 파리 시민은 미친 듯이 바빠야 하는가. 인간은 왜 그처럼 쉴 새 없이 움직여야 하는가. '안녕하시오' 같은의미도 없는 말을 지껄이고, '현상 퀴즈에 당첨됐네' 하고 분수없이 즐거워하고, '파업이다 혁명이다' 하고 미친 듯이 거리를 질주하고…… 알겠습니다. 가급적 그런 동정은 접어두거나 잊어버리라구요…… 그러나 그 동정은 비단 파리 시민에게만 향한 것은 아닙니다. 오히려 제 자신에 향한 자조적인 동정인지도 모르죠…… 좌우간 저는 그 후부터는 모든 일에 통 자신이 없어졌습니다. 거울 앞에서 면도를 할 때도, '부친 사망'이라는 전보를 받았을 때도…… 언젠가는 식당에서 새우 요리를 먹고 있는데 가톨릭 봉사회에서 나온 두 젊은이가 제게 전쟁 고아를 위한 기부금을 요구하더군요. 그러나 저는 그 친구에게 이렇게 말했습니다. "기부를 받아야 할 사람은 바로 접니다. 제 영혼은 지금 너무나 가난해서 누구를 동정할 입장에 있지 않습니다……"

자, 이제 마지막 면도가 남았습니다. 콧수염을 기르신다 구 했던가요? 네, 네, 알겠습니다. 수염 한 뿌리도 다치지 말 고…… 물론입니다. 더불어 사는 인간 사회에서 껄끄럽거나 해로운 일은 가급적 빨리 잊어버려야죠. 만일 그런 감정이 스 물네 시간 계속된다면 보통 사람들은 견디지 못해 당장 넥타 이로 목이라도 매야 할 것입니다. 인간에게는 망각이라는 고 마운 혜택이 있습니다. 세상에 모든 인간이 냉장고에 물건을 넣어두듯이 과거의 기억들을 모두 고스란히 간직한다면 하루 도 눈물 없이 사는 날이 없을 겁니다. 제게도 한 가지 퍽 쓰라 린 추억이 있죠. 롤랑이라고 그림을 그리는 친군데, 이 친구를 제가 죽였답니다. 물론 제가 직접 식칼이나 엽총으로 죽인 것 은 아닙니다. 말하자면 그 친구 스스로 자살하게끔 만들었던 거죠. 아, 이야기는 이렇습니다. 그 친구와 저는 퍽 오랜 세월 다정한 친구로 지냈습니다. 우연한 기회에 서로 알게 되었고, 우연히 동시에 한 여자를 사랑했고, 또 우연히 두 사람 모두 실연을 당했습니다. 그런데 이 흉허물 없는 친구에게 딱 한 가 지 고약한 버릇이 있었죠. 자기 그림에 광적인 자신을 갖는 것 과, 그 그림을 시장에 내놓기 전에 꼭 제게 미리 감상을 의뢰 하는 것입니다…… 저는 그날 브리지 노름에 돈을 좀 잃고 있 어서 마음이 울적한 데다가 기분도 영 바닥이었던 참이었죠. 한데 집에 돌아와 보니 롤랑이라는 이 친구가 새로 그린 그림 을 소파 위에 얹어놓고 제게 또 그 그림에 대한 느낌을 물어 오는 것이었습니다. 그러나 저는 브리지 노름에 돈을 잃은 뒤 고 해서, 그 친구에게 평소와는 달리 짜증스레 씨부렁거렸습니다. "자네 아무래도 그림을 그만두는 게 좋을 것 같아. 오늘에야 내가 솔직히 하는 말이네만, 지금까지 보여준 자네 작품들 하나도 제대로 된 물건이 없었네. 자네 정도의 그림 솜씨 가지군 차라리 공중변소에 낙서나 하면 알맞을까……"친구는 아무 말 없이 내 방을 나갔습니다. 그리고 두 시간쯤 후에 저는 그 친구의 애인에게서 뜻밖의 전화를 받았죠. 살충제 소독약을 먹고 그 친구가 자살을 했다는 겁니다. 그러나 문제가 된 것은 정작 그 친구가 자살한 후부텁니다. 저는 그 빌어먹을 양심의 가책이란 것 때문에 하루에도 서너 번씩 고주망태가 되도록 술을 퍼마셔야 했죠. 결국 술은 애초의 계산대로 제게서 그 친구의 기억들을 말끔히 지워주었습니다. 보시다시피 저는 이렇게 건강한 이발사로 살아남아 있지 않습니까?

자, 이제 면도도 다 돼갑니다. 이쪽으로 조금만 몸을 낮춰주십시오. 네, 됐습니다. 그런데 선생님은 참으로 태평하고 태연하시군요. 마치 이 세상의 모든 시름을 깨끗이 털어버린 성인군자처럼 말입니다. 손님 중에는 가끔 다루기 힘든 까다로운 분이 있죠. 면도는 꼭 자기 손으로 하겠다는 고집입니다. 결국 칼을 든 이발사를 못 믿겠다는 것이겠죠. 사실 그러고 보면 세상에 믿을 사람은 아무도 없습니다. 가령 제가 지금 손에 든 이 칼로 조금만, 불과 1인치 정도만 밑으로 내리긋는다면 선생님의 일생은 간단히 끝납니다. 네? 아하, 남을 의심하는 건 죄악이라구요. 물론 죄악입니다. 그러나 어디 우리 인간이 정직한 말만 듣고 살아온 적이 있습니까? 오히려 속아서 살아왔기 때문에 이렇게 작으나마 이발소라도 열 수 있는 게 아닐까요? 사실 저는 몇 년 전부터는 아무것도 믿지 않기로 작정

했죠. 곡마단 호랑이가 우리를 탈출했느니, 네 살 먹은 어린애가 늙어서 죽었다느니, 산토끼와 집고양이가 교미를 했다느니…… 이런 걸 믿기보다는 차라리 우리 집 뜰에서 키우는 털강아지 노라를 믿겠습니다.

하아, 선생님은 줄곧 제 이야길 비웃고 계시는군요. 그러나 섣불리 안심하지는 마십시오. 선생님이 보통 손님과 다르다는 건 제가 진작부터 잘 알고 있습니다. 참, 선생님 이름이 기욤 씨라구 했던가요? 역시 G 자로 시작되는군요. 자, 이젠 유감스럽게도 선생님이 제 살인 계획표의 일곱번째 차렙니다……

사
공
과　밤

차가 산굽이를 크게 돌더니 잡목들이 길게 늘어선 제방 위로 올라선다. 바다다. 매미 울음소리가 귀청이 따갑도록 요란하다.

작은 포구(浦口). 상앗대가 가로놓인 거룻배 네 척이 ㄷ자형의 잔잔한 포구에 그림처럼 묶여 있다. 차 안에서 바다 쪽을 바라보는 사람은 나와 그이, 두 사람뿐이다. 이 고장 주민들이 대부분인 승객들은 바다에서는 아무런 감동도 받지 않는다. 그들은 이곳이 삶의 터전이고 우리는 이곳에 휴가차 찾아온 피서객인 탓이다.

포구 바깥에는 돛배 두 척이 팽팽하게 바람을 받고 어딘가로 한가로이 흘러가고 있다. 버스가 계속 제방 위로 달리고 있어서 배들은 전혀 움직이는 것 같지 않다. 그 너머로는 곶인지 섬인지, 남빛 바다 위로 많은 육지들이 듬성듬성 떠 있다. 마침 물이 나간 때여서 섬들은 수면 밖으로 오랜 세월 동안 해수(海水)에 침식된 시커먼 바위들을 번쩍이며 드러내고 있다. 검은 바위벽에 부딪히는 파도들이 쨍쨍한 햇볕 속으로 흰 포말들을 끊임없이 뿜어 올린다. 차의 엔진과 매미 울음소리로, 철썩이는 파도 소리는 전혀 귀에 들리지 않는다. 돛배는 이미 시야에서 사라지고, 차창으로 바닷바람만이 싱그럽게 살갗을 간질인다.

버스가 멎었다. 마을은 전면으로 바다를 두고, 기다란 제방 안쪽의 얕은 산비탈에 오밀조밀 자리 잡고 있다. 눈대중으로 어림잡아 보니 불과 40여 호의 자그마한 어촌이다. 초가지붕에는 거센 해풍에 날리지 않도록 사람 머리만 한 크기의 돌들이 새끼줄에 엮여 주렁주렁 달려 있다. 제방이 끝나는 저쪽 갈밭으로는 거대한 철선(鐵船) 한 척이 뱃바닥을 하늘로 향한 채 큰 갑충(甲蟲)처럼 엎어져 있다. 선체가 온통 시뻘겋게 녹이 슨 채 그 위로는 흰 페인트로 '반공방첩'이 씌어져 있다. 승객들이 어느 틈에 버스를 다 내리고 차 안에는 나와 그이만이 멍한 표정으로 앉아 있다. 버스가 다시 움직이기 시작하자 그이가 불쑥 차장에게 말을 건넨다.

"얼마나 남았소, 앞으로?"

"다 와갑니더."

"다 와가는 줄은 알고 있소. 앞으루 몇 분이나 더 가야 되는지를 묻는 거요."

대답이 없다. 색안경을 쓴 그이의 얼굴에 다시 언짢은 기색이 떠오른다. 차장들은 한국에서는 어디를 가나 똑같은 모양이다. 거친 말씨에 무뚝뚝하고 때로는 승객들과 서슴없이 싸움도 한다. 그러나 그이가 언짢아하는 것은 비단 버스 차장의 불친절만은 아닌 것 같다. 그이는 이틀째로 접어든 이번 여행에 벌써 심한 피로와 짜증을 느끼고 있다.

"손님들 오데서 피서 오십니꺼?"

운전사가 룸미러를 통해 불쑥 우리에게 말을 걸어온다. 러닝셔츠 바람에 갈색 색안경을 쓴 그는 차장 못지않게 무뚝뚝한 사내다. 귀청이 따갑도록 카스테레오를 틀어놓아서 우리는 이 사내에게 벌써 두 차례나 그것을 꺼줄 것을 요구했다. 그러나 그는 들은 척도 않고 아직도 귀청이 따갑게 「울산 아가씨」를 틀고 있다.

"서울서 왔어요."

"서울서예?"

"네."

"서울서 우찌 이런 데로 오싰습니꺼? 여게는 시설도 나쁘고 해수욕장이 생긴 지도 얼마 안 됩니더."

"시설이 좋지 않다는 건 우리두 대충 알구 왔어요. 우린 조용한 장소를 찾아서 일부러 사람 없는 시골루 온 거예요."

"아, 조용하긴 조용합니더. 보이소, 저기가 바로 해수욕장입니더."

나는 고개를 돌려 운전사가 가리키는 좁은 바다 저편을 바라본다. 해수욕장은 모래로 된 거대한 섬이다. 송림이 짙푸른 이쪽 곶머리에 방갈로 비슷한 건물 두 채가 서 있고, 그 위쪽으로는 눈부신 백사장에 텐트 서너 개가 드문드문 흩어져 있다. 오후 3시의 한낮인데도 해변에는 욕객이 불과 열 명도 채 보이지 않는다. 이쪽과 모래섬으로 나룻배가 왕래하는지, 배 한 척이 바야흐로 저쪽 해안에서 떠나려 하고 있다. 배에는 사람들이 10여 명쯤 타고 있었고 그중에도 파라솔 네댓 개가 울긋불긋 유난스레 돋보인다. 버스는 곧 도선장으로 짐작되는 어느 허름한 주막 앞의 넓은 빈터에 멈춰 선다.

"다 왔십니더, 내리시이소."

짐들을 들고 버스에서 내리자 나룻배는 그제야 저쪽 해안에서 이쪽으로 오고 있다. 마침 가까이에 수박과 참외를 늘어놓은, 원두막 같은 것이 제방 끝에 서 있다. 안쪽 바닥은 석축 위로 고여 놓았고 바깥쪽 바닥은 바다까지 길게 내뻗은 굵은 기둥 위에 얹혀 있다. 높이가 약 5, 6미터쯤 되는 기둥은 푸른 파도가 밀려올 때마다 흰 물거품을 철썩철썩 뿜어 올린다.

버스에서 불과 10여 미터도 안 되는 거리건만, 그이는 원두막에 이르자 땀이 어느새 겉옷을 적시고 허리띠 부근까지 흥건하게 내배어 있다. 서울에서는 전혀 피로를 모르던 그이였는데 웬일인지 이번 여행에서는 유난스레 피로와 고통을 느끼는 듯하다. 그러나 원두막 그늘 속으로 들어가자 시원한 해풍에 날려 땀이 삽시간에 피부에서 잦아든다. 나는 그이에게 수건을 건네주며 난간에 두 손을 짚고 그이를 유쾌하게 돌아본다.

"어때요. 시원하죠? 이 바람은 멀리 태평양을 건너온 바람이에요."

"여보, 조심해. 그렇게 엎드려 있다가 난간이라두 부러지면 어쩌려구."

나는 난간에서 몸을 일으키며 주먹으로 난간 각목을 탁탁 장난삼아 두드려 보인다.

"끄떡없어요, 헌데 웬일이죠? 피로가 아직두 덜 풀리셨어요?"

"아냐, 다 풀렸어. 바다를 보니까 피로가 싹 풀리는군."

거짓말이다. 나는 그이의 얼굴 표정 하나로도 현재 기분이 어떻다는 것을 훤하게 알 수 있다. 이상하다. 여행 후 나는 그이의 얼굴에서 전에는 결코 본 일이 없는 이상한 변화들을 문득문득 발견하곤 한다. 나는 그이의 이런 변화들을 처음에는 단순히 여행에서 오는 피로감 때문이라고 생각했다. 그러나 조심스레 그이의 행동을 살펴보면 그것은 단순한 육체적인 피로만은 아닌 것 같다. 나는 그이가 서울에서는 매사에 정열적이고 당당하게 대처했던 기억들을 가지고 있다. 그이가 교편을 잡고 있는 학교 강단에서는 물론이고, 강연회 발표회 세미나 따위에서 그이는 언제나 활력에 넘친 모습으로 자기주장을 정열적으로 제시하거나 펴나가곤 했다. 그러나 평소의 그이의 박력이 이번 여행 이후로는 전혀 그이에게서 느껴지지 않는다. 물론 나는 그이의 박력을 그이가 종사하고 있는 학회 밖에서까지는 기대하지 않고 있다. 그이가 학자의 길을 택한 이상, 그이로서는 그것만으로도 충분하기 때문이다. 하지만 아무리 그렇다고는 해도 나로서는 그이의 무기력에 적지 않은 신경이 쓰인다. 그것은 이번 여행을 내가 주장하여 출발했다는 이유도 있으나, 그이의 전부를 사랑하는 나는 그이가 서울 밖에서도 강연회 못지않게 정열적이기를 바라는 때문이다. 사실 그이는 시골의 들길이나 장터에서 바라보면 이상할 정도로 내 눈에 낯설어 보인다. 피부가 희고 약간 살이 오른 그이의 모습은, 시골의 강한 햇볕 속에서는 무언가 쩔쩔매는 듯한 극히 부조화한 인물로 보이는 것이다. 그것은 도시 인텔리의 창백한 무기력과는 약간 다르다. 농촌에서 유년 시절을 보낸 그이는 농촌과는 쉽게 친숙해질 수 있기 때문이다. 더구나 그이는 도회 생활에 권태를 느끼고 거의 입버릇처럼 농장 경영을 말해온 터다. 도회지에서만 줄곧 성장해온 나로서는 그이의 이런 희망이 때로는 무척 부담스럽게 느껴진 때도 있다. 한데 농촌에 대해 이렇게 강한 노스텔지어를 품어온 그이가 막상 쨍쨍한 시골의 들길로 내려와서는 이상할 정도로 매사에 권태와 피로를 느끼고 있는 것이다. 서울 근교의 등산이나 하이킹에서는 그이는 한 번도 이런 무기력한 모습을 드러내 보인 일이 없다. 언제나 밝고 명랑한 표정으로 많은 동료 하이커들 중에서 그이는 단연 원기 왕성한 리더가 되었던 것이다.

나룻배가 어느 틈에 바다를 건너 이쪽 도선장에 사람들을 부려놓는다. 10여 명에 달하는 많은 남녀들은 모두가 함께 놀러 온 일행들인 모양이다. 짐꾼 두 명이 솥단지와 화덕을 지게에 진 것으로 보아 아마 그들은 밥까지 해 먹으며 2, 3일 해수욕장에 머물렀던 모양이다. 파라솔을 든 세 명의 여인들은 첫눈에 보아서도 술집 작부들이 분명하다. 화장한 얼굴에 땀들이 내배어서 그녀들은 하나같이 분을 뒤집어쓴 도깨비 같은 얼굴들이다. 배를 내리며 남자들이 집적이자 그녀들은 째지는 듯한 비명을 내지르며 호들갑스레 웃고 있다. 잠시 후 그들은 배에서 내려 석축 사이의 돌층계를 올라와 버스가 멎어 있는 넓은 공지로 와자지껄 기어오른다.

"워트기 되는 거여? 이 버스 곧 떠날랑가?"

먼저 올라온 양복쟁이 네댓 명이, 운전석에서 참외를 신고 있는 운전사에게 묻고 있다. 전라도와 경상도의 접경 지대인 이곳에는 말씨도 전라도 경상도가 판이하게 서로 다르다. 아마 이들은 이곳에 인접한 전라도 지방에서 온 듯하다. 술들이 벌겋게 오른 그들은 버스에 오르자마자 요란스레 노래를 시작한다.

"어얼씨구, 저얼씨구 차차차, 지이화자 조오쿠나 차차차…… 만화바앙창……"

나는 그이가 짐들을 집어 드는 것을 보고 곧 뒤따라 원두막에서 나와 돌층계 쪽으로 다가간다. 층계는 가파르게 밑으로 뻗어 기다란 장방형의 시멘트 제방에 닿아 있다. 제방에 닿은 나룻배에는 사공으로 짐작되는 청년 한 명이 닭고기 비슷한 것을 우적우적 씹고 서 있다. 그는 전신이 청동빛으로 그을려 있고 몸에는 수영 팬티 한 장과 새까만 색안경을 자랑하듯이 쓰고 있다. 그이가 곧 제방 위에서 사공을 향해 입을 연다.

"우릴 좀 건네주시겠소?"

"예, 타이소."

"자, 짐 좀 받아주시오."

청년은 닭 뼈다귀를 바닷속으로 휙 던지고는 두 손을 썩썩 팬티에 문지른 뒤 그이의 손에서 가방 두 개를 받아 든다. 땀에 번쩍이는 사공의 근육이 내 눈엔 무척 아름다워 보인다. 나는 아직 영화나 사진 외에서는 이렇게 육중하고 아름다운 사내의 근육을 본 일이 없다. 그는 마치 대좌 위에 서 있던 동상이 갑자기 피가 통해서 지상으로 껑충 내려온 듯한 인상이다.

배가 움직인다. 바다가 아직 얕은 탓인지 사공은 노 대신에 상앗대로 갯바닥을 밀고 있다. 상앗대를 미는 사공의 전신으로 다시 눈부신 힘살들이 솟아오른다. 그이가 사공에게 무어라고 말을 건넨다. 그러나 나는 어쩐 셈인지 그이의 말을 한 마디도 알아들을 수가 없다. 배는 이미 제방을 떠나 뱃머리를 곧장 맞은편 해안으로 향하고 있다.

볕이 따갑다. 마치 지글지글 끓는 기름이 살갗에 와짝 끼얹어지는 느낌이다. 귀가 멍하고 소름이 돋아서 나는 잠시 넋나간 듯 앉아 있다. 이상하다. 그이의 희멀건 목덜미를 바라보며 나는 갑자기 아무 생각도 할 수가 없다. 파리 한 마리가 잽싸게 날아와 땀으로 번쩍이는 사공의 어깨에 내려앉는다. 나는 다시 시선을 옮겨 그이의 두 겹으로 겹쳐진 흰 목덜미를 바라본다. 추하다. 왈칵 구토증이 치받쳐서 나는 재빨리 침을 한 모금 삼켜본다. 소용없다. 매스꺼움은 어느새 현기증으로 변해, 나는 도망치듯이 또 한 번 사공의 몸을 바라본다. 해방이다. 매스꺼움은 씻은 듯이 사라지고 나는 신경의 한쪽 끝자락이 짜릿하게 긴장되는 기묘한 희열을 느낀다.

그이와 사공은 아직도 이야기를 계속하고 있다. 무슨 이야길까? 내게는 이제 노를 젓고 있는 사공의 몸밖에는 아무것도 보이지 않는다. 나는 매스꺼움을 피하기 위해 사공을 보고 있다고 스스로에게 타이르고 있다. 그러나 이것은 거짓이다. 나는 이미 알고 있다. 그러나 무엇을 알고 있는가? 나는 그이를 배반하고 있다. 의도적인 것은 아니다. 한순간에 나를 덮쳐온 이 느낌은 느낌으로만 존재할 뿐 구체적인 실체는 없다. 그러나 이 느낌은 화농된 상처에 바늘 끝이 와 닿는 듯한 지극히 통렬하면서도 상쾌한 충격이다. 그러나 또 하나의 우려는 이 상처가 조만간에는 치유도 회복도 불가능하다는 사실이다. 내게는 지금 사공과 햇볕이 함께 내려치는, 통렬하기 그지없는 마조히즘만이 감각적으로 느껴질 뿐이다.

아아, 얼마나 오랫동안 좁은 우리에 갇혀만 지낸 나의 의식인가? 왜 나는 이런 통렬함을 두터운 일상의 껍질 속에서 잔뜩 움츠린 채 꼭꼭 감추고 숨겨만 왔는가? 그러나 이제는 그럴 필요가 없다. 이 밝은 해변에서는 아무것도 숨기거나 감출 수가 없다. 일상에서의 탈출이 아니라 이것은 근원적인 내 의식의 해방이다. 그이는 어느새 나의 의식에서는 가벼운 깃털 한 잎의 무게조차 지니고 있지 않다. 나는 그이를 배반한 것이 아니고, 그이와 나를 분리시켜 생각할 수 있게 해방되었을 따름이다!

현기증이 씻은 듯이 가신 나는, 어느 틈에 카메라를 들어 사공의 전신을 조준하기 시작한다. 협소한 렌즈 속에 갇힌 사공은 나를 다시 한번 황홀하게 만들고 있다. 그는 이제 렌즈 속의 밀실에서 은밀하게 나와 밀회를 하고 있다. 완두콩 크기의 사공의 몸에는 여전히 눈부시게 아름다운 근육들이 움직이고 있다. 나는 사공을 가까운 거리에서 잡기 위해 렌즈를 좀더 가까이 사공 쪽으로 이동시킨다. 렌즈 속의 사공의 몸이 기우뚱하고 한쪽으로 기운다. 그러나 평형을 유지하려던 나는 렌즈 속에서 갑자기 사공을 잃어버린다. 나는 내 몸 전부가 어딘가로 가볍게 날려가는 듯한 상쾌함을 느낀다. 누군가가 고함을 치고 있다. 주위가 갑자기 캄캄해져서 나는 부지중에 카메라를 놓쳐버린다.

물속이다. 배의 한쪽 끝이 부옇게 눈앞을 가로막고, 그 사이로 검은 물체가 힘차게 나를 향해 물장구를 치고 있다. 나는 그것이 사공임을 알았고, 사공임을 알게 되자 나는 또 한 번 해방된 자신을 발견했다. 나는 일부러 물에 빠진 것이다. 렌즈 속의 사공만으로는 나는 만족할 수가 없었던 때문이다.

힘찬 팔이 내 몸에 감기더니, 나는 돌연 눈부신 수면 위로 솟아오른다.

"괜찮습니꺼?"

"네."

"사진기는 우쨌습니꺼?"

"물속에서 놓쳐버렸어요."

"자, 내 어깨를 두 손으로 잡으이소. 내가 헤엄을 칠 끼니까 사모님은 나만 꼭 잡고 있으이소."

배와 나의 거리는 약 5, 6미터쯤 벌어져 있다. 아마 사공이 물속으로 뛰어들자 배가 저절로 해류를 따라 아래쪽으로 흘러간 모양이다. 사공의 어깨를 두 손으로 잡은 나는, 사공의 등에 얌전히 업힌 듯한 자세가 되어 있다. 물살을 차는 사공의 발이 나의 하체 밑에서 격렬하게 움직이고, 나는 그의 육중한 어깨에서 힘살의 격렬한 꿈틀거림을 묘한 감동 속에 즐기고 있다.

사공이 이윽고 뱃전에 다다라, 나의 허리를 두 손으로 잡아 위로 힘껏 밀어 올린다. 그것은 순간적인 한 동작에 불과했지만, 내게는 전율이 흐를 만큼 잊을 수 없는 감미로운 접촉이다.

"조심해야지, 물초가 됐군? 어떻소 여보? 자 어서 이리루 올라와요."

나는 그이의 손을 잡고 가볍게 배 위로 기어오른다. 그이가 내게 타월을 건네주어 나는 기침을 하며 얼굴에서 물기를 닦아낸다. 그러나 나는 그이보다는 물속으로 되돌아간 사공

쪽이 더욱 궁금하다. 그는 나를 배 위로 밀어 올리고는 카메라를 찾기 위해 물속으로 다시 자맥질을 하고 있다.

"어떻게 된 거요? 당신이 발을 헛딛다니? 맥주병처럼 꼿꼿하게 가라앉더군?"

그이는 웃으면서 타월을 빼앗아 내 머리에서 물기를 닦아준다. 그러나 나는 이즈음에는 이미 그이의 말에는 아무 주의도 기울이지 않고 있다. 그이는 어느새 내 곁에서 멀어져 저만치 물러나 있는 나와 무관한 타인이 되어 있다.

우리가 숙소를 정한 것은 그로부터 약 30분 후다. 숙소는 뒤쪽으로 울창한 잡목 숲을 거느리고 섬에서는 약간 높은 위치에서 백사장을 훤하게 굽어보는 언덕 위에 자리 잡고 있다. 방 두 개에 욕탕까지 구비한 우리에게는 기대 이상으로 조용하고 아늑한 방갈로다.

짐을 풀고 마른 옷으로 갈아입은 나는 피곤해하는 그이를 남겨둔 채 방갈로를 떠나 길 쪽으로 내려온다.

이상한 해수욕장이다. 공동 탈의장과 음식점 따위들은 모두 이쪽의 축대 위에 자리 잡고 있고, 정작 욕장인 백사장은 이곳에서 무려 2백 미터나 떨어져 있다. 시설이 빈약할 것은 이미 각오하고 찾아온 바지만, 막상 초라한 음식점들과 잡상들을 둘러보니 새삼스레 내 주위가 허전한 듯이 느껴진다. 탈의장 옆의 엉성한 기와집 한 채가 바로 이 해수욕장의 유일한 숙박업소이자 음식점으로 되어 있다. 잡상들은 대부분이 리어카 위에 흰 광목으로 차일을 둘러치고 그 차일 밑의 초라한 목판 위에 소주와 과자 따위의 값싼 상품들을 한산하게 늘어놓고 있다. 그러나 이 잡상들 역시 모두 합쳐서 대여섯 개가 고작이다. 수박이나 풋사과를 늘어놓은 광주리 행상까지 모두 합쳐도 이 욕장의 장사꾼은 불과 10여 명에 불과하다.

탈의장 앞을 지나 행상들이 늘어선 그늘로 들어서니 느닷없이 등 뒤에서 이상한 음향이 날카롭게 귀청을 때린다. 흔히 스피커를 처음 작동할 때 볼륨을 잘못 틀어서 생철을 긁듯이 날카롭게 울리는 음향이다. 음향은 세 개의 고만고만한 텐트 중에서 흰 페인트로 ○○서(署)라고 쓴 바른쪽 텐트에서 울려오고 있다. 이곳도 역시 유흥 장소여서 불의의 불상사를 막기 위해 경찰관이 배치된 모양이다. 스피커는 곧 경상도 억양으로 고성방가를 삼가달라는 따위의 해수욕객 준수 사항들을 지루하게 늘어놓고 있다.

나는 이 스피커가 나를 향해 울리고 있음을 깨닫는다. 내가 그렇다고 생각한 것은 스피커의 쨍쨍한 음향이 줄곧 내 뒤를 쫓고 있기 때문이다. 스피커는 포터블로 서울에서는 흔히 역전에서 행상 따위들이 손으로 들고 상품 선전을 외쳐대는 소형이다. 스피커를 입에 댄 사내는, 아래는 수영 팬츠에 위에는 얼룽덜룽한 알로하셔츠를 입고 있다. 그는 나와 눈이 마주치자 좀더 억양을 높여 보란 듯이 외쳐댄다. 그러나 자세히 귀를 기울이니 내용은 어느 틈에 해상으로 침투하는 간첩에 대한 경계 요령을 떠들고 있다. 간첩은 먼 북녘의 휴전선으로만 넘어오는 것으로 알았는데, 태평양을 눈앞에 둔 이 남녘 바다에서도 간첩은 배를 타고 침투하는 모양이다.

스피커에 쫓겨 행상들 사이를 벗어난 나는 시원한 해풍을 마주 받으며 석축 끝에 서서 백사장 쪽을 바라본다. 상당히 넓다. 물이 들었을 때는 어떨는지 모르지만 지금으로서는 백사장의 길이가 무려 3킬로미터는 됨 직하다. 바다는 질펀하게 청색으로 뻗은 위에 간간이 구름 그림자가 드리워져 담청색으로 진하게 얼룩져 있다. 백사장 중간에는 10여 명의 욕객들이 세 개의 텐트 사이를 하릴없이 어정대고 있다. 텐트는 하나는 눈부신 오렌지색이고 둘은 부드러운 초록색과 청색이다.

"나오셨습니꺼."

나는 몸을 돌려 축대 밑에 선 사내를 내려다본다. 사공이다. 여전히 알몸에 색안경을 쓰고 그는 무언가를 꾸역꾸역 씹고 있다.

"네, 잠깐 바람 좀 쐬러 나왔어요."

"어떻십니꺼? 방갈로는?"

"썩 좋아요, 아깐 참 고마웠어요."

그는 두어 발짝 서 있던 곳에서 물러서더니 훌쩍 몸을 솟구쳐 내가 서 있는 축대 위로 뛰어오른다. 동작이 어찌나 민첩하고 간결한지, 흡사 먹이를 덮치는 날렵한 육식 동물 같다.

"몬 찾았십니더."

"네?"

"사진기 말입니더."

"아, 네……"

"사장님은 사모님캉 같이 안 내려오셨십니꺼?"

"네, 몸이 피곤하시다구 그인 지금 잠을 자구 있어요."

사공은 가지런히 이를 드러내고 소리 없이 씩 웃는다. 역시 아름답다. 나는 갑자기 심장이 뛰고 얼굴이 왈칵 붉어진다. 그는 알 턱이 만무하지만 나는 별안간 사공의 시선이 두렵게 느껴진다. 어쩌면 그도 내 허리를 밀어 올릴 때, 내게서 무언가를 감촉했는지 알 수 없다. 잘록한 그의 허리의 근육이 숨을 쉴 때마다 소리 없이 오르내린다.

"사진기는 나중에라도 제가 꼭 찾아드리겠심더."

"어떻게 찾는다는 거예요?"

"이 근방 물속은 제가 훤하게 알고 있십니더. 오늘 밤중에 큰물이 빠지마 제가 꼭 건져낼 깁니더."

"밤에 다시 물이 빠지나요?"

"예, 새벽 2시쯤에 다시 물이 빠질 깁니더."

나는 햇볕을 피해 해송이 늘어선 그늘로 옮겨 간다. 바닥에 작은 패각들이 가득히 깔려 있어서 발짝을 옮길 때마다 패각들이 아삭아삭 발에 밟혀 부서진다.

"지금은 배를 타는 손님들이 없는 모양이죠?"

"예, 아직 해가 남아 있지 않십니꺼."

"이 섬 대체 크기가 얼마나 돼요?"

"그그는 아무도 모립니더. 생각해보이소. 물이 끊임없이 들고 나는데 그걸 우찌 알 깁니꺼."

"물이 들 때는 작아지구 물이 빠질 땐 넓어진단 말이죠?"

"맞십니더."

길이 어느 틈에 두 갈래로 나뉘어 하나는 도선장으로 하나는 비스듬히 방갈로 위쪽의 작은 동산으로 뻗어 있다.

"이리루 가면 어디가 되죠?"

"등대로 가는 길입니더."

"등대두 있나요, 이 섬에?"

"전에 무인 등대가 하나 있었는데 지금은 고마 없었심더."

"바쁘시지 않음 절 좀 그리루 안내해주시겠어요?"

"그랍시더."

칡덩굴이 길에까지 내려 뻗은 것으로 보아, 이 길은 오래 전에 인적이 끊긴 모양이다. 길바닥에는 푸석한 부식토가 깔려 있고, 그 위로는 인근에서 떨어진 아카시아 가시가 질펀하게 널려 있다.

"가시가 많은데 맨발로 걸으셔두 괜찮겠어요?"

"개안심더, 군살이 박히서……"

길은 한동안 아카시아 숲으로 뻗어 올라가더니 바위투성이의 좁은 길을 지나자 다시 빽빽한 솔숲으로 이어진다. 생각보다 길이 가파르다. 길 왼쪽으로는 소나무 사이로 시퍼런 진녹색 바다가 파랗게 뒤척이고 있다. 해벽에 부딪는 파도 소리가 둔중한 굉음으로 아득하게 들려왔으나 벼랑 턱에 막힌 탓으로 솟구치는 물기둥은 볼 수가 없다.

등대가 보이기 시작한다. 길이 가팔라서 숨이 턱에 닿았으나 해풍 탓인지 몸에 땀은 나지 않는다. 등대는 과연 오래전에 폐기된 듯 흰 회칠이 벗겨진 채 공장 굴뚝처럼 멋없이 서 있다. 가까이 가서 보니 등대 하단부에 사람 하나가 겨우 들어갈 만한 작은 구멍이 뚫려 있다. 사공이 구멍 앞에 쭈그리고 앉으며 나를 힐끗 올려다본다.

"여게 등대 꼭대기까지 돌층계가 있심더. 한번 올라가 보실랍니꺼?"

나는 사공과 나란히 등대 구멍 속을 들여다본다. 어둡다. 뭉클한 습기가 얼굴에 끼치고 속에서는 끊임없이 우릉우릉하는 둔중한 파도 소리가 들려온다. 내가 아무 말도 하지 않자 사공은 다시 구멍 앞에서 물러선다.

"이쪽으로 와 보이소. 여기가 전망이 제일 좋십니더."

등대에서 우측으로 10미터쯤 내려가니 눈앞으로 솔숲이 빽빽이 우거진 두어 칸 넓이의 빈터가 나타난다. 빈터 끝은 벼랑으로 높이가 약 3, 4미터쯤 됨 직하다. 석양을 등으로 받고 있어서 벼랑 밑은 온통 컴컴하게 그늘져 있다. 내가 무심코 벼랑 끝으로 다가가자 사공이 갑자기 내 팔을 꽉 잡는다.

"잠깐! 가만기시이소……"

나는 후딱 발을 세운 채 사공이 가리키는 3미터 전방을 바라본다. 뱀이다. 입에 두툼한 걸레 같은 것을 물고 뱀은 우리가 발을 멈추자 고개를 꼿꼿이 우리 쪽으로 쳐들고 있다.

"두꺼비를 잡아묵고 있심더. 입을 보이소, 두꺼비 발이 입 밖으로 나와 있지 않십니꺼."

나는 숨이 막힌다. 공포가 아니라 오싹한 긴장 때문이다. 뱀은 과연 목을 탱탱히 팽창시킨 채 두꺼비를 거의 다 삼켜 발 끝만 약간 입 밖으로 베어 물고 있다. 처절하도록 아름답다. 이런 경험은 처음이다. 뱀이 두꺼비를 잡아먹는 장면도 처음 이거니와, 처절함과 아름다움이 이토록 완벽하게 조화된 모습도 처음이다. 뱀을 보고 아름답다고 느낀 것도 내게는 이번이 처음이다. 어째서 뱀이 아름답게 보였는지 나는 스스로 엉뚱한 당혹감에 휩싸인다. 아마 그것은 눈부신 햇빛 속에 황금색의 비늘을 번뜩이며 커다란 두꺼비를 삼키고 있는 뱀의 비현실적인 기괴함 때문일 것이다.

사공이 문득 내 곁을 떠나 가까운 곳에서 나뭇가지 하나를 꺾어 들고 돌아온다. 그는 잠시 내 곁에 서 있더니 뱀을 원점으로 하여 빙글빙글 맴을 돌기 시작한다.

"뭘 하려구 그러세요?"

"잡아야 안 되겠십니꺼?"

"그냥 두세요. 피하면 될 텐데 왜 굳이 잡으려구 하세요?"

"사모님 모르시는 모양이구마요. 두꺼비를 잡아묵은 뱀은 약이 기막히게 좋다 아입니꺼."

"약이 좋다구요?"

"예, 지가 듣기로는 산삼보다도 좋다 캅디더."

나는 까닭은 알 수 없지만 사공의 행동을 제지해야 한다고 생각한다. 그는 지금 뱀과 자신이 한 몸인 것을 모르고 있다. 나는 뱀을 처음 본 순간, 내 몸이 무언가에 삼켜지는 듯한 통쾌감을 느끼고 있다. 뱀에게 삼켜진 두꺼비가 되어 등대의 컴컴한 동굴 속으로 한없이 끌려가는 느낌이었다.

"뱀을 그냥 놔두세요! 돈이 필요하시다면 저 뱀을 내가 사겠어요."

내 목소리가 너무 높았던지 사공은 놀란 얼굴로 동작을 멈추고 나를 돌아본다. 나는 순간 사공을 향해 바른쪽 손을 조용히 내민다.

"이리 줘요, 그 회초리."

"와 그라십니꺼?"

"저 뱀을 내가 살 테니까 잡지 말구 놔주세요."

"와 몬 잡게 하십니꺼? 돈 주고 사신다 카이 우선 잡아야 안 되겠십니꺼?"

"아니에요, 내가 산다는 것은 저 뱀을 그냥 놔주라는 뜻이에요."

"뇌주라꼬예?"

"네."

사공은 나를 향해 고개를 내둘러 보이더니, 다시 회초리를 고쳐 든 채 슬몃슬몃 뱀의 주위를 돌기 시작한다. 어쩔 수가 없다. 그는 나와 다른 세계에 머물러 있고, 나와는 전혀 무관한 그만의 든든한 상식의 울 속에 갇혀 있다. 나는 그와 나 사이의 벽이 어떠한 것으로도 무너질 수 없는 것임을 인정하지 않을 수 없다.

사공이 이윽고 뱀에게 다가가 어느 틈에 뱀을 후려치고, 뱀의 목 부분을 두 손가락으로 잽싸게 잡아 올린다. 뱀은 사공에게 목을 잡힌 채 누런 뱃바닥을 뒤집으며 사공의 팔뚝을 온몸으로 꾸물꾸물 휘감는다. 이것 역시 내 눈에는 뜻밖으로 신선하고 아름답다. 뱀의 힘살과 사공의 힘살이 서로 맞부딪쳐 격렬한 대결을 보여주고 있기 때문이다.

"죽이진 마세요."

"죽이다이요."

"어떻게 하실 거예요, 이젠?"

"산 채로 항아리에 담아 술을 부어놓을 낍니더."

"그렇게 해놓으면 약이 되나요?"

"예, 뱀이 폭 삭으마 약이 아주 기막히게 좋십니더."

나는 눈을 가늘게 뜨고 사공과 뱀을 번갈아 바라본다. 오버랩이 시작된다. 불과 한 시간 전 이 사공을 처음 본 순간부터 내 의식의 내부에서 싹트기 시작한 갑작스러운 변화의 조짐이다. 그것은 햇볕 쨍쨍한 지루한 여름날의 일상에서 불현듯 시간의 한 토막이 반란을 시작한 데서 비롯된다. 빠른 속도로 확산된 그 반란은 지금 내게 경험한 바 없는 감미롭고 어지러운 해방감을 제공하고 있다. 나는 그 해방감에 도취되어 심한 현기증을 느낄 정도다. 햇볕, 바람, 귀가 멍한 정밀(靜謐)과, 그 안에서 힘차게 동작하는 사공의 구릿빛 근육들만이 눈부신 현실로 살아 있다. 확실한 것은 그 해방감의 시작과 확산뿐, 나는 그것의 동인(動因)을 알 수 없다. 앞으로 나는 아마 지난날에 열심히 가꾸어온 어떠한 평온도 누릴 수가 없을 것이다. 나는 모든 과거를 한꺼번에 잃은 대신, 그것의 보상으로는 해방과 방황과 외로움에 시달릴 것이다. 서울은 이미 내 몸에 맞지 않는 헐겁고 느슨한 껍데기에 불과하다. 그곳에서 쌓았던 모든 노력의 결과물들, 저금통장, 살찐 피부, 푹신한 안락의자, 골든아워의 텔레비전 프로, 전기세 고지서, 뻐꾸기시계, 커피향, 그이의 논문이 실린 장중한 장정의 논문집, 난이 자라는 온실, 친구의 초대, 그이의 생일, 결혼기념일. 이런 것들은 이제 나를 묶는 단단한 족쇄에 불과하다. 어째서 나는 이 막막한 시골 갯가에서 이런 반란을 낙뢰처럼 얻어맞게 되었을까? 아니 그것은 낙뢰가 아니다. 저 깊은 의식의 한 모퉁이에 그것은 반란을 꿈꾸며 오랜 세월 칼을 갈며 일탈의 그날을 기다리고 있었을 뿐이다. 일탈은 이제 걷잡을 수가 없다. 한 시간 사이에 나는 그이를 사랑하는 남편으로부터, 한 사람의 살찐 타인으로 전락시켰다. 그러나 그이가 차지했던 자리에 대신 메울 것은 아무것도 없다. 나는 이 공허한 빈자리를 당분간은 어떠한 것으로도 메울 수가 없을 것이다.

모기장 저쪽으로 그이의 흰 상체가 희미한 달빛을 받아

우윳빛으로 부옇게 돋보인다. 숙면이다. 좀체 코를 골지 않던 그이건만 오늘은 피로 탓인지 입술까지 불어가며 코를 골고 있다. 몇 시나 되었을까? 달이 중천에 떠 있는 것으로 보아 이미 자정은 훨씬 지난 시간이다. 약을 네 알이나 삼켜보았으나 의식은 바늘에라도 찔린 듯 파들파들 경련을 하고 있다.

너무 적막하다. 땅을 흔드는 파도 소리를 나는 전신으로 진맥(診脈)하듯이 듣고 있다. 아마 밖은 질펀한 백사장 위로 흰 파도와 달빛만이 흐드러지게 뒤척이고 있을 것이다. 갑자기 무섭다. 피부가 탱탱히 팽창되어 당장 터질 듯이 무언가를 갈구하고 있다. 모든 기관들이 활짝 열린 채, 다가오는 칼끝을 향해 절망적으로 부닥쳐가는 느낌이다. 몸을 세워본다. 사방으로 늘어진 모기장이 당장 전신으로 투망처럼 조여온다. 모기장을 벗어나 슬리퍼를 꿰어 신고, 잠시 방 복판에 선 채 그이의 콧소리에 귀를 기울인다. 건강한 잠이다. 나는 그이의 건강 상태를, 이상하게도 모든 소리로 감지한다. 목소리, 발소리, 숨소리, 소변보는 소리…… 그러나 이런 것들도 나와는 이제 무관하다. 그는 변하지 않은 옛날의 그로 남아 있다. 나는 그의 의연한 성(城) 속에 볼모로 잡혀 온 황당무계한 포로인 것이다.

잠옷의 벨트를 매고 나는 방갈로 계단을 내려온다. 계단 양쪽의 양치류 숲속에서 풀벌레 소리가 한층 주위를 적막하게 만든다. 어슴푸레한 달무리 탓인지 달빛은 생각보다 화사하지도 밝지도 않다. 나는 마치 밀회라도 하듯 황급히 계단을 내려와 얼룩얼룩한 나무 그늘 속으로 몸을 숨긴다. 그렇다, 나는 숨는다. 무엇이 나를 숨게 했는지 나는 알 수 없다. 부끄러움은 아니다. 두려움도 아니다. 나는 무엇인가를 맞으러 가고 있고, 그것을 맞이함으로써 좀더 크게 해방되고 싶을 뿐이다.

텐트와 행상 들이 아무 곳에도 보이지 않는다. 음식을 팔던 기와집 대청에는 벌레들을 꼬이기 위한 남포등 한 개가 부옇게 매달려 있다. 해풍이 우수수 나뭇잎들을 흔들고 지나가자, 나는 갑자기 걷잡을 수 없는 삶의 충일감에 휩싸인다. 살아 있는 것은 자연과 나뿐이다. 이런 힘차고 아름다운 시간에 잠을 자야 한다는 것은 엄청난 낭비다. 나는 가끔 그이의 건강한 잠 옆에서, 오소리나 올빼미 같은 야행성 동물이 되고 싶다고 생각할 때가 있다. 그이는 날카로운 지성에도 불구하고 이런 때는 속악(俗惡)하고 미련한 한 마리의 유인원의 꼴을 하고 있다. 강단에서 명쾌하고 박력 있게 자기의 논지를 펴나가는 그이는, 눈빛이 유난히 반짝이는 아주 영리한 침팬지거나 오랑우탄이다. 그이는 다만 몸에 털이 없을 뿐, 정신없이 잠을 잘 때는 지극히 태평무사한 한 마리 게으른 유인원일 뿐이다.

백사장은, 물이 멀리 빠져서 도선장이라고 믿어지는 곳도 분간할 수가 없을 정도다. 슬리퍼를 꿰고 나온 나의 발등에 해송(海松)의 바늘 같은 낙엽이 따끔따끔 침을 놓는다. 가끔 해풍이 불어와 잠옷의 앞자락을 헤치고 하체로부터 가슴까지 선뜩한 냉기를 전해준다. 그러나 그것은 낯선 이질감이 아니고 오랫동안 잊고 있던 자연의 부드러운 어루만짐이다. 나는 자연을 손을 뻗어 찾는 대신 자연과 어느 틈에 은밀한 교섭을 하고 있다.

등대가 서 있는 벼랑 아래쪽에 문득 어슴푸레한 등불 하나가 떠 있는 것이 보인다. 등불은 배 복판의 작대기 중간쯤에

달려 있고, 배 안에는 노와 삿대뿐 정작 사람은 보이지 않는
다. 그러나 이내 사람의 머리가 물속에서 나타난다. 사공이다.
자맥질을 방금 끝낸 사공은, 한 손으로 뱃전을 잡고 한 손으로
는 갈고리 같은 것을 배 위로 던져 넣는다. 얼굴 전면에 번쩍
이는 것은 잠수부들이 사용하는 둥근 모양의 수경(水鏡)일 것
이다. 사공은 수경을 머리 위로 밀어 올린 뒤 잠시 뱃전에 매
달려 숨을 크게 몰아쉬고 있다.

가슴이 뛴다. 나는 무의식을 가장했지만, 실은 사공을 찾
아 이곳에까지 나온 것 같다. 반란은 이미 오래전에 시작되었
으나 내게는 아직도 완강한 습관의 벽이 남아 있다. 잠옷의 벨
트를 풀기까지 약 2, 3분의 시간을 허비한다. 물은 허리까지 잠
겼을 때는 차다고 느껴졌으나, 일단 수영을 시작하자 오히려
부드러운 온기를 전해준다. 목측(目測)으로 약 20미터라고 생
각했던 배는, 그보다는 거의 두 배 가까운 먼 거리에 떠 있다.
사공은 내가 배 쪽으로 접근하는데도, 내 쪽으로 등을 돌린 채
다시 잠수할 태세로 수경을 눈 위로 잡아 내린다. 나는 소리를
치고 싶었지만 두려움 때문에 입을 다문다. 굳어버린 타르처
럼 주위는 검고 딱딱한 밤의 적막 속에 갇혀 있다. 소리를 치면
굳은 적막이 엄청난 굉음과 함께 부서져 내릴 듯한 느낌이다.

드디어 배다. 내가 뱃전에 손을 댄 것과, 사공이 다시 떠
오른 것은 동시의 일이다. 사공은 나를 발견하자 대뜸 뱃전에
서 1미터쯤 물을 차고 물러선다.

"누, 누구요?"

"저예요."

"저가 누군기요?"

"카메라 주인이에요."

"아이, 이거 사모님 아닌기요?"

나는 대답 대신 한 손으로 물에 젖은 머리를 쓸어 넘긴다.

"아이, 이거 우짠 일입니꺼? 사모님이 여게는 우짤라꼬 나오십니꺼?"

"불빛이 가까이 보이길래 그냥 여기까지 헤엄쳐 와본 거 예요."

사공은 잠시 어이없는 표정이더니 곧 내게로 다가와 나와 나란히 뱃전을 잡고 물 위에 뜬다.

"카메라 찾으셨어요?"

"아직 몬 찾았십니더."

"한낮에두 찾기가 힘들 텐데 이런 밤중에 보이겠어요?"

"물 나가는 시간이 지금뿐입니더. 내일 나직에 찾을까 했 십니더만 그때는 물에 밀려서 사진기가 멀리 떠내리갈 끄로 생각했십니더."

공허한 대화다. 나는 이 공허하면서도 단단한 대화를 어 떻게 끝낼까 머릿속으로 바쁘게 궁리한다. 그러나 헛수고다. 나는 이미 습관의 벽을 허물었지만 이번에는 사공 쪽에 완강 한 인습의 벽이 남아 있다. 그의 벽은 어쩌면 나의 벽보다 더 높고 두껍고 질길지 알 수 없다. 사공이 어느 틈에 배 위로 올 라가 내게 불쑥 한 손을 내민다.

"자, 우신 올라오시이소."

나는 사공의 손을 잡고 가볍게 배 위로 몸을 올린다. 춥 다. 그러나 배 위에 올라온 나는 그제야 내 몸이 알몸인 것을 깨닫는다. 사공은 내 몸에 시선이 미치자 또 한 번 우두커니

선 채 나를 살피듯 바라보고 있다. 나는 곧 웅크리고 앉으며 장대에 매달린 호롱불을 입으로 훅 불어 끈다.

"추워요, 뭐 몸을 감쌀 만한 옷 같은 것 없으세요?"

어둠 속으로 무언가가 내게 휙 날아온다.

"그것뿐입니더."

잠바 비슷한 가벼운 옷이다. 땀내가 물씬 코를 찔렀지만 나는 그것으로 내 윗몸을 재빨리 감싼다.

침묵이 흐른다. 배는 잔잔한 파도에 떠밀려 어둠 속으로 느릿느릿 흘러가고 있다. 지루한 기다림이다. 나는 사공의 접근을 기다리고 사공은 나의 진의를 헤아리는 중이다.

이윽고 사공의 억센 손길이 내 어깨를 휘감아 그의 품 안에 가둬버린다. 나는 숨을 죽인다. 준비는 이미 갖추어졌으나, 내게는 아직도 습관의 타성이 남아 있다. 몸의 일부가 어느 틈에 사공의 손길에 점령당한다. 등이 무언가에 찔리고 있었으나 내 몸은 이미 자유를 잃고 있다.

"사모님, 가만히 기시이소. 움직이마 큰일납니더."

"아파요, 등이……"

"예?"

"뭔가가 등을 찌르고 있어요."

응답이 없다. 사공은 이미 귀가 먹은 채 내 몸을 성급히 열려고만 허둥댄다. 어쩔 수 없다. 등에 간신히 손을 넣어 나는 통증을 적게 하는 도리밖에 없다.

첫번째 성합은 사공의 성급한 몸놀림으로 내게는 시종 고통스러운 것이었다. 그러나 사공은 10여 분도 지나지 않아, 내게 두번째의 성합을 시도해온다. 이번은 첫번째와는 달리 사공의 동작도 매우 침착하고 세심하다. 아마 이번은 사공 쪽보다 내 쪽의 호흡이 더 격렬했던 때문일 것이다.

두번째 성합을 끝낸 우리는 배를 저어 가까운 백사장에 상륙한다. 물이 빠져서 넓어진 백사장은 해안에서 무려 50미터 가까이나 물에 젖어 있다. 시야에는 이제 넓은 모래밭과 무수하게 반짝이는 하늘의 별들이 잡힐 뿐이다. 두 번의 성합으로 몸의 물기를 말린 나는 강한 해풍에도 불구하고 아무 추위도 느끼지 않는다. 사공은 두번째 성합을 치르고도 계속 내게 세번째를 요구해오고 있다. 예상하긴 했으나 사공은 과연 강건한 몸을 지니고 있다. 나는 심한 피로를 느꼈으나 사공의 요구를 거절할 수가 없다.

세번째의 성합은, 강건한 몸에도 불구하고 과욕과 조바심 탓으로 시종 사공 쪽의 악전고투로 일관되었다. 나는 땀으로 모래를 적신 채 행위가 끝난 후에도 하늘을 향해 반듯하게 누워 있다. 피로하다. 하늘에 박힌 무수한 별들이 끊임없이 나를 향해 우박처럼 쏟아져 내린다. 해안에 부딪는 파도의 울림을 나는 아득한 의식 밖에서 귀가 아닌 피부로 듣고 있다. 사공은 세번째의 행위를 끝내고도, 내 곁에 가까이 붙어 다할 줄 모르는 집요한 탐심을 드러내고 있다.

열기와 더불어 피로가 풀리자 내 의식은 예상치 못한 불길한 공허감에 젖어들기 시작한다. 그렇다, 내 의식의 해방 공간에 그것은 암세포처럼 불길하게 스며드는 정체불명의 틈입자다. 나의 몸 안으로 급격히 틈입한 그 공허감은 압지가 물을 머금듯 점점 크게 온몸으로 확산되고 있다. 사공은 나를 걸레처럼 피로하게 만들 뿐 내가 맞은 새로운 해방감 앞에는 바람에 날려 떨어진 한 잎의 낙엽이나 깃털보다도 가벼운 존재다. 어느 틈에 사공의 신선함도 내 의식 속에서는 빠른 속도로 그 이처럼 퇴색하기 시작한다. 모든 것이 퇴색한다. 아니다, 모든 것은 일과성 사건으로 퇴색해야 마땅하다. 과거도 그이도 별과 바다와 해까지도…… 나는 결국 모든 것을 다 잃은 채 아무리 채워도 메울 수 없는 거대한 빈 자루와 같은 존재로 되어 있다. 아마 이 신선한 빈 자루는 한 번도 채워지는 일이 없이 늘 빈 채 굶주려 있을 것이다. 그러나 나는 이 굶주림을 내 삶이 감당해야 할 형벌이라고까지는 생각하고 싶지 않다. 오히려 나는 이 끝없는 허기를 곁에 둔 채, 두 번 다시 나의 미래를 임대한 남의 삶처럼 거짓으로 살지는 않을 것이다. 바다와 땅이 만나는 이 한가한 해변에서 나는 오늘에야 나만의 자〔尺〕로 세상을 재〔測〕는 진정한 해방감을 내 손으로 잡은 것이다.

즐거운 지옥

화창한 봄날 오후다.

H는 그러나 추위를 많이 타서 결혼 때 맞춘 검정 코트를
걸치고 있다. 그는 지금 차를 기다리고 있다. 그가 차를 기다
리는 장소는 이대 입구, 즉 이대에서 신촌 큰길로 쭉 나와서
바른편으로 약간 내려가면 육교가 있고 그것을 건너 바른쪽
계단으로 내려가면 먼저 급행버스 정류장이 있고 그 아래쪽에
일반버스 정류장이 있는데 그는 바로 이 두 정류장의 중간쯤
에 서 있다. 그곳에는 언제나 여대생들이 많이 서 있다. 그녀
들은 멀리서 보면 모두 예뻐 보이지만 가까이 가보면 모두 시
원찮은 얼굴들이고, 또 차를 타고 그곳을 떠나면 그녀들은 다
시 예쁘게 느껴진다.

H는 코트 포켓에 두 손을 찌르고 씩씩하게 달려오는 버
스들을 쳐다본다. 그는 일정한 직업이 없기 때문에 외출을 잘
하지 않았고, 외출을 잘 하지 않아서 신촌으로 이사 온 지가

1년이 다 되어가는데도 늘 이 정류장에 멎는 버스들이 어느 코스, 즉 '동대문이 종점'이라고 써 붙인 버스라면 그것이 아현동, 서대문, 광화문을 거쳐 종로로 해서 가는지, 혹은 아현동 슈퍼마켓, 서울역, 남대문, 미도파, 화신으로 해서 동대문으로 가는지 항상 버스 차장들에게 물어야만 했다. 그는 문득 서울시 당국이 괘씸하게 느껴진다. 언젠가 그는 무교동에 버스 정류장이 있다는 것을 알고 버스가 광화문 정류장에 멎었을 때 그곳을 그냥 지나쳐 무교동에서 내리리라고 생각했다. 한데 버스는 전번 외출 때까지 분명히 있었던 무교동 정류장을 그냥 지나쳐 그를 종로에 있는 북 센터 근처의 정류장까지 실어 갔다. 그는 차장에게 따졌다. 그러나 차장이 화를 낼까 봐 퍽 부드럽게 다정한 오빠처럼 물어보았다.

"어이, 언제부터 무교동 정류장이 없어졌지?"

"닷새 전이에요."

그럴 테지, 닷새 전이겠지, 닷새 전이니까 내가 모를밖에…… 그러나 그는 그 후로부터 한 달쯤 후에 다시 버스를 타고 이번에는 무교동에 버스 정류장이 없다는 것을 알기 때문에 미리 광화문 정류장에서 내렸으나, 웬걸 광화문 지하도를 거쳐 연다방 쪽으로 가다 보니 어느새 다시 무교동에 버스 정류장이 새로 생겨서 그는 화가 나서 서울시 당국과 교통부 당국과 여당 등을 미워하다가 그것이 일정한 사람이 아니고 여러 명이 뭉친 집단임을 깨닫고 미워할 수 있는 한 명의 사람을 찾던 중에 결국 아무것도 모르고 있을, 대한민국에서는 제일 높아서 시떡하면 칭찬도 듣고 욕도 잘 듣는 대통령 박 씨를 잠깐 동안 미워했었다. 그러나 그것은 소용없는 일이었다. 박 씨는 그런 일까지는 모르고 있을 것이었다. 그는 아마 5원짜리 동전만 꿀꺽 따먹는 고장 난 공중전화라든지, 청소차가 한 번도 와본 일이 없어서 매 호구마다 시멘트 쓰레기통을 사놓고 개인적으로 쓰레기 치우는 값을 한 달에 백50원씩 물고 있음에도 가을 김장철에는 동회에다 별도로 5백 원씩의 오물 수거료를 꼬박꼬박 지불하는 억울한 시민들의 사정이라든지, 겨우내 물 한 방울 얻어먹지 못한 수도료를 기본요금이라고 해서 한 달에 백50원씩 꼬박꼬박 지불해야 하는 높은 지대에 사는 주민들의 분통 터질 노릇들 따위는 모를 것이었다. 알 리가 없었다.

차가 왔다. H는 본능적으로 차 옆구리에 써 붙인 행선지를 읽는다. 그러나 읽어봤자 동대문, 남대문, 서대문 따위는 알 수 있었으나 양쪽에 붙은 종점들, 가령 사당동, 남가좌동, 양재동 따위는 알 수가 없다. 그는 서울에서 20년째 살고 있지만 외출을 할 때마다 자기가 새로운 촌놈이 된 듯한 기분이 들곤 한다. 서울은 매 시간마다 끊임없이 변하고 있었다. 길이 뚫리고, 육교가 놓이고, 고가도로가 뻗고, 아파트가 들어섰다. 술값이 올랐고, 연탄값이 올랐고, 석윳값도 올랐지만, 아무것도 내리지는 않았다. H는 서울시가 너무 빨리 변해서 자기가 방금 비행기 편으로 먼 낙도에서 날아온 듯한 기분이었다. 어제까지도 청계천으로 가던 버스가 청계천 5가에 공사가 시작되었다고 갑자기 노선을 바꾸어 을지로 쪽에 손님들을 부려놓았다. 열흘 전까지도 한 말에 3백 원 하던 석윳값이 열흘 후에 가보니까 3백50원으로 되어 있었다. 그는 요즘 이 나라가 잘살아보겠다고 아우성치는 것을 알고 있었다. 그리고 그 아우성에 대해서는 아무 불평이나 불만 따위를 품지 않았다. 요컨대 그가 불만을 품는 것은 왜 그가 잘살게 된 때에 태어나지 못하고, 잘살아보려고 아우성을 치는 이런 고약한 시대에 태어났는가 하는 것이었다.

"어이, 이 차 어디로 가나? 서대문 가나? 광화문도 가나?"

"네, 가요, 광화문도 가요!"

H는 버스를 탄다. 버스 안에는 좌석들이 대개 찼고 운전사 뒤쪽의 높은 좌석만이 비어 있다. H는 그곳에 앉는다. 차가 움직인다. 갑자기 철판을 씌워놓은 엔진 덮개 사이로 눈알을 뽑을 듯한 매운 연기가 피어오른다. 그는 왜 이 좌석만이 비어 있는가 그제야 깨닫는다. 그는 차장을 돌아본다. 차장은 마침 어느 손님으로부터 5백 원짜리 큰돈을 받아 쥔 채 그것이 못마땅해서 손님에게 눈을 흘기고 있는 중이다.

"잔돈 없으세요?"

차장이 손님에게 묻는다.

"없어."

"어디서 내리시죠?"

"다음 정거장."

"어머 그럼 어떡해요, 왜 진작 말씀하지 않았어요."

"미안하다 인마, 그래서 내가 미리 미안하다구 하지 않니."

H는 불쑥 손님에게 화가 난다. 그는 손님이 왜 차장에게 미안해해야 하는지 알 수가 없다. 아니 그는 그 이유를 알고 있다. 손님은 차장과 싸우고 싶지 않은 것이다. 손님은 차장들이 얼마나 억척스럽고, 욕을 잘하고, 싸움을 잘하는지 알고 있다. 그래서 한바탕 '5백 원은 돈이 아니냐, 잔돈을 안 갖고 다

니는 네가 잘못이지 내가 왜 너한테 미안해해야 되느냐'라고
따지고 싶지만 그것이 부질없고 시끄럽고 창피해서 얼른 미안
하다는 말로 차장과의 싸움을 피하려는 것이다. 엔진 덮개에
서 눈알을 뽑을 듯이 다시 맹렬하게 연기가 피어오른다. 그것
은 언젠가 영화에서 본 일이 있는 맵고 지독한 유황천의 연기
와 흡사하다. H는 드디어 눈물이 그렁그렁한 채 좌석에서 일
어나 통로로 물러 나온다. 차장이 열심히 잔돈을 세다가 그에
게 불쑥 손을 내민다.

"뭐야?"

하고 그가 묻는다.

"안 내리세요?"

"안 내려."

"그럼 왜 입구에 서 계세요?"

그는 새삼스레 차장의 얼굴을 쳐다본다. 연기가 피어올
라 눈알이 아파서 이리로 나왔다고 말해주고 싶었지만 그는
꾹 참는다. 그는 대개의 서울 시민들이 그렇듯이 절대로 공중
들 앞에서는 앞으로 나서지 않기로 하고 있다. 그는 이 아마존
족의 후예 같은 억척스런 차장과는 아무 말도 하기 싫다. 그
러나 그는 자기 대신 다른 사람, 즉 약간 조급하고 화를 잘 내
고 불의를 참지 못하는 어떤 사람이, 자기 대신 나이는 어리지
만 베어링처럼 닳고 닳아서 걸핏하면 싸움을 걸려고 하는 이
차장에게 '차를 좀 정비해서 다녀라, 이게 굴뚝이지 어디 버스
냐' 하고 호통을 쳐주기를 바란다. 그러나 아마 그런 호통쯤에
는 차장은 꿈쩍도 하지 않을 것이다. 그녀들은 사실 교통순경
을 제외하고는 이 세상 어느 누구에게도 꿈쩍할 만큼 놀라는

일이 없다. 그녀들은 세상의 모든 사람들이 10원짜리 두 장으로 보일 뿐이다. 말하자면 그녀들은 모든 승객들을 '20원 위에 20원 없고 20원 밑에 20원 없다'로 볼 것이다. 슬픈 일이다.

차가 굴레방 다리, 가구상 앞을 지나 농협중앙회 앞을 지나고, 광화문 정류장을 지나고, 장의사가 있는 무교동 정류장에 멎는다. H는 차에서 내린다. 시계를 본다. 그는 그곳에서 가까운 신문사 문화부에 다니는 친구 B와 오후 5시에 연다방 2층에서 만나기로 되어 있다. 한데 시계는 고장도 아니건만 아직 5시 20분 전이다. 그는 이 20분의 시간이 어리둥절할 만큼 처리하기 곤란하다. 그는 길을 가로 건너가 맞은편 상가 쪽에 붙어 있는 범문사에 들러 책 구경이라도 할까 생각한다. 하지만 그 책방에는 거저 준다면 모르지만 돈을 주고 사고 싶은 책은 한 권도 없었고, 옛날에 약 8백 권쯤의 책을 사 모았다가 그것을 모두 팔아먹은 기억이 있어서 H는 왠지 모든 책방들에 적개심 비슷한 원한과 질투를 느끼고 있다.

그는 연다방 앞을 지나 무심코 무교동 복판의 작은 네거리에 도착한다. 그러나 그는 그곳에 도착하자 문득 바른쪽 길가에 있는 서린 호텔이 생각난다. 그는 서린 호텔을 멍하니 바라보다가 번개처럼 머릿속에 파친코 생각을 떠올린다. 그는 갑자기 걸음을 빨리한다. 그리고 다시 한번 시계를 본다. 정류장에서 이곳까지 오는 동안 이미 5분이 지나 있다. 그는 문득 15분을 죽이기 위해서는 파친코 코인을 얼마치나 사야 될까 생각하기 시작한다. 재수가 좋으면 5백 원 정도로도 10분쯤은 넉넉히 죽일 수가 있을 것 같다. 아니 혹시 옛날 언젠가처럼 수박 세 통이 예쁘게 떠오를지도 알 수 없다. 그러나 재수가 아주 옴 붙어서 5백 원을 단 1분 만에 날려버릴지도 모른다. 하지만 5백 원이 30초에 날아가더라도 그는 그 이상은 절대로 하지 말자고 마음속으로 다짐한다. 5백 원이다, 5백 원만 하고 너는 용감히 그곳을 나와야 한다, 만일 5백 원에서 한 푼이라도 더하면 너는 정말 개새끼 중의 개새끼다. 암, 개새끼고 말고!

H는 급한 듯이 게임 룸으로 들어선다. 천장이 낮고 통로가 좁은 게임장에는 각종의 쇠붙이 소리들이 요란스레 벽을 울린다. 어디선가 코인이 쏟아지느라 기계가 기관총을 쏘듯 유쾌하게 털털거리고 있다. 그는 곧장 코인을 사기 위해 커튼이 쳐진 유리벽 앞으로 다가간다. 5백 원 권 한 장을 유리 구멍 밑으로 디밀고 그는 5백 원어치를 다 달라는 표시로 손가락 다섯 개를 모두 펴 보인다. 코인이 곧 작고 때 묻은 플라스틱 그릇에 담겨 나온다. 그는 그릇을 한 손에 받쳐 들고 빈 기계를 찾아 사방을 두리번거린다. 마침 바른쪽 기계들 중에 세번째 기계가 비어 있다. 그는 코인 그릇을 기계 밑에 놓고 엄숙한 표정으로 잠시 주위를 둘러본다. 10여 명의 사람들, 넥타이를 맸고, 싱글들을 입고 있고, 구두들이 반짝이고, 수염이 말끔히 면도질된 사람들, 등 뒤에서 보면 미스터 김 같기도 하고 미스터 박 같기도 해서 이름은 물론 국적까지도 알 수 없는 똑같은 복장의 사람들이 마치 기계들과 대화라도 하듯 진지한 표정으로 게임들을 하고 있다. H는 드디어 시선을 바로 하고 자기 앞에 서 있는 파친코 기계를 바라본다. 기계가 마치 새 손님을 맞아 한 팔을 번쩍 쳐들고 어서 옵쇼, 하는 것 같다. 그는 우선이 기계가 잘 나오는 기계인가 바야흐로 안 나오기 시작하는

기계인가를 알아보기 위해 코인 두 개만을 넣고 손잡이를 잡아당겨본다. 세 줄의 꽃판이 빙글빙글 돌다가 종 탱자 살구의 순으로 보기 흉하게 가로 나타난다. 그는 다시 코인 세 개를 차근차근 구멍 속으로 밀어 넣는다. 그리고 다시 손잡이를 당긴다. 이번에는 꽃이 두 개 떠올라서 코인들이 한 번 반쯤 쿵쾅거리며 밑으로 쏟아진다. 이 기계는 아마 잘 나오는 기계인지도 모른다. 누군가가 직사하게 코인만을 쏟아 넣고 이제 바야흐로 잘 나올 즈음에 떠나버린 기계인지도 알 수 없다. 바른쪽에 서 있던 키 큰 사내가 코인이 떨어졌는지 엉거주춤 기계에서 물러선다. 사내는 H가 하는 모양을 담배를 뻑뻑 피우며 어깨 너머로 물끄러미 굽어보고 있다. 그러나 다섯 개씩을 넣고 네 번이나 열심히 돌렸지만 H의 기계는 아슬아슬하게 꽃 하나씩이 어긋나버린다. 한번은 수박이 양쪽에 떠오르고 가운데 수박만이 한 칸 밑으로 처진 적도 있다. H는 초조해진다. 코인이 벌써 반 이상 줄어들었다. 등 뒤에서는 열여덟 개짜리 종 세 개라도 떠올랐는지 기계가 흡사 타자기를 두드리듯 타타타타 소리를 내며 열심히 코인들을 쏟아내고 있다.

"아깝습니다."

키 큰 사내가 H의 등 뒤에서 갑자기 H에게 말을 걸어온다.

"예?"

"아까 그 수박 두 통 말입니다."

"아, 예……"

H의 기계도 드디어 실수를 해서 살구 열매 세 개를 예쁘게 떠올린다. 기계가 흡사 불평이라도 하듯 제법 풍성하게 코인들을 뱉어내고 있다.

그는 계속 게임을 했다. 그의 기계는 귀신이라도 들린 듯이 연거푸 우당퉁탕 코인들을 내뱉기 시작했다. H는 약간 불안해졌다. 그는 이 기계가 틀림없이 몸살이 났거나 고장이라고 생각했다. 기계 밑에는 이미 백여 개의 코인들이 넘쳐날 만큼 수북하게 쌓여 있었다. 그는 새로운 고민에 사로잡혔다. 문득 B와의 약속 시간이 생각나서 손목에 찬 시계를 본다. 5시 3분이다. 아, 어쩌다가 내가 오늘 이렇게 즐거운 고민을 하게 되었는가? 그러나 그는 결심한다. 이놈들을 모두 돈으로 환불하자. 아마 기계 밑에 쌓인 코인이 백20개는 착실히 넘으리라. 5백 원 본전을 제하더라도 공짜로 주운 돈이 7백 원이 넘지 않는가? H는 갑자기 유쾌하다. 돈을 따서 유쾌한 것이 아니고 저 완강한 파친코 기계들을 패배시킨 것이 유쾌하다.

H는 게임 룸을 나온다. 그리고 서린 호텔을 등 뒤로 두고 연다방 쪽의 모퉁이를 돌아가자 이미 파친코에 대한 모든 원한 흥분 유쾌함 따위가 이상한 서글픔 속으로 용해되어버렸다. 언제나 이렇다. 파친코도 그렇고 포커 노름도 그렇고 술타령도 그렇고 문화영화도 마찬가지다. 그것들은 열심히 할 동안은 모르지만 하고 나면 모두 엄청난 웅덩이, 약간 우울하고 적당히 슬프고 구역질이 조금 나고, 한없이 깊고 끝이 없고 바닥이 없고 어둡고 음습하고 끈적끈적하고 치덕치덕하고, 아니 이런 요사스러운 것들이 모두 한데 뒤섞여서 무어라고 꼬집어 말할 수 없는 도무지 요령부득인, 요컨대 한마디로 말하자면 고약한 기분들이 되는 것이다.

2층 연다방에 B는 아직 나와 있지 않았다. H는 기다린다.

다방에는 조명을 은근하게 하기 위해 커다란 갓을 씌운 등불들, 팔걸이가 달린 얕은 의자들, 구멍이 얼금얼금 뚫린 가슴 높이의 석유 스토브, 야트막한 포마이카 다탁들, 시끄러운 음악들, 시끄러운 대학생들, 수족관 속에 가만히 떠 있는 금속 조각 같은 엔젤 피시들, 옆자리에 혼자 앉아 있는 젊은 여자를 힐끔힐끔 훔쳐보는 남자들의 탁한 눈들 따위가 있다. 5분쯤 기다리자 B가 드디어 안경을 번쩍이며 다방으로 들어선다. H는 B를 보자 웃음이 나온다. 그는 B를 좋아한다. 그러나 그는 곧 웃음을 자제한다. 언젠가 그는 어느 다방에서 졸지에 부자가 된 친구 P를 기다린 적이 있다. H와 P는 퍽 오랫동안 사귀었고, 중간에 많이 싸우기도 했고, 다시 화해하고, 또 싸우고, 이제는 하도 많이 싸우고 화해해서 피차 싸움이나 화해가 부질없는 짓이라고 알고 있는 사이였다. 한데 그날 H는 P에게서 새로운 사실을 한 가지 발견했다. H는 P를 보자 반가움에 겨워 아무 계산 없이 웃음이 나왔다. 그는 그런 때 웃는 웃음에는 아무 위장이나 의지 같은 것을 담지 않았다. 친구가 반갑고 날씨가 좋아서 감정이 작동시켜 저절로 나오는 웃음이었다. 한데 H가 P를 보고 웃자 P는 별안간 어리둥절한 표정을 지었다. 아니 겉으로는 어리둥절한 척했으나 그 속에는 다른 의미, 가령 '너는 나한테 웃어야 된다. 너는 나를 반가워하고 있다. 하지만 네가 나를 반가워한다고 나도 너를 반가워할 이유는 없다. 나는 웃지 않겠다. 너 혼자 웃어라'라고 하는 표정을 그 어리둥절한 표정 속에 조심스레 감싸고 그것을 H가 조금쯤만 눈치채게 해서 H가 쩔쩔매게, 화도 낼 수 없게, 나는 웃는데 넌 왜 웃지 않느냐고 드러내놓고 따질 수도 없게, 고스란히 그 고약한 감정을 H 혼자 당하게 만들었던 것이다. H는 P와 오랫동안 사귀었지만 아직 P에게 그런 고약함, 즉 가까운 친구를 그런 식으로 골탕 먹이는 기묘한 심술이 숨어 있다는 것을 모르고 있었다. 그러나 그날만큼은 그의 그것이 의심할 여지 없이 너무 노골적으로 밖에 드러났다. 말하자면 그는 H에게 오버액션을 한 것이었다. H는 그 뒤로부터 자기 웃음을 약간 절제하기로 마음먹었다. 그래서 그는 B를 보고 웃다가 지금 약간 머쓱해진 것이다.

B는 안경을 쓰고 있다. 그리고 B에게는 안경이라는 것이 백에 한 사람쯤 있을 둥 말 둥 할 만큼 썩 잘 어울리는 물건이었다. B는 금년에 서른세 살이다. 충청도 대전이 고향이고, 착하고 예쁜 마누라가 있고, 딸만 둘을 낳았고, 집장사한테서 산 집이 있고, 마르지도 살이 찌지도 않은 보통 체형에 키는 좀 작은 편이고, 자기 말로는 소싯적에 씨름을 썩 잘했노라고 했지만 H의 생각에는 글쎄……라고 할밖에 없는, 나지막한 목소리의 매우 점잖고 진중한 친구다.

H는 B가 앉기를 기다린다.

"미안하다."

B가 H의 맞은편 자리에 앉으며 늦게 나온 것을 변명한다.

"미안한 건 아는구나."

"뭐 했니, 그동안?"

"이럭저럭……"

두 사람은 탁자 위로 담뱃갑들을 꺼내놓는다. 레지가 온다.

"뭘 드시겠어요?"

"커피."

B는 잠시 우물쭈물한다. 그는 무언가 깊이 생각할 때는 한 손으로 안경테를 만지는 버릇이 있다. 그런데 그는 지금 안경테를 만지고 있고 무엇을 먹을까 진중히 생각하는 중이다. 그렇다, 그는 분명히 무슨 차를 시킬 것인가 깊이 생각하는 중이다. 그들은 요즘 사소한 일들에 깊이 생각하는 버릇들이 들어 있다. 그들이 깊이 생각하는 사물들은 예를 들면, 오늘 점심은 설렁탕으로 할 것인가 잡채밥으로 할 것인가, 마주 앉은 저 아가씨는 놈팡이가 있을까 아직은 혼자일까, 광장에서 태운 김일성의 허수아비는 누가 밤을 새워 꼼꼼히 만들었을까, 내가 오늘 12시 5분 전에 집에 들어가면 마누라는 내 오입을 눈치챌까 못 챌까 하는 따위들이다. 남들에게는 하잘것없이 보이지만 그러나 그것들은 매우 중요한 일들이다. 그것들이 중요한 일들이라는 것은 그것들이 그들의 머릿속에 자주 떠오르는 것만으로도 충분히 알 수 있다. 하긴, 요즘처럼 엉망진창이 된 세상에는 중요한 일들과 중요하지 않은 일들을 구별하는 것만도 대단히 힘든 일이다. 옛날에는 그것들의 구별이, 술집에 길게 써 붙인 메뉴처럼 분명했는데 요즘은 도무지 분명한 것이 아무것도 없다. 우선 얼마 전까지도 우리 사회에서 존경받던 점잖음이라는 것을 생각해보자. 그것은 옛적에는 어땠는지 모르지만 요즘에는 스피츠라는 서양 발바리가 앞발을 쳐들고 뒷다리만으로 걷는 재주처럼 어색한 것이 되고 말았다. 그렇다면 교육은? 이건 바지를 입을 때 어느 쪽 다리를 먼저 바짓가랑이에 디미는가 하는 따위를 가르치는 데 불과하다. 권위, 이것은 대변을 보기 위해 변소 쪽으로 걸어가는 점잖은 걸음걸이에 다름 아니다. 사랑, 인생은 80세까지 계속되는데

사랑은 겨우 20세에서 끝나지 않는가? 문명, 한쪽에서는 종삼을 없애고 한쪽에서는 터키탕을 짓는 사팔뜨기 같은 것 말인가? 평화, 전쟁은 우리 눈에 분명히 보이는데 평화는 왜 보이지도 않는가? 지조, 지조라구? 웃기지 마라. 만일 요즘 세상에 지조라는 것이 있다면 나는 서울에서 부산까지 땅콩을 코로 굴려 보이겠다. 대체로 이런 식이다. 이런 식일 수밖에 없다.

B가 드디어 결심한다.

"난 반숙으로 하지."

레지가 돌아간다. 두 사람은 담배를 피워 문다. H는 B가 오늘따라 퍽 피곤해 보인다고 생각한다. 두 사람은 지금 피차 만나본다는 것 외에는 아무런 용무가 없다. 아니 두 사람에게는 만나본다는 용무가 있다. 그것은 용무다. 만나본다는 요지부동의 용무다. H가 이윽고 윗몸을 굽히고 B에게 화제를 꺼낸다. B는 대화 중에는 언제나 작은 목소리로 말한다. 그래서 B의 이야기를 듣기 위해서는 반드시 상대편이 몸을 앞으로 굽혀줘야 한다. H가 말한다.

"나 방금 서린 호텔에 들러 왔다."

"짜식."

"7백 원 땄다."

B는 서린 호텔이 무엇을 뜻하는지 잘 알고 있다. 그러나 그는 H의 말에 아무 대꾸도 하지 않는다. B의 버릇이다. 그는 상대편이 무슨 말을 시작하면 말 대신 눈으로만 서두름 없이 다음 말을 기다리곤 한다. H는 야속했지만 할 수 없이 다음 말을 이어간다.

"널 만나려구 여기까지 나왔다가 시간이 일러서 그쪽으

로 휘어졌어. 한데 기계가 망령이 들었는지 연거푸 우당퉁탕 코인들을 뱉어놓는 거야."

"좋아, 7백 원 땄다구 했지? 그 돈으로 술 사라."

"네가 술 사라는 건 겁나지 않아."

"그럼 사."

H는 아차, 하고 후회한다. 그는 B를 겁내야 옳았다. B는 이제 겁내도 좋은 제법 당당한 술꾼이 된 것이다. 사실 B는 작년까지만 해도 맥주 두 병 정도면 팔목까지 벌겋게 술이 올라 입에서 기관차처럼 씩씩 소리를 내곤 했다. 한데 그가 요 며칠 전에는 향도라는 술집에서 정종 반 되를 비우고도 거뜬히 술을 견뎌냈다. 그는 이제 어린애가 고추와 파 요리 먹는 것을 배우듯이 제법 그 씁쓸한 술맛을 즐길 줄 알게 된 것이다. H는 슬며시 화제를 돌린다.

"너 며칠 전 신문을 보니까 뭔가 제법 아는 체했더군."

"뭐 말이야?"

"동도서기(東道西器)니 서세동점(西勢東漸)이니 하며 퍽 어려운 말들만 골라가며 늘어놓았더군."

"폼 한번 잡았지."

"동도서기란 말 어디서 주워들었어?"

"야, 넌 내가 한국학의 권원 줄 모르냐?"

"나한테두 폼 잡기냐?"

B는 웃는다. H도 웃는다. 그러나 그 웃음들은 신문이라는 거대한 거짓말, 소설이라는 거대한 엉터리들을 피차 너무 잘 알고 있기 때문에 이제는 도저히 구제할 수 없이 된 맥 빠지고 허전하고 에라, 하고 내팽개치는 웃음들이다. H는 B의 이 점

이 퍽 좋다. 그는 솔직한 것이다. 그는 신문에서는 폼을 잡았지만 친구들에게는 폼 잡기를 포기한다. 아마 그는 이런 경우, 즉 자기가 어떤 일에 너무 몰두해서 폼이 조금도 섞여 있지 않았더라도, 백20프로쯤 진지했더라도, 더 이상 진지할 수 없을 만큼 진지했더라도, 적어도 친구들에게만은 폼 잡기를 거부했을 것이다. B가 다시 말을 꺼낸다.

"너 이번 달에 어딘가 단편 하나 썼지?"

"응."

"어디냐?"

"××."

"무슨 얘기야?"

"소 잡는 얘기."

"재미나냐?"

H는 웃기만 한다. 재미나냐고? 재미날 턱이 없다. 요즘 소설들은 재미가 없다. 언제부터인지는 알 수 없지만 요즘 소설들은 철저하게 재미가 없어졌다. 마치 한국의 모든 소설들이 재미없기로 약속이나 한 것 같다. H는 그러나 B가 재미나냐고 물은 것이 다른 의미라는 것을 알고 있다. B는 그 소설이 잘된 소설인지를 묻고 있다. B는 H와 친구다. 그러나 그들은 친구 사이지만 보통 사람들이 친구가 되듯이 친구가 된 것은 아니다. 그들은 공통의 기억들을 가지고 있지 않았다. B가 생각하는 학교, 철둑길, 개천 따위와 H가 기억하는 저녁 노을, 배추밭, 공동묘지 따위는 서로 달랐다. 그들은 다 커서 친구가 되었다. 대학을 졸업하고 군대를 다녀온 뒤 애인들을 한 명씩 폐어 차고 이제 슬슬 결혼이나 해볼까 할 즈음에 친구가 되었

다. 말하자면 그들은 그때 상대편의 얼굴이 잘생겼다든지, 저놈과 잘 사귀면 저놈의 아버지 회사에 취직이라도 되지 않을까 하는 따위로 친구가 된 것은 아니었다. 그들은 우연히 알게 되었고, 처음에는 꽤 까다롭게 서로를 경계했고, 조금조금씩 접근하다가 너무 접근했다 싶으면 확 물러났고, 이쪽이 차를 사면 저쪽이 저녁을 살 만큼 조심스러웠고, 꽤 오랫동안 밀고 당기고 하다가 이젠 안심해도 좋다,라고 생각할 즈음에 아주 느리게 아주 확고하게 새로운 공통의 기억들을 만들어가며 가슴 대신 머리로, 돈 대신 웃음으로, 감정 대신 이성으로, 오랜 시간에 걸쳐 친구가 되었다. 그들은 머리로 사귀었기 때문에 가슴으로는 쉽게 싸움 같은 것이 되지 않았다. 그들은 이해로 사귀었기 때문에 피차 체면이나 복잡한 절차들이 필요하지 않았다. 그들 사이에는 어려운 말들과 자질구레한 말들이 자연스레 생략되었다. 그들의 이런 언어의 절약은 글이나 소설을 평하는 데도 마찬가지였다. 그들은 공중들 앞에 나서기 전에는 테마니 플롯이니 메타포니 서프라이즈 엔딩이니 새타이어니 하는 말 따위를 쓰지 않았다. 그리고 그런 말을 쓰지 않는 것은 비단 친구의 소설이나 글에만 해당되는 것은 아니었다. 모든 글들, 이름만 몇 번 신문에서 읽었을 뿐 한 번도 만나본 일이 없는 어느 평론가의 적의에 찬 글이라든지, 남자인지 여자인지도 잘 모르는 어느 아리송한 작가의 소설이라든지, 이름이 스키나 코프로 끝나서 막연히 슬라브계 작가일 거라고만 추측하는 친구의 글들에 대해서도 그들은 퍽 수월하게 '재미있었다' '약간 지루했다' '드물게 좋았다' '끝부분에서 잡쳤다'라는 말만으로 의견들을 표시했다. 요컨대 그들은 많은 말을 의식적으로 생략하고 있었다. 피차가 잘 아는 번거로운 말들은 숨이 차고, 귀찮고, 부질없어서 생략하는 것이었다. 그러나 그들은 그런 짧은 표현들 속에서도 피차 충분할 만큼 서로의 말들을 깊고 폭넓게 순식간에 이해했다. 그것들은 흡사 라디오에서 흘러나오는 스무 고개의 답과 같은 농축된 말들이었다. 그들은 때로 네 사람이 한자리에 앉아 마치 같은 꿈을 꾸고 난 사람들처럼 똑같은 의견들을 말할 때도 있었다. 그들은 그런 때 서로의 얼굴들을 놀라움에 차서 멍하니 쳐다보며 '아, 자네도 그렇게 생각했나'라고 눈으로만 은근히 기쁨들을 나누었다. 좌우간 그것은 그들 사이에만 통하는 대단히 협소한, 어두컴컴한 비밀의 통로였다. 그러나 모든 글 쓰는 친구들이 그들의 의견과 같을 수는 없었다. 아니 친구인 그들 사이에도 때로는 맹렬하게 의견들이 대립되었다. 그들은 그런 경우, 다시 안 볼 것처럼 용서 없이 단호히 서로 다투었다. 그들의 다툼에는 우정 따위는 이미 멀찌감치 옆길로 치워졌다. 그것은 우정과는 별개의 것이었다. 우정이란 술을 마실 때, 돈을 꾸어 쓸 때, 오입에 동행할 때, 포커를 할 때, 청첩장을 보낼 때, 슬플 때, 너무 기뻐서 혼자 참기가 곤란할 때, 자살이 하고 싶을 때, 자살을 말리고 싶을 때 등에만 요긴한 것이었다. 그런 다툼에는 우정이 오히려 눈 위의 혹처럼 거북스럽기만 할 뿐이었다. 그들은 좌우간 맹렬하게 다투었다. 그리고 그 맹렬히 다투는 것이 바로 그들의 놀랄 만한 장점이기도 했다. 그러나 그들은 아무리 심하게 다투는 경우라도 그들만의 몇 가지 룰은 반드시 지켜가며 싸웠다. 그것은 그들이 좀더 진지하게, 좀더 열심히, 정정당당하게 싸우기 위해서라도 반드시 지켜져야 할 기본 룰이었다. 그들은 우선 자기의 상대편을 '자넨 왜 그렇게 보기 흉한 코를 가지고 있는가'라든지, '자네 말은 내가 확인해보진 않았지만 틀림없이 엉터리같이 보이네'라든지, '나는 자네가 지금까지 지껄인 말을 한마디도 귀담아 듣지 않았네'라든지, '자넨 마치 자네와 내가 친구라도 되는 듯이 말하는군' 하는 따위의 말로 친구를 공박하지는 않았다. 요컨대 그들은 그런 말들을 함으로써 공연히 우정을 상하게 하거나 주먹질을 유발시키거나 대화를 쓸데없이 공전시키거나 하고 싶지는 않았다. 하지만 그들에게도 때로는 같은 종류의 글을 쓰지만 그들의 친구는 아닌, 다른 무리의 글 쓰는 사람들로부터 싸움이 걸려올 때가 있었다. 그들은 그런 도전을 받았을 때 상대에 따라 퍽 심한 곤욕을 느꼈다. 그들이 곤욕을 느끼는 이유는 상대가 너무 노골적으로, 대화보다는 말싸움을 즐기는 듯한 포즈를 취하거나, 'A 플러스 B는 AB다'라는 명제로 싸우다가 그것은 옆으로 밀쳐놓은 채 느닷없이 '야 너는 바보다, 나는 너를 바보라고 했다. 억울하면 어서 덤벼라'라는 스타일로 나오기 때문인 것 같았다. 그런 때 B와 H의 친구들은 약간 슬픈 듯한 표정들을 지어 보였다. 아마 그들은 슬프기도 했지만 무지하게 세상이 싫어지고, 별안간 산다는 것이 우스워지고, 나같이 순진한 놈은 언제 사나운 말들[言語]에 짓눌려 질식사할지 모르겠구나 하는 두려움도 느꼈을 것이다. 그들은 결국 그런 종류의 싸움은 애당초부터 원하지 않았다. 그런 싸움질은 흡사 두 명의 권투 선수가 링 위에서 한참 주먹으로 잘 싸우다가 갑자기 한 친구가 형세가 불리하니까 링 밑으로 뛰어 내려가 시퍼런 식칼을 집어 들고 덤비는 것과 비슷한 꼴이었다. 그것은 추했다. 대단히 추하고 볼품사나운 싸움이었다.

H와 B는 차들을 다 마시고, C를 불러내기 위해 C에게 전화를 걸었고, 뜻밖에도 K와 S가 C와 함께 있다는 사실을 알아내고 그들과 합세하기 위해 연다방을 나왔다. 밖은 그동안 해가 많이 기울어서 온통 컴컴한 땅거미 속에 잠겨 있었다. 퇴근 시간이 막 지나서인지 거리에는 행인들이 빽빽하게 왕래하고 있었다. 그들은 C의 회사가 가까이 있어서 슬슬 산책 삼아 그곳까지 걷기로 했다.

두 사람은 가락국수집 모서리를 지나 많은 사람들과 함께 횡단보도를 건넌 뒤, 다시 과학 서적을 파는 책방 앞을 지나서 바른편 길 건너로 택시 정류장을 끼고 곧장 올라가다가, 국민학교 정문을 바른쪽으로 버리고 C가 밥을 버는 어느 출판사 건물로 들어갔다. 그러나 C는 '봉'이라는 다방으로 모두들 떠났으니 두 사람에게 그리로 오라는 전갈만을 남기고 자리에 없었다.

그들은 정말 봉다방에 모여 있었다. S가 먼저 두 사람을 발견하고 손가락을 까딱 K의 머리 위로 쳐들어 보인다.

"오래간만이야."

S가 말한다.

"죽지 않구 살아 있었군."

H가 대답한다.

"앉아라."

C가 주인처럼 말한다. H와 B는 나란히 앉는다.

"악당들이 한자리에 다 모였군."

B가 말한다.

"넌 어떻게 나왔니?"

K가 불쑥 H에게 묻는다.

"놀러."

"그동안 왜 꼼짝두 안 했어?"

H는 대답 대신 웃는다. 그리고 S의 하얀 얼굴을 바라본다. S도 웃고 있다. S는 잘생긴 얼굴은 아니지만 여자처럼 곱다랗게 생겼고, 웃을 때는 송곳니가 살짝 드러나고, 좀 긴 편의 얼굴이고, 코가 유난히 길고, 윗눈까풀이 얇아서 눈이 상큼해 보이고, 전에는 이발을 잘 하지 않아서 턱 밑으로 돼지비계에 가끔 섞여 나오는 것 같은 몇 가닥의 깜짝 놀란 수염들이 삐죽삐죽 듬성듬성 박혀 있었으나 결혼 후에는 좀 깨끗해졌고, 어딘가 슬픈 듯한, 사는 데 지친 듯한 하얀 얼굴이라 누구에게나 특히 손위의 여자들에게 사랑 아니면 귀여움을 받을 얼굴이고, 실제로 그는 그런 귀여움과 사랑을 많이 받아서 이제는 그런 것을 받는 데 몸 전체가 습관이 되어 있고, 늘 생글생글 웃고는 있지만 마음속에는 시퍼런 자존심과 미적지근한 분노와 견딜 수 없는 이웃에 대한 사랑 따위를 품고 있고, 자기는 그런 것들을 밖으로 드러내기에는 적합하지 않은 얼굴과 목소리를 가졌다고 스스로 알고 있어서 절대로 그런 것을 밖으로 드러내놓지 않고, 나이가 60이 되더라도 늙을 것 같지 않은 얼굴이고, H가 지금까지 보아온 사람들 중에는 가장 예민한 감수성을 가지고 있고, 그 감수성은 그의 소설이고, 그러나 때로는 자기도 깜짝 놀랄 만한 어마어마한 결심들을 불쑥 하고, 그것을 또 용케 견뎌내고, 자기의 글에 병적일 정도의 결백성을 지니고 있

어서 그게 방해가 되어 요즘은 글이 잘 안 되고, 착하고, 순진하고, 화 안 내고, 사랑할 수는 있지만 미워할 수는 없는, 그래서 이웃들이 저 녀석은 어떤 재주로 저렇게 희한한 방어 기제를 갖추게 되었나 하고 부러워 못 견디는 그런 친구였다.

"어이 밥 때가 다 됐는데 그냥 이렇게 앉아만 있을 거야?"

누군가가 말한다.

"배고프다, 누구 저녁 사라."

S가 역시 웃으며 누가 저녁을 살 것인가, 누가 그런 영광을 차지할 것인가 하는 듯이 주위를 둘러본다. 그러나 아무도 그런 영광에 선뜻 응하는 사람이 없다. 그렇다, 그것은 영광이다. 그들은 가난하다. 짜증이 날 만큼 가난한 것이다. 만일 그들 중에 누구 한 사람이라도 퍼블리카 정도만 자가용으로 굴릴 수 있는 사람이 있다면, 그는 아마 모르면 몰라도 친구들을 만날 때마다 자기 혼자서 그 영광을, 기천 원이면 충분할 그 영광을 염치없이 독차지하려 할 것이다. 그러나 그것이 잘 되지 않았다. 금강구두 한 켤레 값 정도가 잘 되지 않았다.

"나가자."

C가 불쑥 말한다.

"어디루?"

S가 반가운 듯 반문한다.

"밥 안 먹어?"

"너 살래?"

"누가 사든지."

다섯 명은 자리에서 일어선다.

밖은 이제 해가 완전히 져서 짙은 어둠이 컴컴하게 드리워져 있다. 차들이 오렌지색 라이트들을 휘두르며 유솝 건물 옆을 번쩍번쩍 지나간다. K와 C와 S가 뒤따라 다방을 나온다. 그들은 잠시 다방 앞에 선 채 추운 밤공기에 깜짝 놀라 손들을 포켓에 찌르고, 지나가는 차들, 하늘의 별들, 아크릴 간판들, 그리고 자기 구두들을 하염없이 둘러보고 있다.

"어디가 좋을까?"

C가 다시 일행에게 묻는다.

"너 정말 밥 먹을래?"

K가 문득 C에게 묻는다. K가 '너 정말 밥 먹을래' 하고 물은 것은, 자기는 밥보다는 술이 더 생각난다는 뜻이다.

"야, 밥도 팔고 술도 파는 집으로 가자."

H가 갑자기 끼어든다. 그도 K와 같은 생각이다. 밥보다는 술이 더 먹고 싶은 것이다.

"그럼 새집으로 가야겠군."

C가 혼잣말처럼 중얼거린다.

"새집이 어디야?"

"저쪽이야, 좀 걸어야 돼."

"가까운 데루 가. 향도집 같은 데두 좋지 않아?"

"쌔끼, 남의 사정두 모르구……"

"무슨 사정? 왜?"

"야 인마."

하고 K가 문득 S의 어깨를 탁 때린다.

"넌 그런 것두 모르니? 향도집은 쟤가 안 통한단 말이야, 알아들어?"

"뭐……? 흐흥, 알았어. 향도집은 안 통하구 새집은 외상이 통한단 말이지?"

"머리를 써 머리를. 한마디 하면 팍 알아먹어야지."

"야, 느덜 왜 이러니?" 하고 C가 갑자기 펄쩍 뛰는 표정을 짓는다.

"난 돈이 없단 말이야. 모두 주머니들을 털잔 말이야."

주머니를 턴다, 하고 H는 잠깐 생각해본다. 그것은 좋은 일이다. 그리고 전에도 가끔 해온 일들이었다. 그것은 약간 쑥스럽긴 하지만 그렇게 하고 나면 항상 마음들이 가벼워지곤 했다. 그들은 서로의 사정을 너무 잘 알고 있었다. 사정만 아는 것이 아니고 상대편의 주머니 속과, 집에 저금해놓은 돈과, 앞으로 잡지사에서 받을 원고료와, 아직 쓰진 않았지만 앞으로 받게 될 원고료와 각자의 식탁에 놓일 반찬들까지도 알고 있었다. 그것은 슬픈 일이었다. 너무 뻔해서 슬픈 일이었다. 그들은 아무것도 숨기거나 가릴 수가 없었다. 도대체 그들은 숨기고 가릴 재산이라는 것이 없었다.

그들은 어느새 국민학교 앞에까지 와 있다. 밤공기가 몹시 차다. 하늘에는 별들이 불티처럼 좍 깔려 있다. 그들의 바른쪽에 있는 넓은 길 양쪽으로는 차체가 유난히 큰 자가용 차들이 어깨를 맞대고 10여 대나 늘어서 있다. 그곳에는 외등이 달린, 한식 가옥의 대문을 모조한, 그러나 퍽 뻔뻔스럽고 오로지 추잡해 보이기만 하는 고급 요정들이 자리 잡고 있었다. H는 힐끗 그곳을 쳐다본 뒤 기분이 약간 우울해졌다. 그는 저런 고급 요정을 평생에 꼭 두 번 가본 일이 있었다. 그런데 그 두 번이 모두 자기가 술값을 치러야 할 괘씸한 경우들이었다. 그는 저런 종류의 요정들을 일부러 눈에 힘을 주고 꽤 자세히 보

아두었다. 그가 그런 것을 자세히 살펴두는 이유는 언젠가 그
것을 소설에 써먹을지도 모른다고 생각했기 때문이었다. 그곳
에는 우선 여자들이 있었다. 여자들은 모두 젊었다. 그러나 예
쁘지는 않았다. 가끔 예쁜 여자가 있었으나 그것들은 자주 이
방 저 방으로 불려 다녀서 차라리 좀 못생겼지만 옆자리에 꽉
붙어 앉아 있어주는 그런 여자들이 나았다. 그곳의 음식들은
다른 보통의 음식점 음식들과 별로 다를 것이 없었다. 다른 것
이 있다면 음식 자체보다 음식을 담아놓은 그릇들이 좀 달랐
다. 그러나 가끔 엉뚱한 음식, 가령 고들빼기라는 씀바귀 김치
라든지, 해삼 내장으로 만들었다는 누런 색깔의 젓이라든지,
마[山芋] 뿌리를 생으로 으깨어놓은 빽빽한 콩죽 같은 것이 나
오기도 했다. 그러나 그것들은 원숭이 골 요리, 모기 눈알 요
리, 중국의 제비집 요리 따위처럼 신기하다는 것 외에는 맛도
없고 비위에도 안 맞고, 먹고 난 뒤에는 별로 기분도 좋지 않
았다. 그러나 H가 그런 곳에서 가장 심한 배반감을 느끼는 것
은 음식이나 술이나 여자 따위가 아니었다. 그곳은 H에게는
뿌연 땟국들이 둥둥 떠 있는 뜨끈뜨끈한 목간통과 비슷한 곳
이었다. 그곳은 아래턱이 둘로 겹치고, 허리띠가 무지하게 크
고 고혈압을 걱정하는 사람들만이 때를 뽑기 위해 가는 곳이
었다. 그 목간통에는 박수 소리가 있고, 양담배 연기가 자욱하
고, 여자들의 옷 밑으로 끊임없이 움직이는 살찐 손들이 있고,
부드러운 털로 된 목구멍에서 울려 나오는 듯한 기름진 웃음
이 있고, 아무리 술을 마셔도 취하지 않는 계산에 밝은 번쩍번
쩍하는 눈들이 있고, 흥정이 있고, 아첨이 있고, 촌지가 있고,
그러나 그런 것들 외에는 아무것도 없었다. 있을 턱이 없었다.

H는 그런 목간통에 앉아 있으면 자기가 왠지 못 올 곳에 온 듯한, 많은 사람들이 그의 등 뒤에서 침을 튀기며 손가락질을 하는 듯한 기분이 들었다. 그는 그런 기분이 드는 이유를 자기가 돈에 대해 너무 깊은 원한을 품은 탓이라고 풀이했다. 그것은 어느 정도 사실이었다. 그는 분명히 돈에 대해 원한이 있었다. 원한이 있고말고! 망할 놈의 돈!

그들은 새집에 도착했다. 새집은 밥과 술을 함께 파는 방이 여럿 딸린 커다란 음식점이다. 그들이 자리를 잡고 앉자, 여자가, 앞치마를 두르고 뚱뚱하게 살찐 여자가 주문을 받으러 왔다. 그녀는 아무 말 없이 그냥 상머리에 우두커니 서 있다. 지친 모양이다. '뭘 드시겠어요' 하는 말도 묻기 힘들 만큼. 지금은 그런 여자들이 지쳐 있을 시간이다.

"뭘루 할까?"

C가 묻는다.

"글쎄, 뭘루 할까."

S가 C를 마주 바라본다.

"어이, 여기 뭐뭐 되지?"

H가 여자에게 묻는다.

"다 돼요."

"다 되다니?"

"저길 보세요."

일행들은 저기를 본다. 저기에는 각종 요리 이름들이, 마치 그것 자체가 요리인 양 현란스럽게 붙어 있다.

"우선 밥부터 시키지?"

B가 오래간만에 입을 연다.

"그래 밥부터 하자."

S가 동의한다. 그러나 H와 K와 C는 아무 말도 하지 않는다. 그들은 S와 B가 술이 약해서 이런 곳에 와서는 남의 기분을 싹 무시하고 용서 없이 밥을 시킨다는 것을 알고 있다. 그러나 H들은 밥 생각이 전혀 없다. 그들은 오래간만에 친구들을 만났고, 지금은 밥보다 술을 마시기에 더 제격인 시각이고, 술을 흠뻑 마신 뒤 한바탕 떠들고 싶은 기분들이다. K가 드디어 결심한 듯 말한다.

"그래 둘은 밥 먹어라, 우린 술로 한다."

"빈속에 술 좋지 않아……"

S가 웃는 얼굴로 자못 걱정스레 K에게 말한다. 그러나 S의 그런 말은 조금도 건방져 보이거나 어색하게 들리지 않는다. 그의 타고난 장기 중의 하나다.

"야, 우리 무슨 술로 할까?"

K가 S를 무시하고 H와 C에게 몸을 돌린다.

"소주로 하지."

H가 말한다.

"그래 소주다."

C도 동의한다.

"안주는? 안주는 뭘루 할까?"

"어이 여자, 안주는 뭐가 있어?"

"제육, 편육, 동그랑땡……"

"비싼 것 말구."

"낙지 두부찌개 빈대떡……"

"좋아, 우선 낙지 하나 두부찌개 하나다."

"식사는 뭘루 하시겠어요?"

"그건 저쪽 동네에 물어봐."

여자가 B 쪽으로 몸을 돌린다. B가 말한다.

"대구탕 둘."

여자가 돌아가고 잠시 좌석에 침묵이 흐른다. 그 침묵은 느닷없이 기습처럼 찾아온 침묵이다. H는 등을 벽에 기댄 채 맞은편 벽을 멍하니 쳐다본다. B는 한 손으로 안경테를 만지며 마루에 서 있는 여자들을 바라보고 있다. K는 한 팔꿈치를 밥상 위로 고인 채 손가락 끝으로 무언가를 쓰고 있다. C는 왼손의 새끼손가락으로 귓구멍을 침착히 도(道) 닦듯이 후비고 있다. S는 그러나 어떤 말이 하고 싶어서 네 명을 이쪽저쪽 조심스레 둘러본다. S가 불쑥 K에게 말한다.

"업다이크 부부들 재미있던데?"

"……"

"그거 로런스의 채털리 이상이야."

"……"

"그 친군 소설을 무슨 보고서처럼 쓰는 것 같아. 자기 의견은 조금두 안 비치구, 있는 그대루 늘어만 놓는 거야."

K는 아무 말도 하지 않는다. 그러나 고개만은 열심히 끄덕여 보인다. 그의 버릇이다. 그는 고향이 전라도 어느 섬이라고 했다. 그곳은 육지에서 오는 배가 하루에 한두 번밖에 찾아주지 않는 한반도 끝머리의 어느 쓸쓸한 섬이었다. 그러나 어린 K는 배가 섬에 와 닿을 때마다 조그만 바위 위에 대뚝 올라앉아 한 손으로 턱을 고이고 배에서 내리는 사람들, 타는 사

람들, 바다 저쪽 뭉게구름, 생선 상자 따위들을 멍하니 바라다 보았다고 했다. 하지만 지금의 그의 얼굴에는 바위에 쪼그리고 앉아 바다를 슬픈 눈으로 바라보던 그런 어진 소년의 모습은 조금도 찾아볼 수 없다. 그는 도수가 높은 근시안경을 쓰고 있다. 이마만 조금 넓었으면 대단한 미남이 될 뻔한 얼굴이다. 그는 걸음을 걸을 때는 등을 앞으로 둥글게 굽힌 채 큰 머리통을 '저게 뭘까?' 하는 듯이 쑥 앞으로 내밀고 걷는다. 그는 웃을 때는 즐거워죽겠다는 듯이 눈을 거의 다 감고 높은 소리로 거침없이 웃는다. 술에 취해서 기분이 흔쾌하면 그는 으앙 소리를 치며 프랑켄슈타인이 영화에서 보여주는 것 같은 퍽 기묘한 제스처로 익살을 부린다. 그는 카뮈가 초기에 쓴「표리」라는 수필을 대단히 좋아한다. 요컨대 그는 흥이 많고, 집요하고, 애증의 구별이 선명했고, 자신에게 끊임없이 정직하려고 노력했고, 그 정직성이 절제 없이 내뻗어서 자신도 모르게 적을 만들었고, S 못지않게 감수성이 예민했지만 S 때문에 자기 감수성을 양보했고, 때로 너무 자신만만한 척해서 남들을 깜짝 놀라게 했고, 눈이 나빠서 안경을 썼음에도 사물들을 항상 먼 곳에서 관찰했고, 말짱했을 때의 그보다는 술 취했을 때의 그가 더 좋았고, 아무리 진지한 말들을 한 후에라도 돌아가는 버스 속에서는 그것을 까맣게 잊어버릴 줄 알았고, 나는 대범한 사람이다,라고 얼렁뚱땅 연극을 하려 했으나 그것이 연극이라는 것을 들킬 만큼 순진했고, 놀랄 만큼 수줍음을 잘 탔고, 아직은 여러 명의 친구 중에 유일한 총각이지만 곧 결혼할 모양이고, 결혼 상대의 여자로는 남자가 귀가했을 때 발 같은 것도 닦아줄 수 있는, 의지는 있지만 고집은 없고 아는 것은 많지만 남편한테는 알은체 안 하는 그런 백만 불짜리 여자라야만 된다고 주장했고, 그는 결국 주는 것보다는 빼앗는 것이 더 많은 친구였고, 사귈수록 재미난 친구였고, 그래서 그의 주위에는 많은 친구들이 열심히 따라다녔고, 앞으로도 계속 따라다닐 것이었다.

음식이 왔다. S와 C가 기다렸다는 듯 쟁반에서 주섬주섬 음식들을 상 위로 늘어놓는다. 그들은 모두 시장하던 참이었다. 시장은 좋은 것이다. 그것은 모든 기다림 중에서 가장 보람 있고 구체적인 기다림이다.

"야 그거 맛있어 뵈는데?"

S가 낙지 접시를 부러운 듯이 턱으로 가리킨다.

"못써 인마, 그러지 마!"

K가 예수의 은배(銀杯)라도 감추듯 낙지 접시를 후딱 자기 앞으로 끌어당긴다.

"인심 고약하다!"

B가 소독저의 껍질을 벗기며 말한다.

"고약한 것 인제 알았니?"

"옛날부터 알았지."

이번에는 소주가 도착한다. 두 홉들이 두 병이다. H는 즐거워진다. 그는 술을 사랑한다. 아니 술 자체보다는 술에 취한 자신을 더 사랑한다. 그는 술병 하나를 집어 든다. 손바닥에 문득 서늘한 냉기가 전해온다. 소주만이 낼 수 있는 소주 특유의 체온이다. 그것은 늦가을의 서리처럼 냉정하고 서늘한 체온이다. 그는 소주의 첫 잔을 좋아한다. 소주의 첫 잔은 입에서는 달고 목구멍에서는 차고 배 속에서는 뜨겁다. 그는 소주가 목구멍을 타고 배 속에 들어가, 잠자는 위를 흔들어 깨우고 점액질의 위벽을 슬슬 어루만지며, 처음에는 느리게 나중에는 빠르게 눈에 보이지 않는 수천 개의 불씨들이 되어 두꺼운 위벽을 뚫고 활기에 차서 와 함성을 지르며 거미줄 같은 모세혈관으로 고무줄 같은 질긴 동맥으로, 투구를 쓰고 작은 창을 쥔 장난기 많은 꼬마 병정들이 되어, 영차영차 합창을 하며 여기도 집적 저기도 집적 기관차처럼 뛰어다니다가, 나중에는 사람이 술을 먹은 건지 술이 사람을 먹은 건지 어리둥절하게 만드는 그 활기와 혼미와 G 마이너스 현상이 좋다. 그것은 기분 좋은 지옥이다.

"자, 잔 받아라."

C가 H에게 술잔을 내민다. H는 C가 주는 술잔을 받는다. 그는 문득 소주의 색깔이 무슨 색깔일까 하고 생각해본다. 영어로는 화이트 리큐어, 백주(白酒)라고 되어 있다. 그러나 소주가 흴까? 소주는 화이트일까? 아니다, 그것은 소주에 대한 명예훼손이다. 소주는 희지 않고 맑다.

"야, 너 뭐 하니?"

K가 H에게 잔 낼 것을 재촉한다.

"기도한다."

"빨리 돌려."

H는 잔을 돌린다.

"근사한데?"

C가 말한다.

"뭐가?"

"소주 말이야."

그렇다. 소주는 근사하다. 그리고 그들은 이렇게 모여 앉아 가끔 근사할 필요가 있었다. 그들은 지독한 고생들을 하고 있다. 그들의 고생은 대한민국에서는 가장 심한 고생 중의 하나다. 그러나 그들의 그 지독한 고생을 대한민국에서는 백 50원이나 2백 원 정도로 대우하고 있다. 그들은 공부를 많이 했다. 과거에도 많이 했고 지금도 하고 있고 미래에도 계속할 것이다. 아무도 그들만큼 공부를 많이 하는 사람은 없다. 그러나 그들은 억울하다. 갑자기 억울하다. 특히 그들이 심하게 억울함을 느끼는 경우는, 우스운 친구가, 악수 이외에는 아무것도 할 줄 모르는 친구가, 민주주의는 자유다,라고만 알고 있는 친구들이 어느새 그들보다 더 많은 돈을 벌어 '난 이제 소주 같은 건 못 마시겠어. 요즘은 맥주나 조니 워커가 내 몸에 맞더군' 하고 말할 때다. 똥 같은 놈들이다. 그러나 그 똥들은 돈을 버는 것이 아니고 돈을 갈퀴로 긁고 있다. 그들은 식사 중에도, 변소에 쭈그리고 앉아 있을 때도, 포동포동 살이 찐 여비서의 배 위에 올라가 있을 때도, 그리고 정신없이 쿨쿨 잠을 잘 때도 돈을 벌고 있다. 아니 돈이 벌려지고 있다. 그러나 H들은 그렇지가 못하다. 그들은 정직하다. 그들은 네모반듯한 2백 개의 구멍들이 그려진 원고지 장수로만 돈을 번다. 그곳에는 터럭만 한 에누리도, 요란스러운 박수 소리도, 동전 한 푼의 특혜도 없다. H는 문득 자기의 방, 앉아서 무수하게 밤을 새운 그 옹색한 그의 작업장을 생각해본다. 그곳에는 테이블과 의자가 있고 욱광(旭光)이라는 회사의 일본제 다 낡은 전기 스탠드가 있고, 원고지에 구멍을 뚫기 위한 송곳이 하나 있고, 글이 잘 안 되어 끙끙 앓는 H의 뜨끈뜨끈한 이마가 있고, 간밤에 먹다 남긴 끈적끈적한 커피 찌꺼기가 있고, H를 지금까지 억지로 먹여 살린 파카 21의 만년필 한 자루가 있고, S가 'H 형에게'라고 자필로 쓴 S의 소설집이 한 권 있고, 석 달 동안 줄곧 붓방아만 찧다가 결국 갈가리 찢어버린 어느 단편의 파지가 있고, 이틀 밤을 앉아서 새운 H가 걱정스러워서 공연히 들락날락하는 H의 마누라가 있고, 소설도 실패하고 생활도 실패해서 분노가 훨훨 타오르는 H의 붉은 눈이 있고, 네 시간에 겨우 두 장을 써놓고 냉수를 더듬어 찾는 H의 떨리는 손이 있고, 글 쓰느라고 정신이 없는 H의 두 손가락 사이에서 어느새 다 타버린 뜨거운 담배꽁초가 있고, 어디선가 벌써 새벽을 알리는 "변소 펴요!" 소리가 우렁차게 들려오고, 속달이라는 퍼런 고무도장이 찍힌 원고 독촉장이 휴지통에 누워 있고, 그리고 '지금은 아침이다'라고 알리는 눈부신 햇살이 창문에 와 있었고, H의 초조가 있고, 후회가 있고, 분노가 있고, 그리고 그런 것들이 한데 뚤뚤 뭉친, H에게는 가장 무서운 좌절이라는 것이 있다. H는 고개를 든다. 그리고 자기 앞에 앉은, 자기와 똑같은 기억들을 가지고 있는 친구들을 둘러본다. 아아, 바로 저 얼굴들이다. 저렇게 착하고 수더분한 놈들이 바로 그의 친구들인 것이다. 그는 별안간 고함을 친다.

"술 줘, 빨리!"

"술 줘?"

"그래 인마."

"짜식, 급하긴……"

C가 술을 따른다. H는 술을 천천히 음미하듯 마신다.

"야, 느덜두 한 잔씩 받아라."

K가 S와 B에게 말한다.

"그래 한잔 줘."

B가 선뜻 응한다.

"이거 술이 모자라지 않어?"

K가 빈 병을 서운한 듯이 들여다본다.

"한 병 더 시킬까?"

H가 말한다.

"그래, 하나 더 하자."

C가 손뼉을 딱딱 친다.

"여기 이거 하나 더!"

C는 빈 병을 여자의 코앞에 불쑥 디민다. 여자가 돌아간다.

술이 마치 물결이 출렁이듯 H의 머리 위로 문적문적 밀고 올라온다. 그는 기분이 좋다. 친구가 있고 방바닥이 뜨듯하고 집에는 밤을 새울 아무 일거리도 아직은 없다. C가 문득 상머리 저쪽에서 생각이라도 난 듯 거창하게 입을 연다.

"야, 나 곧 이사 갈 거다. 이젠 아파트 생활에 확 물렸어."

"어디루 갈 거야?"

B가 묻는다.

"몰라 아직. 어쩌면 답십리 쪽으루 가게 될 거야."

"야 이왕이면 우리 동네루 오라구."

"그쪽은 어려워. 집값이 너무 틀려."

"얼마짜릴 구하는데?"

"백10만 원."

H는 술이 깨는 듯한 기분이다. 그는 아직 자기 집이 없다. 그리고 앞으로도 언제쯤 자기 집을 갖게 되는지 막연하다. 그

는 C의 얼굴을 쳐다본다. C의 얼굴에는 리얼리티가 있다. C는 무장을 갖춘 외인부대 병정처럼 강인하다. H는 C가 얼마나 성실하고 얼마나 부지런하고 얼마나 끈덕진지를 잘 알고 있다. 그는 꿀벌처럼 부지런했고, 면도칼을 가는 가죽띠처럼 강인했고, 새끼를 거느린 어미 짐승처럼 신중했다. 그는 몽골 추장과 흡사한 근엄한 얼굴을 지니고 있다. 그러나 좀 쉰 듯한 목소리로 무언가를 열심히 설명하거나 설득하는 그를 보면, 저런 얼굴에서 어떻게 저런 상냥한 목소리며 동작이 나오는지 신비하다. 그는 또 비상한 기억력을 가지고 있고, 그것을 전화번호를 줄줄 외우는 것으로 공공연히 자랑함으로써 그것이 아무것도 아니라고 자신의 장기를 남들 앞에서 스스로 폐기한다. 그러나 그의 가장 큰 덕목은 콘사이스처럼 정확하고 꼼꼼한 그의 폭넓은 독서와 공부에 있다. 우리는 누군가가 그럴듯한 말을 했지만 그 말이 누구의 말이며 어느 책에 나오는지 아리송할 때가 있다. 그러나 C가 곁에 있는 한 우리는 걱정할 필요 없이 C의 얼굴만 쳐다보면 된다. 그 말의 주인과 출처는 물론이고 언제 어느 대목에 그 말이 나오는지 C는 정확하게 콕집어 우리들의 궁금증을 풀어주기 때문이다. 그의 지나친 성실성과 근면성 때문에 그는 가끔 'C 이퀼 성실이다'라고 친구들에게서 오해를 받곤 한다. 그러나 그는 알맞게 성실할 뿐 무슨 일에도 지나치는 법은 없다. 그는 또 여러 형제들 중 중간쯤에 섞여 자라서 남들에 대한 배려가 깊고 어진 누이처럼 가슴이 푸근하다. 주변의 가까운 사람들을 계산 없이 끌어안곤해서 그는 늘 시간을 쪼개어 동에 번쩍 서에 번쩍 바쁘게 움직인다. 사람들이 놀거나 일할 자리를 그만큼 잘 만드는 사람을

H는 아직 본 일이 없다. 그의 신중함과 따듯한 보살핌에 친구들은 노상 그에게 큰 빚을 지고 있다. 그러나 그는 정작 아무에게도 빚 독촉을 하는 일은 없다. 빚을 지우고도 상대편을 불편하지 않게 하는 그의 재주는, 아마도 그가 사람 공부에 누구보다 웅숭깊고 넉넉하기 때문일 것이다. 친구들 마음속에 그렇게 큰 자리로 들어앉아 있음에도 불구하고, 자신의 자리가 얼마나 큰지를 본인은 또 까맣게 모르는 눈치다. 그만의 약점이자 아름다운 한계이며 그래서 이 세상은 신통방통하게 공평하다.

C가 다시 말한다.

"야, 우리 봄철두 됐는데 어디 한번 놀러 안 갈래?"

"좋지."

K가 말한다.

"언제쯤 갈까?"

C가 구체적으로 나온다.

"글쎄……"

"야, 넌 어뗘냐?"

C가 B에게 묻는다.

"좋아, 그런데 시간들이 있을까?"

아무도 대답하는 사람이 없다. 그들은 한동안 서로의 얼굴들만 쳐다본다. 시간들이 있느냐고? 시간들은 있다. 오히려 너무 많아서 탈이다. 그러나 그것은 자기 방에서 손톱이나 깎고 주간지나 뒤적일 시간이지 놀러 갈 시간은 아니다. 그들은 지쳐 있다. 스물네 시간 지쳐 있을 뿐이다. H는 저들이 왜 지쳐 있는지 이유를 알고 있다. 저들은 글을 쓴다는 직업 외에 별도의 다른 직업들을 갖고 있다. 그들의 직업은 한마디로 말해서 소액의 생활비를 마련하려는 무지하게 권태로운 싸움이다. 그들은 그러나 그 권태로운 싸움터를 버릴 수가 없다. 버리기는커녕, 매일 아침 7시에 일어나 허겁지겁 칫솔을 물고, 허겁지겁 아침밥을 뜨고, 허겁지겁 버스를 타고, 허겁지겁 일터로 달려가고, 그것이 이제는 습관이 되어서 저절로 새벽 7시에는 눈이 뜨이도록 되어 있다. 그러나 그들이 진짜로 지친 것은 새벽 7시의 기상과, 급히 먹은 아침밥과, 발등이 밟히는 만원 버스 따위들이 아니다. 그들은 오히려 그런 것들은, 나는 살아 있구나 하는 뜻밖의 기쁨으로 즐길 수도 있다. 그러나 그들은 권태, 집에서 직장까지 정확히 28분이 걸리는 23번 급행버스라든지, 자기 맞은편 책상에 앉아 있는 유난히 코가 길쭉한 미스터 송의 얼굴이라든지, 무심히 책상에서 고개를 들었을 때 언제나 창밖으로 보이는 코카콜라 선전판이라든지, 천장에서 흡사 콩을 굴리는 듯한 저 하염없고 단조로운 타자기 소리 따위가 못 견디게 권태로운 것이다. 그들은 권태에 지친 것이다. 일상의 권태가 그들을 흐물흐물 물컹물컹하게 만든 것이다.

그들은 소주 한 병을 더 시키고, 제육 한 접시를 새로 시키고, 처음에는 누군가의 소설 이야기를 했는데 그것이 어느새 덴마크의 포르노 이야기로 옮겨가더니 나중에는 여자 이야기, 오입 이야기, 와이당 등으로 변해버렸고, 그것이 끝나자 이제는 더 이상 할 말들이 없다는 것을 깨닫고, 누군가가 이제 그만 가볼까 하자 그것을 신호로 모두 일어나 코트들을 주워 입고 11시 5분에 술집을 나왔다.

밖에는 깜짝 놀랄 만큼 세찬 바람이 불고 있었으며 가게들이 반 이상 문을 닫아 골목길이 몹시 어둡다. 그들은 큰길까지 나가는 동안 웅얼웅얼 노래를 부르기도 하고, 지나가는 바걸들을 우쭐우쭐 쳐다보기도 하고, 하늘도 한번 쳐다보고, 길가에 세워둔 컴컴한 자가용 차 안을 혹시 어느 남자와 여자가 맞붙어 있지나 않나 하고 들여다보고, 그러나 그런 재미난 일이 그들 앞에 나타날 리 없고, 약간 시무룩한 채 묵묵히 자갈들을 발길로 걷어차며 결국 큰길까지 나와버린다.

큰길에는 그들 외에도 귀가(歸家) 지각생들이 상당히 많다. 바람이 마치 심술 난 개구쟁이처럼 훤한 대로 위로 요란스레 흙먼지를 몰고 간다. 그들은 어느 버스 정류장 앞에 우쭐우쭐 멈춰 선다. 그곳에는 버스가 석 대 머물러 있었으나 한 대가 떠나버려서 두 대가 되었고 다시 두 대가 더 와서 지금은 넉 대가 되어 있다.

"자, 인제 모두들 흩어지지."

B가 불쑥 일행에게 말한다.

"그래 헤어지자."

C가 말한다.

"그럼 잘 가라."

K가 미련 없이 몸을 돌리며 한 손을 번쩍 머리 위로 쳐든다.

"잘 가라."

B와 C가 동시에 말한다. K는 몸을 돌린다. 그는 유일한 총각이다. 총각이라 걸릴 것이 없다.

"야, 난 어떡하지?"

S가 문득 C에게 말한다.

"뭘?"

"집이 도봉동인데 지금 버스가 있을까?"

"있을 거야, 빨리 뛰어가 봐!"

"혹시 없으면 어떡하지?"

"할 수 있어?"

"씨팔, 큰일인데……"

"택시두 없을까?"

"옘병, 여관에서 자구 갈까 부다."

"마누란 어떡하구?"

"마누란 지금 집에 없어. 시골 내려갔어."

"짜식, 너 계획적이었구나?"

"뭐가?"

"너 혹시 몸 풀구 싶은 것 아니야?"

"흐흥, 그래 천 원만 뀌줘라."

"야, 너 왜 이러니? 천 원이 어딨니?"

"그러지 말구 빨리 뀌줘. 늦어서 오늘은 집에 못 가."

C가 후딱 H 일행들 쪽을 돌아본다.

"야, 이 자식 오입 자금 빌려달란다. 빌려줄까?"

"빌려줘!"

C가 주머니를 뒤적뒤적한 뒤 다시 S를 돌아본다.

"몸조심해라, 인마. 그리구 페니실린 만든 사람한테 감사
해야 돼."

"알았어."

S는 돈을 받는다. 그리고 곧 몸을 돌린다.

"다음에 보자."

"그래 잘 가라."

S가 떠나간다. 이제 정류장에는 H와 B와 C만이 남았다. 그들은 바람 쪽으로 등들을 돌리고 S의 껑충껑충 뛰어가는 듯한 뒷모습을 우두커니 지켜본다. 그러나 그것도 잠시뿐이고 S는 곧 어둠 속으로 쓸쓸하게 빨려 들어간다. B가 불쑥 C에게 묻는다.

"우린 택시루 가는 게 어때?"

"아 참, 같은 방향이지. 그래 그게 좋겠군."

"여기선 택시가 못 설걸?"

"위쪽으루 좀더 올라가볼까?"

"그래 올라가자."

두 사람은 H를 향한다.

"넌 여기서 버스 탈 수 있지?"

"응."

"다음에 보자."

"오케이."

B와 C가 고개를 끄덕인 뒤 바람을 마주 받으며 광화문 쪽으로 걸어간다.

H는 이제 혼자 남는다. 그는 갑자기 혼자 남게 되자 걷잡을 수 없는 취기를 느낀다. 포켓을 더듬어 담배를 찾는다. 담배가 없다. 술집에서 다 태운 것이다. 그는 획 몸을 돌려 주위를 열심히 두리번거린다. 담배 가게를 찾기 위해서다. 담배 가게가 저만치 있다. 그는 그쪽으로 걸어간다. 그러나 담배 가게는 이미 문을 닫은 뒤다. 그는 다시 몸을 돌린다. 누군가가 그의 앞을 답답하게 막아선다.

"지금 몇 시나 됐습니까?"

H는 그를 올려다본다. 무지하게 키가 큰 사람이다.

"20분 전 12시요."

키 큰 사람이 돌아선다. H는 다시 버스 정류장으로 돌아온다. 취기가 점점 심해져서 그는 연거푸 눈을 껌벅인다. 많은 사람들이 택시를 잡기 위해 거리를 이리저리 단거리 선수들처럼 뛰고 있다. 버스 한 대가 새로 도착한다. 차장이 무어라고 쨍쨍하게 소리를 친다. 그는 얼핏 신촌이란 말을 들은 듯하다. 그쪽으로 뛰어간다. 그러나 그는 버스 바로 앞에서 어느 여자와 정면으로 부닥친다. 눈앞이 캄캄하다. 여자도 몹시 아픈 듯한 표정이다.

"미안합니다."

여자는 아무 말도 하지 않는다. 그리고 급히 그의 곁에서 떠나간다. 그는 차장을 올려다본다.

"이 차 신촌 가지?"

"네."

H는 차를 탄다. 차는 손님들이 거의 없어 병원 복도처럼 썰렁하게 비어 있다. 그는 빈 좌석에 앉는다. 갑자기 몸이 떨려온다. 추위 때문인지 술 때문인지 알 수가 없다.

"빨리 좀 가자 야!"

누군가가 그의 등 뒤에서 차장에게 달려들듯이 고함을 친다. H는 그러나 몸이 떨려서 그런 것에는 아무 관심도 없다. 그는 차창으로 고개를 돌리고 눈을 확 부릅뜬다. 배경이 캄캄한 차창 유리에 문득 자신의 얼굴이 비쳐 보인다. 그는 잠시 자신의 얼굴, 눈동자가 게슴츠레 풀려 있고, 코가 삐죽 앞으로 굽어 있고, 언제 보아도 너무 넓적하다고 생각되는 낯익은 그 얼굴을 우두커니 바라본다. 그것은 추한 얼굴이다. 추하고 멍하고 조금도 재미없는 얼굴이다. 그는 고개를 돌린다. 그리고 눈을 감는다. 문득 집에 있을 아내와 딸, 안방과 건넌방, 가구와 일용품 따위들이 머리에 떠오른다. 그는 갑자기 목이 졸리는 듯한 괴로움을 느낀다. 집 안 구석구석에까지 웅크리고 앉은 가난, 소설의 어려움 따위들이 한데 뭉친 괴로움이다. 그는 다시 눈을 뜬다.

　　──취직을 할까? 취직을 해서 아늑하고 안전한 달팽이 껍데기 속으로 기어들어갈까?

　　──비겁한데?

　　──비겁하다고? 그러나 넌 소설의 어려움에 벌써 확 질리지 않았나? 지치지 않았나? 패전지장이 무슨 변명인가?

　　──그러나 아니다! 씨팔 아니다. 아니라면 아닌 줄 알아, 인마!

　　그는 다시 고개를 내두른다.

　　──씨팔, 지금까지 넌 깨끗하게 살아왔다. 두 눈을 뜨고 귀를 활짝 열고 누구한테나 '넌 틀렸어!' 하고 삿대질을 하며 살아왔다. 한데 이제 와서 귀를 막고 눈을 가리고 달팽이 껍데기 속으로 '본인 후퇴합니다' 하고 기어들어가? 곤란한데, 곤란하지, 곤란하고말고. 넌 아마 지금의 상태를 지옥이라고 생각하는 모양이다. 그래 그건 지옥인지 모른다. 아니 분명히 지긋지긋한 지옥이다. 그곳에는 리더도 없고, 길잡이도 없고, 명령하는 사람도 없고, 오직 순도 백 프로 이상의 완전무결한 자유가 있을 뿐이다. 그건 지옥 같은 자유다. 사막 같은 자유다.

길도 없고 의무도 없고 오직 성실만이 대뚝하게 남아 있는 자
유다.

　　──그러나……

　　──그러나?

　　──그래, 그러나!

　　──그러나 뭐냐?

　　──그건 즐거운 지옥이다. 눈 뜬 지옥이다, 알아들어?

　　──씨팔……

차가 움직인다. 바람이 차창으로 흙먼지를 휙 끼얹는다.
그러나 H는 꾸벅꾸벅 졸고 있다. 그는 오늘 술이 좀 과한 것
같다. 그러나 내일은 좋아질 것이다. 그는 건강 하나만은 하늘
의 복처럼 타고난 인간이다.

괴질

읍은 동서(東西)로 높게 둘린 청회색 두 암산(岩山)의 중간쯤에 자리 잡고 있다.

찌는 듯한 날씨다. 오랜 가뭄으로 개천 바닥에는 탄전(炭田)의 검은 오석(烏石)들이 포도의 타일처럼 촘촘하게 깔려 있다. 엄청난 열기가 개천에서 솟아오른다. 오랜 시간 햇볕에 노출되어 있어서 오석들은 방금 화로에서 꺼낸 선철(銑鐵) 덩이처럼 뜨겁게 달궈져 있다. 이 읍에는 어디를 보나 검은 오석의 돌무더기가 눈에 띈다. 성곽과, 제방, 축대는 물론이고 산비탈과 밭두둑에도 선탄(選炭)을 끝낸 버력 무더기가 아무렇게나 널려 있다.

바람 한 점 없다. 포장이 안 된 도로에서는 걸음을 옮길 때마다 건조한 청회색 먼지가 풀썩풀썩 발등을 덮는다. 벌레에 뜯겨 망사(網紗)처럼 너덜대는 잎들을 달고 벚나무 가로수들이 돌다리 앞쪽으로 드문드문 늘어서 있다. 다리를 건너고

성문으로 들어서자 눈앞에 곧 읍의 중심부가 나타난다.

개 한 마리가 다가온다. 눈 위에 흰 점이 박힌 털갈이 중인 늙은 놈이다. 늘어진 혀를 재빨리 거두고 개가 잠시 긴장된 표정으로 이쪽을 바라본다. 낡은 이불에서 꿰어져 나온 솜뭉치처럼 개 몸에는 너덜너덜하게 아직 덜 빠진 털 뭉치가 붙어 있다. 흰 점 밑에 박힌 두 눈은 보랏대 색깔의 연갈색을 띠고 있다. 부딪친 눈길을 권태롭게 피하자 개는 곁눈질을 하며 성 밑 그늘 속으로 바쁘게 사라진다.

"말 좀 묻겠습니다."

게시판이 세워진 그늘로 들어서며 P는 허리가 굽은 노인 한 명을 돌아본다.

"예?"

고개를 돌린 노인의 시선이 엉뚱하게도 허공을 노려보고 있다. 눈을 서너 번 의미 없게 깜박인 후 노인이 재차 진지하게 반문한다.

"뭐라구 하셨죠? 누구십니까?"

소경이다. 눈의 흰 창을 허옇게 드러낸 채 노인이 계속 심한 고갯짓을 하고 있다. P가 머쓱하여 주위를 둘러보자 노인은 다시 달려들듯 말을 걸어온다.

"댁은 이 고장에 처음 찾아오신 손님이군요? 전 목소리만 들어도 대번에 댁이 이 고장 사람이 아니란 걸 알 수 있습니다. 저한테 뭘 물으시려구 하십니까? 눈은 이렇게 보이지 않지만 전 제법 아는 것이 많답니다."

"길을 좀 물어보려구 했습니다. 보건소루 가자면 어느 길루 가야 합니까?"

"보건소요? 그야 쉽죠. 한데 보건소엔 무슨 볼일루 가려구 하십니까?"

"이 도시에 괴질이 돌고 있다는 보고가 들어와서 진상을 알아보기 위해 중앙에서 내려왔습니다."

"괴질이라구요? 터무니없는 보고로군요. 여긴 평화로운 탄광촌입니다. 전 이 고을에서 60년째 살아온 사람입니다. 그런 괴질이 돌고 있다면 왜 제가 모르겠습니까?"

"좌우간 일부러 예까지 왔으니까 보건소엔 일단 들러보고 가야 하지 않겠습니까? 길이나 좀 일러주십시오. 일을 빨리 끝내고 싶습니다."

"알겠습니다. 제가 길을 안내하죠. 한데 그보다 먼저 이 게시판 좀 보아주시지 않겠습니까?"

P는 노인이 가리키는 지팡이 끝을 바라본다. 성곽 그늘 밑에 세워진 게시판에는 풀기도 아직 덜 마른 듯한, 방금 써 붙인 공고문이 나붙어 있다. P가 다시 노인을 돌아보자 노인이 눈을 깜박이며 아첨하듯 입을 연다.

"전 이 앞에서 한 시간 가까이 서 있었죠. 눈이 멀어 볼 수가 없어서 누군가가 저 대신 저 공고문을 읽어주기를 말입니다. 객지 손님께서 오시리라곤 상상도 못 했습니다. 자 손님, 한번 읽어봐주십시오. 눈은 멀었지만 세상 물정까지 몰라서야 되겠습니까?"

"알림. 오늘 새벽 4시 반경 다시 그 괴한이 출몰했습니다. 출몰 지역은 읍 변두리인 S리 부락의 공동 우물 근처입니다. 괴한은 이번에도 역시 부락민 한 사람을 교살(絞殺)하고 도주했습니다. 피살자는 S부락에서 이발소를 경영하고 있는 M 씨로 판명되었습니다. 범행 현장에는 괴한이 흘린 듯한 머리털 한 뭉치와 곤봉 한 개가 발견되었습니다. 머리털과 곤봉은 범행 증거물로 당국에서 현재 감정 중이며, 피해 지역인 S부락에는 범죄 수사상 읍민의 통행이 엄중히 금지되어 있습니다. 읍민 제위께서는 수사 당국에 협조하는 의미로 당분간 S부락에의 통행을 삼가주시기 바랍니다. K읍 경찰서장 ×××백.”

P가 읽기를 마치자 노인이 재빨리 몸을 돌린다.

“가시죠.”

앞을 못 보는 소경임에도 불구하고 노인의 걸음걸이는 조금도 막힘이 없다. P가 말없이 노인을 따르자 노인이 다시 혼잣말처럼 중얼거린다.

“좋지 않은 시기에 찾아오신 것 같습니다. 그 괴한이 나났다니 손님께선 일 보시기에 좀 곤란을 겪으셔야 될 겝니다.”

“누구죠, 그 괴한은?”

“아주 흉악한 놈입니다. 이 마을엔 벌써 그놈 때문에 10여 명의 양민이 목숨을 잃었습니다. 도무지 정체를 알 수가 없습니다. 잊을 만하면 번쩍 나타나서 살인을 취미 삼아 저지르는 놈입니다.”

“10여 명을 살해할 동안까지 경찰은 그럼 뭘 했습니까?”

“말씀 마십시오. 경찰로서도 최선의 노력을 다했습니다. 통행을 제한하고 경비망을 강화하고 집집마다 괴한을 찾아 이 잡듯이 뒤졌습니다. 언젠가는 경찰의 손이 모자라서 읍민 전부가 동원된 일도 있죠. 산을 뒤지고 강물을 훑고 탄광의 갱도까지 샅샅이 털었습니다. 하지만 그렇게 이 잡듯 뒤졌는데도 놈은 귀신같이 종적이 없습니다. 아, 그쪽이 아닙니다. 보건소루 가자면 이쪽으루 휘어져야 합니다."

어디선가 쿵쿵 북 치는 소리가 들려온다. 뒤이어 전투복 차림의 경찰 한 떼가 엄청나게 큰 그물을 들고 밴드에 맞춰 읍 중심가를 행진해 가고 있다. 경찰을 따라가는 브라스 밴드의 화려한 악기들이 햇빛에 반사되어 번쩍번쩍 빛을 발한다. 땟국이 꾀죄죄한 읍내 꼬마들이 자욱한 먼지 속을 휘저으며 행렬의 꽁무니를 열심히 따라가고 있다. 아이들은 이상하게도 모두 심하게 딸꾹질들을 하고 있다. 행렬이 통과하고 먼지가 조금 가시자 노인이 다시 느적느적 그늘을 따라 걸음을 옮긴다.

"손님 지금 뭘 보셨습니까?"

"예?"

"손님께서 보시기에 뭐 특별하게 눈에 띄는 게 없었습니까?"

"있습니다. 아이들이 모두 심한 딸꾹질들을 하고 있더군요."

"딸꾹질이라구요?"

"예."

"제가 여쭙는 건 그게 아니구 경찰들이 이번엔 뭘 들고 갔느냐는 말씀입니다."

"아, 그물이었습니다. 엄청나게 큰 그물을 예닐곱 사람씩 짝을 지어 어깨에 메고 갔습니다."

"그렇다면 이번에는 그 괴한을 원숭이 같은 유인원의 일종으로 결론지은 모양이군요. 하두 재주가 신출귀몰해서 그놈의 정체에 관해 추측들이 분분하답니다. 동작이 어찌나 민첩하고 빠른지 그놈을 일부에서는 사람이 아니라 원숭이나 표범 같은 짐승이 아닐까 추리하고 있습니다. 목격한 사람들의 얘길 들으면 어찌나 나무를 잘 타는지 흡사 원숭이나 표범과 흡사하다는 것입니다."

"원숭이나 표범이라면 누가 보더라도 대번에 표가 났을 텐데요?"

"천만에요, 자세히 볼 수가 없습니다. 그놈은 꼭 해가 없는 초저녁이나 새벽녘에만 범행을 저지릅니다. 목격자가 여러 명이 있습니다만 한 사람도 그 괴한을 밝은 불빛 속에서 본 적이 없습니다."

거대한 건물 하나가 길 위에 컴컴하게 그늘을 드리우고 있다. 건물 옥상에서 펄럭이는 깃발에는 황금색의 곤충 한 마리가 선명하게 그려져 있다.

"이건 무슨 건물이죠?"

"석탄회사 건물입니다."

"깃발에 곤충이 그려져 있군요?"

"그건 곤충이 아닙니다. 이 회사에선 회사를 상징하는 마스코트로 개미를 내세우고 있죠. 개미처럼 서로 협동하고 부지런히 일을 해서 회사는 물론 노동자인 광부들도 함께 잘살아보자는 것이 회사의 사시(社是)입니다."

학교를 파한 수백 명의 아이들이 길쭉한 스쿨버스에서 토사물처럼 쏟아져 나온다. 이 아이들 역시 아까의 아이들처럼 합창이라도 하듯 딸꾹질들을 하고 있다.

"안녕, 딸꾹!"

"잘 가, 딸꾹!"

"잘 있어, 딸꾹!"

"내일 만나, 딸꾹!"

P가 멍청히 아이들을 바라보자 맹인이 다시 쾌활하게 말을 걸어온다.

"손님께선 이 고을에 며칠 동안이나 머무실 작정이죠?"

"모르겠습니다. 괴질이 법적인 전염병으로 판명되면 약 2, 3일쯤 머물러야 될 것 같군요."

"혹 이 고을에 친지나 친척이 있습니까?"

"없습니다."

"그렇다면 여관에 묵으셔야 될 텐데 여관에서 손님을 받아주는지 의문이군요."

"빈방이 없을 거란 말씀인가요?"

"아니죠, 빈방은 많습니다. 문제는 여관에서 손님을 못 미더워하기 때문이죠."

"전 국가 공무원입니다. 신분은 누가 봐도 확실합니다."

"그러실 테죠. 하지만 손님께서는 타처에서 오셨습니다. 그리고 더구나 괴한이 출몰하는 아주 나쁜 시기에 이 고을을 찾아오셨습니다. 언젠가는 읍내 여관에서 타처에서 오신 소령한 분을 받았었죠. 한데 이튿날 그 여관에서는 괴한의 소행으로 믿어지는 피살된 여자 시체 하나가 발견되었습니다. 현장에서 경찰이 조사해본 바로는 바로 그 손님으로 가장한 해군 소령이 범인으로 판명되었습니다. 범인은 필요하다고 생각되면 공무원 정도는 얼마든지 가장할 수 있다는 말씀입니다."

"보건소 당국에서 제 신분을 보장하면 되지 않겠습니까?"

"글쎄요, 보건소 당국에서 그런 위험한 일을 해줄지 의문이군요. 하지만 너무 염려 마십시오. 여관에서 만일 받아주지 않는다면 제 집에 와서 묵도록 하십시오."

"말씀만이라도 감사합니다. 하지만 그럴 필요까진 없을 것 같습니다."

맹인이 드디어 발을 세우고 지팡이 끝으로 건물 하나를 불쑥 가리킨다.

"다 왔습니다. 저 건물이 보건소올시다."

P는 고개를 들어 길 맞은편의 건물을 바라본다. 건물 앞에는 어디선가 방금 앰뷸런스 한 대가 도착했다. 운전석 문이 벌컥 열리더니 전투복 차림의 경찰 네 명과 간호사 두 명이 차에서 내린다. 경찰은 곧 차 뒤로 돌아가 뒷문을 열고 들것 한 개를 끌어낸다. 들것에는 그물로 꽁꽁 묶인 원숭이로 보이는 거대한 유인원 한 마리가 실려 있다. 들것을 앞뒤로 마주 잡은 경찰은 재빨리 간호사를 따라 보건소 현관으로 사라진다.

"방금 뭐가 도착했죠?"

"구급찹니다."

"누가 다쳤습니까?"

"사람이 아니라 유인원이 다친 것 같습니다."

"유인원이라구요?"

"예, 경찰 네 사람이 방금 원숭이로 보이는 유인원을 보건소 안으로 운반해 들어갔습니다."

"그럼 그 범인이 유인원이라는 말씀입니까?"

"아뇨, 전 노인장이 묻길래 제가 본 대로만 말했을 뿐입니다. 유인원이 범인인지 아닌지 방금 도착한 저로서는 알 수도 없고 알고 싶지도 않습니다."

"그놈이 범인임에 틀림없습니다. 아, 이제야 이 고을에 평화와 질서가 찾아온 것 같습니다."

"전 그럼 가보겠습니다. 길을 잡아주셔서 대단히 감사합니다."

"천만에요, 잠깐만 기다려주십시오."

노인이 문득 팔을 뻗어 P의 어깨를 억세게 틀어잡는다. 흡사 지렛대에 짓눌린 듯, P는 어깨 전체에 저릿저릿한 통증을 느낀다. P가 놀라서 몸을 물리자 맹인이 곧 친절하게 입을 연다.

"제 집을 알아두고 가십시오. 틀림없이 손님께선 절 필요로 하실 겁니다. 제 집은 이 길로 죽 내려가서 왼쪽으로 휘어져 장의사를 찾으면 간단합니다. 고을에 하나뿐인 장의사기 때문에 이 고을 사람들은 누구나 제 집을 알고 있습니다."

"알겠습니다. 감사합니다. 그럼 안녕히 가십시오."

맹인과 헤어져 길을 건넌 후 P는 즉시 보건소 현관으로 들어선다.

보건소는 단층 목조로서 방부용 검은 기름이 도처에 칙칙하게 배어 있다. 층계를 올라 현관문을 밀치자 어느 방 안에선가 느닷없이 고통에 가득 찬 웃음소리가 들려온다. 현관 수위실로 다가간 P는 창구를 향해 우선 수위에게 말을 묻는다.

"소장님을 뵈러 왔습니다. 소장실은 어디쯤 있죠?"

휠체어에 앉아 있던 사십대의 사내가 재빨리 두 손을 올려 양쪽 귀에서 솜뭉치를 뽑아낸다.

"뭐라구 하셨죠?"

"소장님 방이 어딘가를 물었습니다."

"손님, 귀를 좀 빌려주십시오."

사내가 깊이 허리를 굽히고 가까이 오라는 듯 손짓을 한다. P가 창구로 귀를 가져가자 사내가 재빨리 낮은 목소리로 지껄인다.

"소장님은 지금 안 계십니다. 벌써 보름째 보이지 않는데 돌아가셨다는 소문도 있고 출장을 가셨다는 소문도 있습니다."

"그렇다면 소장님을 대신할 만한 이곳 책임자는 누굽니까?"

"복도 왼쪽으로 꺾어지면 비품 창고가 있습니다. 그쪽으로 가보시면 책임자 비슷한 사람을 만나볼 수 있을 겝니다."

P는 고개를 끄덕이고 창구를 떠나 왼쪽 복도로 휘어진다. 잠시 멎었던 웃음소리가 다시 비명처럼 숨 가쁘게 울려 퍼진다. 서무과와 위생과를 지나치자 과연 복도 끝에 비품 창고가 나타난다. 문을 열고 창고 안을 살폈으나 사람은 어디에도 보이지 않는다. 문고리를 잡고 우두커니 서 있자니 창고 안 어디에선가 불쑥 사람의 말소리가 흘러나온다.

"이쪽입니다. 누굴 찾아오셨습니까?"

구석에 놓인 알루미늄 오물통 속에서 웬 사내가 빗자루를 쥐고 몸을 일으킨다. 6척 가까운 장신의 사내로 굽혔던 긴 허리를 손칼을 펴듯 서서히 편다. P가 막 입을 열려 하자 사내가 알겠다는 듯 큰 손을 홰홰 앞으로 내젓는다.

"낮잠을 자려면 이 통 속이 제일 편하죠. 아마 책임자를 찾아오신 모양인데 전 보시다시피 이 보건소의 청소붑니다."

"책임자는 그럼 어디로 가야 만나볼 수 있죠?"

"방역과로 가보십시오. 하지만 제가 알려줬다고는 말하지 마십시오. 그쪽 사람들은 손님 만나는 걸 죽기보다 싫어하니까요."

"어느 쪽입니까, 방역과는?"

"이 문을 나가셔서 뒤뜰로 꺾어지면 눈앞에 곧 지하실이 나타납니다."

"방역과가 지하실에 있습니까?"

"예, 임시방편이죠. 방역과에서는 지금 두개골 전시회를 열고 있습니다."

P가 천천히 몸을 돌리자 사내는 해방이라도 된 듯 다시 날렵하게 알루미늄 통 속으로 몸을 낮춘다. P는 곧 도어를 밀고 오석들이 널려 있는 넓은 뒤뜰로 들어선다.

적막하다. 햇볕에 노출된 오석 더미에서 열기가 숨을 막을 듯 후끈하게 끼쳐온다. 오석들 사이에 박혀 있는 식물들은 사막에서나 볼 수 있는 표피가 두꺼운 용설란, 선인장 따위의 다육식물이다. 굴대가 부러진 달구지 한 대가 발통을 하늘로 쳐들고 건물 벽에 기대어 있다. P가 막 달구지 앞을 지나가자 누군가가 불쑥 낮은 목소리로 그를 부른다.

"손님, 저 좀 보십시오."

P는 주춤 발을 세운 채 자기 주위를 이리저리 둘러본다. 아무도 없다. 달구지 발통 사이에 온몸이 털로 뒤덮인 커다란 유인원 한 마리가 밧줄에 친친 묶여 있을 뿐, 주위에는 방금 전처럼 다시 깊은 정적만이 감돌고 있다.

"접니다, 손님. 제가 손님을 불렀습니다."

P는 깜짝 놀라 달구지에 매달린 유인원을 바라본다.

"당신이?"

"예."

"당신은 사람이오?"

"그렇습니다. 사람이구말구요. 몸에 털만 좀 많을 뿐 전 분명히 사람입니다."

"한데 이곳에서 뭘 하고 계시오? 누가 당신을 그런 곳에 묶어놓은 거요?"

"손님은 딸꾹질의 진상을 아십니까?"

"아니, 모릅니다. 전 타처에서 방금 이 마을에 도착했습니다. 딸꾹질의 진상이라니 저는 전혀 모르는 소립니다."

"그렇다면 절 좀 이 수레에서 풀어주십시오. 손님은 지금 대단히 위험한 처지에 놓여 있습니다. 내 말을 믿으십시오. 여긴 당신이 한가하게 어정댈 장소가 아닙니다."

"당신은 혹시 이 고을에 출몰한다는 그 무서운 괴한이 아닙니까?"

"천만에요, 그런 괴한은 없습니다. 그건 석탄회사에서 조작해낸 터무니없는 낭설입니다. 당신은 지금 속고 계십니다. 당신도 벌써 세뇌당하기 시작하고 있습니다."

"방금 딸꾹질을 아느냐고 물었는데 그 진상은 어떤 겁니까?"

"여기선 아무 말씀도 드릴 수가 없습니다. 사방에 도청 장치가 깔려 있어서 우리들의 대화는 샅샅이 테이프에 기록됩니다. 자, 그보다는 어서 절 좀 수레에서 풀어주십시오. 딸꾹질의 진상을 알고 싶으시다면 차후에 제가 댁에게 자세하게 설명해 드리겠습니다."

P는 잠시 망설인 후 곧 손을 뻗어 묶인 밧줄들을 풀기 시작한다. 사내는 '사람 같은 원숭이' 같기도 하고 '원숭이 같은

사람' 같기도 하다. 낯선 악취가 왈칵 끼쳐와서 P는 하마터면 심한 재채기를 터뜨릴 뻔한다. 수레에서 풀리고 올가미마저 벗겨지자 사람 같은 유인원이 드디어 사뿐히 땅으로 내려선다.

"당신은 날 풀어줬기 때문에 무서운 보복을 당하게 될 겝니다. 난 자유를 얻었지만 당신은 이 시각부터 자유를 잃었습니다. 자, 그럼 안녕히 계십시오. 당신을 조만간 찾아뵙도록 하겠습니다."

말을 마친 사내가 후딱 몸을 돌려 넓은 뜰을 가로질러 달려가기 시작한다. 오석 더미를 넘어 담장 앞에 다다르자 사내는 눈 깜짝할 사이에 등나무를 타고 깨끗하게 시야에서 사라진다.

지하실에 있다는 방역과에는 대머리가 벗겨진 노인 한 명이 시뻘건 얼굴로 물구나무서고 있다. P가 가까이 다가가는데도 노인은 힐끗 한 번 보고는 계속 물구나무선 채 손으로 뚜벅뚜벅 넓은 지하실을 걷고 있다. P가 곧 노인을 따라가며 노인의 거꾸로 된 머리를 송구스럽게 내려다본다.

"방해가 된다면 기다리겠습니다만……"

"아니, 괜찮소. 난 오래전부터 위하수(胃下垂)를 앓고 있소. 위가 골반까지 처져 있어서 이렇게 거꾸로 서야만 속이 제대로 풀린단 말이오. 한데 여긴 어떻게 오셨소? 피곤해 보이는데 저쪽 의자에 앉으시구려."

"전 보건성 방역국에서 나왔습니다. 이 고을에 괴질이 돌고 있다는 보고가 들어와서 진상 조사차 내려온 사람입니다."

"아, 그렇담 사람을 잘못 찾아오셨군요. 난 이 보건소의 보일러 담당 직원입니다. 그런 조사를 하시려거든 여기 소장님을 만나보셔야 옳지 않소?"

"수위실에서 소장님을 찾았더니 벌써 보름째 부재중이시라구 하던데요?"

노인이 갑자기 재주를 넘어 몸을 훌러덩 바로 세운다. 손바닥을 맞비벼 때를 밀어낸 후 노인은 어이없다는 듯 고개를 절레절레 가로 내두른다.

"녀석이 또 장난질을 쳤군. 소장님이 안 계시다니, 터무니없는 거짓말이오. 소장님은 지금 비품 창고에서 아무도 몰래 주무시고 계실 거요."

"비품 창고라면 다녀왔습니다. 거긴 키가 큰 청소부밖에 없던데요?"

"그분이 바로 소장님이시오. 낮잠 주무실 땐 소장님은 곧잘 시침을 떼시군 하죠. 귀한 낮잠을 방해받아서 아마 댁을 따돌린 모양이군요."

"그런 줄은 몰랐습니다. 전 그럼 다시 비품 창고로 가보겠습니다."

"조심하시오, 뒤뜰 벽에 흉악한 원숭이가 묶여 있으니까."

P는 순간 찔끔했으나 시침을 떼고 고개를 끄덕인다.

"예, 저도 봤습니다. 자, 그럼 안녕히 계십시오."

지하실을 나와 뒤뜰로 돌아드니 의외로 키다리 소장이 외바퀴 손수레를 타고 앉아 안경알을 닦고 있다. P가 가까이 다가가자 소장이 손길을 멈추고 쑥스럽게 빙긋 웃는다.

"당신이 다시 올 줄 알았소. 자, 이쪽으로 걸터앉으시오."

P가 말없이 수레 위로 걸터앉자 소장이 다시 게으르게 입을 연다.

"난 당신이 보건성에서 왔다는 걸 첫눈에 알아봤소. 가슴에 달고 있는 그 누런 배지를 보구 알았지. 그래 이런 시골 바닥엔 어떻게 내려오셨소?"

"괴질이 돌고 있다는 보고가 들어와서 진상을 알아보기 위해 지시를 받고 내려왔습니다."

"누군가가 우릴 또 모함한 모양이군. 그래 어떤 괴질이 우리 고을에 돌구 있답디까?"

"20세 미만의 청소년층에 급성 후두염이 만연하고 있다는 보고였습니다."

"어이가 없군. 급성 후두염은 감기로 인해서 발생하는 병인데 이렇게 무더운 여름철에 그런 질병이 만연할 수 있다고 믿으시오?"

"원인이 딴 곳에 있는지도 모르죠."

"딴 원인이 뭐가 있단 말이오? 있다면 당신이 예를 한번 들어보시오."

"그렇다면 소장님 말씀은 그 보고가 허위라는 얘깁니까?"

"증거가 없으니 허위밖에 없지 않소? 읍내에 병원이 아홉이나 있지만 그런 환자가 발생했다는 보고는 아직 한 건도 접수해본 일이 없소."

"하지만 전 이곳에 도착해서 아이들이 일제히 딸꾹질을 하는 것을 목격했습니다. 혹시 딸꾹질과 후두염이 어떤 관계가 있는 것은 아닐까요?"

"딸꾹질은 횡경막 바이브레이션에 의해 일시적으로 일어나는 현상이오. 호흡근의 경련으로 일어나는 딸꾹질이 어떻게 후두와 관계가 있단 말이오?"

"아이들은 그럼 어떤 이유로 한두 사람도 아니고 일제히 딸꾹질을 하고 있습니까? 딸꾹질이 장기간 계속되면 그것도 일종의 질병이 아닙니까?"

"딸꾹질이 질병이라구? 당신 제정신으로 하는 말이오?"

"전 개인 의견을 말했을 뿐입니다. 호흡기 질환의 일종이 니까 후두염과 딸꾹질에 어떤 연계가 있지 않을까 생각한 거 죠."

소장은 그 말에는 대꾸 없이, 정성스레 닦은 안경을 강한 햇빛에 비춰본다. 짙은 황록색의 자외선 차단용 색안경은 대 단히 정교하게 가공된 특이한 안경이다. P가 다시 진지한 표 정으로 소장의 긴 옆얼굴을 조심스레 돌아본다.

"방역과장을 좀 만나보고 싶군요. 전 가급적이면 여기 일 을 빨리 끝내고 싶습니다."

"당신은 지금 방역과장과 얘기하고 있소. 소장이 장기간 부재중이어서 방역과장인 내가 소장 대리를 하고 있으니까."

"그렇다면 지금 저하구 잠깐 몇 군데 병원을 둘러보시지 않겠습니까? 보건성에 일단 보고가 접수됐으니까 그 보고를 확인하기 위해 현장검증은 필요하지 않겠습니까?"

"동행하는 건 어렵지 않소. 하지만 내 생각엔 그럴 필요가 없을 것 같소. 여긴 지금 아홉 개 병원 중 일곱 개 병원이 휴업 중이오. 나도 그중에 한 사람인데 환자가 없어서 두 달 전에 문을 닫았소."

"개업과 보건소 근무를 겸직하신다는 말씀입니까?"

"아니오, 개업이 신통찮아서 병원 문을 닫구 이 보건소에 취직을 한 거요."

소장은 말을 마치자 훌쩍 수레에서 내려선다. 갑자기 주위가 소란해지더니 예닐곱 명의 사복 수사관이 권총을 뽑아 들고 허둥지둥 뒤뜰 안으로 달려 들어온다. 선두에서 달려오던 외눈박이 수사관이 문득 두 사람 앞에 황급하게 멈춰 선다.

"소장님, 못 보셨습니까?"

"뭘 말이오?"

"잡아놓은 원숭이가 도망을 쳤습니다. 누군가가 묶인 줄을 풀어준 게 틀림없습니다."

"우린 못 봤는데? 대체 누가 풀어주었을까?"

"아마 멀리는 못 갔을 겝니다. 방금 풀어준 게 틀림없습니다."

수사관이 말을 마치고 문득 P를 돌아본다. 땀으로 번쩍이는 그의 얼굴에서 커다란 외눈만이 타는 듯이 번쩍이고 있다. P가 놀라서 시선을 돌리자 수사관이 다시 소장을 돌아본다.

"누굽니까, 이 사람은?"

"아, 이 사람은 내 처남이오. 두개골 전시장을 방금 구경하구 더워서 잠깐 밖에 나와 쉬구 있는 중이오."

"소장님께 처남이 계시다는 건 처음 듣는 이야깁니다. 신분을 좀 확인하기 위해 서까지 잠깐 동행해주셔야 되겠습니다."

"아니, 당신 내 얼굴을 봐서라두 나한테 이렇게 대할 수가 있소? 신분은 내가 보장하리다. 내 보장도 못 믿겠소?"

"소장님이 보장하신다면 얘기가 다르죠. 뒤탈이 없도록 해주십시오. 때가 때인지라 제 입장도 이해해주시리라 믿습니다."

수사관은 힐끗 P를 돌아본 후 부하들을 인솔하고 재빨리 뒤뜰에서 떠나간다. 그들이 뜰 밖으로 완전히 사라지자 소장이 문득 P의 귀에 입을 가져간다.

"당신이요?"

"예?"

"당신이 원숭이를 풀어줬구려?"

P는 대답 대신 두려운 눈으로 소장을 돌아본다. 소장이 잠시 P를 쏘아본 후 한층 목소리를 낮춰 은밀하게 지껄인다.

"얼른 여길 빠져나가시오. 그리구 여관을 찾아가서 우선 몸부터 깨끗이 씻으시오. 난 당신을 여기서 만났을 때 이미 사고를 저지른 줄 알았소. 당신 몸에서 이상하게도 원숭이 냄새가 풍겨왔거든."

P는 대꾸를 잃고 땀만 줄줄이 흘리고 있다. 소장이 다시 어깨를 두드리며 위로하듯이 말을 잇는다.

"여길 나가거든 목욕을 하구 곧장 이 마을을 떠나시오. 당신 머리에서 후두염 따위는 이제 깨끗이 털어버리시오. 당신은, 당신이 놓아준 원숭이가 이 고을 주민들에게 얼마나 무서운 존재인지를 모르고 있소. 그놈은 이 고을 주민을 10여 명이나 살해했고, 탄광에 폭탄을 장치해서 광부 40여 명을 무더기로 묻어 죽인 놈이오. 당신이 그놈을 놓아주었다는 사실을 알면, 수사관이 당신을 체포하기 전에 읍민들이 먼저 당신 목에 교수형 밧줄을 걸려고 할 거요. 나는 같은 보건성 관리로서 당신이 그런 불행에 빠져드는 걸 보고 싶지 않소. 자, 수사관들이 다시 이쪽으로 오고 있소. 내가 적당히 따돌릴 테니 당신은 어서 이 문으로 도망치시오."

P는 대답할 겨를도 없이 급히 몸을 돌려 문을 열고 사라

진다. 잠시 후, P는 땀투성이 얼굴로 보건소 건물을 뒤로하고 빠른 걸음으로 거리를 내려간다.

화염처럼 내리쬐던 해가 지고 거리에 어둑어둑 땅거미가 깔리고 있다.

청회색 먼지를 부옇게 덮어쓴 채, P는 지친 몰골로 공원 벤치에 하염없이 앉아 있다. 불안과 공복감 피로감이 겹쳐 P는 완전히 탈진한 표정이다.

P가 앉아 있는 벤치 주위에는 개들이 무려 10여 마리나 서성대고 있다. 개들은 모두 일정한 거리들을 유지한 채 P를 두려워하는 듯 몸 가까이로는 접근하지 않고 있다. 개들이 이렇게 P를 따르는 것은, 그의 몸에서 풍기는 원숭이 냄새 때문인 것 같다. 적의도 친근감도 드러냄이 없이 개들은 무표정한 얼굴로 줄기차게 그의 주위만 빙글빙글 맴돌고 있다.

여관을 잡으려던 P의 계획은 처음부터 어긋나기 시작했다. 이 고장의 접객업소들, 여관과 음식점과 술집과 찻집 등은 낯선 사람이 나타나면 당국에 먼저 신고부터 하도록 되어 있다. 따라서 P는 방 안에까지 안내를 받고도 주인이 신분을 물어오면 스스로 핑계를 대고 여관을 도망치듯 물러나야 했다.

그러나 이보다 더 P에게 곤란했던 일은, 경찰에서 갑자기 공포한, 읍 내외(內外) 출입에 대한 엄격한 통행 제한이다. 제한 이유는, 무서운 살인 괴한이 읍내에 출현해서, 읍내의 치안과 읍민의 안전을 도모코자 범인이 체포될 때까지 당분간 일체의 출입을 통제한다는 것이었다. 이것은 P가 여관을 찾아 읍내를 헤맬 때 이미 그의 눈으로 확인한 상황이다. 읍 외곽에 있는 역은 오래전에 폐쇄되어 커다란 바리케이드가 쳐져 있었고, 정규 노선의 버스들 역시 영업을 중단하고 자진 휴업에 들어가 있었던 것이다.

갑자기 개들이 우렁찬 소리로 어둠을 향해 일제히 짖기 시작한다. P는 후딱 몸을 일으켜 개들이 짖고 있는 어둠 속을 바라본다. 이 공원에는 어디를 보나 선사시대의 유적으로 보이는 거대한 돌무덤들이 흩어져 있다. 개들은 바로 이 무덤들 중 가장 연대가 오랜 18호 무덤을 향해 짖어대고 있다. 무서운 기세로 짖어대던 개들이 문득 짖기를 멈추고, 일제히 누군가를 향해 꼬리들을 내두른다. P가 긴장하여 어둠 속을 바라보자 누군가가 피리를 불며 유유하게 그의 앞으로 다가온다.

"읍내에 너희들이 안 보이더니 모두 여기들 모여 있었구나. 한데 대체 웬일들이냐? 여기 몰려서 뭣들 하구 있는 게냐?"

사내가 문득 손에 든 피리를 손으로 쑥쑥 잡아 뽑아 아주 긴 막대기로 만든다. 피리라고만 생각했는데 그것은 길게 늘이자 아주 훌륭한 지팡이로 변해버린다. 사내가 지팡이로 앞길을 더듬으며, P의 바로 옆자리에 태연하게 내려앉는다.

"이게 대체 무슨 냄새야? 아니 이건 바로 그 괴한의 냄새가 아닌가?"

"맞습니다, 저올시다. 누군가 했더니 바로 친절하신 장의사 영감님이시군요."

"어허, 이건 그 사람이 아닌데? 누구요 당신은? 난 앞 못 보는 맹인이오."

"제 몸의 냄새는 원숭이 냄샙니다. 하지만 전 그 사람이 아니구 오늘 낮에 영감님에게 보건소 길을 물었던 바로 그 외지 사람입니다."

"옳아, 옳아, 그래 당신이군. 한데 당신이 이 공원엔 웬일이오?"

"영감님 말씀이 맞았습니다. 전 지금 누군가를 피해 다니는 몸입니다."

"피해 다녀? 그건 또 왜?"

"얘길 하자면 길어집니다. 부탁입니다만 저를 좀 영감님 댁에 머물도록 해주십시오."

"쉿!"

맹인이 문득 지팡이 끝으로 P의 발등을 모질게 내려찍는다. 아무도 없다고 생각했는데 의외로 그들 앞의 돌무덤에서 남녀 한 쌍이 몸을 굴려 나타난다. 남녀는 모두 옷을 벗은 나신으로 사내가 애무하듯 한 손을 여인 하체의 묘한 곳에 두고 있다. 하체를 하얗게 드러낸 여인은 두 눈을 퀭하게 뜬 채, 당장 숨이라도 넘어가듯 가쁜 호흡을 토해내고 있다. 눈앞에 펼쳐진 의외의 장면에 P는 대뜸 얼굴이 붉어지고 전신으로 땀이 흐른다. 그러나 발등이 맹인의 지팡이에 찍혀 있어서, P는 고개도 돌리지 못하고 눈앞의 정사 장면을 숨을 죽이고 바라볼 뿐이다.

계속되는 사내의 애무에 여인이 드디어 몸부림과 함께 알 수 없는 교성을 내지르기 시작한다. 그러나 여인이 절정에 이른 바로 그때 사내가 갑자기 손길을 멈추고 벌떡 땅에서 몸을 일으킨다.

"좋았어! 아주 훌륭해! 자, 이제 녹음 한번 들어봅시다."

여인이 뒤따라 몸을 일으키자 사내가 엉금엉금 기어 돌무덤 사이에서 소형 녹음기를 꺼내온다.

"우리들 사랑의 기념으로는 아주 훌륭한 물건이오. 이걸 내가 보관하구 있는 한 당신은 날 배반할 수 없을 거요."

"알겠어요. 우리 그이가 알면 난 아마 살아남지 못할 거예요. 하지만 궁금해요. 자, 어서 녹음기를 틀어봐요."

녹음기가 돌아간다. 녹음은 의외에도 방금 전에 있었던 개 짖는 소리로부터 생생하게 재생되기 시작한다. 그러나 계속해서 녹음 소리가 들려오자, 맹인이 문득 지팡이를 치우고 P의 손을 조심스레 더듬어 잡는다.

"조용히 일어서시오. 그리고 얼른 이 장소를 피합시다."

P가 말없이 고개를 끄덕이고 맹인과 함께 벤치에서 일어선다. 뒷걸음을 쳐서 벤치를 돌아간 후, 두 사람은 빠른 걸음으로 도망치듯이 현장에서 멀어진다. 이윽고 두 사람의 귀에 녹음기 소리가 실낱처럼 가늘게 들린다. 맹인이 그제야 발걸음을 늦추고 잡았던 P의 손을 거칠게 뿌리친다.

"사내가 어떻게 생겼습디까? 사내의 얼굴을 기억할 수 있겠소?"

노인의 뜻밖의 질문에, P는 갑자기 기가 죽어 고개를 천천히 내두른다.

"주위가 너무 어두워서 잘 보이지가 않았습니다. 밀애를 즐기는 행복한 애인들로 보였습니다. 사랑의 징표로 녹음까지 해둘 줄은 몰랐습니다."

"철없는 소리 작작 하시오. 그들은 밀애가 아니고 정부(情婦)와 정부(情夫)가 간통을 하구 있었던 거요."

"예?"

"난 여자 쪽은 누군지 알고 있소. 바로 이 고을 경찰서장의 마누라요."

"그건 전혀 뜻밖이로군요? 한데 우리는 왜 그곳을 도망쳐 와야 했습니까?"

"정신을 똑바로 차리시오. 저 녹음에는 간부와 간부의 사랑의 현장만 수록된 게 아니오. 당신과 내가 만나서 나눈 비밀 대화까지 고스란히 녹음되어 있소. 우리의 대화가 어떤 것이었는지 당신은 전혀 기억이 안 나시오?"

P는 그제야 정신이 번쩍 들어 애원하는 눈길로 맹인을 돌아본다.

"그렇군요, 이걸 어떡하죠? 개 짖는 소리까지 녹음이 되었으니 제가 피해 다닌다는 얘기도 실려 있을 게 틀림없습니다!"

"그것만도 아니오. 당신은 날 장의사라고 불렀고, 나더러 당신을 데려가 달라고도 애원했소. 만일 그 사내가 수사관이라도 된다면 나까지 당신과 연루되어 수사선상에 올라가게 되었소."

"생각지도 않은 실숩니다. 고의로 한 짓은 아닙니다만 영감님께 뜻밖의 누를 끼치게 되었군요."

"좌우간 이제 당신은 내 집에 묵기도 어렵게 되었소. 한데 어쩌다 쫓기는 몸이 되었는지 그 이유부터 들어봅시다."

P는 지치고 낙담해서 당장 어딘가에 눕고 싶었지만 지푸라기라도 잡는 기분으로 그간에 있었던 모든 일을 하나도 숨김없이 맹인에게 낱낱이 털어놓았다. 묵묵히 듣고 있던 맹인

의 입에서 드디어 한숨과 함께 절망적인 말이 흘러나온다.

"어쩔 수 없는 사람이군. 어쩌자구 당신은 그 흉포한 짐승을 풀어주었소?"

"제가 풀어준 건 짐승이 아닙니다. 몸에 털만 좀 많을 뿐이지 그 사람은 분명히 우리와 똑같은 인간이었습니다."

"나도 오늘 저녁 석간이 오기 전까지는 그놈이 짐승을 가장한 인간이라고 생각했소. 한데 저녁에 석간을 받아 보고 그놈이 사람 아닌 짐승이라는 걸 확실히 깨달았소."

"오늘 석간에 그 사람의 기사가 났습니까?"

"물론이오. 그놈의 대문짝만 한 사진과 함께 과거 행적과 이력들이 소상하게 실려 있습디다."

"그래, 기사가 어떤 내용이었습니까?"

"그놈은 원래 곡마단에서 키운, 머리가 비상한 침팬지였소. 말하자면 인간에게 천재가 있듯이 그놈은 유인원의 무리 중 천재 유인원에 속했던 모양이오. 보통의 유인원들은 지능 지수가 5, 60정도지만 이놈은 천재 원숭이라 아이큐가 무려 150이나 되었다는군. 일테면 사람으로 치더라도 수재급에 가까운 비상한 두뇌를 지녔다는 이야기요. 사람이나 짐승이나 머리가 좋으면 언젠가는 꼭 우등 의식에 빠지게 마련이오. 한데 이 시건방진 미물도 자기 머리 좋은 것만 자랑으로 여겨, 제 본분을 까맣게 잊었던 모양이오. 말하자면 곡마단에서 하라는 재주는 하지 않고, 털을 박박 면도칼로 밀고는 원숭이인 주제에 사람 흉보는 게 일이었다는 이야기요. 머리가 좋은 건 가상하지만 이 지경이 되니 누가 그놈을 좋아하겠소? 같은 사람끼리도 흉을 잡히면 화가 나는 게 보통인데, 원숭이 제 놈이 사람의 흉을 보니 누가 그 꼴을 가만두고 보겠냔 말이오. 곡마단에선 결국 참다못해 이놈을 돈 몇 푼 받구 거리의 약장수한테 팔아넘긴 모양이오. 하지만 제 버릇 개 못 준다구, 이놈은 여기서도 또 주인 눈에 벗어나 보기 좋게 쫓겨났소. 재주를 부려 장바닥에서 손님을 끌어모으는 게 이놈의 일인데, 걸핏하면 머리 아프다구 아스피린을 먹지 않나, 허리 디스크가 생겼다구 비스듬히 눕질 않나…… 결국 이런 꼴을 보다 못한 약장수가 이놈이 자빠져 자는 동안 이놈을 몰래 버리고 다른 고장으로 떠나버린 거요. 곡마단과 약장수한테서 차례로 버림을 받게 되자 이놈은 결국 세상천지에 갈 데가 없어졌소. 한데 일이 우습게 되느라구 이놈이 굴러 굴러서 하필이면 이 고을에 잠입하게 되었다는 거요. 물론 이놈이 이 고을에 숨어들었을 땐 원숭이가 아니구 사람 꼴을 하구 들어왔을 테지. 원숭이 모습으로 들어왔다가는 돌팔매나 얻어맞기 십상이니까 어디서 옷 한 벌을 훔쳐 입구는, 털 밀고 머리 깎고 버젓이 사람으로 위장하여 들어왔다는 이야기요. 바로 이게 오늘 석간에 난 그놈에 관한 개략적인 기사요. 신문사는 지금 이 기사를 내보내구는 그놈의 보복이 두려워서 전전긍긍하구 있답디다. 성정이 워낙 잔인하구 흉포한 짐승이라 이런 기사를 내보냈는데 그놈이 가만둘 리가 없을 거라는 추측들이지. 좌우간 그놈이 어서 잡혀야지, 이 꼴루 가다가는 이 고을두 조만간 폐읍(廢邑)이 될지 모르겠소."

"전 그럼 어떻게 되는 거죠? 그런 무서운 놈을 풀어줬으니 그 죄를 어떻게 보상해야 되겠습니까?"

"글쎄, 현재로선 어쩔 수가 없소. 나라두 당신을 도와주곤 싶지만 아까 그 녹음기에 내 얘기까지 실려 있으니……"

"전 고의로 그놈을 놔준 게 아닙니다. 우연히 그놈 앞을 지나치다가 묶여 있는 꼴이 하두 딱하구 가련해서 저도 모르게 풀어준 것뿐입니다."

"어쨌든 결과는 마찬가지요. 난 지금까지 앞 못 보는 맹인이라 당국에서 별로 주목을 받지 않았소. 당신 사정이 딱한 건 알겠소만 나로서두 이제는 별 도리가 없는 것 같소."

"영감님까지 이러시면 전 앞으로 누굴 믿어야 좋습니까? 이 고을에서는 영감님밖에 믿을 사람이 없습니다. 뭔가 방법이 있을 겁니다. 제발 저한테 살아날 방도를 좀 가르쳐주십시오."

"방법이 하나 있긴 있는데 당신이 그걸 해낼는지 모르겠군."

"뭡니까? 말씀해보십시오. 이 마당에 제가 뭘 더 망설이겠습니까?"

"자수를 하시오."

"자수라구요?"

"그렇소, 당신이 살길은 자수뿐이오. 지금이라도 당장 당국을 찾아가서 자수를 하고 용서를 빌어보시오. 자수를 한다구 죄가 가벼워지는 건 아니지만, 법에도 정상참작이라는 게 있으니까 어쩌면 당국에서 당신을 관대히 처리해줄지도 모르잖소."

그때다. 갑자기 P의 눈앞에서 거대한 돌무덤 하나가 꿈틀꿈틀 움직이기 시작한다. 눈앞에서 벌어지는 기괴한 사태에 P는 잠시 넋을 잃고 얼어붙은 듯 그 자리에 멈춰 선다. 돌무덤은 일단 움직이기 시작하자 산사태가 무너져 내리듯 삽시간에 돌들을 까뭉개고 자욱한 흙먼지를 날리며 큰 구멍으로 변해버린다. 그러나 기묘한 일은 부근에 전혀 진동이나 소음이 없다는 것이다. 마치 화산에서 용암이라도 분출하듯, 돌무덤은 사방으로 돌들을 내굴린 후, 복판에 큼지막한 분화구를 만들고는 서서히 운동을 정지한다.

분화구 속에서 뜻밖에도 한 사내가 연기처럼 스멀스멀 솟아오른다. 나타난 사내는 P가 얼핏 보기에도 바로 그 '사람 같은 원숭이' 혹은 '원숭이 같은 사람'이다. 그는 온 얼굴에 희고 붉은 색칠을 했고 몸에는 위아래로 울긋불긋한 광대 옷을 걸치고 있다. 꽃술이 달린 긴 뿔모자를 벗어 들며 광대는 익살을 떨듯 P에게 넙죽 큰절을 해 보인다.

"손님, 여기서 또 뵙는군요. 안색이 썩 안 좋으신 걸 보니 손님께 뭔가 고민이 있으신 모양이죠?"

P는 사내의 뜻밖의 말에 그제야 정신을 차리고 허겁지겁 입을 연다.

"그렇습니다. 도와주십시오. 전 당신 때문에 지금 큰 곤욕을 치르고 있습니다."

"저 때문에 곤욕을 치르신다니 그것 참 딱하게 되셨군요. 한데 손님께선 절 구하시면 고통이 닥쳐올 것을 예상치 못하셨습니까?"

"몰랐습니다. 이럴 줄은 몰랐습니다. 전 지금 고립무원의 절망 상태에 빠져 있습니다."

"누가 손님을 절망에 빠졌다구 하던가요? 바로 손님 옆에 있는 저 음흉한 맹인이 그런 말을 속삭였겠죠?"

P는 사내의 뜻밖의 말에 놀라 곁에 서 있는 맹인을 돌아

본다. 그러나 사내가 고개를 내두르며 안심하라는 표정으로 P의 어깨를 가볍게 손으로 두드린다.

"전 손님에게 위험을 경고하러 왔습니다. 바로 손님 옆에 있는 사람이 손님에겐 가장 위험한 사람입니다. 하지만 안심해도 좋습니다. 전 손님 눈에만 보일 뿐 그 사람들 눈에는 보이질 않으니까요."

"이분이 어째서 위험하다는 거죠? 대체 이분은 누굽니까?"

"손님께서 줄곧 피하려고 노력해온 이 고을 수사관의 밀정입니다. 그는 손님이 이 고을에 올 것을 알고, 맹인으로 가장하여 줄곧 손님 뒤를 밟아온 사람입니다."

"그럴 리 없습니다. 전 오히려 당신이 의심스럽습니다. 당신은 왜 무고한 주민들을 아무 까닭 없이 살해하고 있습니까?"

"살해라구요? 천만에요! 이 고을엔 금년 들어 단 한 건도 살인 사건이 없었습니다. 주민들은 누군가에게 속고 있을 뿐입니다. 속는 것을 거부하는 자들만이 바로 손님처럼 고통을 당하는 것입니다."

"누가 주민들을 속인다는 말입니까? 그리고 왜 그들은 주민들을 속여야 됩니까?"

"딸꾹질 때문입니다."

"딸꾹질이라구요?"

"딸꾹질은 이 고을에서는 죽음의 전주(前奏)처럼 되어 있습니다. 탄광에서 피어오르는 맹독성 가스가 처음엔 딸꾹질로 나타난 후 후두염으로 발전하여 급기야는 죽음을 부릅니다."

"그런데 어째서 이곳 관리들은 그런 무서운 공해를 주민들에게 경고하지 않는 거죠?"

"이유가 있습니다. 관리들은 그 사실이 외부에 알려지면 탄광이 곧 폐쇄될 것을 알고 있습니다. 이 고을에서의 탄광 폐쇄는 바로 그들의 자멸을 뜻합니다. 따라서 그들은 그 비밀의 유출을 막기 위해 살인 사건의 조작이 필요했고, 주민들의 출입 통제가 필요하게 된 것입니다."

"한데 당신은 사람과 원숭이 중 어느 쪽에 더 가깝습니까?"

"손님은 저를 어느 쪽에 가깝다고 생각하십니까?"

"사람, 아니 원숭이 쪽입니다."

"바로 그것이 손님의 답입니다. 전 사람들의 생각하기에 따라 거울과 같이 반사할 뿐입니다."

P는 잠시 현기증이 느껴져서 눈을 힘껏 감았다 뜬다. 알수가 없다. 이 고을에 들어온 이래 그는 줄곧 알 수 없는 일들에만 부닥쳐왔다. 모든 사물들이 뒤죽박죽이다. 그가 유일하게 확신할 수 있는 것은, 자기가 지금 큰 곤경에 빠져 있다는 사실뿐이다. 사내가 문득 한 무릎을 꺾더니 P에게 넙죽 큰절을 한다.

"자, 이젠 헤어질 시간입니다. 전 공원 밖에까진 나갈 수가 없습니다."

P는 과연 자기 몸이 어느 틈에 공원 입구까지 다다른 것을 깨닫는다. 그는 갑자기 몸을 돌려 사내를 향해 절망적으로 입을 연다.

"전 앞으로 어떻게 되는 겁니까? 당신은 절 이대로 내버려두실 작정입니까?"

"용기를 잃지 마십시오. 손님은 내일 살해될 것입니다."

"살해라구요? 누가 절 살해합니까? 당신이 절 살해할 작정인가요?"

"사태를 올바로 판별하십시오. 손님은 지금 무엇이 제일 두렵습니까?"

"당신입니다. 당신을 가까이 했기 때문에 전 지금 이런 수난을 당하는 게 아닙니까?"

"이상하군요, 전 손님의 손끝 하나 다치게 하지 않았습니다. 손님이 저를 두려워하는 것은, 저 때문입니까. 저를 모함한 관리들 때문입니까?"

"전 그런 건 따지고 싶지 않습니다. 그렇게 따져나가면 제가 이 고을에 찾아든 것 자체가 잘못입니다."

"바로 그겁니다. 손님께서 가장 두려워하는 것은, 저도 살인 사건도 아닙니다. 이 고을에 자욱이 미만(彌滿)해 있는 이 고을이 조작해낸 온갖 풍문과 낭설입니다."

사내는 말을 마치자 재빨리 뿔모자를 머리에 쓴다. 그러나 뿔모자를 머리에 얹자 사내는 놀랍게도 점점 P에게서 소리 없이 멀어진다. P가 곧 팔을 휘저으며 사내를 향해 커다랗게 고함을 친다.

"기다리시오! 어디로 가십니까? 전 어쩌라구 이렇게 버리고 가십니까?"

결사적인 P의 외침에도 불구하고 사내는 이미 깨끗하게 시야에서 사라지고 없다. P가 망연히 고개를 돌리자 누군가가 불쑥 그의 팔목에 수갑을 채운다.

"당신을 현행 살인범으로 체포하겠소."

맹인이다. 맹인은 어느 틈에 안경을 벗고 타는 듯한 외눈으로 P의 얼굴을 쏘아보고 있다.

"살인범이라뇨? 제가 누굴 죽였단 말입니까?"

"물론이오. 당신은 내가 보는 앞에서 바로 이 사람을 죽였소."

P는 말없이 고개를 떨구고 자기 발 앞에 죽어 자빠진 커다란 유인원의 시체를 내려다본다.

"이건 유인원이 아닙니까?"

"아니오, 사람이오."

"이 유인원을 제가 죽였나요?"

"아니오, 내가 죽였소."

"그런데 어째서 절 체포하죠?"

"우린 당신이 죄를 지을 때까지 기다릴 수가 없소. 당신을 조속히 체포하기 위해 이 유인원은 내가 죽였소."

P는 잠시 말뜻을 몰랐으나 곧 천천히 고개를 끄덕인다. 예정된 수순이다. 누군가가 꾸며놓은 예정된 수순에 그는 지금 피할 수 없이 한 걸음 두 걸음 끌려가고 있을 뿐이다.

어느 틈에 P는 맹인과 나란히 공원 밖으로 나와 있다.

주
말
여
행

1

토요일 오후.

차가 서울 외곽을 벗어나 가로수 길을 상쾌하게 달린다. 차는 이제 막 고물이 되기 시작한 8인승 왜건이다. 범퍼 앞에는 흰 바탕의 자가용 넘버가 붙어 있지만 원소속은 김가가 근무하는 J방송국의 보도차다. 김가는 이 차를 빌리느라고 자그마치 5천 원의 사비를 투자했단다. 글쎄, 그 말이 사실이라면 우리는 김가에게 약간 미안해해도 좋을 것이다. 월수입 3만 원의 김가에게 5천 원이면 큰돈이다.

토요일 오후. 아스팔트가 물컹물컹하게 녹은 7월의 오후. 우리는 지금 오래전부터 계획한 1박 2일의 주말여행을 떠나는 중이다. 모든 것을, 아내와 자식 들과 텔레비전과 전기세를 모두 서울에 떼쳐놓고 말이다. 목적지는 G군, 48시간의 완전한 여행. 인원은 나를 포함해서 모두 다섯 명의 남자들뿐이다. 여행을 좀더 오붓하게 하기 위해 우리는 '여자'를 준비하지 않았다. 아마 우리는 필요하면 G군에서 여자들을 현지 조달하게 될 것이다. 여자 없는 여행이라니, 될 법이나 한 말씀인가?

이번 여행에 참가한 우리들은 모두 고등학교와 대학의 동창들이다. 우리는 이런 종류의 여행 말고도 일주일에 한 번씩 정기적으로 만나기로 하고 있다. 모임의 명칭은 부르기 좋은 대로 방송기자 김가가 '토요회'라고 붙여놓았다. 김가의 말로는 우리 현대인은 직장에서 끊임없이 스트레스, 즉 정신적 압박을 받고 있단다. 이 스트레스와 압박감을 해소하기 위해 토요회는 꼭 필요한 안성맞춤의 모임이라는 것이 김가의 지론이다.

차가 완만한 비탈길을 오르느라 머플러 소리를 요란하게 울린다. 차는 군대에서 수송관을 지낸 집 장수 박가가 몰고 있다. 그는 집장사를 하기 전에는 소형 트럭 두 대로 운수업을 하고 있었다. 생기기는 여자처럼 곱다랗게 생겼는데 그는 말끝마다 미국 건달들이 흔히 그러듯이 '퍼크', 즉 '씨발' 소리를 늘 입에 달고 산다. 들리는 말로는 그가 집장사로 모은 돈이 큰 것(1천만 원) 두 장쯤은 될 거라는 소문이다. 글쎄 그것이 단순한 소문인지 실제로 그런지는 귀신만이 알 일이다.

그 옆에 앉은 체중 20여 관의 뚱뚱한 사내는 은행원 강가다. 그는 생김새는 우둔하게 생겼지만 머리 하나만은 비상하게 잽싼 친구다. 내가 그를 처음(물론 졸업 후다) 만났을 때 대뜸 눈앞에 떠오른 것이 이 친구의 죽은 시체였다. 저런 거창한 체구를 담자면 얼마나 큰 관이라야 맞을까? 저런 친구를 화장하자면 가솔린이 몇 갤런이나 필요할까? 그러나 그는 저런 거

220

구로도 혈압도 정상 당뇨도 정상이다. 내가 특히 그에게 놀라는 것은 여자들이 껌벅 죽는 그의 능숙한 춤 솜씨다. 그는 병맥주 한 타를 비우고도 여자를 품에 안으면 스텝 하나 흐트러지는 법이 없다. 마치 물개가 거센 물살을 차고 나가듯이 매끄럽고 날렵하게 여자를 안고 플로어를 누비는 것이다.

박가 뒤쪽 창가에 앉은 친구, 그는 H대학의 전임강사 이가다. 이가는 대학강사라는 직함에도 불구하고 우리들 중에서 제일 어리다. 내가 그를 어리다고 하는 것은 물론 그의 나이를 두고 하는 말은 아니다. 우리는 나이로 따지자면 모두 호랑이띠인 서른두 살 동갑들이다. 그런데 이 대학강사 선생만이 우리들 중에서 유독 어리다. 아니, 어리다는 표현보다는 이머추어immature하다는 표현이 맞을 게다. 장가를 들면 나아질 줄알았는데 그는 여전히 어릿어릿해서 물가에 앉혀놓은 어린애처럼 불안하다. 아마 그는 나이가 들어 머리털이 허옇게 백발이 되더라도 니체니 토인비니 마르쿠제니 하여 우리들을 느닷없이 어리둥절하게 만들 것이다.

이가와 나란히 앉은 목이 긴 친구는 어느 민영 방송국의 방송기자 김가다. 이 친구는 아마 외모로 보아서는 누가 보더라도 팔푼이가 아닌지 의심할 것이다. 그는 고등학교에 다닐 때까지도 저렇게 어질어질한 안경을 쓰지는 않았다. 그가 결정적으로 눈을 버린 것은 대학에 들어와서 어느 날 갑자기 영어 콘사이스를 외우고부터다. 좌우간 그는 콘사이스 덕분에 방송국의 기자로 입사했지만 평생 저렇게 무시무시한 안경을 쓸 팔자가 된 것이다.

차가 비탈길을 다 추어 올라 작은 마을 앞의 돌다리를 지난다. 돌다리 왼쪽에는 측백나무 울타리 너머로 아담한 시골 소학교가 넘겨다보인다. 박가가 차에 속력을 줄이며 룸미러 속으로 뒤쪽을 돌아본다. 거울 속에 비친 박가의 얼굴은 선글라스에 가려 코가 유난히 뾰족하다.

"야, 누구 와이당 좀 해라. 졸려서 미치겠다, 씨발놈들아."

"와이당? 거 좋지."

김가가 문득 어깨를 들썩이고 한 손으로 앞에 앉은 강가를 집적인다.

"물개 선생, 어떠시오니까? 한 곡조 읊어보시지 않겠나이까?"

강가가 꿈틀 상체를 틀어 등받이 이쪽으로 한 팔을 올려놓는다. 털 하나 없이 매끈한 그의 팔이 마치 더운물에 튀해놓은 돼지비계처럼 희고 곱다.

"야, 우리 언제 한번 홍콩제 문화영화 구경할 거나?"

"문화영화?"

이가가 퍼뜩 정신이 드는지 강가의 얼굴을 진지하게 돌아본다. 나는 이가가 문화영화라는 말을 이해한 것만으로도 대단히 신기하다. 강가가 다시 말을 계속한다.

"동네 친구 하나가 세관에 있는데 창고에 문화영화가 네댓 벌 있다는 거야. 어느 놈이 몰래 숨겨 들어오는 걸 최근에 얌전히 압수해놨다더군."

"글쎄, 나두 일제는 봤지. 한데 별루 신통치 않았어."

김가의 말이다. 그는 신장과 사지가 길어서 그 물건도 유난히 길 것이라는 소문이다. 그러나 언젠가 목간통에서 내가 직접 확인해봤는데 떠도는 소문과는 달라서 우리들의 그것과 어슷비슷한 사이즈였다. 내가 말한다.

"나두 일본제는 몇 개 감상했지. 그런데 필름이 너무 고물이라 오히려 보구 나니 들인 돈이 아깝더군."

"내용이 어땠어?"

이가가 묻는다. 마치 광땡을 쥐고 앉아서 손님을 청하는 듯한 진지한 얼굴이다. 표정이 너무 리얼하고 심각해서 나는 피식 웃음이 나온다.

"내가 본 건 어느 강도가 부잣집 과부를 덮치는 신이었어. 일본 놈들한텐 어떨지 모르지만 나한텐 별루 실감이 안 나더군."

"실감 좋아하네."

"계속해라, 오가야!"

박가가 핸들을 두 손으로 잡은 채 나를 향해 고함치듯 말한다. 그는 잠이 다 도망갔는지 어느 틈에 눈에 살기 같은 것이 떠돌고 있다. 나는 전에도 박가의 눈에서 저런 살기 같은 것을 본 일이 있다. 박가는 여자와 관련된 일이라면 머리가 깨지는 한이 있어도 끝장을 내고야 만다. 이럴 때의 박가의 태도는 귀엽던 애완동물이 갑자기 맹수로 변했을 때의 모습과 흡사하다. 아마 그에게 병이 있다면 바로 이것이 중병일 것이다.

언젠가 나는 저 박가와 유성 온천에 놀러 간 일이 있다. 계집을 살 때까지 그와 나는 모든 것이 흡족해서 기분이 썩 좋았다. 그러나 전화로 불러온 두 물건이 결국 우리들의 상쾌한 기분을 엉망으로 망쳐놓았다. 돈은 공동으로 투자를 했는데 두 여자가 너무나 용모가 상이했다. 하나는 돈이 아깝지 않을 만큼 얼굴과 몸이 깨끗하고 늘씬했다. 그러나 같이 온 또 하나의 여자는 남자가 잘못되어 여자로 된 듯한 물건이다. 나는 두 물건을 앞에 세워놓고 두 여자의 선택권을 두고 박가에게 간단한 내기를 하자고 제안했다. 그러나 그때까지 잘 나가던 박가가 갑자기 안면을 바꿔 눈에 살기를 띠기 시작했다. 그는 내기 같은 것은 하고 싶지 않다면서 예쁜 쪽 물건을 꼭 자기가 차지해야겠다는 것이다. 나는 슬며시 화가 치밀었다. 그래서 네가 그따위로 나온다면 나도 일전을 불사하겠다고 눈을 부라리며 으르렁거렸다. 그러나 나는 주먹다짐 직전에 갑자기 살기 띤 박가의 상판이 징그럽도록 싫어졌다. 방금 내가 거울 속에서 본 바로 그런 더러운 살기를 박가의 금속 같은 얼굴에서 섬뜩하게 보았던 때문이다. 나는 그 후 가급적이면 박가와의 대결을 못 이긴 체 피해주었다. 박가도 그것을 눈치채고 있었지만 그것을 집요하게 이용하려는 기미는 없었다. 나는 그 정도로 박가를 용서하고 박가와는 두 번 다시 여자 일로 다투지 않았다.

차창 밖으로 뜨거운 열풍이 후텁지근하게 불어든다. 이런 바람은 선풍기의 바람처럼 쐬면 쐴수록 더 불쾌하고 후덥덥할 뿐이다. 도로 왼쪽으로 물이 잦아진 하얀 돌개울이 눈부시게 빛나고 있다. 여름 가뭄이 보름이나 계속되어서 개울물이 모두 증발된 때문이다.

나는 가끔 엉뚱한 상상을 할 때가 있다. 가령 이렇게 뜨거운 여름날 갑자기 겨울이 찾아들면 어떻게 될까 하는 따위의 터무니없는 상상이다. 그러나 아무리 진지하게 겨울을 상상해보아도 내 재주로는 진짜 겨울 대신 영하 2도쯤의 어설픈 겨울밖에 상상해낼 수가 없다. 우리는 사실 최근에 와서 될수록 상상 같은 것은 하지 않기로 하고 있다. 우리들이 상상을 피하는 이유는 우리들의 상상이 요즘 끊임없이 수정되거나 번복되거나 용도 파기되기 때문이다. 어쩌면 우리는 지금 어설픈 상상 보다는 구체적인 감각, 즉 퇴근 후의 산뜻한 맥주 맛이라든가, 포커에서 풀 하우스를 쥐고 수북이 쌓인 판돈을 내려다볼 때의 스릴이라든가, 어떤 유부녀와 몰래 즐기는 위태로운 정사 따위를 더 좋아하는지도 모른다. 물론 우리가 추구하는 감각들이 모두 이렇게 감미롭거나 스릴 만점일 수는 없다. 그것들은 때로 우리들에게 두 번 다시 경험하고 싶지 않은 지독한 환멸을 주기도 한다. 그러나 그런 환멸에도 불구하고 그것에는 분명 마약 같은 매력이 있다. 그 매력은 위험이 클수록 우리에겐 좀더 바람직한 대상이 된다. 특히 그런 말초적인 감각들은 우리가 직접 다루어보았거나 몸소 체험한 감각들이기 때문에 우리 쪽에서 그것을 방기하기 전에는 절대로 그것들이 우리를 배반할 염려가 없다.

나는 내가 경험한 감각 중 몇 가지는 제법 선명하게 아무 때라도 기억 속에서 꺼내 재생할 수가 있다. 아마 우리들의 그런 경험은 소수의 사람들, 이해보다는 강압을 앞세우는 소수의 보수적인 사람들에게는 지나치게 말초적이라든지 개인적이라는 비난을 받을 수도 있을 것이다. 그러나 우리는 그들의 비난을 안 들은 것으로 무시해도 좋을 것이다. 왜냐하면 그것은 개인이 은밀히 착수해서 개인이 확인해본 개인만의 경험이기 때문이다. 그것에 대한 그들의 비난은 오히려 그것의 장점이 될 수 있다. 만일 그것이 제삼자들과 공유할 수 있는 공동의 것이라면 우리는 그것을 비밀스레 음미하고 마음속에 깊이 간직해둘 필요가 없다. 그것은 남들과 공유할 수 없다는 바로 그 점이 장점으로 되는 것이다.

그러나 그런 비밀스러운 감각들도 말이나 글로 표현하자면 그것들의 본래의 진미는 순식간에 소멸한다. 생각해보라. 어떻게 우리는 처녀의 보드라운 입수염이라든지, 식후에 기분 좋게 꼬나무는 저 향긋한 담배 맛이라든지, 나를 못살게 들볶던 과장이 지방으로 좌천되는 그 통쾌한 맛을 말로 표현할 수 있겠는가? 하긴 우리들의 감각에 대한 이런 경험들을 몇몇 사람들, 가령 텔레비전이나 라디오에 자주 나와서 잘 세척된 깨끗한 말만을 골라 들려주는 몇몇 고상한 사람들은 눈살을 찌푸리고 툴툴대면서 몹시 좋지 않게 생각할 것이다. 아마 그들은 우리가 왜 저 옛날, 대원군이 살아 있던 시절처럼 인생을 말초적인 감각 대신 전신으로 살아가지 못하는가 하고 개탄하거나 안타까워할 것이다.

그러나 우리는 유감스럽게도 사람이 달로 날아가는 시대에 살고 있다. 우리는 뜨거운 여름철에도 얼음을 마음대로 먹을 수 있는 시대에 살고 있고, 소파에 비스듬히 누워 아프리카의 사자 사냥도 구경할 수 있고, 어느 나라 대통령이 잠깐만 실수하면 몇백만의 사람들이 무더기로 죽을 수 있는 끔찍한 시대에 살고 있다. 어디를 보나 범위를 알 수 없는 새로운 발명들이 범람하는 시대, 우리는 바로 이런 시대에 부지런히 배우고 익히면서 영원히 유행에 뒤처진 촌놈으로 살아가고 있다. 그리고 이렇게 핑핑 돌아가는 스피드 시대에서 우리는 차츰 할 일이 없어진다. 할 일 없는 몸은 게을러질 수밖에 없고, 마음도 몸 따라 게을러질 수밖에 없다. 전에는 싫건 좋건 반의

무적으로 신문을 대충 읽을 수 있었는데 요즘은 신문에도 모르는 기사가 너무 많다. 그러나 우리는 그 기사를 제대로 알기 위해 새삼스레 경제학이나 로켓 원리를 배울 필요는 없다. 바로 우리 같은 무식한 사람들을 위해 대중 매체는 기다렸다는 듯 대단히 효과적인 배려를 하곤 한다. 사계의 권위자인 어느어느 대학의 아무개 박사가 텔레비전 뉴스 끝에 나타나서 우리가 모르는 제반 사항들과 용어들을 우리가 알아들을 수 있는 평이한 말로 요령 좋게 설명해주는 것이다. 우리는 그것을 알고 싶으면 거실 소파에 비스듬히 누워서 텔레비전 화면만 쳐다보면 된다. 화면에 나온 해설자는 그런 방면에는 전문가여서 세련된 능숙한 말솜씨로 놀랄 만큼 재치 있게 해설을 하는 것이다.

차가 속력을 늦추더니 국도변의 어느 커다란 마을로 들어선다. 마을에는 마침 경사라도 났는지 많은 사람들이 흰색 건물 앞에 무리를 지어 늘어서 있다. 차가 연거푸 클랙슨을 울리며 공회당으로 보이는 흰 건물 앞을 지나간다. 차일이 쳐진 공터 저쪽으로 언뜻 성장한 신랑 신부의 화려한 옷자락이 보인다. 강가가 문득 윗몸을 일으키며 차 밖을 향해 큰 소리로 고함을 친다.

"야, 신랑 코가 무지하게 크구나! 오늘 밤은 과식하지 말게!"

사람들이 무슨 영문인지 몰라 지나가는 우리 차 뒤쪽을 우두커니 돌아본다. 차는 그러나 그들을 뒤로 두고 이미 마을을 반쯤이나 지나치고 있다.

"너 신부 얼굴 봤어?"

김가가 강가에게 묻는 말이다.

"못 봤어."

"시골 계집두 꾸며놓으니 좋은데?"

"봤구나 너?"

"입술이 좀 두터운 게 탈이지만 그런대루 맛은 있겠어."

"맛이야 저런 숫처녀보다는 푹 농익은 과부가 윗길이지."

"아쭈? 먹기나 먹어보구선?······"

강가가 그 말에는 대답 않고 손수건으로 쓱 이마의 땀을 닦는다. 그는 무언가 말이 하고 싶었으나 갑자기 생각을 고쳐 먹은 듯 입을 다물고 딴청을 쓴다. 강가의 침묵에 갑갑증이 난 듯 박가가 기어이 강가를 재촉한다.

"뜸 들이지 말구 어디 네 경험담 좀 들어보자."

"글쎄······"

"글쎄라니?"

"너들 여자의 그 물건이 위쪽에 붙은 게 좋겠어, 아래쪽에 붙은 게 좋겠어?"

"아니 그것두 사람 따라 다른가?"

이가가 호기심을 숨긴 표정으로 기대에 차서 강가를 주시한다. 강가는 그러나 이가의 질문에는 숫제 대답도 하기 싫다는 표정이다.

"나 계집들 여럿 겪어봤지만 그런 계집은 처음 구경했다."

"어떤 물건인데?"

김가는 짜증이 나는 모양이다. 안경을 후딱 코 위로 밀어 올린다.

"바로 올봄에 우연히 만났지. 한데 하룻밤 품어보니 이게 아주 명기(名器)더군."

"명기는 또 뭐야? 위쪽에 붙었던가?"

"위쪽두 보통 위쪽이 아니야. 보통 것들보다 반 뼘이나 높이 붙었어."

"깊어서 좋았겠군."

"좋았지."

"어디서 낚았어?"

"M동에 있는 용지(龍池)라구 알아?"

"용지?"

"왜 거······"

"알아, 그 동네 과부들이 많이 꼬인다더군."

강가가 흥미 반감된 표정으로 몸을 다시 저쪽으로 돌린다. 그는 이제 웬만한 충동으로는 그 이야기를 두 번 다시 꺼내놓지 않을 것이다. 그는 생김새도 무뚝뚝하지만 유난히 입이 무겁고 경계심이 강하다. 나는 강가가 직감적으로 그 과부와 아직도 진행 중이라고 생각한다. 강가는 한번 낚아챈 여자는 자기 쪽에서 싫증이 날 때까지는 결코 풀어주는 성미가 아니다. 그가 여자들 다루는 솜씨는 우리 중에서는 아마 제일 윗길일 것이다. 나는 그가 경기가 좋을 때는 한꺼번에 세 명의 여자를 거느리고 있었던 것을 알고 있다. 내가 그에게서 그런 비밀을 안 것은 그가 세 명의 여자 중 두 명을 막 떼쳐버릴 계획을 세울 때쯤이었다. 그는 그중에 한 여자는 정말 남 주기가 아깝다고 했다. 그리고 만일 내가 원한다면 그 여자를 기꺼이 내게 양보하겠노라고도 했다. 나는 처음 그의 말을 듣고는 적지 않이 불쾌했다. 비록 내가 강가보다는 그 방면에 다소 뒤질지 모른다. 그러나 어떻게 강가가 버린 퇴물을 내가 다시 인수할 수 있겠는가? 나는 강가에게 그 말을 들은 후 어느 날 강가를 향해 궁색한 거짓말을 둘러댔다. 요즘 건강이 많이 나빠져서 여자와의 작업을 근신하는 중이노라고. 강가는 그러나 이런 정도로 속아 넘어갈 위인이 아니다. 그는 내가 뭐라거나 말거나 실물을 한번 구경해보라고 다짜고짜로 나를 잡아끌었다. 내가 만일 실물을 보고도 마음이 동하지 않으면 그때 포기해도 늦지 않다는 것이다.

나는 며칠 후 내 자존심이 아주 조금씩 호기심에게 밀리는 것을 깨달았다. 그래서 나는 강가의 주선으로 할 수 없이 그 실물을 바 용지에서 넌지시 감상했다. 과연 그 여자는 강가의 말대로 남 주기 아까운 최상급의 물건이었다. 한데 나는 그 여자에게 본격적인 접근을 하기 전에 왜 강가가 그 좋은 물건을 버리려 하는지 알고 싶었다. 강가의 대답은 의외로 단순한 것이었다. 그녀가 남의 속도 모르고 느닷없이 강가와 결혼하고 싶어 한다는 것이다. 결국 나는 강가의 주선으로 그녀를 자연스럽게 강가로부터 인수했다. 처음 한 달 동안 나는 그녀를 내 손안에 완벽하게 가두었다. 그리고 한 달이 끝날 무렵에는 피차 적당히 거리를 두고 좋아했다. 그러나 두 달이 지난 무렵부터 그녀 쪽이 내게 갑자기 열을 올리기 시작했다. 나는 여자 쪽이 열을 올리면 왠지 나 자신이 처량 맞게 느껴졌다. 말하자면 나는 한 여자에 의해서는 나를 구속당하고 싶지 않았다. 나는 여러 번의 경험으로 미루어 드디어 그녀에게서 몸을 뺄 결정적인 시기가 온 것을 깨달았다.

어느 날 나는 그녀를 앉혀놓고 진지한 표정으로 비밀을

털어놓았다. 나는 강가가 나의 친구라는 것과, 내가 그녀를 알게 된 동기도 강가의 소개 때문이었다고 솔직하게 고백했다. 그녀는 그 말 한마디로써 요란하게 날갯짓을 하며 내 곁을 훌훌 떠나갔다. 그녀에겐 그 말 한마디가 모든 일의 시초요 끝이었던 것이다.

오토바이 두 대가 우리 차를 추월하여 우리들의 앞길을 쏜살같이 내닫는다. 두 대 모두 뒷좌석에는 여자 한 명씩이 거미처럼 매달려 있다. 약간 뒤로 처져 달리는 오토바이 뒤쪽에서 여자가 힐끗 우리 쪽을 돌아본다. 얇은 하늘색 블라우스가 바람을 받아 깃발처럼 펄럭인다. 몸에 꼭 끼는 통 좁은 바지가 여자의 둔부를 아낌없이 드러내고 있다. 유난히 큰 선글라스를 쓰고 있어서 여자의 얼굴은 전혀 알아볼 수가 없다.

"쌍년, 색 쓰네!"

김가가 갑자기 투지를 느낀 듯 박가의 뒤통수를 싸울 듯이 바라본다.

"야 왜 앞으루 내보냈어? 저거 다시 따라잡으라구!"

"안 돼."

"왜?"

"차를 빌리려면 똑똑한 걸 빌려, 어디서 달구지 같은 고물을 끌구 와서는……"

"지금 시속 몇 킬로지?"

"50."

"야 그거 맥시멈이 140 아닌가?"

"140 좋아하네, 그걸 다 밟으면 우린 곧장 황천행이야."

"아쭈, 조년 허리 쓰는 것 좀 봐라?"

강가가 슬며시 윗몸을 일으키며 앞서 달리는 오토바이를 바라본다. 하늘색 블라우스의 그 여자가 다시 이쪽으로 스카프를 벗어 흔든다. 한 팔로 사내를 꽉 껴안은 채 윗몸을 반쯤 이쪽으로 돌린 자세다. 짧게 커트한 그녀의 머리털이 바람에 날려서 총채처럼 출렁인다. 사내는 마치 곡예라도 하듯이 2차선 도로를 지그재그로 달려가고 있다.

"야 박가야, 밟아보라구. 80 정도면 위험하지두 않아."

박가가 고개를 끄덕하더니 턱을 약간 앞으로 당긴다. 차가 문득 속력을 내며 귀청이 멍할 만큼 요란하게 머플러를 울린다.

"좀더 밟어!"

"밟긴 뭘 밟어? 이게 다란 말이야."

"몇 킬로지?"

"90."

문득 내 등 뒤쪽에서 무언가가 부서지듯 요란하게 쿵쾅 댄다. 나는 상체를 뒤로 틀고 우리들의 짐이 실린 뒷좌석 쪽을 돌아본다. 취사용 솥과 오일 버너가 춤을 추듯이 아래위로 들까불고 있다. 솥 안에 양념이 든 것을 생각하고 나는 박가에게 큰 소리로 고함을 친다.

"어이 박 선생, 포기하시지, 솥이 지금 탱고춤을 추고 있어!"

"쓰러진 게 뭐야?"

"화덕."

차가 다시 속력을 늦추고 보통의 속도로 여유 있게 달린다. 강가가 아주 이쪽으로 돌아앉아 일행을 향해 상의하듯 말을 꺼낸다.

"어이, 자네들 여윳돈 있나?"

"왜?"

"우리 오늘 밤 G군에 가서 각자 하나씩 재주껏 꿰차자구."

"거 좋지."

"단 회비는 한 푼도 축내지 않는다. 오입 군자금은 각자가 부담한다."

"좋았어. 한데 G군에도 계집들이 준비되어 있을까?"

김가의 질문이다.

"왜 이래 이거? 사람 사는 고장에 계집 없을까 걱정이냐?"

"난 G군이 초행이야. 군청 소재지니까 제법 크겠지?"

강가는 한 손으로 코밑을 훔치고 본격적으로 이야기를 꺼낼 자세다. 사실 이번의 주말여행은 순전히 강가가 주동이 되어 계획한 여행이다. 그는 한 달 전 동료 행원들과 낚시터를 찾아 G군에 내려갔더란다. 읍내는 인구 약 3만여 명으로 제법 호화판 요정까지 있다는 것이다. 원래 강가가 계획한 행사는 G군에 딸린 C라는 저수지 주변에서 모처럼 옛 기분을 내어 천렵을 하자는 것이었다. 계류가 유난히 맑고 주변 경관이 빼어나서 하루 낮 쉬어가기는 제법 그럴싸한 휴양지라는 것이다. 그러나 박가가 천렵을 할 바에는 때가 복(伏) 때니 만큼 개를 잡자고 수정 제안했다. 양념과 각종 취사도구는 우리가 서울에서 미리 준비하고 개만은 G군에 내려가 현지에서 조달한다. 산 채로 개를 저수지까지 끌고 가서 우리 손으로 직접 잡아 그을리자는 것이다. 결국 전원이 상의한 끝에 천렵이 포기되고 보신탕으로 낙착되었다. 다행히 우리 토요회 회원들은 보신탕이라면 죽고 못 사는 귀신들이다. 솥을 걸어놓고 두 발을 물속에 담근 채 아침부터 저녁까지 개고기 안주로 소주잔을 기울인다. 아아 생각만 해도 얼마나 흡벅지고 낭만적인 주말여행인가……

"포커는 안 해?"

이가가 돌연 생각이라도 난 듯 강가와 김가를 번갈아 바라본다.

"왜 또 용돈이 궁하신가?"

김가의 반문이다. 사실 김가는 어쩐 셈인지 노름판만 벌였다 하면 이가에게 직사하게 깨진다. 이가는 어릿어릿 순진한 척하면서도 노름판에서만은 돈을 잃거나 싫증을 내는 일이 별로 없다. 내가 이가를 어리다고 하는 것도 실은 그의 악착스러운 노름 태도 때문이다. 그는 일단 무슨 일을 벌이면 민망할 정도로 샘이 많고 열심이다. 나는 그가 대학 시절에 라틴어를 배운 것을 알고 있다. 그는 어떤 여학생이 라틴어를 썩 잘하기 때문에 그녀를 갑자기 한 달 동안 정신없이 따라다닌 일이 있다. 아마 그는 우리들 중에 누군가가 콩고 말을 할 줄 안다면 약 한 달쯤은 그 친구를 정신없이 존경할 것이다. 좌우간 그는 시합에나 내기에는 신이라도 들린 듯이 열심이고 심각하다.

"아, 좋은 아이디어가 생각났어."

이가가 마치 동의라도 구하듯 내 쪽을 힐끗 돌아본다.

"우리 G군에서 오입할 자금을 포커해서 딴 돈으로 염출하는 게 어때?"

"좋은 아이디어가 고작 그거야?"

"왜? 싫어?"

"포커라면 서울서두 할 수 있어. 왜 하필 놀러 나와서까지 노름이야?"

"우리 생활엔 스릴이 필요해. 생활에 자극이 필요해서 우리 지금 여행하는 것 아냐?"

"그건 또 무슨 소리야?"

"서양 사람들은 사냥이나 여행에서 끊임없이 생활의 자극과 활력을 구하고 있어. 한데 우린 포커 말고는 도무지 자극을 구할 데가 없단 말이야."

"좋아, 자네 자극을 구한다구 했지?"

나는 진지하게 이가를 바라본다.

"우린 내일 보신탕을 끓일 거야. 한데 잡아놓은 개고기를 사는 게 아니구 살아 있는 개를 사서 우리 손으루 잡아서 끓일 거야. 자네가 그렇게 긴장을 원한다면 자네가 한번 그 개를 사냥 삼아서 잡아보는 게 어때?"

이가가 머쓱한 표정으로 나를 원망스레 바라본다. 강가가 곧 우리 쪽을 향해 중재라도 하듯 부드럽게 묻는다.

"누구 여기 개 잡아본 사람 있나?"

대답이 없다. 없는 것이 당연하다.

"난 닭은 잡아봤다. 하지만 개 잡는 건 구경두 못 해봤어."

"잡을 사람이 없어 걱정이구나? 사람이 몇인데 개 한 마리 못 잡을까?"

박가의 대꾸다. 나는 어쩌면 박가라면 잡을 수 있으리라 생각한다. 그는 얼굴은 여자처럼 곱다랗게 생겼지만 어딘가 다부지고 앙칼진 데가 있다. 정 잡기가 거북하다면 마을 사람들에게 부탁할 수도 있지 않은가?

"술은 어때, 모자라지 않을까?"

역시 술고래인 김가의 걱정이다.

"네 홉들이 한 상자면 충분할 거야."

내가 대답한다.

"글쎄, 한 사람에 두 병꼴두 안 되는군. 여유를 두기 위해 몇 병 더 사는 게 어때?"

나는 아무 말도 하지 않는다. 우리는 김가의 주량에 대해 종잡을 수 없는 견해들을 갖고 있다. 그는 어느 때는 아침부터 저녁까지 온종일 마셔도 취하는 기색이 전혀 없다. 그러나 어느 때는 당치 않게도 네댓 잔 정도로도 우리 등에 업히는 고주망태가 되곤 한다. 나는 언젠가 김가와 더불어 부산에 있는 박가의 처가로 초대받아 놀러 간 일이 있다. 내가 김가의 진짜 주량을 안 것은 바로 그 여행 때다. 마침 박가의 장인 되는 사람은 통운(通運)에 근무하는 소문난 술고래였다.

그는 사위의 친구인 우리들을 아침부터 저녁까지 술로 대접했다. 더구나 나와 김가는 서울역을 출발할 때부터 줄곧 차 안에서 술을 마셨다. 말하자면 우리는 서울역을 술 취한 채 출발하여 다시 서울로 돌아왔을 때는 역시 술에 취해 돌아온 것이다. 나는 그때 김가와는 달리 너무 피곤해서 적당히 꾀를 부렸다. 그리고 김가가 마신 주량이 얼마나 되는지 동행한 박가와 계산해보았다. 그는 결코 적다고 할 수 없는 우리 주량의 네 배를 마셨다. 그리고 이튿날 새벽에는 기사 취재차 다시 목포로 떠난 것이다.

차가 노송들이 꾸불꾸불 늘어선 서늘한 고갯길을 추어 오른다. 오후 4시가 지난 시간인데도 더위는 여전히 기세가 등등하다. 까맣게 뻗은 아스팔트 길은 마치 숯불에 달군 프라이팬처럼 후끈거린다. 문득 열린 차창을 통해 향긋한 솔향기가 코에 슬쩍 풍겨온다. 고개턱에는 비각인지 누각인지 숲속에 작은 오두막이 하나 보인다. 비각 앞에는 커다란 바위에 흰 페인트로 군 경계와 이정표를 적어놓았다. G군 전방 18킬로미터. 아직 목적지까지는 장장 50리가 더 남은 셈이다. 내가 차창에서 고개를 돌리자 강가가 김가의 어깨 너머로 나를 불쑥 건너다본다.

"자네 지금까지 먹어본 음식 중에 어떤 음식이 제일 좋던가?"

"음식?"

"응."

"글쎄, 좋은 것두 시기와 장소 나름이지. 난 뭐니 뭐니 해두 초가을 추어탕이 제일 좋더군."

"통째로 넣은 거야, 체에 거른 거야?"

"물론 체에 거른 남도식이지."

강가가 불쑥 고개를 돌려 옆에 앉은 박가를 바라본다.

"박가, 넌 뭐가 좋아?"

"초봄의 두릅나물, 특히 지리산에서 딴 팔뚝만 한 두릅은 일품이지."

"두릅이 뭐야? 어떻게 생겼어?"

박가가 핸들을 두 손으로 잡은 채 강가를 힐끗 돌아본다. 선글라스가 룸미러에 비쳐 번쩍 빛나고는 사라진다.

"공부 좀 해라. 두릅두 모르냐? 시골서 옘병 액막이루 대문간에 걸어놓는 가시나무 못 봤어?"

"아, 거 다발루 묶어 문설주에 매단 가시나무 말이군?"

"두릅은 바루 그놈의 새순이야. 그걸 끓는 물에 슬쩍 데쳐 내어 초고추장에 찍어 어적어적 씹어 먹는 맛이라니."

"내가 왜 그걸 못 먹어봤을까?"

"넌 호랑이처럼 고기만 좋아했지 어디 제대로 된 음식을 먹어봤냐?"

"지랄한다."

강가가 다시 창가에 앉은 이가를 돌아본다.

"이가, 넌 어떤 게 좋았어?"

"은어회."

"어쭈?"

"작년에 대학 졸업반 아이들과 경상도 남해루 놀러 갔어. 아이들이 개천에서 은어를 잡아 당장 그 자리에서 회를 쳤는데 배만 가르구 대가리와 꼬리째 그냥 어석어석 씹어 돌렸지. 옛날에 임금한테 진상하던 물건이니 맛이야 군말하면 잔소리지."

"야, 요상한 물건치구 옛날에 임금한테 진상 안 한 물건이 어디 있니?"

"나두 은어는 먹어봤다. 맛은커녕 입안에 비린내만 확 풍기더라."

"은어가 비린낼 풍겨?"

"난 민물고긴 질색이야. 넌 디스토마가 무섭지두 않냐?"

"디스토마두 사람 봐가며 덤벼든다구. 좌우간 은어는 한참 먹다 보니 입안에 향긋한 수박 향기가 풍기더라."

"향기 좋아하네. 그게 어디 비린내지 향기냐?"

"그걸 비린내루 생각하다니, 너 아직 철들려면 멀었다."

강가가 이가를 무시하고 바로 마주 앉은 김가를 바라본

다. 그러나 김가는 기다렸다는 듯 제 쪽에서 먼저 입을 연다.

"난 술도 음식 축에 든다면 복분자술이란 게 제법이더라."

"복분자?"

"산딸기를 한방에서 복분자라 부르는데 그걸 먹으면 오줌
발이 세서 복분(覆盆), 즉 요강을 홀렁 뒤엎는다는 거야. 색깔
두 발그레한 게 혀에 짝짝 달라붙어."

"과장법 한번 요란하다. 누가 요강을 뒤집는다는 거야?
남자 쪽이야 여자 쪽이야?"

"양쪽 다."

"그래 넌 그걸 어디서 먹어봤어?"

"전라도 지방에 출장 갔다가 어느 잔칫집에서 얻어먹었다."

"별놈의 술두 다 있군?"

"참, 너들 모과주 먹어봤나?"

"아, 그 탄산수처럼 혀를 탁 쏘는 술 말이지?"

"알코올 성분은 거의 제로지. 그냥 시원하구 상쾌하달 뿐
이야."

강가가 이번엔 자기 차례라는 듯 턱을 당기며 편안히 고
쳐 앉는다.

"난 말이야, 뭐니 뭐니 해두 장어구이가 그중 좋더라."

"장어구이?"

김가가 문득 경멸에 차서 입술을 삐죽 앞으로 내민다.

"그래 장어구이, 네깐 게 그 진미를 아냐?"

"야, 부산 자갈치 시장에 썩어나는 게 장어라는 생선이다.
난 그걸 먹다 먹다 못 먹어서 아주 그 고기로 밥을 다 비벼 먹
었다."

강가가 갑자기 득의연해서 가소롭다는 듯 김가를 힐끗 돌아본다.

"그럴 줄 알았다. 넌 아마 고작 바닷장어밖에 먹어보지 못했을 게다. 내가 말하는 건 그 장어가 아니야. 민물에서 잡은 진짜 뱀장어야."

"민물이나 바닷물이나?"

"같단 말이지?"

"원래 뱀장언 바다가 고향이야. 그놈들은 바다에서 깨어나 강으로 올라와 자란단 말이야. 그놈이 커서 알을 낳을 때가 되면 다시 바다로 돌아가는 걸 모르냐?"

"그래 나두 그건 안다. 한데 호수 속에서 사는 놈들은 어떻게 바다에서 올라왔니? 비행기 타구 훨훨 날아서 한반도 상공에서 다이빙을 했니?"

"그건 우연히 묻혀 들어온 놈들이겠지"

"억지 쓰지 마라. 그놈들은 호수에서 알로 깨어 호수 속에서 늙어 죽는다. 내가 말하는 진짜 장어는 바로 그런 데서 건져 올린 물건이야."

"그래 그놈은 맛이 어떤데?"

"그놈을 배를 갈라 창자를 긁어낸 뒤 양념장 발라가며 새빨간 참숯불에 여러 번 굽는 거야. 겉살이 노락노락 익을 무렵이면 온몸에서 기름이 지글지글 끓어오르거든. 그걸 그냥 소주 곁들여서 후후 불며 먹는 맛이란……"

"양념을 꼭 발라야 하니?"

"아니, 소금구이라는 것두 있어. 소금만 뿌려가며 그냥 굽지. 맛이 담백해서 그쪽을 더 좋아하는 사람두 있어."

한동안 대화가 끊어진다. 나는 우리들의 입맛들이 나이와 함께 변한다는 것을 알고 있다. 우리는 소학교에 다닐 때는 붕어빵 이상으로 맛있는 음식을 몰랐다. 그러나 중학교와 고등학교로 진학하자 붕어빵이 생과자와 자장면으로 한 단계 승급했고, 대학에서는 다시 자장면이 동태찌개나 돼지갈비 등의 육부치로 승급했다. 한데 대학을 졸업한 지금은 입맛들이 더욱 변해 요상하고 까다롭기까지 하다. 이제 겨우 서른 살의 나이로 입맛들이 일찌감치 지치고 늙어버린 것이다.

노송들 박힌 비탈길을 다 내려와 차가 훤하게 트인 들길을 달리기 시작한다. 들에는 네모반듯한 검푸른 논들이 멀리까지 뻗어 있다. 가뭄이 보름간이나 계속되었는데도 이곳 논들은 물이 풍성하다. 아마 어딘가에 저수지가 있어서 수로를 통해 물을 받는 모양이다. 그러나 저수지가 바닥이 날 즈음에는 이 논들도 마를 수밖에 없다. 이 논들이 바싹 마르면 쌀값이 껑충 뛰겠지, 쌀값이 껑충 뛰면 물가도 덩달아 들먹이겠지, 물가가 들먹이면 우리 회사가 문을 닫겠지, 우리 회사가 문을 닫으면 나는 하릴없이 공원 벤치로 쫓겨나겠지, 내가 공원 벤치로 쫓겨나면 내 마누라가 나를 버리고 도망친다? 아아 이젠 그만두자. 그런 무서운 일은 없을 것이다.

"어이, 그 에어컨이라는 물건 얼마나 주면 살 수 있을까?"

김가가 강가에게 묻는 말이다.

"글쎄, 한 5, 60만 원 할걸?"

"자네 은행에도 그게 있다지?"

"있어."

"어때 그 물건? 정말 시원한가?"

"물건이야 좋지. 돈이 없어 탈이지……"

"요즘은 텔레비전 없는 놈은 촌놈이 되는 세상이야."

"냉장고 없는 놈은 병신이 되구?"

"자가용 없는 놈은 등신이 되겠구면?"

김가와 강가가 쓸쓸한 표정으로 다시 단정히 제자리로 돌아간다. 그들은 지금 각자 머릿속으로 자가용을 생각하는 것이 틀림없다. 나는 우리 토요회 회원들이 서울에서 스스로 중류 이상으로 자처하는 것을 알고 있다. 그들은 텔레비전은 5년 전쯤 구입했고 냉장고는 작년과 재작년에 앞다투어 모두 샀다. 이젠 자가용만이 구입 품목 1호로 남은 셈인데, 글쎄 어느 놈이 선수를 칠 것인지 현재로서는 아무도 예측할 수 없다.

"우리 올겨울엔 총들 사가지구 사냥도 좀 해보는 게 어때?"

박가의 말이다.

"거 좋지."

김가가 맞장구를 친다.

"한데 책에서 잠깐 봤더니 거 사냥두 생각보다 쉽지 않더군?"

"돈 안 들구 되는 일 있어?"

"짐승이 있을까. 이런 뻘건 산에?"

"왜? 네가 잡을 짐승두 없을 것 같으냐?"

"짐승이야 있겠지만 눈먼 놈이 있어야지."

"야 강가야, 한번 해보자구. 너 같은 비계한테는 운동으로 두 안성맞춤이야."

"난 사냥은 싫어. 우선 산 타는 게 질색이야."

"생각해봐라. 눈이 하얗게 뒤덮인 산을 사냥개 거느리구 총을 메고 올라간다. 갑자기 왼쪽 덤불 속에서 멧돼지 한 마리가 불쑥 튀어나온다. 그걸 제꺽 총을 겨누어 단 한 방에 쓰러뜨린다. 그놈의 목을 칼로 푹 찔러 뜨끈뜨끈하게 솟는 피를 양재기로 받아 마신다. 마을 사람들의 지게에 지워서 죽은 멧돼지를 산 아래로 운반해 내려온다……"

"야, 이젠 다 와가는구나!"

이가가 윗몸을 창 쪽으로 숙이며 턱으로 불쑥 길가의 무언가를 가리킨다. 잡초가 무성한 길가 덤불 속에 하얀 이정표가 후딱 눈에 들어온다. G군 8킬로미터. 이제 겨우 20리가 남았다. 한데 왜 이렇게 몸이 무겁고 뻐근할까? 정말 이러다가 몸살이라도 나는 게 아닐까? 오늘은 아무래도 조짐이 좋지 않다. 정말 괜찮은 여자라도 하나 사서 오래간만에 객고도 풀고 뻐근한 몸에 안마라도 시켜야 될까 보다……

2

우리는 5시 조금 못 되어 목적지인 G군에 도착했다. G군은 강가가 미리 설명한 대로 군청과 농협과 경찰서가 있는 이른바 시골풍의 중소 도시였다. 우리는 차를 군의 중심부인 시외버스 정거장에 정차시켰다. 정거장에는 과일 장수 아낙들과, 손들이 새까만 구두닦이 소년들과, 면에서 막 도착한 온갖 종류의 곡식 자루들과, 열무 단을 가득 실은 리어카 행상 등이 더위 속에 정물처럼 가만히 멎어 있었다. 우리는 공터에 차를 세워놓고 어느 여관을 잡을 것인가 잠시 의견들을 주고받았다. 그러나 우리 중에는 불행히도 어떤 여관을 잡을 것인지 여관을 천거할 사람이 없었다. 우리들은 이 도시에 갑자기 떨구어진 이방인과 흡사했다. 그러나 그 이방인들은 앞으로 닥칠 즐거움을 기다리는 매우 유쾌한 이방인들이었다.

마침 버스 정류장 맞은편에 맥주와 사이다를 파는 과자점이 눈에 띄었다. 단층집으로 단장이 깨끗했고 집 안이 제법 서늘해 보였다. 우리는 차의 키를 뽑아 들고 공터를 가로질러 과자점으로 향했다. 햇볕이 몹시 뜨거워서 우리는 좁은 그늘을 따라 일렬종대로 걸어갔다. 털이 붉은 조랑말 한 마리가 땀을 뻘뻘 흘리며 곡식 가마를 가득 실은 달구지를 끌고 우리들 앞을 지나갔다. 말은 온몸이 땀에 젖었으며 달구지를 힘들게 끄느라 머리를 상하로 기계처럼 끄덕였다. 포장이 마구 터진 큰길을 건너서 우리는 곧 과자점으로 몰려 들어갔다. 상점에는 커다란 선풍기 하나가 천장에 매달려 느릿느릿 돌고 있었다. 우리가 막 자리를 잡고 앉자 안쪽에서 처녀 하나가 바쁘게 우리를 맞이했다.

"어서 오세요" 하고 처녀가 활달한 목소리로 강가에게 말한다.

"아가씨 뭘 훔쳐 먹었나?"

강가가 처녀에게 농을 건다. 처녀는 딸꾹질을 하고 있다.

"훔쳐 먹다뇨? 뭘 드시겠어요?"

"맥주."

"몇 병이나?"

"세 병이면 되겠지?"

처녀가 북극의 빙산이 그려진 커다란 아이스박스에서 맥

주 세 병을 꺼내 들었다. 맥주와 잔과 땅콩이 도착하자 강가가 다시 처녀에게 말한다.

"아가씨, 나하구 연애 좀 해보지 않겠어?"

처녀는 눈을 내리깐 채 아무 대꾸도 하지 않는다. 그 대신 철제 오프너로 맥주병 마개를 능숙하게 따고 있다.

"아가씨 벙어리야?"

"제가 왜 벙어리예요?"

"한데 왜 묻는 말에 대답이 없어?"

처녀가 눈을 실죽 흘기고는 빙글 몸을 돌려 돌아가려 한다. 강가가 처녀의 등을 향하여 부드럽게 다시 말한다.

"아가씨, 우리 방금 서울서 내려왔어."

"네?"

처녀가 주춤 발을 세우며 우리 쪽을 돌아본다. 화난 표정은 절대로 아니다. 강가가 다시 말을 묻는다.

"하룻밤 여기서 묵어 가야 할 텐데 어느 여관이 좋은지 추천 좀 해주겠어?"

"중앙여관이 제일 깨끗해요."

"중앙여관?"

"바로 우리 집 뒤쪽에 있어요. 서울 손님들은 모두 거기서 묵어 가요."

"그 여관 마당이 얼마나 커?"

"무척 커요."

"알았어, 고마워."

처녀가 막 돌아가려 하는데 다른 손님들이 다시 들어온다. 처녀는 우리 테이블을 떠나 새로 온 손님들을 맞이하러 간다.

중앙여관은 차고까지 준비된, 군에서는 보기 드문 깨끗한 여관이었다. 우리는 그곳에서 방 두 개를 빌려 들었고, 차 안에 신고 온 각자의 백 속에서 타월과 잠옷과 칫솔 들을 풀어놓았다. 마침 여관에 목간통이 있어서 우리는 차례대로 몸의 땀을 씻을 수 있었다. 저녁상을 물리고 담배를 피워 물자 갑자기 어둠이 찾아들었다. 우리는 시장이 문들을 닫기 전에 내일 잡을 개를 미리 사두자는 데 의견들이 모아졌다. 그래서 다시 옷들을 주워 입고 서부영화의 총잡이들처럼 우르르 몰려 여관을 빠져나왔다.

날이 저물고 더위가 조금 물러가자 시골 소도시 거리에는 갑자기 활기가 찾아들었다. 러닝셔츠에 고무신을 신은 사람들이 부채들을 손에 들고 넓은 거리로 몰려나왔다. 대문 밖 나무 그늘 밑에는 평상들이 나와 있고, 많은 사람들이 그 위에 앉아 모기를 쫓으며 잡담들을 하고 있다. 우리는 지나가는 어느 처녀에게 시장으로 가는 길을 꼬치꼬치 캐물었다. 그 처녀가 화가 나서 거의 고함을 지를 즈음에야 우리는 고맙다는 말과 함께 그 처녀를 방면해주었다.

시장은 버스 정류장 뒤쪽으로 개천을 따라 길게 뻗어 있었다. 싸전과 어물전과 포목전을 지나 우리는 과일이 산더미처럼 쌓인 과일전들 복판으로 뚫고 들어갔다. 참외와 수박과 자두 같은 과일들이 상점마다 풍성하게 멍석 위에 쌓여 있다. 형광등 대신에 전구를 쓰고 있어서 장터는 생각보다 몹시 어둡고 침침하다. 전구 주위로 짙은 안개처럼 하루살이 떼들이 자욱하게 날고 있다. 이가가 어느 과일점 앞에서 불쑥 내게 말을 걸어왔다.

"우리 수박이나 한 통 사 가자구."

"어디서 먹게?"

"여관에 안 갈 거야?"

나는 이가를 외면하고 강가와 박가를 바라본다. 박가가 나를 대신해서 이가에게 불쑥 면박을 준다.

"먹구 싶으면 너나 먹어. 우린 오늘 여관에 안 들어가."

"어쩔 셈이야, 여관에 안 들어가구?"

"자네, 모처럼 객지에 나왔는데 이런 시골서두 공방을 지킬 건가?"

"어, 그럼……?"

"그럼 뭐야?"

"여관은 그럼 왜 잡았어?"

"차를 길가에서 재울 순 없잖아?"

"하지만 오래간만에 이렇게 모였는데 한방에 모여서……"

"한방에 모여서 오순도순 소꿉장난이라도 해야겠어?"

이가가 입을 다물지 못하고 강가와 나를 번갈아 바라본다. 강가는 그러나 장 구경에 흥이 나서 이미 휘적휘적 저쪽으로 걸어가고 있다.

과일전이 끝나는 개천 둑 이쪽에는 벌써 철시를 한 야채전의 빈자리가 질펀하다. 길바닥에는 열무 잎과 지푸라기 배춧잎들이 발에 밟혀 질척하게 흩어져 있다. 개 한 마리가 이쪽으로 오다가 김가의 발길질에 놀라 쏜살같이 도망을 친다. 다섯이나 되는 우리 남자 일행들을 길가의 가게 주인들이 신기한 듯 바라본다. 우리는 채소전을 지나쳐 대폿집과 순댓집 들이 길게 늘어선 좁은 골목길로 접어든다. 문들을 활짝 열어놓은 순댓집과 대폿집에는 입구에 대발이나 색색의 헝겊들이 주 렁주렁 늘어져 있다. 모든 집마다 네댓의 술꾼들이 러닝셔츠 바람으로 거나하게 술들을 마시고 있다. 간혹 하얀 김이 골목 밖으로 울컥 쏟아져서 순대 냄새나 돼짓국 냄새가 코에 물씬 풍겨온다. 어떤 집에는 작부라도 있는지 젓가락 장단 소리와 노랫가락 소리가 낭자하게 길 밖으로 들려온다. 김가가 곧 박 가를 향해 걸쭉한 목소리로 말을 건넨다.

"이렇게 무작정 쏘다닐 게 아니라 보신탕집이라두 물어봐 야 될 게 아닌가?"

"계산이 약간 빗나갔어. 이러단 밤새 쏘댕기다가 날 새겠 어."

"무슨 계산이 틀렸다는 얘기야?"

"여기만 해두 시골이라 혹시 이 장바닥에 보신탕집이 없 을 수도 있어."

"재수 없는 소리만 골라가며 하는구나. 내가 알기룬 보신 탕은 시골이 먼저 시작했어."

나는 그러나 박가의 말대로 은근히 불안하고 걱정스럽다. 만에 하나라도 보신탕집이 이곳에 없다면 우리의 이번 여행은 뒤죽박죽이 되고 만다. 모처럼의 계획이 모두 깨어져서 우리 는 여관방에 틀어박혀 화투짝이나 두들기며 시간을 죽일 수밖 에 없을지도 모른다.

작년 가을 나는 직장 친구 두 명과 몇 주일을 별러서 배밭 에 간 일이 있다. 그러나 우리가 찾아간 배밭에는 배가 한 개 도 남아 있지 않았다. 이미 사흘 전에 배를 모두 수확하여 공 판장엔가 시장엔가 차떼기로 내다 팔았다는 것이다. 내가 배밭을 찾아간 이유는 상점에서 사 먹는 시든 배보다 과목에서 직접 딴 싱싱한 배를 맛보기 위해서다. 우리는 사소한 취미로 엉뚱한 비용을 쓸 때가 간혹 있다. 가령 봄철에 딸기를 맛보기 위해 멀리 충청도까지 내려간다든지, 가을에 포도를 먹기 위해 반나절이나 걸려 어느 섬을 찾아간다든지, 좀더 규모가 클 경우는 싱싱한 전복과 해삼을 먹기 위해 멀리 전라도 해안까지 내려가는 수도 있다.

그러나 우리는 이런 거창한 여행이 과연 그에 합당할 만한 가치가 있는 것인가는 따지지 않는다. 사실 그런 경우 우리가 구하는 것은 돈으로 절대 환산될 수 없는 미묘한 것들이다. 우리는 그런 것들이 어떤 이유로건 돈으로 환산되는 것을 거부한다. 그것은, 우리가 그것을 구하려 노력했다는 사실만으로도 충분히 그 가치를 스스로 보상받고 있다. 우리의 이런 비합리적인 행태들을 아마 몇몇 어르신들은 지나친 사치나 낭비라고 비난하거나 꾸짖을지 모른다. 그러나 나는 그렇게 말하는 어르신들에게 그런 종류의 삶의 사치도 없이 어떻게 이 밋밋한 세상을 살아가느냐고 반문하고 싶다. 내가 이 경우 세상을 밋밋하다고 하는 것은 물론 퍽 많은 뜻들을 내포하고 있다.

요즘 나는 아무 까닭 없이 산다는 것에 차츰 싫증과 권태를 느끼고 있다. 직장은 점점 안정되어 장래가 확실히 보장되고, 하루가 다르게 새로운 이기(利器)가 발명되어 세상은 날로 살기가 좋아진다. 봉급은 올랐고, 승급도 약속되었고, 마누라는 알뜰하고 자식들도 잘 자란다. 나는 지금의 생활에 별로 큰 불만도 없고 미래에도 별로 큰 야심이나 불안이 없다. 그야말로 누가 보더라도 장래가 보장된 행운아며 럭키 보이다. 그

러나 왜 이런 럭키 보이가 세상살이가 시들해지고 따분해지는
지 알 수가 없다. 뭔가 나라는 사람 대신 내 껍데기가 살고 있
는 기분이다. 알맹이는 어딘가로 빠져버리고 내 양복만이 내
이름을 달고 나를 대신하여 휘젓고 다니는 기분이다. 나는 그
래서 누가 뭐래도 내 생각대로 내 기분껏 살기로 작정하고 있
다. 내 인생 내 대신 남이 살아줄 수 없을 바에야 내 하고 싶은
대로, 새 여자도 구하고, 경마장에도 찾아가고, 더러는 싱싱한
꽃게를 먹기 위해 하루를 꼬박 투자해서 서해안 외진 섬에도
고생고생 찾아간다. 문화영화를 보고, 포커로 밤을 새우고, 기
분이 내키면 마누라에게 초상집에 간다는 핑계로 훌쩍 제주행
비행기를 타기도 한다. 어쩌면 나는 지금 그런 어수선한 방황
속에서 잃어버린 내 알맹이를 찾고 있는지도 알 수 없다. 내가
나를 확인할 수 있는 방법이 바로 그런 오리무중의 미궁 속에
숨어 있을 것 같기 때문이다.

보신탕집을 찾아내는 데 우리는 무려 10여 분을 허비했
다. 보신탕집은 장에서 좀 떨어진 어느 으슥한 골목길 모퉁이
에 있었다. 그러나 우리가 찾아든 보신탕집은 보신탕만을 전
문으로 하는 집은 아니었다. 그곳에서는 보신탕 이외에 생고
기와 닭곰탕과 육개장까지 팔고 있다. 우리는 강가를 대표로
내세워 보신탕집 주인과 흥정을 붙였다. 주인은 환갑쯤 되어
뵈는, 턱이 둘로 겹친 무지하게 비대하고 혈색 좋은 노인이었
다. 강가가 먼저 용무를 말하기 전에 정중히 우리 패거리를 노
인에게 소개했다.

"죄송합니다, 뵙자구 해서…… 우린 손님이 아니올시다."

"그럼 어떻게들……?"

"우린 세 시간 전에 서울서 내려왔습니다. G군의 경치가 좋다구 해서 차를 몰구 일부러 놀러들 내려왔죠."

"한데 여긴 어떻게들 오셨우?"

"영감님께 뭘 좀 부탁하러 왔습니다."

"무슨 부탁이오?"

"개 한 마리 삽시다."

"개?"

"예, 개."

강가가 노인을 무시한 채 창문 너머 뒤뜰 쪽을 흘깃 건너다본다. 뒤뜰에는 커다란 개장에 잡개들 네댓 마리가 얌전히 갇혀 있다.

노인은 잠시 영문을 모르겠다는 듯 우리를 우두커니 바라볼 뿐이다. 강가가 다시 긴 설(說)을 풀기 위해 노인을 향해 차근차근 입을 연다.

"우린 개 한 마리가 필요합니다. 우리 손으루 직접 잡아먹을 싱싱하게 살아 있는 개가 말입니다. 서울서 우린 솥과 양념까지 보신탕 끓일 준비를 완벽하게 해가지구 내려왔습니다. 말하자면 여기 다섯 사람이 개 한 마릴 통째로 잡아먹어볼 계획입니다."

노인이 여전히 어리둥절한 표정으로 강가의 커다란 얼굴을 머쓱히 건너다본다. 아마 노인은 강가의 말이 곧이들리지 않는 모양이다. 그는 쪽마루에 걸터앉으며 잠시 강가를 무시하고 내게 불쑥 말을 걸어온다.

"그러니까 댁들이 손수 개를 잡아 보신탕을 끓이겠단 말씀이오?"

"예."

"왜 고기를 사 가시지 않구 산 짐승을 잡으려구 하시우?"

"그렇게 물으시면 얘기가 안 됩니다. 그렇다면 여기서 보신탕을 사 먹지 고기는 또 뭐 하러 사 가자구 하겠습니까?"

"그러게 말이오?"

"영감님, 우리는 놀러 온 사람들입니다. 시원한 물가에서 두 발을 물에 담그구 하루쯤 아무 생각 없이 푹 개고기나 뜯으며 쉬려구 말입니다. 물론 우리도 이런 데서 보신탕을 사 먹을 수는 있습니다. 하지만 그걸 이런 데서 사 먹을 바엔 우리가 왜 여기까지 그 먼 길을 내려왔겠습니까? 내 말 무슨 뜻인지 아직두 잘 모르시겠습니까?"

"그만하면 대충 알겠수. 말하자면 댁들 손으로 직접 개를 잡아 물가에 솥 걸어놓구 천렵 기분을 내자 이거군?"

"그렇죠. 바로 말씀하셨습니다."

"그래 개는 몇 근짜릴 구하시우?"

"우리 다섯이서 온종일 먹자면 몇 근짜리 개라야 되겠습니까?"

"그럴 게 아니라 현물을 보시우. 마침 댁들한테 알맞은 개가 한 마리 들어왔수."

노인이 따라올 것을 계산하고 뒷짐을 진 채 문을 열고 뒤뜰로 나간다. 우리는 강가를 앞세우고 처마 밑으로 줄줄이 노인을 따라간다. 뒤뜰에는 우리가 예상한 것보다 훨씬 많은 개들이 개장 속에서 사육되고 있다. 낯선 우리들이 들어서자 개들이 각기 다른 목소리로 낭자하게 짖어대기 시작한다. 노인이 큰 소리로 개들을 꾸짖으며 강가를 끌고 어떤 우리 앞에 멈춰 선다. 그곳에는 체고가 유난히 낮은 까만 털빛의 땅개 한 마리가 갇혀 있다. 체고는 비록 두 뺨도 안 되지만 그 개는 의외로 통통하게 살이 쪄 있다. 강가가 엉거주춤 개장 앞에 쭈그려 앉자 그 개가 앙칼지게 철창을 긁으며 짖어댄다. 노인이 세차게 개를 꾸짖은 후 강가를 향해 불쑥 묻는다.

"어떻수 이놈?"

"무척 사납군요?"

"그러게 고기를 사 가라지 않소, 당신들이 개를 어떻게 잡는다구……"

"몇 근이나 나갈까요?"

"한 열대여섯 근 나갈 게요."

강가가 동의라도 구하듯이 우리 쪽을 잠시 돌아본다. 박가가 문득 앞으로 나서며 노인을 향해 싸울 듯이 입을 연다.

"값은 얼마요?"

노인의 표정이 부드럽게 풀어지며 한동안 무언가를 생각하는 눈치다. 우리는 노인의 저런 표정이 무엇을 뜻하는지 잘 알고 있다. 그는 아마 우리 일행을 불의에 찾아든 봉이라고 생각할 것이다. 더구나 서울에서 내려온 멀쑥한 양복쟁이들이어서 쇠푼깨나 지닌 부자들이라고 오해를 할는지도 모를 일이다. 노인이 드디어 입을 연다.

"개값이 요즘 부쩍 올랐우. 보신탕이라면 요즘이 바루 한철 아니우?"

예상한 대로의 대답이다. 그러나 박가도 절대로 녹녹지 않다.

"제철인 줄은 우리두 압니다. 하지만 개값이야 뻔하지 않습니까?"

"좋수, 근에 2백 원씩 쳐서 3천 원만 내시구려."

"3천 원?"하고 박가의 음성이 마치 용수철처럼 쨍하게 튄
다. 그러나 노인도 그런 정도로 쉽게 주저앉을 위인은 아니다.

"서울서 예까지 내려오셨다니까 내가 시세보다 많이 싸게
부른 거외다. 정 값이 마땅치 않다면 좀 작은 걸루 하시든가."

"2천 원만 합시다"하고 박가가 드디어 쐐기를 박기 시작
한다.

"고기두 아닌 산 짐승을 어떻게 근으로 따져서 파십니
까?"

"아따, 개 한 마리에 얼마나 남는다구 천 원씩이나 에누릴
하는 게요?"

"영감님, 그럼 딱 분질러서 2천5백 원 드리리까?"

노인이 못 이긴 체 개장에서 물러서며 중얼거린다.

"2천5백 원이면 백 원 한 장 붙었우. 서울 양반들이 더한
다니까……"

흥정은 끝났다. 우리는 노인에게 개값의 일부를 치르고,
잔금은 내일 아침 개를 찾아갈 때 치르겠다고 말한다. 노인이
고개를 끄덕이고 우리를 문 앞까지 바래다준다. 박가가 문득
생각이라도 난 듯 노인을 돌아보고 은근히 묻는다.

"영감님, 참 객고 좀 풀자면 어디루 가야 괜찮은 여자들을
만날 수 있죠?"

"예쁜 색시들은 죄 서울에 있다던데 왜 하필 이런 시골에
와서 외입들을 하려는 게요?"

"얼굴만 반반하면 뭘 합니까. 발랑 까져서 정나미가 뚝뚝

떨어지는데."

"계집들이야 매양 한가지지. 자, 그래 어떤 물건들을 원하시우?"

"종류가 많은가요?"

"층층이 있지."

박가가 갑자기 기운이 나는지 우리 쪽을 향해 결정을 재촉한다. 이번에는 강가가 박가를 대신해서 노인을 향해 점잖게 묻는다.

"여긴 하룻밤 꽃값이 얼맙니까?"

"싼 것은 기백 원짜리두 있지만 글쎄 윗동넨 어떤지 모르겠우."

"윗동네라뇨?"

"바루 우체국 뒷골목인데 거깃 것들은 내놓구 장살 하지 않수."

"그럼 숨어서 한단 말입니까?"

"아니지, 요정에 붙어 있는 것들이니까 사람을 가려가며 받아주는 모양입디다."

"알겠습니다. 말하자면 직업적인 여자들이 아니라 그거군요?"

"일테면 그렇지만 밑구멍 팔기는 마찬가지지."

"그래 그 골목이 어디쯤입니까?"

"저 아래 개천을 끼구 곧장 위루 올라가시우. 한참 가면 개천 위에 걸린 돌다리가 하나 나올 게요, 그 돌다릴 건느지 말구 살짝 왼편짝 샛길루 빠지시우. 바루 그 동네가 우체국 뒷골목이우."

"알겠습니다, 감사합니다."

"자, 그럼 내일 봅시다. 재미들 많이 보시우."

"예, 내일 아침에 다시 뵙죠."

시골 거리는 큰길을 제외하고는 모든 골목들이 불이 없어 캄캄하다. 모기가 끊임없이 달려들어서 우리는 손으로 분주하게 모기를 쫓는다.

노인이 일러준 우체국 뒷골목을 찾는 데는 별로 큰 어려움이 없었다. 우리는 골목길로 들어서는 순간 그 골목의 고즈넉한 분위기에 적지 않이 기분들이 고조되었다. 주변의 단정한 집채들로 보아 그곳은 소도시 중심가의 고급 주택가가 분명했다. 블록 담장이 길게 뻗어 있고, 담장 너머로는 정원수가 보였으며 각 대문마다 외등이 달려 있어 대도시의 고급 주택에 조금도 손색이 없었다. 우리는 기대에 부풀어 조용조용히 골목 안으로 진입했다. 별로 넓지 않은 골목길 왼쪽에 까만 탑차가 세 대나 멎어 있다. 한 대는 흰 바탕의 자가용 넘버를 달고 있고, 두 대는 첫눈에 얼핏 보아서도 관용차라는 것을 알 수 있다. 우리는 두 개의 요정을 지나쳐 세번째 요정 앞에 발을 세웠다. 외등 밑에 조그맣게 드러난 상호는 '추국(秋菊)'이라는 고상한 이름이다. 강가가 문득 우리를 제지하며 기세 좋게 대문을 두드린다.

"누구세요?"

젊은 여인의 목소리다. 응답이 너무 빨리 와서 우리는 서로 얼굴들을 돌아본다.

"누구시죠?"

"목소리 듣구두 모르겠어? 자네 찾아온 서방님이야."

"우리 집 오늘 영업 안 해요."

"왜?"

"시간이 너무 늦어서 문 닫구 모두 잠들었어요."

"그래 모두 잠들었으면 자넨 그럼 귀신이야?"

"어머!"

"곱게 말할 때 어서 열어. 손님 내쫓구 영업 정지 맞구 싶어?"

"글쎄 영업 끝났다니까요. 누구신데 이러시는 거죠?"

"몇 번 말해야 알아들어. 자네들 찾아온 서방님이라구 하지 않았어."

"오늘은 정말 늦어서 안 돼요. 내일 다시 들러주세요."

"지금이 몇 신데 늦었다는 거야?"

"9시 반이 지났어요."

"여름철 9시는 아직 초저녁이야. 너 문 안 열어주면 대문 부수구 들어간다."

여인이 가늘게 한숨을 토하며 할 수 없다는 듯 빗장을 뽑는다. 강가가 곧 육중한 몸으로 돌격이라도 하듯이 여인에게 육박해 들어간다.

"어떤 년인가 쌍판 좀 보자."

"어머, 한 분이 아니시군요?"

여인이 날쌔게 뒤로 물러서며 다섯 명의 사내들을 겁에 질려 바라본다. 박가가 불쑥 앞으로 나서며 여인을 향해 호령하듯 말한다.

"너 내일부터 문 닫구 싶으냐? 내가 누군지 아직두 모르겠냐?"

우리는 여인의 안내를 받아 정원 깊숙이 들어앉아 있는 안채에까지 도착한다. 건물은 커다란 왜식 단층으로 사방이 온통 유리문과 커튼으로 싸여 있다. 커튼이 늘어진 여러 개의 방에서 밝은 불빛들이 정원으로 환히 새어 나온다. 여인은 현관으로 들어서면서 안을 향해 손뼉을 딱딱 친다. 어느 방문인가가 활짝 열리며 서너 명의 발소리들이 현관으로 우르르 다가온다. 슬리퍼를 끄는 경쾌한 발소리들, 그것들은 언제 들어도 즐겁고 귀여운 여인들의 발소리다.

"언니, 손님들 오셨어."

여인들이 드디어 눈앞에 나타난다. 네 명, 국수 내기 화투라도 치고 있었는지 졸린 기색은 하나도 없다. 앞서 다가오던 삼십대의 여인이 우리를 보자 꽥 소리를 내지른다.

"어머, 한두 분이 아니시구나?"

"글쎄, 늦었다구 돌아들 가시라니까 막무가내루 밀구 들어오시잖아요."

우리는 신들을 벗어던지고 우르르 마루 위로 올라선다. 그리고 말 장수가 말을 고르듯이 각자 여인들을 날쌔게 골라 잡는다. 강가가 다정스레 어깨를 두드리며 삼십대 여인에게 우리들의 방문 목적을 털어놓는다.

"G군은 우리 생전에 오늘이 처음일세. 모두 서울서 놀러들 내려왔는데 자네들을 이렇게 놓아두고는 우리가 제대루 잠을 잘 수가 없단 말씀이야. 간단히 한잔씩만 빨고 갈 테니까 옷들은 입은 그대로 열심히 좀 놀아달라구."

"서울서 언제들 내려오셨죠?"

박가와 나란히 붙어 선 여자다. 그녀만이 유독 양장을 하고 있다.

"오늘 5시에 도착했어. 중앙여관에 짐을 풀었지."

우리는 여자들의 안내를 받아 커다란 마루방으로 들어선다. 사방 열댓 자의 커다란 방으로 방 안에는 선풍기, 옷장, 냉장고는 물론이고 육장생을 그린 예자 크기의 병풍까지 둘려 있다. 한마디로 그 방은 술맛이 절로 나는 분위기 만점의 방이라고 할 수 있다. 사실 우리가 찾고 있던 방은 바로 이런 종류의 분위기 있는 방이다. 여자가 있고, 술이 있고, 무슨 짓을 해도 용서되는 방, 여자들의 몸에서 분냄새가 풍기고, 그것들을 우리가 아낌없이 사랑해줄 방. 여인들은 곧 방석을 내오고 선풍기를 틀고 물수건 따위를 가져온다. 집 안에 갑자기 지진이라도 난 듯 손뼉 소리, 문 여닫는 소리, 슬리퍼 끄는 소리가 요란하게 울린다. 우리들은 이제 길게 앉아서 여자들과 5인용 술상과 그것에 곁들인 각종 여흥이 들어오기만을 기다리면 된다. 언제 당해도 싫증이 나지 않는 이 흐뭇하고 유쾌한 기다림. 여자들은 마침 예상보다 천하지도 고상하지도 않은 수준급의 여인들 같다. 우리는 그녀들의 마음을 풀어주기 위해 아마 몇 가지 그럴듯한 거짓말을 주워섬겨야 할 것이다. 이런 경우 어떤 거짓말이 가장 효과적인가는 강가가 알아서 할 일이다. 그는 어쩌면 이번에는 자기를 은행장이라고 소개할지 모른다. 박가는 호텔 주인, 김가는 통신사 사장, 이가는 육군 대령, 그리고 아마 나는 무역회사 사장쯤이 될 것이다.

박가의 여인이 옷매무시를 매만지며 제일 먼저 방 안으로 들어선다. 24, 5세, 가무잡잡한 피부에 목이 길어서 약간 불협

화음. 한복 위로 드러난 어깨의 곡선은 그녀의 몸이 훌륭하다는 것을 암시한다. 여인이 두 손으로 방바닥을 짚으며 우리에게 큰절과 함께 술집에서의 가명을 밝힌다.

"저 상숙이라구 해요."

"성은 언다 팔아먹었어?"

"아이……"

여자가 박가에게 눈을 흘긴다. 흰자가 사기 조각처럼 하얗게 빛난다. '아이……' 그렇다, 여자라는 물건은 때에 따라서 '아이'가 필요하다. 마누라가 '아이'를 할 때는 우습지만 저런 여자는 '아이'로써 값이 오른다.

"너 체조할 줄 아냐?"

"체조라뇨?"

"맨손체조 같은 거 할 줄 몰라? 특히 하늘 보고 발랑 누워서 하는 체조……"

여인이 알고도 모르는 체, 모르고도 아는 체 두 눈을 흘기듯 치뜬다. 형광등 밑에서 보는 한복이 엷은 물빛으로 유난히 시원하다.

"미용체조 말씀이죠?"

아하, 모르는 모양이다. 박가는 그러나 모르는 게 더욱 즐겁다. 여인이 다시 무슨 말인가를 하려는데 이번에는 김가가 골라잡은 여인이 들어온다. 몸은 평균보다 작은 편인데 얼굴생김은 차돌처럼 야무져 보인다. 김가 이놈은 웬일인지 꼭 저렇게 작은 물건만 좋아한다. 제 체격은 멋없이 기다란데 상대는 항상 제 겨드랑에도 못 미치는 작은 계집이다. 여인이 역시 같은 동작으로 우리를 향해 이름을 아뢴다. 목소리가 제 얼굴을 닮아서 역시 차돌처럼 카랑카랑하다.

"효진이라구 해요. 즐겁게 놀아주세요."

아쭈, 하고 누군가가 여인을 향해 농을 건다. 그러나 여인은 아쭈를 무시하고 슬며시 자리에서 몸을 일으킨다.

"야, 너 어디루 가는 거야?"

여자가 주인을 잘못 찾아 엉뚱하게 강가 쪽으로 다가간다. 강가가 덥석 안으려는데 김가의 고함이 날카롭게 울린다.

"인마, 너 서방님 얼굴도 모르다니 생긴 것보다는 아주 헛거구나?"

"죄송해요."

여인이 깜짝 놀라 도망치듯 김가 곁으로 돌아온다. 가까이에서 보니 피부가 보송보송한 아직 덜 자란 애송이 같다. 이마에 돋은 엷은 솜털이 땀에 젖어 촉촉하게 젖어 있다. 장난감처럼 조그마한 손에 매니큐어가 앙증스럽다.

"너 몇 살이냐?"

내가 묻는다.

"나이 없어요……"

"나이가 없어? 그럼 나이 대신 뭐가 있니?"

"있을 건 다 있어요."

"있을 게 정말 있는지 어디 한번 확인해볼까? 너 혹시 엄마 젖 먹다가 이리루 기어서 도망쳐 온 거 아냐?"

"치, 내가 어린앤가요? 아직두 젖을 먹게."

"젖은 어른두 곧잘 먹더라. 입으로 먹는 것만 젖이 아니야."

"그럼 젖을 또 어디루 먹어요?"

"글쎄, 그건 네 서방한테 물어보렴."

강가가 껄껄 큰 소리로 웃는데 이번에는 두 명의 여인이 부채를 손에 들고 들어선다. 약간 마른 쪽이 이가의 물건이고 내가 고른 것은 아까 대문을 따주던 여자다.

"역시 물건은 첫번째 만난 게 그중 낫군?"

강가가 하는 말이다. 이가의 물건이 무릎을 꺾으며 먼저 얌전하게 제 이름을 밝힌다. 저고리 앞섶이 길게 터져서 고개를 숙이자 유방이 언뜻 들여다보인다.

"저 김호순이에요. 많이 사랑해주세요."

"누구더러 사랑해달라는 거야?"

이가가 모처럼 농을 던져놓고 그 반응을 보느라고 분주하게 좌우를 둘러본다. 이가가 어리다고 하는 이유는 바로 저런 얼 띤 행동 때문이다. 다음은 내 물건 차례다. 그녀는 확실히 미인이라고 할 만한 얼굴이다. 나는 김가와 박가의 눈이 부러움에 번쩍이는 것을 놓치지 않는다. 그러나 그들이 아무리 부러워한들 자신들이 저지른 실수 때문에 이제는 일을 돌이킬 수 없다. 나는 그들이 먼저 서둘러 여인들을 골라잡는 바람에 할 수 없이 찌꺼기처럼 그녀를 택했을 뿐이다. 어둠 속에서 문을 따주었기 때문에 그들은 그녀를 식모쯤으로 생각했던 모양이다.

"점순이라구 불러주세요. 아까는 문간에서 실례가 많았어요."

"왜 하필 네가 문을 땄냐?"

강가가 묻는다.

"언니들과 화투를 쳤는데 돈이 떨어져서 바람 쐬러 나왔던 길이에요."

"언니들이라니, 네가 그럼 이 집에서 제일 막내냐?"

"네."

"몇 살이야?"

"몰라요, 그런 건."

나는 윗몸을 비스듬히 굽혀 그녀의 팔을 끌어당긴다. 여인이 문적문적 내게로 다가오며 잡힌 팔을 조심스레 뽑아낸다. 선풍기의 바람이 확 몰려와서 그녀의 생머리가 내 얼굴로 하르르 부딪는다. 나는 그녀의 손등이 거친 것을 보고 그녀의 요정 경력이 의외로 짧을지도 모른다고 생각한다.

술상이 들어오고 마담이 들어오고 우리는 술상 앞에 각각 쌍쌍이 둘러앉는다. 술상은 마담의 변명에도 불구하고 시골에서는 그런대로 꽤 쓸 만한 편이다. 마담이 먼저 잔들을 돌리며 나란히 앉은 강가를 돌아본다.

"서울서들 오셨다는데 무슨 볼일루 여기까지 내려오셨죠?"

"자넨 날짜 가는 것두 모르나?"

"왜요?"

"요즘 세상에 어느 얼친 놈이 토요일에 볼일을 본다는 거야?"

"어머, 오늘 참 반공일이지."

"우린 놀러 왔어. 노는 게 바루 우리 일이야."

"한데 왜 놀러 오셨다면서 하필 이런 시골루 오셨어요?"

"모르겠어 왜 여긴지? 먼지, 소음, 사람, 협잡…… 서울은 이제 넌덜머리가 날 지경이야."

"그래 어디루 놀러 가실 거예요?"

"C면에 있는 오리 방죽."

"어머 여기서 20리나 되는데요?"

"2백 리를 왔는데 20리를 못 갈까?"

"거긴 버스두 들어가지 않아요. 아마 택시들을 잡으셔야 될 거예요."

강가가 이거 왜 이래 하는 표정으로 좌중의 여인들을 호기 있게 돌아본다. 나는 강가가 이제 바야흐로 그의 장기(長技)를 풀어놓을 때라고 생각한다. 그는 우리들의 기대와 관심을 절대로 저버릴 위인이 아니다.

"택시 같은 건 필요 없어. 우린 자가용을 타고 왔으니까."

효과는 확실히 놀랄 만했다. 마담이 다그치듯 강가에게 되묻는다.

"자가용요?"

"응."

"어머, 찝차예요, 코로나예요?"

"자네, 왜건이라는 차를 아나?"

"왜건?"

"그건 택시보다 훨씬 큰데 6기통 2백 마력의 미제 차야. 자가용들은 모두 서울에 있지만 시골길을 갈 때는 그런 차가 제격이지."

"어머나, 우리도 같이 갔음?"

박가의 여자가 느닷없이 말 짬에 뛰어든다.

"영업은 어떡허구?"

"토요일, 일요일엔 손님이 없어요. 시골서는 공일이면 우리들 공치는 날이에요."

강가가 나를 빤히 바라보며 어떻게 할 것인가 내 의사를 타진한다. 나는 강가를 무시하고 마담 쪽을 신중히 건너다본다.

"같이 노는 건 어렵지 않은데 문제는 자네들의 서비스 여하에 달려 있어. 좌우간 오늘 밤 자네들과 같이 놀아보구 호흡이 맞으면 동행두 한번 고려해보지."

"호흡이 안 맞으면 어떡허죠?"

"구들장 지구 여기서 하품이나 하는 거지."

"치, 누가 노는 데 환장했나?"

"환장? 환장이 싫어? 젊을 땐 가끔 환장하는 것두 몸에 좋아. 우리두 옛날 자네들 나이 땐 이런저런 일에 환장들 많이 했어."

술잔이 상을 사이에 두고 탁구공처럼 바쁘게 오간다. 박가는 벌써 자기 물건을 상 밑으로 열심히 손찌검하고 있다. 여자가 가끔 주위를 살피며 무안하지 않게 허리를 꿈틀댄다. 머리에 꽂은 커다란 핀이 불빛을 받아 칼날처럼 번쩍인다.

"어이 이 대령, 자넨 염불하나?"

강가가 드디어 먹이라도 발견한 듯 마주 앉은 이가를 놀리기 시작한다. 이가는 이렇게 되면 좀더 당황해서 10분에 한번쯤 변소로 도망을 친다. 나는 이가가 놀림을 당하면서도 왜 우리들 곁을 떠나지 않는지 의심스럽다. 나는 그가 대학에서는 유명한 강사라는 것을 알고 있다. 그는 역사가 전공이지만 외국어를 무려 여섯이나 쓰고 읽는다. 아마 조만간 전임강사에서 그는 조교수로 가볍게 승진할 것이다. 그러나 대학에서는 우수한 이가지만 우리들 앞에서는 맡아놓고 죽사발이 되고 있다. 그가 죽사발이 되는 이유는 때 없이 '심각하게' 되고 싶어 하기 때문이다.

우리는 언제부터인지는 모르지만 심각한 것과는 이제 높다란 담을 쌓고 있다. 사실 우리는 학교에 다닐 때 너무 자주 너무 많이 심각해지곤 했다. 학교란 한마디로 말해 거짓말을 멀리 에둘러서 심각하게 가르치는 장소다. 그러나 우리가 학교에서 심각하게 배운 것들은 학교에서 한 발짝만 벗어나면 쌍말로 말해서 ×도 아닌 것들이었다. 나는 왜 모든 학교에서 도덕이나 윤리 대신 사기학(詐欺學)이나 배짱학이나 몰염치학 따위를 가르치지 않는지 의심스럽다. 그런 공부는 학생이 사회에 나왔을 때 두고두고 고마워할 실용적이며 현실적인 공부다. 도덕이나 윤리는 나이가 들 때마다 연거푸 단계적으로 죽사발이 되곤 하지만 사기학이나 배짱학은 세월이 흐를수록 점점 그 진가가 빛나는 학문이다. 나는 이가가 이런 사실을 모르고 있다고는 생각하지 않는다. 아마 그는 알고는 있지만 직업이 선생이기 때문에 체면상 그런 학문을 엉덩이 밑에 깔아뭉개고 있을 것이다. 마치 살인강도가 교회에 들어갈 때 모자를 쓸 것인가 벗을 것인가로 잠시 고민하는 것처럼 말이다.

"어머, 이분 그럼 군인이세요?"

이가의 물건이 놀랐다는 듯 뒤늦게 강가의 얼굴을 멍하니 바라본다. 강가가 곧 고개를 끄덕이며 마담을 향해 우리들을 소개한다.

"이 키 크고 안경 쓴 친구는 모 통신사 사장님이야, 그리고 이 얌전한 샌님은 생긴 것하구는 직업이 딴판일세."

"군인이라구 하셨죠?"

"응."

"계급이 뭐예요?"

"대령."

"저렇게 얌전한 분이?"

"여이 이 대령, 자넬 보구 얌전하다는군?"

"내버려둬."

"그래, 얌전한지 엉큼한지는 맨손체조할 때 알게 되겠지."

강가는 다시 나를 향한다.

"저 친군 자네들, 특히 젊은 여자들이 좋아하는 물건을 만들지. 자네들 밖에 외출할 때 머리에 뭐 쓰는 게 있지?"

"모자?"

"아니야."

"머리핀?"

"노."

"마후라?"

"틀렸어."

"모자두 마후라두 아니면 뭐죠?"

"가만있자, 자넨 안 썼나?"

강가가 갑자기 팔을 뻗어 마담의 머리털을 손으로 더듬는다. 마담이 곧 알았다는 듯 강가의 손을 밀쳐낸다.

"알았어요, 가발이죠?"

"그래, 바루 저 선생께서는 가발회사의 사장님이시지."

"이분은 그럼 뭘 하시죠?"

마담이 불쑥 박가를 가리킨다. 박가의 여자가 움찔 놀란다. 그녀는 방금 박가로부터 배꼽 근처를 손찌검당한 모양이다. 저고리 앞섶을 단정히 여미면서 그녀는 살며시 눈을 내리간다.

"저 친군 한 달 전에 이혼을 했어. 마누라가 못 살겠다구 줄행랑을 놔버렸지."

"왜요?"

"방금 자네들두 두 눈으루 봤을 거야. 저 친군 여자를 홀랑 벗겨놓구 스물네 시간 주무르는 게 취미야."

"주물러요?"

"주무르구 비비구 꼬집구 쓰다듬구…… 자네가 아마 마누라라두 도망치지 않군 못 배길걸?"

"그래 저분은 직업이 뭐예요?"

"호텔 주인."

"어머, 호텔의……?"

"S호텔이라구 혹시 못 들어봤어? 서울서두 아마 다섯 손가락 안에 꼽힐걸."

"몇 층인데요?"

"가만있자, 지하층과 옥상을 합치면…… 그래 꼭 14층이지."

"그럼 엘레베이터도 있겠군요?"

"엘리베이터 정도라면 말두 안 해. 식당, 이발소, 다방, 미장원…… 그리구 또 뭐가 있나?"

"댄스 홀, 바, 실내 풀, 사우나……"

여자들이 반신반의로 박가의 얼굴을 부러운 듯 바라본다. 마담이 드디어 강가를 돌아보며 단도직입적으로 불쑥 묻는다.

"이젠 선생님 차례예요, 선생님은 뭘 하시죠?"

"나? 나야 제일 시시하지……"

"뭘 하시는데요?"

"월급쟁이야, 한 달에 겨우 8, 9만 원 받는 말단 직원이지."

"어딘데요 그게?"

"은행."

"은행?"

"자, 이제 잡담들은 고만하구 열심히 술들이나 마시자구."

여인들이 갑자기 활기를 띠어 분주하게 술을 권한다. 벽에 걸린 커다란 괘종이 느릿하게 10시를 치고 있다.

3

술타령 이외에 딴 목적이 있었던 우리들은 통금 시간을 30분쯤 남겨놓은 무렵 서둘러 술상을 물렸다. 우리는 그동안 취기를 가장하여 집요하게 여자들을 유혹했다. 우리가 이런 경우 주로 사용하는 무기는 '돈 같은 것은 우스운 물건'이라고 여인들에게 암시하는 일이었다. 강가는 이런 방면에 확실히 천재적인 소질을 지니고 있다. 그는 이런 때를 대비해서 주머니에 반드시 수표책을 휴대하고 다닌다. 그리고 '이때다'라고 생각되는 기회에 그는 그것을 실수나 장난처럼 아주 잠깐 여인들에게 보여준다.

우리들의 작전은 속도는 느렸지만 천천히 그리고 착실하게 효과를 나타내기 시작했다. 제일 먼저 우리들의 작전을 솔직하게 받아준 여자는, 다섯 명의 여자 중에서 가장 말이 없던 이가의 여자였다. 나는 그녀가 이가의 재주로는 그렇게 쉽사리 함락될 수 없다는 것을 알고 있다. 문제는 그녀의 정확한 상황 판단이다. 그녀는 우리들의 집요한 작전을 에누리는 했을망정 가장 빨리 이해해주었다. 좌우간 이가와 그의 여자는 우리가 잠깐씩 자리를 비우는 동안 아무도 몰래 어디론가 사라져버렸다. 나는 적어도 그들 두 사람이 내일 아침까지는 돌아오지 않는다는 것을 알고 있다. 이가들이 일단 어디론가 사라지자 나머지 네 명의 여자들도 다투듯이 무너지기 시작했다. 먼저 체격이 참새만 한 김가의 여자가 옷을 갈아입겠다는 구실로 술 취한 김가에게 신호를 보냈다. 그러나 김가는 너무 술에 취해 있어서 그 신호를 약 10분쯤 알아듣지 못하는 것 같았다. 나와 강가가 옆에 앉았다가 그를 재빨리 일깨워주었다. 그는 전기에 감전된 사람처럼 후닥닥 방을 나가 그녀의 뒤를 추적했다. 세번째로 방을 나간 여자는 가무잡잡한 박가의 여자다. 그녀는 약 두 시간 가까이 박가로부터 집요한 손찌검을 당해왔다. 처음에는 허리만 뒤틀던 그녀가 가끔씩 참다못해 짧은 비명도 내지르곤 했다. 그러나 그녀의 몸부림과 간헐적인 비명도 반 시간 전부터는 깨끗이 멎어 있었다. 그녀는 아마 순교자 같은 기분으로 박가에게 모든 것을 내맡긴 모양이었다.

방에는 이제 강가와 마담과 나와 나의 애인만이 남았다. 강가와 나는 웬일인지는 모르지만 이런 좌석에서는 항상 마지막까지 남곤 했다. 마루를 쿵쿵대던 여인들의 발소리들이 어느새 한밤의 고요 속에 흔적 없이 스러졌다. 마담이 드디어 하품을 입에 물고 눈살을 찌푸리며 졸린 듯이 입을 연다.

"통금 시간이 20분 남았어요. 밤새도록 이렇게 앉아만 계실 거예요?"

"앉아 있지 않으면 서 있을까?"

"시간 늦기 전에 어서들 돌아가요. 자정이 되면 여관도 문을 닫아요."

"마담은 참 방이 어디야?"

"여기."

"이 방?"

"그래요."

"그럼 저 아가씨는?"

"개두 이 방에서 자요."

"같이 쓰나 이 방을?"

"네."

강가가 난처한 표정으로 나를 빤히 건너다본다. 나는 곧 강가에게서 마담 쪽으로 시선을 옮긴다.

"방을 하나 더 치울 수 없을까? 가령 요리사들 방이라든지……"

"요리사들은 마루에서 자요. 마룻바닥을 치워드릴까요?"

"농담이 아니야, 어서 정해야지. 자네 말마따나 시간이 다 됐잖아?"

"제가 마루에서 자겠어요."

문득 내 애인이 자리를 일어나며 나를 흘깃 내려다본다.

"주방 아줌마와 같이 자면 돼요. 모기장만 한 장 꺼내주세요."

나는 고개를 위로 쳐들고 그녀의 얼굴을 멍하니 올려다본다. 점순이라는 이름이 아까울 정도로 그녀는 볼수록 깨끗한 얼굴이다. 어쩌다 나한테 이런 물건이 복덩이처럼 굴러들었는지 신통하다. 내가 드디어 입을 연다.

"자, 앉어. 가긴 어딜 가? 네가 나갈 바엔 내가 비켜주지."

여인은 그러나 앉는 대신 마담 쪽으로 몸을 돌린다.

"언니, 어서 결정을 하세요. 남은 방이라군 이거 하나밖에 없잖아요?"

마담이 드디어 옷을 털며 노골적인 목소리로 내게 말한다.

"사장님이 천상 비켜줘야겠어요. 그리구 저 애는 우리들 하구는 사정이 달라요."

"사정이 달라?"

"네."

"무슨 소리야 사정이 다르다는 건?"

"우리 집에 온 지 열흘밖에 안 됐어요. 시골서 농사짓다가 집이 싫어서 뛰쳐나온 아이예요."

나는 갑자기 웃음이 나온다. 그래서 힐끗 내 애인을 돌아 본다.

"어이, 자네 다르다는데 언니들과 뭐가 달라?"

여인이 고개를 푹 숙인 채 볼과 목덜미를 빨갛게 붉힌다. 나는 그녀가 어떤 이유로 얼굴을 붉히는지 알고 있다. 그녀는 내 옆에서 술을 치는 동안 내 질문에 답 삼아서 자기 과거를 띄엄띄엄 들려주었다. 나는 다른 것은 관심이 없었지만 그녀 가 처녀가 아니라는 것만은 분명히 관심 있게 들어두었다. 아 마 그녀는 필요에 의해서 동료들 간에도 자기 과거를 숨긴 모 양이다. 그것이 어떤 이유이든 간에 나로서는 전혀 관여할 바 가 아니다. 나는 다만 오늘 하룻밤 동안 그녀의 몸만을 필요로 하고 있다. 오늘 밤 이후 그녀가 설혹 지옥으로 간다 해도 나로서는 상관할 바 아니다. 나는 내 볼일만으로도 무척 바빠서 내일쯤은 그녀를 까맣게 잊어버릴 것이다. 그녀도 그녀의 볼일이 있어서 내일쯤은 나를 까맣게 잊어주어야만 한다.

우리는 방 때문에 2, 3분 동안 더 다투었다. 여자들이 티격태격 다투는 동안에 나와 강가는 제비를 뽑았다. 나는 제비에 졌기 때문에 여자들의 다툼을 한마디로 중단시켰다. 아직 시간이 15분쯤 남아서 나와 나의 여자는 다른 여관을 찾아가기로 했다.

우리가 대문을 막 나서자 우리들의 등 뒤에서 외등이 확 꺼졌다. 달이 마침 밝았으므로 주위의 물건들이 어슴푸레 보였다. 골목에는 자가용도 관용차도 없었고 한밤의 모기 떼들만이 맹렬하게 날아다녔다. 여인이 문득 내 팔을 잡으며 소녀처럼 상냥하게 말을 걸어왔다.

"우리 자정까지 죽 걸어요. 여관은 그때까지 얼마든지 있어요."

"걷는 게 좋아?"

"선생님은?"

"글쎄, 나두 생각이 달라졌어. 당장 여관으로 달려가구 싶더니만⋯⋯"

나는 여자의 잘록한 허리를 바른팔을 뻗어 가볍게 휘감는다. 그녀가 천천히 발을 옮겨놓자 홑겹의 얇은 옷을 통해서 여자의 허리뼈의 작고 복잡한 움직임이 내 팔에 선명히 느껴진다. 나는 그것의 미묘한 움직임에 한동안 아무 생각 없이 온 신경을 집중시킨다. 여인이 다시 고개를 숙인 채 나를 향해 말을 걸어온다.

"선생님들 정말 자가용을 타구 서울서 여기까지 놀러 오셨어요?"

"응."

"전 가발을 아직 보지 못해봤어요. 머리숱이 많아서 저한텐 필요 없겠죠?"

나는 여인을 내려다본다. 그리고 곧 그녀의 말을 뒤늦게 깨닫는다. 그녀는 내가 가발회사 사장이라고 굳게 믿고 있는 모양이다. 그녀가 그것을 믿어서 좋다면 나는 그것을 부정하지 않을 것이다. 그녀는 그것을 믿어서 좋고, 나는 그녀가 즐거워서 좋다. 내가 말한다.

"자네 아까 무슨 이유로 나한테 자네의 과거 얘길 털어놨지?"

"선생님이 자꾸 물어서 나두 몰래 튀어나왔어요. 그런 얘기 꺼내놓긴 선생님이 첨이에요."

"몇 살이야, 지금?"

"스물하나."

"고향은?"

"파성면."

"언제 남자를 처음 알았다구 했지?"

"열아홉 때……"

"그 남잔 그래 어떻게 됐어?"

"군대에 들어가서 지금은 월남에 있대나 봐요."

나는 질문을 중단한다. 너무나 뻔한 이야기다. 그녀는 아마 그 청년에게 강제로 당했다고 말할 것이다. 어느 날 수수밭의 새를 쫓고 있는데 그가 등 뒤에서 달려들어 덮치더라는 식의 얘기 말이다. 혹시 수수밭이 아닌지도 모른다. 원두막이나 보리밭이나 담뱃잎을 말리는 헛간 속인지도 모른다. 장소가 문제가 아니라 그녀가 그때 이후 처녀가 아니라는 사실이 중요하다.

우리는 골목길을 빠져나와 다른 골목길로 접어든다. 골목 모퉁이 작은 텃밭에 파가 소담스레 심어져 있다. 달빛이 푸르게 비치는 속으로 희고 둥근 파 꽃들이 줄지어 피어 있다. 나는 그 파 꽃들을 바라보며 여인의 머리를 내 어깨에 밀착시킨다.

"자네 그 청년에게 당한 후로 남자를 몇이나 더 알았어?"

"없었어요. 정말이에요. 그 청년이 첨이자 마지막이에요."

"자네 나하구 자고 난 뒤에도 내일 다른 사람한테 같은 말을 하겠지?"

"어머?"

여인이 어깨에서 머리를 들며 나를 팔꿈치로 콱 내지른다. 나는 의외로 몹시 아팠지만 아픔을 참고 여인에게 빙긋 웃어준다. 여인은 곧 싱거워져서 내 어깨에 다시 머리를 기댄다.

"남자들은 모두 짐승이에요. 늘 생각하는 게 그것뿐이에요."

"난 그렇게 생각 안 해. 그건 절대로 나쁜 게 아니야. 하느님은 사람 몸에 필요하기 때문에 입이나 똥구멍을 뚫어놓았어. 네가 그곳에 예쁜 구멍을 가지고 있는 것도 필요하다고 생각해서 하느님이 만들어준 물건이야."

"하지만 그걸 가려가며 써야죠. 함부로 쓰니까 나쁘다구 하는 게 아녜요."

"물론 자네 말두 맞는 말이야. 기계든 몸이든 무리를 하면

해로우니까. 그러나 우리가 그걸 쓰면 앞으로 몇 년이나 더 쓰겠어? 그리구 정작 몇 사람이나 그걸 제시간에 제대루 써봤겠어?"

"제대루 쓰다뇨?"

"자네 겨울철에 감기 들기 직전에 재채기 같은 것 많이 해봤지?"

"재채기 못 해본 사람이 어디 있어요?"

"난 그 재채기란 놈이 퍽 묘하구 재미있어. 그놈이 코끝에서 나올 듯 말 듯할 때, 난 영 미치도록 재미가 있단 말이야."

"그게 뭐가 재미있어요? 몸이 잠깐 오싹하는 것뿐인데?"

"그 오싹이 기막힌 거야. 그게 바루 인생이라는 거지."

"인생요?"

"그래, 인생."

여인이 갑자기 고개를 쳐들고 밤하늘을 향해 깔깔 웃는다. 젊은 여인의 건강한 웃음이 잠시 빈 거리에 커다랗게 메아리친다. 나는 웃음이 그치기를 기다려서 여인에게 다시 설명을 보충한다.

"자넨 아마 인생이라는 게 거창한 거라구 생각할지 모르겠군. 책에두 인생은 고행이니 행복이니 요란스럽게들 떠들어대구 있지. 하지만 내가 겪어본 인생은 절대루 그렇게 거창한 게 아니었어. 요란하기는커녕 너무 심심해서 주리가 틀릴 만큼 따분하더란 이야기야. 아마 자네두 책이나 학교 선생들이 우리에게 하는 말들을 잘 알구 있을 거야. 책은 우리한테 정직하라거나 성실하라거나 이웃을 사랑하라구 늘 떠들지. 생을 사랑하고, 하느님께 감사하고, 남을 위해 봉사하고 또 열심히 일하라고 가르치지. 그러나 자네가 착한 일을 해서 마음이 약간 즐거워졌다구 치자. 도대체 그게 즐거웠으면 몇 푼어치나 즐거웠겠어? 자넨 착한 일을 해서 즐거웠던 것과, 여름철 아이스케이크의 시원한 맛과 어느 것이 더 좋았어? 또 비탈길을 올라가는 이삿짐 수레를 밀어준 즐거움과, 여름날 옷이 흠뻑 젖었을 때 마른 내복으로 갈아입는 상쾌함과 어느 것이 더 즐거웠어? 난 누가 뭐라고 꼬드겨도 나 자신을 속이고 싶지 않아. 착한 일을 해서 즐거운 것도 좋지만 아이스케이크의 시원한 맛도 결코 얕볼 수 없어. 말하자면 난 이쪽도 좋지만 그 반대쪽도 좋단 말씀이야. 내가 왜 재채기가 재미있고, 여자들의 그것을 좋다구 하는지 이제 알겠어? 한쪽만 자꾸 강조하지 말구 그 반대쪽도 좋아해야 균형이 잡히지 않겠어? 우리한테 이왕 주어진 것이니까 그것들도 절대로 무시해선 안 된단 말씀이야."

"알겠어요. 한데…… 선생님한테 궁금한 게 하나 있어요."

"뭐야?"

"누가 만일 선생님한테 그 둘 중에 하나를 고르라고 하면 어느 쪽을 택하시겠어요?"

"물론 그건 아이스케이크와 재채기 쪽이지."

"왜죠, 그건?"

"앞의 것들은 요즘에 와서 실제와 틀리는 게 너무 많아. 하지만 재채기 쪽은 날이 갈수록 내 경험상 점점 확실하고 틀림이 없더군."

우리는 작은 돌다리를 지나 넓은 개천가의 제방에 다다른다. 제방 아래쪽의 기다란 공지에는 작은 관목 숲이 좁고 길게 뻗어 있다. 주위가 너무 고요하고 적막해서 개천의 물소리가 유난히 크게 들린다. 흐르는 개천물에 달빛이 반사되어 마치 고기비늘처럼 차갑게 번쩍인다. 여인이 한 손으로 모기를 쫓으며 내게 다시 말을 걸어온다.

"선생님 올해 연세가 몇이세요?"

"연세?"

"네."

"연세는 몇인지 잘 모르지만 춘추는 분명히 서른두 살이야."

"어머, 겨우?"

"왜, 실망했어?"

"어머, 우린 깜박 속았어요. 모두 40쯤 될 거라구 생각했어요."

"이 대령두 그렇게 보였나?"

"참 그분은 젊게 보였어요. 한데 그분 정말 대령이세요?"

"아니 중령이야."

"그랬을 거예요. 대령치구는 나이가 너무 젊다구 생각했죠……"

바람이 개천 아래쪽에서 개천 위쪽으로 서늘하게 올려 분다. 우리는 개천을 오르는 길이어서 바람을 등으로 함빡 받고 있다.

"지금 몇 시죠?"

나는 시계를 본다. 자정 7분 전을 가리키고 있다.

"7분 전이야, 이제 슬슬 잠자리를 찾아가봐야지?"

"괜찮아요. 1시까지두 방은 얼마든지 구할 수 있어요."

"하지만 통금 지났다가 재수 없이 경찰서 마룻바닥에서 밤을 새면?"

"경찰서장을 잘 알아요. 그 사람 우리 집 단골이거든요."

"백 하나 든든하군?"

"피······"

여인이 체중을 반 이상 실으며 머리를 내 어깨에 살며시 기댄다. 아무렇게나 묶은 그녀의 머리털이 내 귓볼을 하르르 간질인다. 나는 갑자기 욕망이 솟구쳐서 가던 걸음을 우뚝 세우고 여인을 찬찬이 굽어본다. 여인이 뒤따라 발을 세우며 의아스럽게 나를 올려다본다. 나는 두 손 위로 올려 그녀의 얼굴을 소중하게 위로 받쳐 든다.

"자네 머리털이 내 귀를 간질였어."

"그래서요?"

"중요한 것은 바로 그런 감각이야. 난 네가 지금 못 견디게 갖고 싶다."

여인이 눈을 깜박이며 승낙의 뜻으로 고개를 끄덕인다. 나는 그녀의 이마를 향해 명령하듯 입을 연다.

"눈 감아······"

그녀가 시키는 대로 눈을 감는다. 길고 빳빳한 속눈썹이 망사처럼 곱게 그녀의 두 눈을 덮는다. 나는 그녀가 놀라지 않도록 처음에는 그녀의 이마에 입술을 갖다 댄다. 이마는 찬 공기를 쐰 탓인지 사기나 유리처럼 싸늘하다. 이마에서 잠시 머뭇거린 뒤 나는 입술을 눈두덩 쪽으로 가져간다. 막처럼 얇은 눈꺼풀 저쪽에서 잠시 눈동자가 불안하게 동요한다. 나는 입술에서 힘을 빼고 그녀의 눈동자가 진정하기를 기다린다. 눈동자는 곧 안심했다는 듯 안으로 깊숙이 편안하게 고정된다. 나는 다시 눈동자에서 입술을 서서히 그 아래로 이동시킨다.

오뚝한 코와 작은 콧날과 적당히 솟아오른 광대뼈가 감촉된다. 피부는 마치 과일의 속살처럼 아무 저항도 긴장도 없다. 문득 여인의 늘어진 두 팔이 내 허리를 서서히 힘차게 휘감는다. 여인의 완만하고 부드러운 복부가 내 바지의 중심부를 지그시 압박한다. 나는 순간 전신의 피부가 고무 막처럼 팽팽히 수축되는 것을 깨닫는다. 그것은 마치 오징어를 불에 구울 때 그 껍질이 오그라드는 긴장과 비슷하다. 나는 천천히, 그러나 침착하게 여인의 입술에 내 입술을 포개놓는다. 반쯤 열린 여인의 입술에서 부드러운 혀가 내 혀를 마중한다. 두 개의 혀가 빼앗고 빼앗기면서 잠시 격렬하게 그러나 부드럽게 싸우기 시작한다. 최초의 다툼이 한 고비를 넘기자 우리는 이번에는 깊고도 다정하게 서로를 아끼며 싸운다. 드디어 두 쌍의 입술들이 헤어지기 아쉬운 듯 머뭇거리며 떨어진다. 막혔던 호흡이 갑자기 풀린 듯 여인이 한숨처럼 길고 부드러운 호흡을 토해낸다.

어디선가 적막을 뚫고 개 짖는 소리가 아득하게 들려온다. 우리는 제방에서 몸을 돌려 방금 건너온 돌다리 쪽으로 다시 내려오기 시작한다. 귀퉁이가 이지러진 밝은 달이 바로 우리들의 이마 위에 걸려 있다. 여인이 힐끗 달을 바라본 뒤 내 어깨에 다시 머리를 기댄다.

"선생님 댁에 꼬마들이 몇이에요?"

"둘."

"몇 살 몇 살이죠?"

"다섯 살, 세 살."

"남자예요, 여자예요?"

"윗놈은 여자, 아랫놈은 남자."

"예뻐요?"

나는 부정도 긍정도 하지 않고 여인의 가는 허리를 팔로 가볍게 휘감는다. 여인의 허리뼈가 내 팔 속에서 다시 미묘하게 꿈틀거린다. 나는 그것을 꿈꾸듯이 음미하며 불쑥 허공을 향해 혼잣말처럼 중얼거린다.

"자네두 빨리 시집을 가야겠어. 한 발쯤 빠졌을 때 얼른 몸을 빼는 거야……"

"전 시집 안 가기루 했어요."

"왜?"

"아버지와 엄마가 같이 사는 걸 보구 결혼이라는 게 원수 간의 결합처럼 보였어요."

"양친의 사이가 나쁜 모양이지?"

"두 분은 부부가 아니에요. 아마 죽으면 머리 둘 달린 쌍두사가 될 거예요."

"쌍두사?"

"머리 둘 달린 뱀 있잖아요. 그 뱀은 원수가 한 몸으로 붙어서 나온 거래요."

"자네 참 학교는 어디까지 다녔어?"

"중학."

"공부는 잘했어, 못했어?"

"어땠을 것 같아요?"

나는 대답 대신 고개를 크게 내두른다. 여인이 곧 구두 끝으로 길가에 흩어진 돌을 장난하듯 툭 걷어찬다.

"전 공부는 꽤 잘했어요. 1등을 한 번두 뺏겨보지 않았어요. 하지만 공부두 소용없어요. 사는 데 공연히 거추장스러울 뿐이에요."

"거추장스럽다?"

여인이 힐끗 나를 돌아보고 내 눈 속을 빤히 응시한다.

"선생님도 제 얼굴이 괜찮게 생겼다구 생각하세요?"

"물론."

"칭찬을 듣자구 묻는 게 아니에요. 제가 정말 예뻐 보여요?"

"예뻐. 내가 장가를 안 갔다면 자네를 당장 마누라루 삼구 싶어."

"우리나라 속담에 이런 말이 있죠? 잘난 여자는 팔자가 드세다……"

"있지."

"우리 할머니가 저를 보시구 늘 그렇게 말씀하셨어요. 저년은 장차 시집을 가더라두 남의 첩살이루나 들어갈 년이라구……"

나는 아무 말도 하지 않는다. 그리고 문득 이 여인에게 겁이 나기 시작한다. 나는 이 여인을 몇 분 동안에 갑자기 좋아하려 하고 있다. 전에는 한 번도 그런 일이 없었는데 이 여인만은 어딘가 사정이 다르다.

"전 소학교와 중학교에 다닐 때 항상 전교에서 제일가는 모범생이었어요. 얼굴두 괜찮구 공부두 잘해서 선생님들이 말끝마다 제 이름을 들먹이군 했어요. 하지만 전 그런 모범생이 죽어라구 싫었어요. 남들한테 끊임없이 칭찬받는다는 건 욕먹는 것 못지않게 참을 수 없는 일이에요."

"아, 자네가 거추장스럽다는 건 바로 그런 이유였나?"

갑자기 달빛이 흔들릴 정도로 사이렌 소리가 우렁차게 주위를 울린다. 우리는 마치 기름 속에 빠진 파리처럼 그 소리 속에 갇혀 꼼짝없이 멈춰 선다. 그러나 사이렌은 금시 끝났고 어둠 속으로 길게 꼬리를 끌고는 사라진다. 우리는 별안간 바빠진 사람처럼 어깨들을 서로 부딪치며 어둠 속으로 성큼성큼 빠른 걸음으로 걷기 시작한다.

우리가 찾아든 여관은 처마가 날아갈 듯 들린 오래된 한식 가옥이다. 밤이 너무 늦었기 때문에 여관 종업원은 노골적으로 우리에게 불만을 토로했다. 나는 그의 입을 막기 위해 5백 원권 한 장을 재빨리 꺼내 주었다. 그는 즉시 입을 다물었고 우리를 뚝 떨어진 별채로 안내했다. 침구가 도착하고 방이 정돈되자 나는 종업원에게 맥주 두 병을 부탁했다. 그는 마루를 쿵쾅거린 뒤 1분도 안 돼서 다시 우리에게 돌아왔다. 그의 손에는 맥주 두 병과 까만 표지의 숙박계가 들려 있었다. 나는 그에게서 숙박계를 받아 들고 먼저 내 이름 대신 강가의 이름을 적어 넣었다. 내가 여인을 힐끗 돌아보자 그녀가 곧 자기 이름을 말했다.

"당나귀 정, 계집 희, 맑을 숙……"

"나이?"

"21세."

"직업?"

"무직."

나는 숙박계를 다 쓴 뒤 종업원을 돌려보냈다. 피로한 기색으로 방바닥에 내려앉아 여인이 이불 밑으로 두 다리를 가지런히 뻗는다. 내가 맥주병의 병마개를 따자 여인이 내게 다시 말을 물어온다.

"선생님, 성이 강 씨예요?"

"응."

"아까는 오 씨라구 들은 것 같은데?……"

"잘못 들었겠지."

나는 맥주를 유리잔에 따라 먼저 여인에게 술을 권한다. 여인이 싫다고 도리질을 하다가 생각을 고쳐먹고는 두 손으로 잔을 받는다.

"술이 겨우 깨어오는데 이걸 먹어서 어떡하죠?"

나는 우리가 왜 술을 먹어야 되는지 그녀에게 굳이 설명할 필요를 느끼지 않는다. 사실 나는 마신 양도 적지만 술이 어느새 완전히 깨어 있다. 그녀도 표정으로 보아서는 바깥 공기를 쐰 탓인지 술이 깬 얼굴이다. 나는 술잔을 눈높이로 들고 그녀를 향해 장난스레 입을 연다.

"모범생을 위해!"

여인이 내 농담에 즉시 농담으로 응수한다.

"재채기를 위해!"

우리는 곁눈질로 상대를 살피며 나란히 단숨에 술잔을 비운다. 여인이 곧 자기 잔을 내려놓고 나의 빈 잔에 술을 채운다.

"동침 전에 술 마시면 좋다죠?"

"어?"

"저두 책에서 읽었어요. 뭐라 하시나 두고 본 거예요."

나는 잠시 여인을 마주 본 뒤 그녀의 손에서 술병을 빼앗는다.

"그런 의미루……"

"전 그만하겠어요."

"그럼 반 잔만?"

"좋아요."

그녀가 잔을 내민다. 나는 그녀의 잔에 술을 따른다.

"자네 참 아까 요정에서 왜 엉터리루 이름을 댔지?"

"점순이 말인가요?"

"응."

"제 몸에 점이 있어요. 그리구 그게 제 본래 아명(兒名)이에요."

"그거 재미있군, 어디쯤 있는지 내가 한번 확인해봐야지."

여인이 몸을 크게 움츠리며 내게서 멀리 물러나 앉는다. 나는 다시 이 여인에게 느닷없는 공포를 느낀다. 그것은 마치 나의 몸이 높은 고공에서 낙하하는 듯한 아슬아슬한 기분과 흡사하다. 상쾌하고 어질어질하고, 그러나 분명히 두렵고 불길한 예감이다.

"선생님, 우리 얘기하다 자요. 전 지금 하나두 졸리지 않아요."

"난 자네 얘기가 듣구 싶지 않아. 자네가 점점 무서워진단 말이야."

"무섭다뇨? 왜요?"

"모르겠어. 좌우간 무서워. 자넨 뭔가 무서운 데가 있는 여자야."

"제가요?"

나는 갑자기 입을 다물고 여인을 뚫어지게 응시한다. 여인이 어이없는 표정으로 나를 멍하니 마주 바라본다. 그녀의 눈은 송아지의 그것처럼 크고 천진하고 매우 아름답다. 내가 풀 죽은 표정으로 여인의 얼굴을 외면하자, 여인이 곧 내게로 다가오며 목이라도 조르듯이 급하게 묻는다.

"웬일이세요? 제가 왜 무섭죠? 제가 뭐 잘못한 거라두 있나요?"

"자넨 아무 잘못두 없어. 자네가 내 눈에 점점 예쁘게 보이는 게 탈이야."

"선생님, 절 지금 놀리시는 거죠?"

나는 고개를 끄덕인다. 그리고 어린애가 어떤 장난을 들켰을 때처럼 멋쩍은 표정으로 머리를 내둘러 보인다. 나는 여인을 놀래주고 싶지 않다. 놀래줄 하등의 이유가 없다. 나는 불과 몇 시간 사이에 이 여인을 갑자기 사랑하려 하고 있다. 그러나 그것은 위험한 일이고 절대로 있어서는 안 되는 일이다.

여인이 다시 확인이라도 하듯 나를 빤히 쳐다본다.

"아까 제가 대문을 따드릴 때 누군가가 저더러 귀신이 아니냐구 하셨죠?"

"그랬지."

"선생님이 그러셨나요?"

"난 아니야."

"그럼 뚱뚱한 분?"

"그럴 거야."

"저 그때 무척 놀랐어요. 하마터면 꽥 고함을 지를 뻔했어요."

"지르지 그랬어?"

여인이 가지런한 치아를 드러내고 벽을 향해 잠깐 웃는

다. 나는 여인의 웃음을 보자 숨이 막힐 만큼 눈이 즐거워진다. 여자들은 오로지 예쁜 것만으로도 남자들을 얼마든지 즐겁게 할 수 있다. 나는 여자들의 아름다움이 반드시 성행위와 결부되어야만 즐거운 것이라고는 생각하지 않는다. 그것은 잘 가꾼 정원이나 화초처럼 그것 자체로서도 즐거움을 안고 있다. 다행히 그것이 성행위와 결부될 때 우리는 이중으로 즐거움을 느낄 뿐이다.

여인이 다시 눈을 반짝이며 나를 빤히 마주 본다.

"선생님은 귀신 같은 게 세상에 정말 존재한다구 생각하세요?"

"아니."

"하느님은요?"

"그것두 없을 거야."

"하지만 선생님은 귀신이나 하느님을 무서운 것이라고는 인정하시죠?"

"인정하지."

"왜 없다구 생각하시면서 한편으로는 무서워하시죠?"

나는 여인의 팔을 잡아 내 쪽으로 가볍게 장난하듯 끌어당긴다. 여인이 곧 내 손을 마주 잡고 내 다리에 머리를 베고 길게 눕는다. 나는 두 손으로 여인의 생머리를 빗질하듯이 쓰다듬는다.

"그건 아마 기분상의 문젤 거야. 그러나 그 기분도 사람에겐 퍽 소중하지."

"어떻게요?"

"사람은 원래 간사한 동물이야. 그리구 동물 중에 가장 경망스러운 동물이기도 해."

"경망스럽다뇨?"

"자네 참 사주라든지 손금, 관상 같은 걸 신용하나?"

"신용 안 해요."

"하지만 그게 좋을 경우는 믿든 안 믿든 기분이 좋지?"

"물론이죠."

"난 그 점이 소중하다는 거야. 사람이 경망스러운 것두 바루 그 점 때문이야."

"알겠어요. 선생님은 지금 귀신 얘길 설명하는 중이시죠?"

나는 헝클어진 머리털을 헤치고 여인의 눈을 내려다본다. 여인은 눈을 내리깐 채 자기의 발끝 쪽을 무심히 보고 있다.

"난 사람의 생각이나 행동이 동물과 천사의 중간쯤이라고 생각하지. 사람은 머리로는 똑똑한 체하면서두 실제로 하는 짓을 보면 영리한 말(馬)만큼도 똑똑하지 못해."

여인이 갑자기 두 팔을 위로 올려 내 목을 끌어안는다. 나는 목에 힘을 주어 여인의 상체를 단단히 지탱한다. 여인이 눈을 위로 치뜬 채 잠시 나를 뚫어지게 응시한다. 나는 여인의 얇은 윗입술에 작은 땀방울이 내배어서, 부드러운 그녀의 입수염 털이 촉촉하게 젖어 있는 것을 발견한다. 여인이 문득 눈을 감으며 속삭이듯이 낮게 말한다.

"뽀뽀해줘요……"

나는 아까보다 좀더 정성스레 그녀와 농밀한 입맞춤을 계속한다. 머리가 피차 반대로 되어 있어서 나는 그녀의 턱밑만을 볼 수 있다. 알맞게 솟아오른 그녀의 두 젖무덤이 그녀가 숨을 쉴 때마다 내 눈앞에서 끊임없이 오르내린다. 나는 두 손을 밑으로 내려 그녀의 등을 가볍게 받쳐준다. 문득 그녀의 흰 목줄기에 무수한 소름들이 돋아 오른다. 그것들은 피부 밑에 숨어 있다가 갑자기 나타난 작은 벌레들과 흡사하다. 나는 몸에서 힘을 빼고 천천히 여인에게서 머리를 든다. 여인은 전등에 눈이 부신 듯 두 눈썹을 찌푸리더니 끝내는 눈을 감는다. 나는 전등불을 손으로 가려준 뒤 곧 자리에서 몸을 일으킨다.

불이 꺼진 캄캄한 방에서 우리는 한동안 아무 말도 하지 않는다. 여인은 내가 손을 델 때까지 천장을 향해 반듯하게 누워 있다. 나는 여인의 몸을 들어 침구 위로 옮겨 뉜다. 그녀는 내가 몸에 손을 델 때마다 벌을 기다리는 아이처럼 잠깐씩 호흡을 중단한다. 나는 맹렬한 욕망에도 불구하고 그것을 애써 절제하고 억제한다. 내가 그것을 억제하는 이유는 긴장된 여인을 안심시키고 여인과의 그 시간을 일치시키기 위해서다. 여인은 씩씩한 체 행동하고 있지만 내심으로는 무척 긴장한 것이 분명하다. 그 증거로는 내 정성스런 애무에도 불구하고 그녀의 몸이 쉽게 더워지지 않는 것을 보면 알 수 있다. 나는 그녀가 빨리 더워지지 않는 것을 그 청년, 지금은 월남에 가고 없는 그 청년 때문이라고 잠시 생각한다. 그녀의 말을 액면대로 믿는다면 그날 그녀는 그 동네 청년에게 폭행과 흡사한 대접을 받았을 것이 분명하다. 육체의 기억은 오래간다. 그날의 폭행이 되살아나서 그녀는 아마 꽤 오랫동안 세상의 모든 사내들을 증오하고 두려워했을 것이다. 그 두려움을 지워버리기 위해서도 오늘 밤 나는 이 여인을 정성껏 보살펴야 마땅하다.

집요하고 정교한 노력 끝에 나는 드디어 그녀의 몸을 긴장과 공포로부터 해방시키는 데 성공한다. 나는 여인들을 해방시키는 데는 어느 정도 숙달해 있다. 여인들의 몸은 정교하게 작동하는 태엽이 풀려버린 낡은 시계와 흡사하다. 멈춰버린 시계를 다시 새롭게 작동시키려면 시계공은 그 시계에 맞는 고도의 기술이 필요하다. 정성을 다해 헌신적으로 봉사하고, 예민한 부위를 집중적으로 공격하고, 무리를 피해 참을성 있게 절제하고, 그리고 끝으로 불이 당겨지면 평생 잊지 못하도록 화끈하게 끝마무리를 짓는 것이다.

그녀는 일단 몸이 해방되자 한없이 높고 깊게 내 몸을 요구해왔다. 나는 처음에는 그녀를 앞질러 저만치 혼자 정신없이 내달았다. 그러나 나의 단독 질주는 그녀의 돌연한 간섭으로 중간에 멈춰졌다. 그녀는 그날 난생처음으로 성숙한 여자로서 몸이 열리는 눈치였다. 조개처럼 굳게 닫혀 있던 그녀의 몸이 비로소 나를 통해 황홀한 해방을 맞은 셈이다. 다행히 우리는 서로를 배려하며 우리들의 성급한 욕망이 홀로 내닫도록 방치하지 않았다. 여인의 호흡과 내 호흡이 드디어 서로 다투듯이 함께 고조되기 시작했다. 두 사람의 열기와 격정이 격렬한 호흡으로 좁은 방 안을 가득 채웠다. 이윽고 우리는 황홀한 정점을 같이했고, 한동안 땀 속에 빠져 온몸을 혼곤하게 어둠 속에 맡겼다. 잠시 후 어둠이 살아나고 잊힌 감각들이 되살아나면서 우리는 피로하지만 몸들을 추슬러 가볍게 일어나 앉았다.

나는 한동안 어둠 속에서 '행위'의 뒤처리를 여인과 함께 서둘렀다. 땀을 닦고 오물을 처리하고 우리는 다시 불을 켰다. 여인이 얇은 침구 속으로 하반신을 묻은 채 나를 그윽이 바라본다. 그녀는 마치 수술을 기다리는 중환자처럼 얼굴이 창백하다. 이마 위로 흘러내린 머리를 쓸어 넘기며 여인이 먼저 내게 말한다.

"아마 곧 날이 샐 거예요. 우리 이대루 밤을 새요."

"피곤하지 않아?"

높고 둥근 베개 위에서 여인은 천천히 고개를 내두른다.

"선생님은?"

"나두 별로 피곤한 줄 모르겠어."

"피곤하시면 함께 누워요."

나는 고개를 끄덕이고 여인과는 반대로 배를 깔고 엎드린다. 담배를 입에 물고 불을 댕기는데 여인이 문득 소리 없이 쿡쿡 웃는다.

"왜 웃지?"

"그냥 우스워요."

"뭐야? 혼자 웃지 말구 나하구 같이 웃자구?"

"선생님이 아까 말한 어떤 단어가 생각났어요."

"뭔데?"

"재채기."

나는 담배 연기를 가득 마신 후 여인의 얼굴 위로 장난하듯 후 뱉는다. 여인이 울컥 기침을 한 뒤 눈물을 글썽이며 내쪽으로 돌아눕는다.

"저 오늘 처음으루 재채기의 귀중함을 알았어요."

"그래?"

"왜 제가 아직까지 그런 걸 모르구 살았을까요?"

"나이 탓이겠지."

"선생님은 방금 나한테 해줬듯이 다른 여자들한테도 늘 그렇게 다정하세요?"

"응, 피차 좋은 일이니까."

"사모님한테도?"

나는 대답 대신에 여인의 눈두덩에 입술을 가져간다. 여인이 눈을 깜박여서 나는 못 견디게 입술의 살갗이 감미롭다. 내가 눈두덩에서 입술을 떼자 여인이 다시 내 손을 끌어당겨 자기 볼에 갖다 댄다.

"내일 방죽으로 놀러 가신다는데 저두 함께 가겠어요."

"글쎄, 자네 혼자라면 좋지만 자네 친구들이 가만있을까?"

"저 혼자 몰래 따라가면 되잖아요?"

"혼자?"

"잡으신 여관이 중앙여관이라구 하셨죠?"

"응."

"날이 새면 따라가겠어요. 제 친구들은 염려 마세요."

"아 참, 자네 개 먹을 줄 아나?"

"개라뇨?"

"보신탕 말이야."

여인이 문득 코를 찡그리며 입을 쑥 앞으로 내민다.

"못 먹어요, 생각만 해두……"

"우린 내일 개를 잡아."

"선생님들이요?"

"응."

"어디서?"

"어느 외진 호숫가에서."

"그래, 개를 직접 잡아서 선생님들이 직접 보신탕을 끓인 단 말예요?"

나는 고개를 끄덕인다. 그리고 여인의 볼에 다시 입술을
가져간다.

"보신탕은 몸에 좋아. 그리구 생각보다 맛두 좋아."

"왜 하필 보신탕을 잡수세요? 소두 돼지두 닭두 있는
데……"

나는 우리가 보신탕을 먹는 이유를 그녀에게 도저히 설명
할 수가 없다. 우리는 사실 가능하다면 모든 고기들을 맛보고
싶다. 언젠가 나는 영화 속에서 아프리카 어느 종족이 하마를
잡아먹는 것을 본 일이 있다. 나는 그 영화를 보기 전에는 하
마는 절대로 먹을 수 없는 짐승이라고 생각했다. 그러나 현지
인들은 하마를 잡아먹었고, 더구나 하마 고기가 그들의 주식
이라고 했다. 나는 그 뒤 생각이 바뀌어 지구상의 동물 중 못
먹는 짐승은 없다고 믿게 되었다. 어느 동물을 먹고 못 먹는
것은 말하자면 그 종족의 식습관에 불과하다. 사실 옛날 어느
시절에는 인간이, 인간을 잡아먹는 사례도 적지 않았다. 그들
은 만일 법의 제약만 없다면 아직도 이웃 종족들을 북을 두드
리며 잡아먹을 것이었다. 나는 다시 여인을 돌아본다.

"자네 정말 따라가구 싶어?"

"네."

"우린 다른 음식은 아무것두 준비하지 않았어. 온종일 술
마시며 개고기만 먹을 셈이야."

"그래두 좋아요. 정 배 고프면 빵이라두 하나 사 먹겠어요."

"자네 친구들이 눈치채고 뒤늦게 방죽으로 따라오면 어떡
하지?"

"그땐 할 수 없잖아요? 우리가 그렇게 보기 싫으세요?"

나는 사실 이 여인이 따라오는 것을 원치 않는다. 그녀는 불과 몇 시간 동안에 나를 집요하게 유혹하고 있다. 물론 그녀가 계획적으로 나를 유혹한 것은 아니다. 무의식적인 그녀의 행동들이 내 쪽에 묘한 감정을 불러일으키고 있을 뿐이다. 그러나 이 감정이 내일까지 연장되면 나는 이 여인을 무심히 대할 자신이 없다. 나는 현재도 이 여인에게 걷잡을 수 없는 이끌림을 받고 있다. 만일 이 여인을 내일 또 만난다면 사태는 수습 불능의 심각한 상태로 발전할 것이다. 가능하면 오해나 상처가 없도록 나는 이 여인을 부드럽게 떼어놓아야 한다.

"자넨 무언가 엉뚱한 오해를 하구 있어. 우리가 왜 자네들을 싫어하겠어? 다만 우린 이번 여행을 우리 다섯 사람 몫으로만 계획하구 준비했어. 음식도 술도 자동차까지도 꼭 다섯 사람 몫으로만 준비했단 말이야. 한데 자네들이 그 틈새에 끼어들면 우리 계획은 엉망이 되구 말아. 모처럼 한판 놀자고 서울에서 여기까지 날 잡아 내려왔는데 우리들 여행 계획이 어떻게 될지 생각해보란 말이야."

여인이 침구를 한 손으로 치우며 나와 나란히 배를 깔고 엎드린다. 어깨로 흘러내린 그녀의 머리털이 그녀의 귀와 옆얼굴을 가는 발처럼 가려주고 있다. 두 팔을 포개 그 위에 턱을 괴며 여인이 다시 무심히 입을 연다.

"절대루 폐는 끼치지 않겠어요. 그냥 말뚝처럼 옆에만 있게 해주세요."

"차에 앉을 자리두 없을 텐데?"

"설마 저 하나 못 끼여 앉을라구요?"

"차는 어떤 종류거나 정원이라는 게 있는 법이야. 경찰한테 들키기라두 하면 괜히 딱지 떼구 우리까지 골탕이야."

"여긴 서울하구 달라요. 택시에 여덟 명까지 타는 것두 봤어요."

"한데 자네 무슨 이유로 악착같이 우리를 따라오려구 하지?"

여인이 고개를 깊이 숙인 채 방바닥의 무엇인가를 손가락 끝으로 문대고 있다. 나는 무심코 시선을 돌리다가 그것이 방바닥에 떨어진 눈물이라는 것을 깨닫는다. 나는 한 손을 옆으로 뻗어 여인의 머리털을 어깨 뒤로 쓸어 넘긴다. 방바닥에 떨어진 눈물로 여인은 여전히 장난하듯 낙서를 하고 있다. 나는 목에 통증을 느끼며 여인을 향해 조용히 묻는다.

"웬일이지?"

"……"

"난 눈물은 질색이야. 무슨 까닭인지 말해보라구."

손끝으로 낙서를 계속하며 여인은 고집스레 침묵을 지킨다. 나는 더 이상 참을 수가 없어서 엎드렸던 자세를 풀고 불쑥 자리에 일어나 앉는다. 내가 막 여인을 일으켜 앉히려 하자 여인이 고개를 들며 차분하게 입을 연다.

"절 서울로 데려가주세요. 그리구 선생님 마음대로 하세요."

"뭐?"

"전 원래 서울로 갈 작정이었어요. 처음부터 서울에 가려구 집을 도망쳐 나왔던 거예요. 한데 수중에 돈두 없구 마땅히 입을 만한 옷두 없었어요. 그래서 돈을 좀 마련하려구 임시루 요정에 나가게 된 거예요."

나는 어쩌다가 이 여인과 내가 이런 사태로까지 발전하게 되었는지 난감하다. 눈물이 가득 담긴 눈으로 여인이 나를 애원하듯 올려다본다. 두 눈에 고인 흥건한 눈물이 다시 주르르 방바닥으로 떨어진다. 불안과 초조가 뒤범벅이 된 채 나는 짜증스레 여인을 내려다본다.

"서울에 누구 아는 사람이라두 있어?"

"없어요."

여인은 눈도 깜박이지 않고 내 질문에 즉각적으로 대답한다.

"그럼 도대체 누굴 믿구 서울에 올라간다는 거야?"

"사람을 찾아가는 게 아니에요. 돈을 벌려구 올라가려는 거예요."

"입을 옷두 변변치 않다면서 대체 뭘루 돈을 벌 거야? 권총을 들구 은행이라두 털 작정이야?"

여인이 갑자기 피식 웃으며 손수건을 꺼내 눈물을 닦기 시작한다. 나는 그녀가 웃는 바람에 더욱 뜻 모를 화가 솟구친다.

"웃음두 나오겠다, 자넨 서울이 어떤 땅인지 알구 있어?"

"몰라요. 하지만 잠자리만 있으면 전 어떻게든 해나갈 수 있을 것 같아요."

"그래, 자네는 잘 해나갈 수 있을 거야. 서울엔 술집과 요정이 얼마든지 있으니까……"

"저 이젠 요정에는 안 나가요."

"누구 맘대로?"

"편물이나 미용 같은 기술을 배우겠어요. 1년만 죽자 하구 견디면 어렵지 않게 배울 수 있대요."

"좋아, 1년이면 된다구 치자. 한데 그 1년간은 먹지두 입지

두 않구 손가락만 빨구 살 거야?"

여인이 다시 애원하는 표정으로 나를 그윽이 올려다본다.
나는 그녀가 나를 볼 때마다 전기에라도 감전된 듯 전신에 알
수 없는 긴장이 느껴진다. 여인이 고개를 다시 숙이고 손끝으
로 방바닥에 낙서를 시작한다.

"선생님들은 회사 사장님들이에요. 만일 하려구만 드신다
면 저 같은 것 하나쯤은 얼마든지 쓰실 수 있어요."

"자넨 우릴 과대평가했어. 우리 중엔 사장이 한 명두 없어."

"가발회사는 회사가 아닌가요?"

나는 우리들의 단순한 농담이 이런 사태로까지 발전할 줄
은 미처 몰랐다. 나는 마음속으로 강가를 원망하며 여인의 등
에 한 손을 조용히 얹는다.

"이봐, 자넨 우리한테 속았어. 우리 중엔 사장이 한 명두
없단 말이야. 물론 내가 지금 근무하는 회사가 가발회사임엔
틀림없지. 하지만 나는 사장이 아니고 서울 출장소 소장일 뿐
이야."

"선생님두 절 오해하셨어요. 저두 선생님이 사장이 아니
란 건 진작부터 알구 있었어요."

"그런데?"

"하지만 선생님들은 직위가 높아요. 생각만 있으시다면
우리 같은 사람 얼마든지 도울 수 있어요."

나는 이 소박한 처녀의 정확한 직감력에 감탄한다. 그리
고 문득 서울에 있는 내 사무실을 생각해본다. 사실 그곳에는
나를 포함해서 정확히 여덟 명의 직원이 근무하고 있다. 그러
나 그 여덟 명의 직원 중 정식 직원은 여섯 명뿐이다. 비공식

직원은 두 사람 모두 공교롭게도 여자들이다. 한 명은 타이피스트로 일하는 올드미스 박이고, 다른 하나는 여사환으로 이제 겨우 17세의 최 양이다. 나는 누워 있는 여인을 굽어보며 그녀를 문득 머릿속으로 내 사무실로 옮겨 놓아본다. 그녀에게 까만 사무복을 입혀서 바로 내 앞자리에 앉혀본다. 그러나 곰곰이 생각해보니 그녀가 맡을 만한 마땅한 자리가 없다. 나는 다시 사무실을 청소하는 최 양의 자리에 그녀를 앉혀본다. 그녀는 그러나 여사환이 되기에는 너무 성숙했고 나이가 들어 있다. 나는 갑자기 가슴이 답답해서 그녀를 거칠게 일으켜 앉힌다.

"자넨 절대루 서울에 못 가. 자넨 서울에 가면 그걸루 마지막이야."

"마지막이래두 할 수 없어요. 전 어차피 여기서두 마지막이에요."

"좋아, 자네가 서울에 가면 어떻게 되는가를 설명해주지."

"그런 얘긴 듣구 싶지 않아요. 너무 많이 들어서 이젠 귀에 딱지가 앉았어요."

"말 다했어?"

내 목소리가 너무나 커서 여인과 나는 동시에 놀란다. 나는 무안하고 가슴이 답답해서 갑자기 담배를 꺼내 불을 붙여 입에 문다. 여인이 내 앞으로 재떨이를 밀어주며 다시 내게 중얼거리듯 입을 연다.

"전 선생님이 안 데려가시더라두 언젠가는 제 발루 서울에 갈 거예요."

"가라구."

"제가 집을 뛰쳐나온 이유는 어떤 피치 못할 사정이 있어서예요."

"그런 사정이 나하구 무슨 상관이야."

"전 시골에 있었더라면 지금쯤 쉰 살 된 어느 노인의 후취가 됐을 거예요."

"되라지."

"전 후취가 되기 싫어서 두 번씩이나 쥐약을 마시려구 했어요."

나는 다시 고함이 나오려는 것을 가까스로 억누른다. 여인이 재차 무슨 말을 하려 하자 나는 다시 손을 들어 여인을 제지한다. 그러나 제지를 하긴 했지만 나는 막상 그녀에게 할 말이 없다. 마치 될 대로 되라는 기분으로 나는 갑자기 엉뚱한 말을 한다.

"나, 자네가 좋아지려구 하구 있어. 이건 절대루 거짓말이 아니야. 난 내가 왜 자네 같은 여자를 좋아하게 됐는지 아무리 생각해두 모르겠어. 도무지 좋아할 입장이 아닌데 나는 자네를 좋아하게 됐단 말이야."

여인이 한 손으로 머리를 쓸어 넘기며 잠시 내 얼굴을 넋나간 듯 마주 본다. 나는 여인이 나를 쳐다보자 걷잡을 수 없이 화가 치민다. 적어도 나는 이런 경우 감정을 드러내서는 아무 일도 안 된다는 것을 알고 있다. 그러나 나는 생각과는 달리 점점 내 감정을 다스리기가 어렵게 되어가고 있다. 나는 다시 여인을 향해 침을 뱉듯이 쏘아붙인다.

"자넨 조용히 놀러 온 사람을 지금 심각하게 괴롭히고 있는 거야. 난 여자들과 많이 자봤지만 자네 같은 여자는 생전

처음 봤어."

"제가 뭘 어쨌게요?"

"그래, 자넨 자네가 내게 뭘 했는지 전혀 모르지. 자넨 그냥 날 따라와서 시키는 대로만 했을 뿐이야. 자네는 아무 일도 안 했지 하지만 내 쪽은 사정이 전혀 달라. 일이 자꾸 나쁜 쪽으로만 꼬여가구 있단 말이야."

"일이 어떻게 꼬여가구 있다는 거죠?"

"모르겠어? 아직두 모르겠어? 자네가 점점 좋아지려구 한단 말이야."

"절 좋아하면 안 되나요? 그리구 그게 저하구 무슨 상관이죠?"

"상관이 없다구?"

나는 여인을 돌아본다. 그러나 즉시 고개를 돌린다. 겨우내 쌓인 눈사태처럼 여인은 조금만 건드려도 당장 울음을 터뜨릴 것 같은 표정이다. 내가 갑자기 입을 다물고 벽 한곳을 멍하니 바라보자, 여인이 다시 쉰 듯한 목소리로 내게 느릿하게 말을 걸어온다.

"전 선생님이 그러실 줄은 몰랐어요. 그냥 다정한 분이라구만 생각했어요."

"다정?"

"아마 제가 잘못했나 봐요. 저 내일 방죽에 따라가지 않겠어요."

여인이 문득 등을 돌린 채 자리에서 부스스 몸을 일으킨다. 나는 그녀가 무슨 일을 하려는지 그녀의 행동을 우두커니 지켜볼 뿐이다. 여인이 작은 거울 앞에서 주섬주섬 옷들을 입

기 시작한다. 나는 그녀가 머리핀을 머리에 꽂자 담배를 비벼
끄고 그녀를 따라 일어선다.

"어딜 가는 거야?"

"화장실……"

나는 등 뒤에서 팔을 돌려 여인의 윗몸을 끌어안는다.

"이 밤중에 누가 볼 거라구 머리핀까지 꽂구 화장실에 가
지?"

여인이 고개를 깊이 숙인 채 내 팔을 완강히 뿌리친다. 나
는 그러나 포옹을 푸는 대신 여인을 좀더 힘주어 껴안는다.

"화장실은 내가 대신 가겠어. 자, 인제 자리에 앉으라구."

"놔주세요."

"못 놓겠어."

"전 선생님을 오해했어요. 제 사정을 말씀드리면 전 선생
님이 거짓말로라두 제 얘기를 들어주실 줄 알았어요."

"그 문젠 내일 다시 한번 생각해보자구. 자, 이제 알았으
니까 자리에 앉기나 하라구."

여인이 다시 고개를 들고 거울 속으로 나를 본다. 내가 당
황해서 눈길을 피하자 여인이 내게 다시 말한다.

"갑자기 눈물을 흘렸더니 재채기가 나오려구 해요."

"뭐야?"

"저 내일 방죽에 데려가시는 거죠?"

"그건 안 돼."

"왜요?"

"내일은 내가 서울에 있을 텐데 어떻게 자네를 방죽에 데
려가?"

"아침에 그럼 서울로 떠나세요?"

"아니."

"그럼?……"

나는 문득 포옹을 풀고 벽에 걸린 일력 앞으로 다가간다. 일력 한 장을 잡아 뜯으면서 나는 벽을 향해 중얼거린다.

"시간이 벌써 자정을 지났어. 내일은 이미 와 있단 말이야……"

4

아침 햇살이 눈부시다. 해가 막 떠오르는 중이어서 대기는 아직 밤의 냉기를 눅눅하게 지니고 있다. 나는 포켓에 두 손을 찌르고 골목길에서 큰길 쪽으로 느릿느릿 접어든다. 간밤에 잠을 설친 편이어서 눈꺼풀이 생각보다 아리고 빡빡하다. 한 걸음쯤 떨어져 내 뒤를 따라오며 여인이 작은 목소리로 빠르게 말을 걸어온다.

"선생님 친구분들 지금쯤 깨어나셨을까요?"

"글쎄."

"언니들은 아마 아직두 꿈속을 헤맬 거예요. 늦잠들이 많아서 보통 9시나 10시쯤 돼야 일어나요."

"자네두 그런가?"

"전 아직 습관이 안 돼서 그렇게 늦게까진 누워 있지 못해요. 시굴선 늦다구 해야 6시 동트면 일어났거든요."

네 발이 묶인 돼지 한 마리가 자전거에 실려 위태롭게 우리들 앞을 지나간다. 오가는 자동차가 전혀 없어서 자전거는 당당히 길 복판을 달리고 있다.

"해장국 잘하는 집이 어딘지 자네 알아?"

"화성옥이란 데가 해장국을 잘한대요."

"가봤어?"

"아뇨, 언니들한테 얘기만 들었어요."

"어디쯤 있어, 그 음식점?"

"그것두 몰라요."

나는 걸음을 조금 늦추고 여인을 힐끗 돌아본다. 햇빛을 비스듬히 받은 그녀는 낮에 보니 더욱 아름답다. 하룻밤을 꼬박 새웠음에도 불구하고 그녀의 눈은 아주 맑고 깨끗하다. 스물을 갓 지난 젊은 나이 때문일 것이다.

"자넨 도대체 아는 게 뭐야?"

"선생님 이름."

여인이 눈을 반쯤 감고 나를 향해 눈부시게 웃는다.

"내 이름은 어떻게 알았지?"

"어젯밤 숙박계를 쓰시지 않았어요?"

나는 갑자기 웃음이 북받쳐서 힘주어 입을 다문다.

"강효식이란 이름 말인가?"

"네, 선생님이 이름을 쓰실 때 얼른 어깨 너머루 넘겨다봤어요."

"자네 오늘 내 친구들을 만나면 그 이름을 한번 큰 소리로 불러봐."

"왜요?"

"글쎄 불러봐."

"어머, 절 또 속이셨군요?"

"자네하군 암만 해두 살풀이라두 해야겠어. 도대체 서로 몇 번이나 속이구 속은 거야?"

"그럼 강효식 씨는 어느 분 이름이에요?"

"큰언니와 어울린 친구."

"아 그 풍신 좋으신?……"

"이제 알겠어?"

여인이 고개를 끄덕이다가 나를 다시 빤히 바라본다.

"선생님은 그럼 성이 오가시죠?"

나는 고개를 끄덕인다.

"이름은 끝내 안 알려주시겠어요?"

군 트럭 두 대가 우리들 앞을 지나가서 우리는 잠시 대화를 중단한다. 트럭의 소음이 가시기를 기다린 후 나는 포켓에서 명함 한 장을 꺼내 든다.

"이게 진짜 내 이름이야. 찾아오구 싶으면 언제라두 오라구."

여인이 명함을 두 손으로 받아 들고 한동안 찬찬히 명함의 앞뒤를 살펴본다. 그녀의 행동이 너무나 진지해서 나는 불쑥 뜻하지 않은 말을 한다.

"거기 직장 주소가 적혀 있어. 정말 꼭 찾아오라구."

"정말이죠?"

나는 일단 말을 뱉어놓자 할 수 없다는 듯 계속해서 지껄인다.

"아마 잘하면 자넬 도울 수 있을지도 몰라. 나하구 같이 있을 수는 없지만 이리저리 알아보면 무슨 수가 있을 거야."

"부탁이에요. 선생님만 믿겠어요. 만일 취직만 시켜준다면……"

나는 여인을 외면하고 후딱 먼 산을 바라본다. 뜻하지 않게 말을 해버리자 나는 왠지 가슴이 후련하다. 사실 나는 하려고만 한다면 그만한 정도는 어렵지 않게 주선할 수 있다. 내가 지금 확답을 피하는 이유는 재회 후에 그녀를 다시 가까이하게 될까 두렵기 때문이다. 나는 여자들을 많이 알고 있었지만 아직 그녀들을 실망시키거나 울려본 일은 없다. 내가 과거에 사귄 여자들은 크게 나누어 두 종류다. 하나는 가정이나 주인이 있는 유부녀 내지 과부들이고, 다른 하나는 대가를 지불하는 이른바 창녀나 술집의 작부들이다. 그러나 나는 아직 그녀들에게 쾌락 이외의 감정을 느껴본 일은 없다. 말하자면 나는 그녀들과의 관계를 쾌락에서 시작하여 쾌락으로 끝낸 것이다. 그러나 여기 이 여자만은 그녀들과 사정이 다르다. 나는 지금까지 내가 고수해온 쾌락 지상주의를 스스로 파기하려 하고 있다. 그녀를 단순한 쾌락의 상대에서 한 단계 격상시켜 섹스 이상의 연인으로 삼으려 하는 것이다.

사실 나는 오래전부터 사랑이란 감정을, 들고 다니기에 너무 무거운 짐 같은 것으로 여겨왔다. 그것은 끊임없는 책임이 따르고, 미묘하고 예민한 감정들이 끊임없이 충돌하고, 때로는 밀고 당기다가 서로 간에 큰 상처들을 입히기가 십상이다. 특히 결혼 후 가정과 자식을 거느리게 되자 그런 생각은 좀더 확실히 내 머릿속에 굳어졌다. 그러나 그 확고하다고 믿어온 내 생활의 지침들이, 지금 이 작은 시골 도시에서 어이없이 붕괴하려 하고 있다. 스물한 살짜리 한 시골 처녀에 의

해 아무도 예측하지 못한 뜻밖의 사태로 발전하려 하는 것이다. 그러나 더욱 불길하고 기분이 나쁜 것은, 사랑이라는 감정이 발생되었을 경우 그것에 따르는 여러 가지 상황들을 지금 현재로는 전혀 예측할 수 없다는 것이다. 그렇다, 사랑은 예측 불가다. 무책임하고 오만방자하며 이기적이고 저돌적인 것이 사랑이다. 사랑이라는 것의 무책임한 질주는 대개의 경우 파멸에 이르러야 끝이 난다. 사랑했기 때문에, 죽도록 사랑했기 때문에, 나는 아무 잘못도 없다라고 그들은 말한다. 얼마나 몰염치하면서도 당당하며 오만한 항변인가! 모든 허물을 사랑에게 들씌우고 자신은 사랑에 미친 놈이기 때문에 무죄라고 하는 이 당당하고 무책임한 몰염치! 그러나 나는 이런 몰염치를 당당히 내세울 만큼 심장이 튼튼하지 못하다. 특히 내가 내심으로 은근히 두려워하는 것은, 사랑과 쾌락의 상충에서 발생하는 이중의 고통을 어떻게 감당할 것인가 하는 것이다. 나는 그녀를 사랑하기 때문에 그녀의 몸을 열심히 탐할 것이다. 그러나 반대로 그녀를 사랑하기 때문에 그녀의 장래를 생각하여 그녀의 몸을 곱게 지켜주어야 한다. 사랑하지만 사랑하기 때문에 그녀의 미래가 망가지지 않도록 그녀와의 깊은 관계를 스스로 자제해야 한다. 결국 쾌락과 사랑은 늘 함께 붙어 다니지만, 이해가 서로 상충될 때는 상대편을 혹독히 거부하고 공격한다. 둘이면서도 하나인가 하면 하나이면서도 둘인 것이 사랑이다.

나는 다시 여인을 돌아보며 장난스레 입을 연다.

"자네가 서울에 올라오게 되면 자넨 아마 하룻밤 새에 대머리가 될 거야."

"왜요?"

"머리털이 홀랑 뽑혀서."

"누가 제 머리털을 뽑는다는 거죠?"

"내 마누라."

"사모님이?"

"우리 부엌데긴 강짜가 대단해. 여자라면 무조건 인사가 '그년'이지."

여인이 그늘로 비켜서며 문득 한 손으로 자기 코를 어루만진다.

"선생님, 아마 사모님한테는 재채기 철학을 말씀 안 하신 모양이죠?"

"그 친구한테 그걸 말했다면 난 옛날에 독살당했어."

"저 언젠가 책에서 읽었는데 자기 부인을 욕하는 사람은 팔불출이라구 한 것 같던데요?"

"욕이 아니구 칭찬하는 놈이야."

여인이 잠시 나를 바라본 뒤 갑자기 내 곁으로 바싹 붙어선다. 나는 한동안 영문을 몰랐으나 이내 그 이유를 어렴풋이 깨닫는다. 여인은 저만치 길을 건너가는 어느 사내의 눈길을 피하고 있다.

"누구야 저 사람?"

"세무서 무슨 과장이에요."

"왜 피하지?"

"며칠 전 저한테 덤벼드는 걸 제가 귀를 깨물었어요."

"귀를?"

"뒤에서 갑자기 당했기 때문에 어쩔 수가 없었어요."

"내 보기엔 귀가 멀쩡한데?"

"이쪽이 아니구 반대쪽 귀예요."

나는 여인이 이끄는 대로 큰길에서 다시 골목길로 휘어진다. 기다란 흙담이 골목 왼쪽으로 다음 골목까지 곧게 뻗어 있다. 골목 바른쪽은 낡은 초가들이 처마를 맞대고 가지런히 늘어서 있다. 깊게 골이 파인 초가지붕에는 장마철도 아닌데 하얀 버섯들이 돋아 있다. 나는 초가에서 시선을 옮겨 여인의 옆얼굴을 다시 돌아본다.

"지금 우리 어디루 가는 거지?"

"남쪽이에요."

"남쪽인 줄은 나두 알아. 목적지가 어디냔 말이야?"

"선생님, 해장국 집을 찾지 않으셨어요?"

"해장국 집인가?"

"이 골목 끝에 음식점이 많아요. 거기서 아무 집이나 골라 잡으세요."

"대체 누가 길 안내를 하는 거야? 아무것두 모르면서 무슨 배포루 길 안내를 자청했어?"

"저두 실은 길을 잘 몰라요. 이 도시에 온 지 열흘밖에 안 됐어요."

"참, 고향에선 뭘 하며 지냈어?"

"깨진 그릇들을 주워냈어요."

"무슨 소리야 그건?"

"아버지가 술 잡숫구 들어오셔서는 늘 어머니한테 그릇들을 던지셨거든요."

골목 밖에는 여인의 말대로 여러 개의 음식점들이 처마를 맞대듯 밀집해 있다. 시골 음식점이 흔히 그렇듯이 상호들이 대개 옥(屋)이나 집이다. 우리는 곧 버들집이라는 어느 음식점으로 나란히 들어선다.

나는 여인과 아침 식사를 끝내고, 반 시간 후 중앙여관에서 다시 만날 것을 약속한 뒤 헤어졌다. 여인은 식사 도중 시종 기분이 좋아 보였다. 그녀가 끊임없이 말을 걸어와서 나는 할 수 없이 듣는 쪽이 되곤 했다. 그녀는 주로 서울에 갔을 경우, 자기가 어떻게 할 것인가 미래의 계획에 관해 이야기를 했다. 나는 그녀의 포부를 듣는 동안 마음이 몹시 울적하고 언짢았다. 나는 그녀의 포부라는 것이 갓 만들어낸 비눗방울처럼 얼마나 잘 부서지며 허황한 것인지를 잘 알고 있었다. 그녀가 장차 이룩하고자 하는 포부는 편물 기술을 열심히 익혀서 자그마한 편물점을 내는 것이었다. 그러나 나는 그녀의 미래상이 편물점 주인으로는 상상되지 않았다. 그녀는 아마 서울에 도착하면 자기의 포부를 이틀 만에 포기하고 말 것이다. 설혹 그녀가 결심이 굳어서 그 포부를 완강히 고집한다고 가정해도, 그리고 그녀가 그 포부를 위해 자기의 전부를 투자한다고 가정해도, 그녀가 성공하여 편물점의 주인이 되리라는 가능성은 매우 희박하다. 아니 설혹 편물점 주인이 된다 해도 그녀가 지금의 그녀보다 더 행복하리라는 보장은 없다. 어쩌면 그녀는 돈을 좀 벌어서 생활의 안정도 구하고 좋은 남자도 만날지 모른다. 그러나 그 즈음의 그녀는 지금의 그녀와는 전혀 다른 모습일 것이다. 기미가 낀 까만 얼굴로 굵은 혈관을 이마에 돋운 채 그녀는 술 취한 남편에게 구정물을 끼얹는 험한 여자로 되어 있을지도 모른다. 동전 몇 푼의 오차 때문에 수도세 징수원과 악을 쓰며 싸우는 육두문자를 마구 내뱉는 욕쟁이 아줌마로 변해 있을지도 모른다. 사실 스물한 살이라는 지금의 나이로는 그녀의 무한한 미래를 예상하거나 예측할 수 없다. 그러나 한 가지 사실만은 확률적으로 예측이 가능하다. 그녀에게 주어진 지금의 여건상 그녀의 미래는 결코 밝지 않다는 사실이다. 내 눈에는 그것이 대충이나마 보이는데 그녀에게는 그것이 보이지 않는 것이 딱할 뿐이다.

네거리 저쪽 공터 사이로 버스 정류장이 언뜻 보인다. 차체가 유난히 높은 버스 한 대가 손님을 부르는지 클랙슨을 꽝꽝 울린다. 버스 뒤쪽의 배기통으로는 검은 연기가 구름처럼 뿜어 나온다. 나는 큰길을 가로질러서 바른쪽 보도의 그늘로 들어선다.

"오가야!"

문득 길가 이발소 안에서 강가의 목소리가 나를 부른다. 나는 주춤 발을 세우고 열린 창문으로 이발소 안을 들여다본다. 강가와 이가가 의자에 앉아 막 면도를 끝내려 하고 있다. 강가가 로션을 턱에 문대면서 의자 밑으로 기우뚱 내려선다. 얼굴에 장난기가 가득 찬 것으로 보아 그는 대단히 유쾌한 모양이다.

"야, 자네 과식한 거 아냐? 눈알이 다 퀭해 보이는데?"

나는 강가를 무시하고 노타이셔츠를 천천히 벗는다. 못을 찾아서 두리번거리는데 이발사 한 명이 내 옷을 받아든다. 나는 한 손으로 턱을 문지르며 거울 속으로 강가를 향한다.

"다들 모였어?"

"응."

"어디 있어 지금?"

"여관에."

나는 커다란 의자 위로 올라간다. 강가가 곧 세수를 시작한다.

"자넨 참 어디서 잤어?"

이가가 갑자기 생각났다는 듯 내 뒤통수를 멍하니 바라본다. 나는 윗몸을 길게 누이면서 천장을 향해 짧게 대답한다.

"여관."

"어느 여관?"

"어느 여관이라면 알겠어?"

"왜 방을 놔두구 여관에 가서 잤어?"

"그건 나 말구 강가한테 물어봐."

이가가 담배를 뽑아 무는데 강가가 물투성이 얼굴로 세면대 앞에서 불쑥 일어선다. 그는 타월을 받아 들고 피부가 빨갛도록 얼굴을 문지른다.

"자네 간밤엔 동작 한번 잽싸던데?"

강가가 이가에게 하는 말이다.

"뭐가?"

"잠시 한눈파는 새에 자네 대체 어디루 내뺀 거야?"

"내빼다니 내가 언제?……"

"좌우간 간밤에 우리 다섯 중 자네가 제일 먼저 어딘가루 날라버렸어."

"난 통 기억이 없어. 새벽에 눈을 뜨니……"

"눈을 뜨니?"

"방이 낯설어."

"방이 낯설어?"

"난 자네들이 나 하나만 놔두구 모두 여관으로 돌아간 줄 알았어."

"자네 그럼 밤새두룩 자네 물건을 건드리지 않았나?"

"밤엔 통 건드리지 않았어. 하지만 새벽엔 한탕 올렸지."

"어때 물건이?"

"잠자는 걸 억지루 깨워놨더니 그걸 하면서두 꾸벅꾸벅 조는 거야."

강가가 웃음을 참으며 이가의 코앞으로 식지를 세워 휘두른다.

"어이구 이 먹통아, 그래 그걸 졸도록 놔뒀어?"

"놔두지 않으면 어떡할 거야? 날 잡아잡수 하구 늘어져 있는데……"

강가가 흥미 없다는 듯 이번에는 내게 말을 걸어온다.

"자넨 어쨌어? 얼굴값을 하던가?"

"좋았지."

"어떻게?"

"아직 나이가 어린 탓인지 그걸 잘 모르더군. 그래서 일일이 가르쳐가며 유리그릇 다루듯이 정성스레 모셔주었지."

"마담 말로는 아직 숫처녀라서 쉽게 몸을 주지 않았을 거라던데 그 아가씨 자네 리드대루 고분고분 따라오던가?"

나는 턱을 면도하는 중이어서 잠시 말을 중단한다. 그리고 왠지 그녀에 관해서는 더 이상 아무 말도 하기 싫은 기분이다. 나는 턱의 면도가 끝나자 화제를 슬쩍 마담에게 돌린다.

"아마 실속은 자네가 몽땅 봤을 거야. 마담이라는 여자 올해 몇 살이래?"

"서른넷."

"말하자면 푹 농익은 '연상의 여인'이로군?"

"말 말라구. 나두 그 친구가 그렇게 밝힐 줄 미처 몰랐어. 나두 열심히 하느라구 했는데 그 친구 굶었는지 한없이 보채는 거야."

"그래 몇 탕이나 뛰었어?"

"두 탕."

나는 잠시 눈을 감고 나의 여자를 생각해본다. 나도 실은 그녀와 더불어 간밤에 두 번의 행위를 치렀다. 처음에 시도한 우리들의 행위는 내가 주로 그녀를 리드했다. 그러나 두번째 시도된 행위에서는 그녀가 갑자기 공격성을 띠기 시작했다. 나는 그녀가 한 번의 개방으로 그렇게 빨리 열을 올릴 줄은 몰랐다. 사실 그녀는 한 번의 개방으로 그렇게 빨리 열을 올린 것은 아니었다. 그녀는 내가 두려움을 느끼며 그녀를 좋아한다는 것을 알고 있었다. 사랑받는 남자에게 안긴다는 기쁨이 그녀를 갑자기 안심시킨 모양이었다. 그리고 두번째 행위가 끝날 무렵, 그녀는 내게 다시 한번 눈물을 보였다. 내가 자기를 좋아하고 있는 만큼 자기도 나를 좋아하고 있다는 것이었다.

"다 됐습니다."

나는 면도를 끝내고 의자에서 내려선다. 강가가 다시 의자에 앉은 채 나를 힐끗 내려다본다.

"얼마 줬나 자넨?"

나는 세면대로 다가가며 엉뚱한 거짓말을 한다.

"두 장."

"적당하게 줬군."

"자넨 얼마야?"

"나두 두 장일세."

"내가 그럼 제일 많이 줬나?"

이가가 하는 말이다.

"일나를 줬는데?"

강가가 묻는다.

"넉 장."

"넉 장?"

"처음에 석 장을 꺼내 줬더니 안 받겠다구 밀어내는 거야. 그래서 한 장 더 얹어가지구 베개 밑에 찔러놓구 나왔어."

"이 멍충아, 안 받겠다는 걸 왜 또 더 얹어줬어?"

이가가 새삼스레 억울하다는 표정으로 담배 연기를 우두 커니 바라본다. 나는 찬물을 얼굴에 끼얹으며 다시 그녀를 잠깐 동안 생각한다. 만일 내가 그녀에게 돈을 주었다면 그녀는 어떻게 행동했을까? 혹시 그녀가 겸연쩍은 표정으로 내 돈을 슬쩍 받아 챙기지는 않았을까?

"자네 참, 아침은 어떡했어?"

"먹었어."

"어디서?"

"음식점."

나는 타월로 얼굴을 닦은 뒤 이발사의 손에서 내 셔츠를 받아 든다. 강가가 의자에서 천천히 일어나 이발소 주인에게 돈을 치른다. 내가 셔츠의 단추를 채우는데 강가가 먼저 이발소를 나간다.

밖은 이미 해가 높이 떠서 대기가 어느새 후끈하게 데워져 있다. 밀짚모자를 쓴 두 명의 소 장수가 네 마리의 소들을 몰고 우리들 옆을 지나간다. 소들은 발굽을 보호하기 위해 발톱 사이에 짚 뭉치가 끼워져 있다. 짚 뭉치가 너덜너덜해진 것으로 보아 소들은 이미 먼 길을 걸어온 모양이다.

"날씨 하나 기막히게 좋군."

강가가 하늘을 바라보며 어깨를 약간 들썩해 보인다. 날씨가 맑아서 좋기는 좋은데 가뭄 때문에 큰일이라는 표정이다.

"우린 아침을 요정에서 먹었어. 간밤에 술들을 마셨다구 마담이 신통하게두 북엇국을 끓여 내오더군."

"여자들과 같이 먹었나?"

"마담 하나만 같이 먹었지. 다른 물건들은 내처 잠이야."

여관으로 휘어지는 골목 어귀에 잡화상 두 개가 마주 보고 있다. 아침 햇볕을 막기 위해 차일이 앞으로 길게 늘어졌다. 나는 잠시 발을 세우고 차일 밑으로 들어선다. 가게는 과일에서 만년필까지 파는 글자 그대로 잡화상이다. 강가와 이가가 뒤따라 들어서며 내 등 뒤에서 상품들을 훑어본다. 내가 계속 점포 안을 기웃거리자 강가가 내게 불쑥 묻는다.

"뭘 찾아?"

"밥 대신 뭐 먹을 게 없을까?"

"개고기면 충분한데 새삼스레 군것질은?"

"인원이 한 명 더 붙었어. 그 친군 개를 못 먹어."

"누굴 또 끌어들였어?"

"내 물건이 따라올 거야. 못 오게 했는데두 막무가내야."

"야, 그건 규칙 위반이다. 그럴 줄 알았음 내 물건두 오라구 할걸."

"지금이라두 늦지 않아. 전화루 불러서 나오라구 해."

"그렇다."

강가가 급히 몸을 돌려 차일 밑으로 잡화상을 나간다. 이가가 '나는 뭐냐'는 듯 내 얼굴을 우두커니 돌아본다. 나는 턱으로 밖을 가리키며 이가에게도 빨리 나가보라고 일러준다.

"뭘 드릴까요?"

잡화상 주인이 구부정한 허리로 나를 멀뚱히 바라본다. 나는 포켓에서 손을 뽑아 통조림이 쌓여 있는 진열대를 가리킨다.

"식사 대용품을 찾는 중인데 뭐 먹을 만한 깡통 없소?"

"글쎄, 밥 대신 잡술 거라면 통조림보다는 라면이 낫습죠."

"라면 말구는……?"

"빵이나 계란이 어떻습니까?"

나는 고개를 끄덕이고 느릿하게 주인에게 말한다.

"라면 다섯 개하구 계란 한 줄하구 쇠고기 깡통 두 개만 주시오."

"예, 예."

주인이 상점 안 좁은 통로를 바쁜 듯이 누비고 다닌다. 나는 주인이 물건을 챙길 동안 담배를 피워 물고 상점을 빠져나온다. 강가와 이가가 햇빛이 눈부신 듯 눈살을 찌푸리고 내게로 다시 돌아온다. 강가가 나를 향해 히쭉 웃어서 나는 그가 성공했음을 눈치챈다.

"어떻게 됐어?"

"온대!"

"다섯 명 다 오나?"

"아니 세 명만 오기루 했어."

"누구누구야?"

"자네 물건은 먼저 떠났구, 마담과 박가 물건이 뒤따라오 겠다는 거야."

"먼저 떠나?"

"마담 말로는 자네 물건이 미장원엘 간다면서 집을 나갔 대. 우리한테 올 거라구 말해줬더니 허리를 잡구 깔깔대며 웃 더군."

"나머지 둘은 왜 안 온다지?"

"날씨두 더운데 노는 것두 귀찮다구 집에서 푹 낮잠이나 자겠다네."

상점 주인이 물건을 싸 들고 가게 밖의 내게로 다가온다. 내가 물건을 받아 들려 하자 강가가 불쑥 손을 내젓는다.

"마담이 자기들 먹을 건 자기들 쪽에서 챙길 테니까 우리 더러는 신경 쓰지 말구 우리 먹을 거나 신경 쓰래."

"하지만……"

"뭐, 뭐가 그게 모두?"

"계란과 라면, 깡통 들이야."

"계란과 깡통은 있어두 좋겠지. 하지만 라면은 필요 없 어."

상점 주인이 알겠다는 듯 라면 뭉치를 슬쩍 집어낸다. 나 는 계란과 통조림을 받아 들며 힐끗 강가 쪽을 돌아본다.

"이 물건값은 회비에서 치러."

"야, 치사하다!"

"난 간밤에 여관에서 자느라구 가욋돈을 천 원이나 더 썼단 말이야."

강가가 내게 눈을 흘기고 상점 주인을 돌아본다.

"얼마죠?"

"640원입니다."

강가가 돈을 치르는 동안 나는 슬며시 길 위쪽을 둘러본다. 약속 시간이 5분이나 지났으니 그녀가 곧 나타날 시간이다. 그러나 그녀가 보이지 않아 나는 다시 강가를 향한다.

"그래, 그 친구들 몇 시에 온대?"

"그 친구들이 이리루 오는 게 아니라 우리가 그쪽으로 가기루 했어."

"차 끌구?"

"응."

"그럼 난 어떡하라는 거야?"

"여기서 만나기루 했나?"

나는 강가에게 고개를 끄덕이고 다시 길 위쪽을 돌아본다. 강가가 벌써 땀을 흘리며 나를 향해 투덜대기 시작한다.

"젠장, 단체 여행을 나와가지구 그러게 누가 개인플레이하라구 했어?"

"아니, 길 건너 저 여잔 누구야?"

이가가 왼손으로 햇볕을 가리고 바른손으로 불쑥 길 건너편을 가리킨다. 2층으로 오르는 다방 앞 층계 밑에 그녀가 한복 대신 양장을 하고 그늘 쪽에 서 있다. 나는 손에 든 통조림 봉투를 이가 가슴께로 던지듯이 건네준다.

"이따 보자구!"

"어딜 가는 거야?"

"그 친구들 데리구 이쪽으로 다시 오게!"

"어디 있을 건데?"

"다방!"

여인이 강가에게 인사를 하는지 내 뒤쪽으로 고개를 꾸벅인다. 내가 차도에서 인도로 올라서자 그녀가 나를 향해 생글생글 눈으로 웃는다.

"언제 왔어?"

"방금……"

나는 여인의 전신을 훑어보며 새삼스레 그녀의 아름다움에 감탄한다.

"미장원에 갔었다면서?"

"그걸 어떻게 아셨어요?"

"요정으로 전화를 걸어봤지."

"선생님이?"

"아니야, 저 친구들이……"

나는 길 건너편을 돌아본다. 그러나 그곳에는 이미 아무도 보이지 않는다. 여인이 의심스럽다는 표정으로 내게 다시 말을 물어온다.

"그분들이 왜 전화를 거셨어요?"

"자네 먹을 음식을 사다가 그 친구들한테 들켜버렸어."

"그럼 제가 온다는 걸 친구분들에게 얘기하셨어요?"

"응."

"그래서요?"

"뻔하잖아, 자네를 데려갈 바엔 어젯밤 팀을 몽땅 데려가자는 거야."

"그래 언니들두 함께 가나요?"

"마담하구 하나 더 오기루 했다는군. 나머지 둘은 귀찮다구 집에서 푹 잠이나 자겠대."

여인이 장난스레 코를 찡그리며 난처한 표정으로 나를 빤히 바라본다. 그러나 나는 그녀를 무시하고 다방 쪽으로 성큼한 발 내딛는다.

"자네, 양장두 썩 잘 어울리는군?"

"그래요?"

"양장은 언제부터 입기 시작했어?"

"입은 지는 오래됐지만 새로 맞추기는 이번이 첨이에요."

"언제 맞췄는데?"

"일주일 전."

"그럼 이곳에 올라와서 맞췄겠군?"

여인이 고개를 끄덕이고 2층 다방으로 오르기 시작한다. 층계를 다 오른 우리는 등 뒤로 문을 닫고 홀 안으로 들어선다.

다방은 손님들이 거의 없어서 커다란 창고처럼 휑뎅그렁하다. 서울 다방과는 전혀 달라서 조명이 밝고 홀 안이 서늘하다. 우리는 홀을 가로질러 구석 자리에 마주 앉는다. 여인이 두 손으로 무릎을 가리며 먼저 내게 말을 걸어온다.

"양장이 정말 저한테 어울려요?"

"어울려."

"스커트가 좀 짧은 것 같아요. 길게 하랬는데 자기들 멋대루 끊어버렸어요."

"내 보기엔 하나두 짧지 않아. 서울선 자네 것보다 한 치 이상 더 짧을 거야."

레지가 도착한다. 나는 여인에게 턱짓을 하여 그녀에게 먼저 차 주문을 권한다. 여인이 고개를 비스듬히 들고 레지를 향해 짧게 말한다.

"홍차."

"선생님은?"

"커피."

레지가 샌들을 끌며 느릿하게 주방 쪽으로 사라진다. 여인이 레지의 뒷모습을 바라본 뒤 곧 내게로 시선을 옮긴다.

"서울엔 다방이 많다죠?"

"한 집 건너 하나씩 있지."

"다방에 혹시 취직을 하자면 어디루 누굴 찾아가야 해요?"

"다방에 취직하구 싶어?"

"아녜요, 그냥 물어본 것뿐이에요."

나는 포켓을 더듬어서 담배를 찾아 입에 문다. 성냥을 쳐서 불을 댕기는데 여인이 다시 말을 걸어온다.

"저 음식점에서 선생님과 헤어진 뒤 집으로 곧 엽서를 띄웠어요."

"엽서는 왜?"

"아마 곧 서울로 가게 될 거라구, 다시는 날 찾지 말라구……"

"그렇게 급해?"

여인이 잠시 눈을 내리깔고 자기 손등을 내려다본다. 작고 아름다운 손이지만 물일을 많이 해서 피부는 거친 편이다.

"선생님, 절 좋아하신다구 하셨죠?"

"무슨 소리야, 갑자기?"

"저두 선생님이 좋아요."

"어럽쇼?"

여인이 다시 고개를 들고 나를 뚫어지게 마주 쳐다본다. 눈자위가 약간 붉은 것으로 보아 그녀는 다시 울 준비를 하는 것 같다. 나는 너무 당황하고 급해서 여인을 향해 비는 시늉을 해 보였다.

"제발 참아. 여긴 다방이야. 남들이 우릴 어떻게 생각하겠어?"

"저 선생님과 헤어진 후 한 가지 결심을 했어요."

"어떤 결심?"

"편물 공부는 안 해두 좋지만 서울엔 꼭 올라가야겠어요."

"왜?"

"선생님이 뭐라시든 무섭지 않아요. 어디까지라두 따라가겠어요……"

나는 담배를 한 모금 빨고 여인의 목 부분을 멍하니 바라본다. 순간 나는 그녀와 나 사이가 흡사 유행가 가사 같다는 생각을 한다. 어떤 사내가 출장을 가서 어떤 요정으로 놀러 간다, 그 요정엔 무지무지하게 예쁜 시골 처녀가 하나 있다, 술을 마시고 이럭저럭하다가 그 처녀와 하룻밤을 같이 지낸다, 이튿날 무심코 요를 보니까 그 처녀는 그야말로 진짜 처녀다, 사내는 서울로 떠나면서 처녀의 눈물 어린 전송을 받는다…… 나는 번쩍 고개를 든다.

"자네 날 따라와서 어쩌겠다는 거야?"

"폐는 끼치지 않겠어요, 선생님 곁에 말뚝처럼 가만히 있겠어요."

"말뚝은 편한 줄 알아? 그게 얼마나 불편한 줄 알아?"

"죄송해요."

"자네 라디오 방송극 들어봤지?"

"네……"

"혹시 자네 나와 자네를 라디오 방송극의 주인공으로 착각한 것 아니야?"

여인이 말뜻을 잘 몰라서 나를 멍하니 마주 바라본다. 나는 그러나 표정을 지우고 되도록 냉정한 얼굴로 그녀를 향해 또박또박 입을 연다.

"자넨 내가 아까 내 마누라를 진짜로 욕했다구 생각하나?"

나는 말을 잇는다.

"자네는 날 오해하구 있어. 난 바보두 아니구 자네가 보기보다 순진하지두 어리석지두 않아. 사실 난 자네의 두 배쯤 내 마누라를 더 좋아하구 있어. 마누라는 자네보다 공부도 많이 했고, 재채기 방면에도 기막힌 재주와 솜씨가 있단 말이야."

"그래두 좋아요."

"그래두 뭐가 좋아?"

"전 집에 있는 것보다는 요정이 좋아요. 그리구 요정에 있는 것보다는 선생님이 더 좋아요."

"젠장, 모조리 거꾸로 말하는군."

나는 거칠게 담배를 비벼 끈다. 그러나 하나도 신통한 구석이 없다. 나는 다시 여인을 향해 이번에는 꾸짖듯 입을 연다.

"자네 갑자기 왜 나한테 이렇게 목을 매구 덤비는 거지? 생각해보라구? 우린 피차 이럴 처지가 못 되잖아? 어젯밤에 처음 만나 겨우 하룻밤 같이 지낸 것뿐인데 지금 무슨 개나발 같은 소릴 하는 거야?"

여인이 굳게 입을 다물고 여전히 나를 뚫어져라 쳐다본다. 나는 방금 내가 한 말이 마치 나를 두고 한 말같이 느껴진다. 그래서 다시 고개를 쳐드는데 레지가 불쑥 우리 사이에 끼어든다.

"손님, 저쪽 손님들이 잠깐 저쪽으로 건너오시래요."

"나를?"

"아니, 이 여자분 말이에요."

나는 레지가 가리키는 저쪽 좌석을 돌아본다. 그곳에는 두 명의 중년 사나이들이 신문을 활짝 펴 들고 의자에 비스듬히 기대듯 앉아 있다. 사내들의 커다란 머리통이 신문지 위로 겨우 3분의 1쯤 넘겨다보인다. 나는 느닷없이 화가 치밀어서 다방 안의 사람들이 모두 듣도록 레지를 향해 큰 소리로 말한다.

"가서 못 간다구 전해. 자기들 멋대루 오라 가라 하게 이 사람이 무슨 물건이야?"

레지가 무슨 말을 하려는 듯 잠시 내 옆에서 머뭇거린다. 내가 다시 레지를 돌아보자 저쪽에서 문득 고함 소리가 들려온다.

"미스 박, 됐어!"

잠시 나와 그들 사이에 적의에 찬 시선들이 교환된다. 레지가 돌아가고, 그들 두 사람이 요란스레 신문들을 접는다. 나는 그들을 외면한 채 여인을 향해 조용히 묻는다.

"누구야? 저 돼지들……"

"한 사람은 파출소 주임이구 한 사람은 극장 주인이에요."

"왜 오라는 거지?"

"몰라요……"

나는 잠시 머뭇거린 뒤 여인을 향해 불쑥 말한다.

"좋아, 자네 오늘 나하구 같이 서울루 올라가는 거야."

"오늘요?"

"그래 오늘."

여인이 비명이라도 지를 것같이 입을 반쯤 벌리고 멍하게 앉아 있다. 내가 막 자리를 일어서자 누군가가 세차게 내 어깨를 내려친다. 나는 전신에 긴장을 느끼고 홱 등 뒤를 돌아본다. 그러나 등 뒤에는 시퍼렇게 화가 난 강가와 박가가 눈을 부릅뜨고 서 있었다.

"이 친구야, 뭘 하는 거야? 5분이나 클랙슨을 울렸는데 귓구멍에 말뚝이라두 박은 거야?"

5

차가 저수지를 옆으로 끼고 좁은 비포장의 시골길을 털레털레 달려간다. 붉고 건조한 황톳길 위로는 마차 바큇자국이 선명하게 두 줄로 찍혀 있다. 마담의 손에 들린 트랜지스터라디오에서는 귀 익은 유행가 가락이 구성지게 울려 퍼진다. 차는 천천히 속력을 늦추더니 제방 밑 가파른 비탈길로 반원을 그리며 커다랗게 휘어든다.

"조용해서 좋군, 도무지 사람이 없잖아?"

박가가 유쾌한 표정으로 옆에 앉은 여인을 돌아본다. 여인은 간밤의 손찌검에도 불구하고 이제는 박가와 몰라보게 친해졌다.

"이쪽엔 사람이 별루 없어요. 수문 뒤쪽에만 사람이 많이 몰려가요."

"수문이 어디 있어?"

"저 너머……"

나는 여인이 가리키는 제방 측면을 바라본다. 산장 비슷한 집 두 채와 많은 천막들이 숲 사이로 보인다. 계곡에 걸린 돌다리 주변에는 과연 많은 사람들이 울긋불긋 흩어져 있다. 일요일이라 많은 군민들이 일찌감치 가족 동반하여 물놀이를 나온 모양이다.

"차는 저기밖에 못 올라가요. 아마 거기서부턴 걸어가야 될 거예요."

문득 뒤쪽에 실린 개가 무엇에 다쳤는지 짧은 비명을 내지른다. 김가가 개를 달래느라고 열심히 빵을 뜯어주고 있다. 개는 개집에서 우리에게 인도되자 자기 운명도 모르는 채 우리 말을 고분고분 잘 듣고 있다. 마치 모든 것을 체념한 표정으로 얌전히 엎디어 우리 눈치만 살필 뿐이다.

"죽을 때 죽더라두 많이 먹어라. 어쩌다 네가 재수 없이 이분들한테 팔려 왔니?"

마담이 처량한 목소리로 개를 향해 하는 말이다. 그녀는 우리가 개를 잡는다고 하자 처음에는 꽥 비명을 내질렀다. 그러나 실물인 개를 보고는 마음이 측은해져 개와 오히려 친해지고 있다. 그녀는 우리가 잡으려는 개를 처음에는 송아지만한 큰 놈으로 상상했던 모양이다. 그러나 개가 자그마한 땅개로 판명되자 이번에는 두려움 대신 측은지심이 생긴 것이다.

"어이 강가야, 어디쯤 차 세울까?"

"다리를 건너가야 하니까 다리 앞에까지 바짝 붙여."

"다리 위로는 차가 못 가나?"

"안 돼. 차가 가기엔 다리가 너무 좁구 엉성해."

"다리에서 얼마나 더 올라가?"

"약 백 미터."

차가 비탈길을 다 내려와 거대한 제방 밑으로 커브를 튼다. 제방은 약 20미터 높이의 완만하고 고른 비탈을 이루고 있다. 푸른 잔디가 제방 경사면에 모포처럼 가지런히 자라 있다. 제방 반대쪽은 넓은 논으로 3면에 작은 구릉들이 오밀조밀 둘려 있다. 박가가 다시 나를 향해 큰 소리로 말을 건넨다.

"어이, 오 선생, 카메라 준비하게. 기념 촬영이라도 한 방 있어야 할 게 아닌가."

"염려 접어두셔. 오입 증거물로 자네 뒤통수를 벌써 두 장이나 찍어뒀으니까."

"나 하나만 찍었나, 아가씨하구 같이 찍었나?"

"같이."

"왜?"

"내 마누라가 누구냐고 물으면 자네 여편네라구 대답할까?"

박가의 여인이 문득 손을 들어 박가의 팔을 세차게 꼬집는다.

"아야, 왜 이래?"

"왜 곱게 있다구 하시지 이혼했다구 거짓말을 했죠?"

"그건 저 친구가 한 말이야, 난 아무 말두 하지 않았어."

박가의 여인이 몸을 틀어 바로 뒤에 앉은 강가를 돌아본다.

"선생님, 책임져요."

"뭘 책임져?"

"왜 거짓말하셨죠?"

"하룻밤 같이 잘 잤으면 됐지. 날더러 또 무슨 책임을 지라는 거야?"

여인이 힐끗 눈을 흘기고 다시 몸을 바로 한다. 차가 뒤미처 클랙슨을 울리며 다리 바로 앞에 서서히 멈춰 선다.

다리 앞에 흩어졌던 많은 사람들이 구경이라도 난 듯 차 주위로 모여든다. 우리는 먼저 여인들을 내려놓고 각자 하나씩 취사도구들을 집어 든다. 나는 마침 뒷좌석에 있었기 때문에 제일 가벼운 술병 꾸러미를 집어 든다. 강가가 솥을, 박가가 그릇들을, 그리고 김가는 천막과 돗자리를 차지하고 있다.

"난 뭐야, 빈손으루 가두 좋아?"

이가가 마지막으로 차를 내리며 강가와 나를 번갈아 바라본다. 나는 턱으로 차 안을 가리키며 그를 향해 상냥하게 입을 연다.

"자네 짐이 가장 소중하네. 저기 네 발 달린 짐을 맡으라구."

"뭐? 나더러 개를?……"

"염치를 알아야지, 자네 혼자만 빈손으로 갈 수는 없지 않나?"

이가가 갑자기 내게 덤벼들어 술 꾸러미를 빼앗으려 한다. 나는 껑충 뒤로 물러서며 곧 여인들을 돌아본다.

"자, 아가씨들 앞장서실까?"

강가가 보아두었다는 우리들의 놀이터는 저수지로 흘러
드는 어느 개천가에 있다. 그곳은 저수지가 한눈에 내려다보
였고 솔숲이 우거져서 대단히 시원했다. 개천은 오랜 가뭄에
도 불구하고 제법 많은 물을 저수지로 흘려보낸다. 암반과 바
위 사이로 흐르는 물은 얼음처럼 찼고 몹시 맑다. 우리는 우
선 개천가 빈터에 돗자리를 깔고 천막을 쳤다. 넓은 그늘을 만
들기 위해 우리는 천막을 땅에 박지 않고 네 귀를 팽팽히 당겨
높은 나뭇가지에 붙잡아 맸다. 우리들이 쉴 곳을 마련하는 동
안 여자들은 팔을 걷고 물가에 내려가 솥을 걸 화덕을 만들었
다. 드디어 쉴 곳과 화덕이 준비되자 우리는 개를 그을릴 나무
들을 하러 사방으로 흩어졌다. 주위에 사람들이 전혀 없어서
우리들의 행동은 아무것도 거칠 것이 없었다. 개를 그을리는
데 필요한 연료로 우리는 미리 장작 한 다발을 준비한 바 있
다. 그러나 그것으로는 부족할 듯해서 마른풀과, 작은 삭정이
와, 솔잎 등을 더 줍기로 했다. 우리 다섯 명과 여자들까지 합
세해서 연료는 곧 충분할 만큼 준비되었다. 모든 준비가 완료
되고 이제 우리에겐 가장 흥분되는 개 잡는 일만이 남았다.

우리는 개의 도살 방법을 보신탕집 주인에게서 자세하게
교육받았다. 우선 개를 절명시키기 위해 올가미용 튼튼한 밧
줄이 필요했다. 줄은 천막을 세울 때 사용하는 가는 로프를 이
용하기로 했다. 개의 고기를 분해하기 위해 우리는 세 개의 예
리한 칼을 준비해 왔다. 뼈를 끊어야 할 경우를 생각해서 작
은 손도끼도 하나 준비했다. 우리는 도살을 시작하기 전에 우
선 누가 개의 목에 올가미를 걸 것인가 제비를 뽑았다. 강가
가 제비에 졌으므로 눈물을 머금고 그 일을 맡아야 했다. 우리

는 곧 도살 작업을 시작할 목적으로 나무에 묶인 개에게로 다가갔다. 전원이 개에게 가까이 가면 우리는 개가 혹시 눈치챌지도 모른다고 생각했다. 그래서 제비에 진 강가 하나만을, 로프를 등 뒤로 감춘 채 개에게로 접근시켰다. 강가는 개에게 친절을 보이려고 오징어 발을 손에 든 채 한동안 개와 장난을 쳤다. 개는 그러나 강가의 친절을 별로 달갑게 생각하는 눈치가 아니었다. 배가 고프기 시작했으므로 우리는 강가에게 작업을 빨리 진행하도록 재촉했다. 여인들이 이쪽으로 올라오는 것을 보고, 우리는 손을 내저어 가까이 오지 못하도록 했다.

강가가 드디어 세 번의 실패 후에 개의 목에 올가미를 씌우는 데 성공했다. 그러나 올가미를 씌우는 것만으로 일이 전부 끝난 것은 아니었다. 만일 올가미를 씌워놓고 그것을 가까이서 조인다면 동물은 고통과 질식 때문에 사람에게 즉시 반격을 가해올지도 모른다. 불의의 공격을 피하기 위해 개와 우리들 사이에는 적당한 안전거리가 필요했다. 그 거리는 네 개를 이어 맞춘 기다란 로프가 대신해줄 것이었다. 말하자면 우리는 로프 한쪽을 올가미를 만들어 강가에게 들려준 뒤, 다른 한쪽 끝은 높은 나뭇가지에 걸어 이쪽에서 잡고 있으면 되었다. 만일 올가미가 개의 목에 성공적으로 씌워지면, 우리는 강가가 물러나기를 기다려 로프를 재빨리 잡아당길 것이고, 그렇게 되면 동물은 목이 졸린 채 높은 나뭇가지에 수직으로 매달려 우리와 먼 저쪽 허공에 대롱대롱 매달릴 것이었다.

강가가 드디어 우리들을 향해 성공했노라는 손신호를 보내왔다. 로프는 아직 여유가 많아서 언제 올가미가 풀릴지 몰랐다. 우리는 강가가 개로부터 우리 쪽으로 올 때까지 조심스레 기다렸다. 개와 우리와의 직선거리는 이제 약 7, 8미터로 벌어졌다. 박가가 문득 우리를 향해 짧고 급한 신호를 보냈다. 우리는 나뭇가지 이쪽에서 로프가 탱탱 긴장되는 것을 보았다. 개가 앞발을 허우적거리며 드디어 서서히 나뭇가지 밑으로 딸려왔다. 그러나 아직도 개의 뒷다리는 땅에 엉거주춤 닿아 있는 상태였다.

"당겨!"

누군가가 고함을 친다. 우리는 정신없이 로프를 당겼다. 손에 묵직한 중량감이 느껴졌다.

"됐어, 고만!"

나는 김가의 어깨 너머로 땅에서 1미터쯤 떨어진 허공을 바라본다. 개가 완전히 허공에 떠서 네 다리를 속절없이 사방으로 휘젓고 있다. 이가가 갑자기 맥 빠진 목소리로 나를 향해 불쑥 말한다.

"가지, 인제."

"오케이."

"자네들은 안 갈 텐가?"

"먼저 가라구."

나는 이가를 따라가기 전에 다시 등 뒤의 허공을 돌아본다. 개는 이제 힘이 진했는지 처음보다 훨씬 동작이 둔해졌다. 꼬리가 빳빳하게 아래로 늘어졌고 호흡도 전혀 불규칙한 것 같다. 박가가 로프를 바위에 묶은 뒤 눈빛을 번쩍이며 강가를 돌아본다.

"재미있는데?"

"응."

"별것 아니군? 개 잡는 일도."

나는 왠지 박가와 강가가 꼴도 보기 싫을 만큼 역하고 비열해 보인다. 그러나 그 역하고 비열함도 잠시 후면 사라질 것이다. 나는 곧 저만치 걸어가는 이가의 뒤를 급하게 뒤쫓아 내려간다.

"뭘 해, 저치들?"

이가가 찡그린 표정으로 박가 쪽을 턱으로 가리킨다.

"몰라."

"거 재미날 줄 알았는데 막상 해보니까 하나두 재미없군."

나는 아무 말도 하지 않는다. 그러나 나는 여행 후 처음으로 이가의 말에 동조한다.

"개를 잡는 건 좀 심했어."

"저놈 언제쯤 죽을까?"

"10분쯤 후면 질식해 죽겠지."

"저 끔찍한 꼴을 보구 저 개를 어떻게 먹지?"

"배고프면 다 먹히게 되어 있어."

"배고프면 뭔들 안 먹히나?"

이가가 숲속에서 소변을 보는 동안 나는 먼저 천막 쪽으로 내려온다. 마담이 그늘 속에 멍하니 누웠다가 나를 발견하고 벌떡 일어난다.

"다 잡았어요?"

"응."

"다 잡았으면 왜들 이쪽으루 안 내려오죠?"

"아직 완전히 죽진 않았어. 아마 죽으려면 몇 분 더 걸릴 거야."

"우리들 인제 올라가봐두 되죠?"

"그래, 한데 이 친군 어딜 갔어?"

"누구요?"

"점순이."

"저 아래 방죽 쪽으로 내려갔어요."

"방죽엔 왜?"

"아마 세수를 한다나 봐요, 나한테 수건을 빌려갔어요."

"오래됐나?"

"아뇨, 방금."

나는 고개를 끄덕이고 개천을 따라 밑으로 내려간다. 저수지 복판에서 시원한 바람이 상쾌하게 마주 불어온다. 돌 사이로 흐르는 물소리가 유난히 맑고 청량하다. 길이 없는 야산이어서 발 앞에 잡초들이 무성하게 자라 있다. 나는 돌 사이로 껑충껑충 뛰어 자갈이 곱게 깔린 저수지가로 내려온다. 가까운 주위를 둘러보았으나 그녀는 아무 곳에도 보이지 않는다. 목덜미에 닿는 오전의 햇살이 마치 불길처럼 뜨겁고 홧홧하다. 그늘을 찾아 물푸레나무 숲으로 들어서는데 누군가가 문득 등 뒤에서 손으로 눈을 가린다. 그러나 그녀는 성공 직전에 나한테 불쑥 한 손을 잡힌다.

"뭘 하는 거야 혼자?"

"세수하러 내려왔어요."

"맑은 물 놔두구 왜 이 물에 세수를 하누?"

여인이 대답 대신 나를 끌고 그늘로 찾아간다.

"저쪽 일은 다 끝났어요?"

"저쪽 일이라니?"

"개 잡는 일."

"응, 끝났어."

"선생님, 개고기가 그렇게두 맛이 있어요?"

"글쎄, 맛만으루 먹는 건 아닐 거야."

"그럼 맛 말구 뭐가 또 있죠?"

"나두 잘 모르겠어, 아마 신기해서 먹는지두 모르지."

"저, 안 올걸 괜히 왔나 봐요. 도무지 그쪽으루 가기가 싫어요."

"개고기 때문에?"

여인이 급히 고개를 끄덕인 뒤 그늘 속 바위 위로 걸터앉는다. 나는 앉을 곳이 마땅치 않아서 그녀와 나란히 호수 쪽을 향해 선다. 여인이 손수건으로 땀을 닦으며 다시 내게 말을 걸어온다.

"개만 안 봤어두 참을 수 있겠어요. 한데 전 개까지 봐버렸어요."

"봤거나 안 봤거나 그게 무슨 상관이야? 고기는 역시 고기 아닌가?"

"그래요, 고기는 역시 고기예요. 하지만 전 산 개를 본 거예요. 짖기두 하고, 꼬리두 치구, 빵도 받아먹던 산 개를 말이에요."

나는 문득 허공에 매달렸던 개의 몸뚱이를 눈앞에 떠올린다. 사실 그 개는 조금 전까지도 건강하게 살아 있었다. 아마 우리가 올가미만 걸지 않았으면 적어도 앞으로 10년은 더 살 수 있었을 것이다. 그러나 우리는 그 개를 먹기 위해 개의 목에 올가미를 걸었다. 말하자면 그 개의 10년의 미래를 한순간에 빼앗아버린 것이다. 그러나 그것까지도 좋다고 하자. 우리는 왜 그 개를 우리 손으로 잡아야 했을까? 왜 직업적인 개백정이 있는데 그 개를 꼭 우리 손으로 잡으려 했을까? 잡아놓은 고기도 얼마든지 있는데 우리는 왜 꼭 우리들의 손으로 그 개를 잡아야 했을까? 나는 로프를 바위에 묶던 박가의 얼굴이 언뜻 생각난다. 그는 개가 공중에 매달려 튕겨놓은 용수철처럼 격렬하게 몸을 떨자, 마치 자기 몸이 튕겨지는 듯 더할 수 없이 흥겨운 표정이었다. 그러나 박가의 그런 표정을 나와 이가는 어떻게 보았던가? 같이 흥겹기는 고사하고 박가 자신까지 역겹게 느껴지지 않았던가? 우리는 사실 이번 여행에 너무 큰 기대들을 걸고 내려왔다. 그 기대의 절반 이상은 개를 잡는다는 마지막 행사에 있었는지 모른다. 그러나 그 기대는 우리 일행 다섯 명 중에 겨우 두 명만이 만족할 수 있는 기대일 뿐이다.

"자, 인제 올라가봐요. 오래 있으면 의심받겠어요."

여인이 바위에서 내려서며 내 손을 더듬어 잡는다. 나는 여인에게 손을 맡긴 채 개천 쪽을 향해 앞서가기 시작한다. 바람이 다시 저수지 복판에서 산을 향해 시원하게 올려 불고 있다. 나는 혹시 개천 위쪽에서 연기라도 피어오르지 않을까 올려다본다. 만일 개가 죽었다면 지금쯤 장작을 피워 개를 불 위에 그을릴 것이다. 그러나 연기를 기대한 내 눈에 뜻밖에도 강가와 박가가 급하게 이쪽으로 내려오는 것이 보인다. 여인이 문득 내 옆으로 붙어 서며 한 손으로 불쑥 강가를 가리킨다.

"어머, 저분 다치셨나 봐요."

"글쎄 손에 붕대를 감았군."

"많이 다친 모양이죠?"

나는 여인을 그 자리에 세워놓고 두 사람 쪽으로 마주 올라간다. 박가가 힐끗 나를 발견하고 큰 소리로 말을 걸어온다.

"도망쳤어. 쌍놈의 개가!"

"뭐?"

"이어놓은 매듭이 헐거웠던 모양이야. 매듭이 중간에서 풀리면서 개가 그대루 도망쳤어."

나는 박가를 무시하고 강가 쪽을 돌아본다.

"한데 자넨 손이 왜 그래?"

"개한테 물렸어."

"뭐야?"

"비실비실 도망치는 걸 잡으려구 따라갔더니 그게 확 돌아서면서 손을 덥석 깨물더군."

"많이 다쳤나?"

"글쎄, 상처는 크지 않은데 뼛속까지 욱신거려."

나는 다시 박가를 향한다.

"개는 그래 어떻게 됐어?"

"올가미까지 풀어 던지구 어디론가 내빼버렸어."

"자네들은 지금 어딜 가는 거야?"

"병원에."

"둘이만?"

"응."

"우린 어떡하라구 둘이만 가는 거야?"

"치료만 받구 곧 올 거야. 여기서 그냥 놀구들 있으라구."

강가가 통증이 심해지는지 손을 들고 쩔쩔맨다. 나는 그

들을 눈으로 바래준 뒤 옆에 선 여인을 묵묵히 돌아본다. 여인
이 다시 내 팔에 매달리며 걱정스레 입을 연다.

"상처가 생각보다 심한 모양이죠?"

"응."

"저분들 언제쯤 돌아오실 것 같으세요?"

"모르지……"

"점심때까지만 기다려봐서 안 오시면 우리두 내려가요."

나는 고개를 가로흔들고는 갑자기 내뱉듯 입을 연다.

"놀이구 깨묵이구 다 틀렸어. 자네하구 지금 곧장 서울루
올라가는 거야……"

내 생각대로 살 수 있을까?
─홍성원의 『주말여행』 다시 읽기

우찬제
(문학평론가)

1. 가망 없는 희망, 그 늪에서의 환멸과 우수

홍성원의 '주말여행'은 유감스럽게도(?) '늪'을 건너는 코스에서 출발한다. 사노라면 어느 순간 느닷없이 늪에 빠질 수 있지만, 어떤 삶에는 항상적인 늪에서 허우적거려야 하는 경우도 있다. 작가 홍성원의 이삼십대는 어쩌면 후자에 속할지 모른다. 일제강점기인 1937년 경남 합천에서 태어났지만 부친의 직장을 따라 강원도 금화와 고성에서 살다가 해방을 맞았고, 소련군의 진주를 목격했고, 가까스로 삼팔선을 넘어 월남한 작가 홍성원. 월남 후 수원에서 성장했지만 대학 입학하던 해인 1956년 부친의 몰락으로 집안이 영락해 가정교사 생활을 하며 열 식구를 먹여 살려야 했고, 결국 대학을 마치지 못한 작가. 최전방 백골 부대에서 혹독한 군대 생활을 해야 했고, 1964년 「빙점지대」로 한국일보 신춘문예에 당선된 이후 줄곧 전업 작가로 원고지 밥을 벌어야 했던 작가 홍성원. 그의 전기적 사실과 그가 태어난 1930년대부터 이 책이 나온 1976년까지의 시대 상황을 고려해볼 때, 그의 '주말여행'이 '늪'에서 출발하는 것은 차라리 자연스럽다.[1]

과연 「늪」에는 미래 시간을 희망적으로 기대할 수 없는 청년 세대의 환멸과 우수가 안개처럼 자욱하다. 같은 집에서 과외 교사로 일하는 남녀 대학생이 어느 날 일터에서 나오다 술자리를 같이하며 대화를 나누는 것이 소설의 경개이다. 정도의 차이는 있지만, 이 1960년대 후반 청년 세대는 "내 것임을 증명하기"(p. 27) 어려운 시절을 살고 있다는 것, 그리고 이전에 지녔던 기대는 가망 없는 희망처럼 뒷걸음치고 아주 소시민적이거나 그보다도 더 못하게 살게 될 것이라는 것, 그러니까 희망을 지닐 수 없다는 것…… 그런 얘기를 주고받으면서 술을 마신다.

> "전 다만 생선 장수가 갓 잡은 생선에 소금을 뿌리듯이 제 집과 회사 사이에서 일생을 샛노랗게 절여가며 살 것 같습니다."
> "그건 틀림없는 우리들의 비극이죠?"
> "예, 그런데 우리들이 우리들의 장래를 예견할 수 있다는 게, 그 비극보다 더 큰 비극입니다."

1 이 『주말여행』에는 1965년에서 1974년 사이에 발표한 중단편 일곱 편이 들어 있다. 독자들의 이해를 돕기 위해 처음 발표 지면을 소개한다. 「늪」(『월간중앙』 1969년 8월호); 「무전여행」(『68문학』 1968년); 「프로방스의 이발사」(『사상계』 1965년 9월호); 「사공과 뱀」(『여성동아』 1973년 2월호); 「즐거운 지옥」(『현대문학』 1970년 5월호); 「괴질」(『현대문학』 1974년 10월호); 「주말여행」(『세대』 1969년 8월호)

"아아, 그래요. 우리들은 지금 미래를 예견할 수 있는 위대한 시대에 살고 있어요."(p. 25)

희망 없을 것이 뻔한 미래를 예측하는 것, 비극보다 더 비극적인 예견을 할 수 있는 위대한 시대에 살고 있다는 얘기는 가혹한 역설이자 지독한 반어에 속한다. 일찍이 슈펭글러가 『서구의 몰락』에서 '세계 불안Weltangst'이라는 개념으로 세계사를 도식화했던 장면을 떠올리게 하는 대목이다. 이런 '세계 불안'의 세계사를 '희망'의 세계사로 돌려놓기 위한 탐문을 1938년부터 1947년까지 10년에 걸쳐 수행한 희망의 철학자가 있었는데 바로 『희망의 원리』를 쓴 에른스트 블로흐다. 그는 어둡고 고통스러운 현실에서, 그 부정적인 현실 자체에서 긍정적인 계기를 마련하여 아직 도래하지 않은 희망의 가능성을 구체적으로 탐구하고자 했다. "우리는 누구인가? 어디에서 와서, 어디로 향해 가는가? 우리는 무엇을 기대하며, 무엇이 우리를 맞이할 것인가?" 이런 근본적인 질문으로 시작하는 『희망의 원리』를 통해 블로흐는 "문제는 희망을 배우는 일"이라고 강조한다.[2] 두려움이나 체념의 수동성과 달리 희망은, 스스로를 편협하게 가두지 않고 고유한 자신을 되찾으면서 스스로 변모시키는 능동성을 지닌 정서이자 행위이다. 예로부터 사람들은 희망을 통해 더 나은 삶에 대한 가능성을 꿈꾸고 실현해왔다. 가령 원시인을 떠올려보자. 블로흐가 예거하는 것처럼 원시인의 주먹으로는 늑대 한 마리도 때려눕히기 어려웠을 것

---

2   에른스트 블로흐, 『희망의 원리』, 박설호 옮김, 열린책들, 2004, p. 15.

이다. 그러나 아직 발명되지 않았던 도구를 스스로 만들고 불을 활용할 줄 알게 되면서 사정은 달라졌다. 이후 인류사의 발명들은 대개 아직 아닌 가능태를 현실태로 전환하기 위한 갈망에 힘입은 바 컸다. 이런 꿈꿀 권리를 지닌 존재가 바로 인간이며, 그 심연의 원리가 바로 희망이다. 블로흐는 말한다. "기존하는 나쁜 현실에 만족하지 않고, 우리를 체념하게 하지 않는다. 바로 이 다른 부분이야말로 희망의 핵심이다."[3]

그런데 애석하게도 홍성원의 청년 세대는 자기 자신을 증명하기도 어렵고, 기존의 나쁜 현실을 넘어서 새로운 가능성을 추구하는 것을 너무나 빨리 포기해버린 '세계 불안'의 세대에 속한다. 그들에게 희망의 지식은 아득하고, 가능성의 나라는 너무 멀리 있다. 의식적인 희망을 지향하기에 그들은 너무지쳤고 환멸스럽기에 그 어떤 희망의 설계도도 그려보기 어려운 처지다. 희망의 실질적 차원과 결별해버린 1960년대 후반의 청년 세대, 그들은 이런 늪의 풍경에서 그저 견뎌야 할 뿐다른 도리를 알지 못한다. 이 늪은 서울이라는 외면 풍경에도있고 거기에서 나날이 희망을 소진하며 사는 청년들의 내면에서도 어지럽게 아우성치는 정경이다.

비탈길 밑 큰길 쪽에서 사이렌 소리가 가늘게 들려온다. 나는 그 사이렌 소리가 문득 도시의 비명 같다고 생각한다. 서울은 지금 뚜껑이 닫힌, 한창 부패 중인 오만 잡고기의 내장이 담긴 젓 통이다. 한데 뒤섞인 채 통 안에 갇힌 내

3 같은 책, p. 16.

장들은 저마다 고유한 색깔로 열심히 부패하고 있다. 한데 그 젓 통을 지구라는 수레가 땀을 뻘뻘 흘리며 열심히 굴리고 있어서, 부패 중인 내장들은 메스껍고 어지러워서 저렇게 한목소리로 째지는 듯한 비명을 내지른다. 바빠서 아무도 듣고 싶지 않은데 저렇게 들어달라고 아우성을 치는 것이다. (p. 37)

「무전여행」의 청년들 역시 「늪」과 비슷한 처지다. "우리 나이 또래가 자랑할 수 있는 것은 대개 한정된 종류의 퍽 초라한 것들뿐이다. [……] 우리 모두에게는 별다른 자랑이 없기 때문"(p. 48)이라는 등등. "고약한 상실감"(p. 49)에 사로잡힌 그들은 "누구 탓을 따질 때가 아니야. 우리는 항상 재수가 없어"라며 우수에 젖어들며, "재수 없는 스물세 살. 얼른 서른 살쯤 되었으면"(p. 82)이라며 자신과 세월을 방기하기도 한다. 군 입대를 앞두고 무전여행에 나선 주인공에게 여행지에서의 새로운 발견이나 희망의 풍경 혹은 낭만적 마주침 같은 것들은 허락되지 않는다. 의혹과 무시, 냉담과 경원시의 대상으로 전락한다. 그러니 여행지에서의 설렘, 새로운 풍경에의 동경 따위는 이들에게 너무나 먼 풍경이다. 현실은 가혹했다. "고향들은 왜 화보에서만 아름다워 보이는 것일까?"(p. 51)는 '여행지의 풍경은 왜 화보에서만 아름다워 보이는 것일까?'라는 내용까지 함축하는 것인지도 모른다. 적어도 이들에게는 그랬다. 돈을 벌 수 있다는 말에 먼바다 침몰선까지 처음 만난 사람을 따라갔다가 결국 낭패를 당하고 만다. 과업은 실패로 돌아가고 귀환의 가능성마저 쉽지 않은 상황이다. 결말 부분에 이런 정황 묘사가 이 청년 세대의 막막하고 우울한 초상을 웅숭깊게 조명한다.

아무리 둘러보아도 망망한 바다뿐, 배 같은 것은 보이지 않는다. 우리는 다시 고개들을 떨구고 배 안을 가득 채운 시체 쪽을 멍하니 굽어본다. 닻줄이 풀린 배는 방향도 없이 어딘가로 한없이 흘러가고 있다. 그 많던 갈매기가 모두 떠나고 이제는 겨우 두세 마리가 배 주위를 맴돌 뿐이다.

해가 지기까지는 아직 서너 시간 남았으며 그 서너 시간이 다 가기 전에 우리는 꼭 뭍으로 가야 한다. 그러나 뭍은 너무 멀고 우리는 지금 형편없이 지쳐 있다. 서울에서 지쳐 있듯이 바다 위에서도 지친 것이다. (pp. 82~83)

2. 불안한 실존의 우의

만약 「무전여행」의 주인공이 최소한이라도 금전적 보급이 가능한 상황이었더라면, 같은 무전여행을 한다 하더라도 그토록 궁색하지 않아도 좋았을 것이다. 「늪」의 청년 세대처럼, 아니 그보다 더 곤혹스럽게 「무전여행」의 주인공은 속절없이 '늪'에 빠지고 만다. 확실히 경제적 질곡은 심리적 실존적 기대 구조를 현저하게 좁히게 마련이다. 그래서일까? 「프로방스의 이발사」의 주인공은 "가난은 죄악입니다. 인간을 동물로 추락시키기 때문이죠"(p. 87)라고 일갈한다. 주인공 – 서술자의 독백으로 일관된 이 소설은 작가 홍성원의 거침없는 입담이 어느 정도인지를 가늠하게 하는 작품이다. 독백이되 그 안에서 대화적인 방식을 활용한 결과 다성적인 목소리가 소설 전편에서 수사학적 긴장을 자아낸다. 이른바 '묻지 마' 연쇄살인이라고 해도 좋을 사건에 대해 프로방스의 이발사가 손님인 기욤 씨에게 매우 능란하고 능청스럽게 얘기한다. 연쇄살인범은 아무런 이유 없이 알파벳 A로 시작하는 인물부터 죽이기 시작해 F까지 단행했고, 이제 G로 시작하는 사람 차례다. 이런 사건을 얘기하는 서술자가 능란하다는 것은 이발을 하는 과정에서 손님의 반응을 보아가며 때로는 흥미롭게 때로는 매우 진지하게 이런저런 담화를 이끌고 있기 때문이며, 능청스럽다는 것은 실은 자신이 그 연쇄살인의 주범이면서도 객관화하며 딴청을 부리고 있는 까닭이다. 일종의 유체 이탈 화법에 가깝다. 면도하는 마지막 단계에 이른 결미에서 G로 시작되는 기욤 씨, 바로 지금까지 줄곧 이발사의 이야기를 듣고 있던 이 수신자가, 이야기 세계 안의 피해자 자리로 전이될 수 있음을 시사하는 것으로 소설은 끝난다. 편안하게 면도 서비스를 받다가 느닷없이 그 면도날에 목숨을 내놓아야 하는 폭압적 상황, 그것은 현대적 실존의 극단적 불안 풍경이요, 실존적 불안의 우의라 할 만하다. 작중 이발사의 표현대로라면 나날의 삶에서 갑작스럽게 들이닥치는 "공포와 불안! 도처에 산재한 예측 불허의 위험과 불안"(p. 102)의 문제를 극적으로 환기한다.

이 소설의 기본 줄거리와는 별개로 사이코패스에 가까울 정도의 일탈 의식과 행동을 보이는 이 이발사의 이야기에서, 적어도 그는 한때나마 자기 존재 증명을 위해 애썼던 인물이라는 점, 그렇지만 그것은 결코 쉬운 일이 아니었다는 점이 눈길을 끈다. 그는 이발업을 하기 전에 아주 크고 괜찮은 방직 공장에서 일했다고 했다. 비교적 안락한 직공 생활이었지만 매우 불안했는데, 자신이 언제라도 대체 가능한 존재였기 때문이라고 말한다. "A가 하는 일을 B가 대신해도 되고 B가 하는 일을 C가 대신해도" 되는 상황, "그러니까 노동자 개인 사이에 서로 작업을 교체하더라도 그 작업 내용 자체에는 하등 변화가 없는 거죠. 이러니 어째 우리 노동자가 불안하지 않겠습니까? 내가 없더라도 언제든지 타인이 내 일을 대신 할 수 있다, 나 하나쯤 없어져도 공장이 당장 문을 닫는 건 아니다……"(p. 88). 이렇게 언제라도 대체 가능한 부속품으로서의 존재가 아니라 오로지 자기만이 그 자리에서 그 일을 수행할 수 있는 존재가 될 때 자기 존재를 증명할 수 있을 것 같았다는 생각이다. 그러나 자기 존재를 증명하기란 그리 쉬운 일이 아니다. 언제든지 대체 가능한 현장에서 일하는 노동자만 자기 존재를 증명하기 어려워하고 그 때문에 불안해하는 게 아니다. 다른 직종의 사람들 또한 어슷비슷하게 자기 존재를 증명하기 어려워 불안에 빠지기 일쑤다. 「늪」이나 「무전여행」에서도 그랬고, 1970년대 정치적 상황의 알레고리로 읽히는 「괴질」에서는 더욱 그렇다.

「괴질」은 보건성 방역국 관리인 P가 괴질이 돌고 있다는 보고를 받고 진상 조사를 위해 읍으로 내려왔는데, 보건소를 문의하는 과정에서 노인을 만나게 된다. 검은 안경을 쓴 시각장애인 노인의 요청으로 게시판의 공고문을 읽어주게 되는데, 이미 10여 명의 양민의 목숨을 앗은 괴한이 다시 나타났다는 내용이다. '괴질'을 조사하러 온 처지인데 느닷없이 '괴한' 소동에 휘말리고 만다. 보건소에 도착해 소장을 찾지만 벌써 보름째 보이지 않는다며 "돌아가셨다는 소문도 있고 출장을 가셨다는 소문도 있"(p. 194)다는 '소문'처럼 모호한 말만 듣게 된다. 소장을 대신할 책임자를 만나기 위해 오가던 길에 그는 달구지에 묶여 있던 유인원의 간청에 못 이겨 그를 풀어준다. 그의 선의는 즉각 배반으로 다가온다. "당신은 날 풀어줬기 때문에 무서운 보복을 당하게 될 겁니다. 난 자유를 얻었지만 당신은 이 시각부터 자유를 잃었습니다"(p. 197). 어처구니없는 상황에서 조금 전에는 청소부라고 했던 이가 실은 소장이라는 것을 알게 되고, 그에게 급성 후두염이 만연하고 있다는 괴질의 실상에 대해 탐문하지만 결코 괴질은 없다는 말만 듣게 된다. 증거가 전혀 없으니 허위라는 것이다. 보건소에서 나와 다시 맹인을 만나 그로부터 사람 같은 유인원 이야기를 듣게 되고, 그 원숭이를 풀어주었다는 사실을 자수하라는 권유를 받는다. 순간 기괴한 지각변동이 일어나면서 분화구 속에서 뜻밖에도 그 '사람 같은 원숭이' 혹은 '원숭이 같은 사람'"(p. 211)이 솟아오른다. 그는 방금 들은 맹인의 말이 모두 거짓임을 강조하면서 "바로 손님 옆에 있는 사람이 손님에겐 가장 위험한 사람"이라고 경고한다. 그는 살인 사건은 단 한 건도 없었으며, 주민들은 누군가로부터 속고 있다고, 속는 것을 거부하려는 사람만 고통받는다고 말한다. 도착 직후에 만난 맹인도 실은 시각장애를 가장해 P를 감시하는 이 고을 수사관의 밀정이라고 지적한다. 그러면서 P도 관찰한 딸꾹질에 대해 언급한다. 소장은 단호하게 부정했던 것이지만, 그는 딸꾹질이야말로 이 고을에서는 "죽음의 전주(前奏)"라고 "탄광에서 피어오르는 맹독성 가스가 처음엔 딸꾹질로 나타난 후 후두염으로 발전하여 급기야는 죽음을"(p. 212) 부른다고 말한다. 일종의 공해라는 것이다.

"이유가 있습니다. 관리들은 그 사실이 외부에 알려지면 탄광이 곧 폐쇄될 것을 알고 있습니다. 이 고을에서의 탄광 폐쇄는 바로 그들의 자멸을 뜻합니다. 따라서 그들은 그 비밀의 유출을 막기 위해 살인 사건의 조작이 필요했고, 주민들의 출입 통제가 필요하게 된 것입니다."

"한데 당신은 사람과 원숭이 중 어느 쪽에 가깝습니까?"

"손님은 저를 어느 쪽에 가깝다고 생각하십니까?"

"사람, 아니 원숭이 쪽입니다."

"바로 그것이 손님의 답입니다. 전 사람들의 생각하기에 따라 거울과 같이 반사할 뿐입니다."(p. 213)

P는 자신이 이 고을을 방문한 당초 목적인 괴질에 대해서도, 또 도착해 느닷없이 봉착한 괴한 소동에 대해서도 도무지 진실을 알 수 없어 어지럽기만 하다. 이 고을에 들어온 이래 "줄곧 알 수 없는 일들에만 부닥쳐왔"으며 "모든 사물이 뒤죽박죽"(p. 213)이라는 점 때문에 그는 현기증을 느낀다. 괴질도 괴한도 괴이할 따름이다. 그의 현기증이나 불안 증상에 대해 유인원 같은 사람 혹은 사람 같은 유인원은 이렇게 말한다. "손님께서 가장 두려워하는 것은, 저도 살인 사건도 아닙니다.

이 고을에 자욱이 미만(彌滿)해 있는 이 고을이 조작해낸 온갖 풍물과 낭설입니다"(p. 214). 그런 말을 던지고 떠나려 하는 순간, 맹인이 나타나 그를 죽인 다음 P를 살인범으로 현장 체포한다. 진실을 밝히고자 하는 P를 체포하기 위해 자기가 유인원 같은 사람을 죽였다고 말하면서 그 살인죄를 P에게 덮어씌운다. "예정된 수순이다. 누군가가 꾸며놓은 예정된 수순에 그는 지금 피할 수 없이 한 걸음 두 걸음 끌려가고 있을 뿐이다"(p. 215). 속수무책으로 예정된 올가미에 걸려든 P의 운명은 매우 가혹하기만 하다.

"폭력적인 세계와 그에 대응하는 인간들의 자세 문제를 다양한 각도에서 깊이 숙고하기 시작"[4]한 시기의 작품이라는 작가 자신의 얘기도 있었거니와, 강력한 군부독재 리더십을 바탕으로 산업화를 추진하던 1970년대의 어두운 그림자를 작가는 날카롭게 해부하고 있다. 장밋빛 미래 목표를 위해 현재의 행복을 유예하고 끊임없이 고통을 지불하기를 강요받던 시절, 과정의 진실도 절차의 공정도 무시되기 일쑤였고, 특히 정보의 비대칭성 혹은 불균형성이 현저하던 때였다. 진실의 소재는 오리무중이기 십상이었고, 진실을 알고자 하는 이들에게는 자주 위험이 뒤따랐다. 「괴질」에서 P의 잘못도 바로 그것이었다. 그가 조작된 살인범으로 현장 체포된 까닭도 바로 거기 있었다. 그는 출장지의 현황을 짐작하지 못한 상황에서 오로지 진실 그 자체를 밝히고자 했었다. 괴질의 진상이 무엇인지를 파악하고 그것을 명명백백하게 보고할 의무가 있었고 또

---

4   홍정선 엮음, 『홍성원 깊이 읽기』, 문학과지성사, 1997, p. 336.

그럴 의지가 있었다. 그 진실 탐문에의 의지가 그의 죄목이었다. 비평가 오생근은 현실의 "절망적 측면을 비참한 절망의 언어로 기록하지도 않고 그와 반대로 터무니없는 낙관론을 내보이지도 않은 채, 냉정하게 그러나 정열을 갖고 그 현실에 부딪히려는 적극적 의지에서"[5] 홍성원의 작가적 개성이 뚜렷이 드러난다고 지적한 바 있다. 그런 열정과 의지는, 그러나 결코 손쉬운 일이 아니었음은 물론이다. 「괴질」의 P처럼 때때로 목숨을 담보로 해야 하는 경우까지 생기니 말이다. 그럼에도 그런 적극적 의지로 일관할 수 있었던 것은 홍성원이야말로 자기 문학의 출발점을 배반하지 않은 작가이기 때문이다. "사람을 사람답게 지키는 일이 내 문학의 출발점"이라는 홍성원은 생전 이렇게 자기 문학관을 피력한 바 있다. "세상은 우리 사람들에게 끊임없이 사람답지 않은 일을 강요하고, 사람답지 않게 살기를 강요하고, 사람으로서는 견딜 수 없는 일을 강요하고, 끝내는 사람이 아니기를 강요합니다. 온갖 억압적인 장치들, 예를 들면 폭력·기만·권위·독선·제도·이기주의·권력 따위들이 우리 사람들을 사람이 아니게 사람답지 않게 만들거나 강요하는데, 이 부당한 억압 장치와 기제들로부터 사람을 지키는 것이 문학의 소임이 아닌가 하는 것입니다."[6] 그러니까 「괴질」은 폭력이나 기만, 이기주의나 독선적 권력 같은 억압적인 장치들이 얼마나 개인들을 비인간적으로 만드는가, 혹은 사람답게 살기를 소망하는 개인들의 진실한 의지를

---

5   오생근, 「긴장과 대결의 미학」, 『홍성원 깊이 읽기』, p. 101.
6   『홍성원 깊이 읽기』, p. 32.

어떻게 배반하는가를 우의적으로 탐문하면서 사람답게 사는 가능성을 지향한 소설이라 하겠다.

3. 영도(零度)의 척도

"사람을 사람답게 지키는 일"을 위해 홍성원이 무척 공들였던 것 중의 하나가 줏대 있게 살면서 자기 존재를 증명하는 일이 아니었을까. 「늪」이나 「무전여행」의 인물들이 늪에 빠진 것도, 「괴질」이나 「프로방스의 이발사」에서 그토록 불안한 실존에 시달리는 것도 바로 자기 존재를 증명하기 위한 자기 척도, 그 순도 높은 영도의 척도를 지닐 수 있는 정황이 아니었기 때문이었으리라. 현대의 일상생활이라는 게 그렇다. 제 척도에 바탕을 두고 소망스럽게 할 수 있는 게 그리 많지 않다. 강제된 시간과 억압적 과업들이 늘 쳇바퀴처럼 돌고 있기 때문이다. 그런 상황들이 반복되면 제 나름의 인생 척도가 있었다는 사실조차 막막하게 되고, 때로는 권태롭거나 때로는 우울하거나, 혹은 불안에 시달리기 쉽다. 나날의 삶에서 지친 영혼을 달래고자 사람들은 일상 공간을 벗어나 여행을 통해 삶의 에너지를 재충전하고 싶어 한다. 홍성원의 인물들도 그렇다. 「사공과 뱀」에서 주인공은 여행지에서의 야생적 일탈을 통해 자신만의 영도의 척도를 발견하고 해방의 기쁨을 누린다. "두 번 다시 나의 미래를 임대한 남의 삶처럼 거짓으로 살지는 않을 것이다. 바다와 땅이 만나는 이 한가한 해변에서 나는 오늘에야 나만의 자[尺]로 세상을 재[測]는 진정한 해방감을 내 손으로 잡은 것이다"(p. 138).

　　표제작「주말여행」은 홍성원의 여행 서사의 의미 있는 국면들을 활달하게 펼쳐 보인다. 서른두 살 동갑내기 다섯 명이 주말에 G군으로 여행을 떠나 밤의 유흥을 보내고 일요일에 개를 잡아 천렵을 하려 했는데 마지막 순간에 개가 악을 쓰며 탈출하는 바람에 개 이빨에 물린 상처만 입게 되고 어처구니없게 소풍이 마감된다는 이야기다. 요절한 작가 김소진의 소설에 나오는 개흘레꾼에 비해서는 솜씨가 없었던 모양인데, 개를 잡는 일에 실패하고 개가 탈주하는 결말을 그렸다고 해서 개고기를 먹는 생태에 대한 비판 혹은 동물 보호의 서사로 기획된 소설은 아닌 것 같다. 그보다는 왜 일상의 공간을 벗어난 여행을 떠나는가 하는 이유 대기와 관련한 의미 있는 성찰의 세목들이 더 눈길을 끈다. 첫째, 현실이 너무 빠른 속도로 변화하고 있어, 개인은 조금이라도 긴장을 늦추면 금방 시대에 뒤떨어지게 된다. 무지(無知)가 급증하고 유행에 뒤처지기 쉽다.[7] 그런 스피드의 시대를 사는 사람들은 스트레스를 받기 쉽다. 그러므로 사람들은 줄곧 빠르게 질주하는 현대의 시계 시

7　가령 이런 본문을 보기로 하자: "우리는 유감스럽게도 사람이 달로 날아가는 시대에 살고 있다. 우리는 뜨거운 여름철에도 얼음을 마음대로 먹을 수 있는 시대에 살고 있고, 소파에 비스듬히 누워 아프리카의 사자 사냥도 구경할 수 있고, 어느 나라 대통령이 잠깐만 실수하면 몇백만의 사람들이 무더기로 죽을 수 있는 끔찍한 시대에 살고 있다. 어디를 보나 범위를 알 수 없는 새로운 발명들이 범람하는 시대, 우리는 바로 이런 시대에 부지런히 배우고 익히면서 영원히 유행에 뒤처진 촌놈으로 살아가고 있다. 그리고 이렇게 핑핑 돌아가는 스피드 시대에서 우리는 차츰 할 일이 없어진다. 할 일 없는 몸은 게을러질 수밖에 없고, 마음도 몸 따라 게을러질 수밖에 없다. 전에는 싫건 좋건 반의무적으로 신문을 대충 읽을 수 있었는데 요즘은 신문에도 모르는 기사가 너무 많다"(pp. 226~27).

간에서 벗어나고 싶어 한다. 그런 욕망이 차오르는 것은 어쩌면 당연하다. 둘째, 일상에서는 총체적 상상보다는 말초적 감각을 흔히 사용하면서 영혼의 고갈 위기를 맞을 수도 있기에, 나날의 삶을 벗어나 여행을 떠날 필요가 있다는 생각도 있다. "우리들의 상상이 요즘 끊임없이 수정되거나 번복되거나 용도 파기되"는 경우가 많기 때문에 "최근에 와서 될수록 상상 같은 것은 하지 않기로" 한다고 말한다. "어설픈 상상보다는 구체적인 감각, 즉 퇴근 후의 산뜻한 맥주 맛이라든가, 포커에서 풀 하우스를 쥐고 수북이 쌓인 판돈을 내려다볼 때의 스릴" 따위를 더 좋아하는데, 때로 "지독한 환멸"을 줄지라도 그것에는 분명 "마약 같은 매력"이 있고, 그 위험이 클수록 매력은 점증되는 경향이 있다는 것이다(pp. 224~25). 이런 현상을 성찰하면서 주인공은 "인생을 말초적인 감각 대신 전신으로 살아가지 못하는가 하고 개탄하거나 안타까워"(p. 226) 하기도 한다. 루카치가 동경했던 황금시대, 그러니까 별의 지도를 보고 자기 길을 찾아 나설 수 있던 행복했던 시절처럼은 아니더라도, 삶의 전면적 진실 내지 사태를 파악하며 살 수 있어야 제법 인간답다고 할 수 있을 터인데 말초적인 감각만 탐닉하며 파편화된 부분적 삶 혹은 소외된 삶에 대한 성찰의 세목이 엿보인다. 셋째, 어딘가로 빠져버린 것 같은 내 알맹이를 찾기 위한 기획이 바로 홍성원식 여행이다. 내 알맹이를 찾는다는 것은 곧 나의 척도, 그 순도 높은 영도의 척도를 발견하는 것과 한가지다.

뭔가 나라는 사람 대신 내 껍데기가 살고 있는 기분이

다. 알맹이는 어딘가로 빠져버리고 내 양복만이 내 이름을 달고 나를 대신하여 휘젓고 다니는 기분이다. 나는 그래서 누가 뭐래도 내 생각대로 내 기분껏 살기로 작정하고 있다. 내 인생 내 대신 남이 살아줄 수 없을 바에야 내 하고 싶은 대로 [……] 어쩌면 나는 지금 그런 어수선한 방황 속에서 잃어버린 내 알맹이를 찾고 있는지도 알 수 없다. 내가 나를 확인할 수 있는 방법이 바로 그런 오리무중의 미궁 속에 숨어 있을 것 같기 때문이다. (p. 250)

이런 생각으로 여행을 떠나고 여행지에서 새로운 경험과 발견, 성찰과 반성을 통해 잃어버린 자기 알맹이를 되찾으려는 도정(途程)의 노력이야말로 홍성원 서사의 핵심 부분이다. 물론 옛 신화에서처럼 황금 양털을 찾아 당당하게 귀환한다거나 할 수는 없다. 길 위에서 인물들은 나날의 삶에서와는 다른 방식으로 또 새로운 고난의 구조를 접하게 되고 통과제의를 거쳐야 한다. 그러나 고통이 깊을수록 길 위에서의 방황이 거셀수록 산문적 성찰의 심연은 깊어진다. 사회와 현실의 부정적 허울들이 비판적으로 조망되고, 일상에서는 바라볼 수 없었던 자신의 내면에 대한 그윽한 돌봄도 시도되면서 영도의 척도에 근접하게 된다. 관찰과 발견, 반성과 성찰이 깊을수록 소설은 문제적 현실과 웅숭깊은 대결을 벌일 수 있다.[8] 특

8 이와 관련한 홍성원 소설의 특징에 대해 오랜 문우인 비평가 김병익의 사려 깊은 성찰은 좋은 참조의 틀을 제공한다: "도식의 허울을 벗기고 그 속을 뒤집어 진짜 실상을 폭로할 때, 작가의 언성은 더욱 뜨거워지고 이 패러독스를 읽는 이들을 섬뜩하게 만들며, 진실이란 이렇게 겉보기와 다른 모습으로 숨어 있는 것이구나 하는 고통스런 인식에 신음 소리를 내며 다다르게 마련이다. 그 진실의

히 "내 생각대로 내 기분껏 살기로 작정"한다는 다짐이 눈길을 끈다. 프랑스 작가 폴 부르제Paul Bourget가 『정오의 악마』(1914)에서 언급한 "생각대로 살지 않으면 사는 대로 생각하게 된다"는 말을 떠올리게 하는 대목인데, 홍성원 세대의 실존적 자의식을 잘 헤아릴 수 있게 하는 생각의 편린이다. 일제강점기와 전쟁, 그리고 보릿고개를 거치며, 그야말로 늪으로 점철된 험로를 걸어온 작가와 그 세대는 자기 생각대로 기분껏 살기 어려운 때가 더 많았다. 먹고 싶은 것 제대로 먹지 못하고, 입고 싶은 것 제대로 입지 못한 것은 물론, 내가 하고 싶은 일보다 하기 싫은 일을 억지로 해야 되는 경우도 많았다. 생각대로 사는 것은 자주 사치처럼 받아들여졌다. 오죽하면 「즐거운 지옥」의 인물이 왜 하필이면 "잘살게 된 때에 태어나지 못하고, 잘살아보려고 아우성을 치는 이런 고약한 시대에 태어났는가"(p. 144) 하는 불만을 토로하겠는가. 어린아이도 아닌 성인이 이런 생각을 드러낸다는 것은 그만큼 핍절한 시대였다는 사실을 시사한다. 그런 세대이니만큼 가혹하고 억압적인 현실을 넘어서 주체 중심의 성찰을 하는 일, 브레히트식으로라면 자기 척추를 올곧게 세우는 일이 무엇보다 요긴했다. 홍성원이 형상화한 많은 인물이 주체로서 나를 정립하기 위해 애쓰는 것도 그런 까닭이다. 근대에 대한 반성적 성찰을 수행한

모습들은 사람과 사람, 사람과 집단간의 갈등과 그 갈등이 키워낸 긴장된 대결이며, 그런 모습을 감추고 훼손하는 허위와 그것의 진실을 밝히려는 진리와의 싸움으로 한없이 번지고 있는 것들이다. 그 밝힘의 태도는 까다롭고 진지하며 고통스럽고, 밖에서 주어진 선입관을 부정하여 백지 상태로 새로이 그 스스로 검증하고 확인하는 용기와 사유를 요구한다"(김병익, 「진실의 발견과 장인 정신」, 『홍성원 깊이 읽기』, p. 79).

포스트모더니즘 담론에서 주체 중심주의를 넘어서 타자 지향의 논의를 많이 했는데, 그런 관점에서 홍성원의 인물들을 함부로 재단하기는 어렵다. 해체적 사고나 타자 지향의 담론은 주체 정립을 위한 시기를 충분히 경험한 이후에나 가능한 것이었고, 홍성원의 인물들이 살았던 시대에는 우선 나를 세우는 일이 급선무였기 때문이다. 그런 실존적 문제와 홍성원은 긴장하며 맞대결했다. 그러면서 자신만의 척도를 세우고자 했다. 그의 소설은 그 영도의 척도를 세우는 과정의 이정표에 가깝다.

4. "그러나 나는 쓴다. 그러므로 나는 있다"

김치수는 홍성원의 소설이 "그와 동시대를 살아온 사람들에게는 지난 세월의 잊혀졌던 앨범을 보는 것 같은 친밀감을" 느끼게 하는데, 1960년대와 1970년대에 씌어진 그의 작품들은 단지 풍속적 앨범이 아니라 "유효한 현실 인식"[9]을 보여주고 있음을 지적했다. 「괴질」에 상징적으로 압축 구성된 군부독재 상황도 그렇거니와 「늪」 「무전여행」 「즐거운 지옥」 「주말여행」 등 여러 소설에서 공통적으로 나타나는 지식인이나 샐러리맨의 우울이나 절망감 같은 것들도 현실 반영의 아픈 징후들이다. 「즐거운 지옥」은 작가 홍성원과 그의 문인 동료들을 연상케 하는 소설인데, 지상의 척도를 제대로 세우기

---

9   김치수, 「남성 문학의 세계」, 『홍성원 깊이 읽기』, p. 91.

어려운 시절에 문학의 의미가 무엇인지, 글을 쓴다는 것이 과연 어떤 것인지에 대한 작가의 속 깊은 자의식을 보여준다. 오랜만에 문인 동료들을 만나 저녁과 술을 함께하고 통금 전에 가까스로 버스를 탄 H는, 차창 유리에 비친 자기 얼굴을 보면서 회한에 빠진다. "재미없는 얼굴"과 집안일을 떠올리며 갑자기 "목이 졸리는 듯한 괴로움", 그러니까 "웅크리고 앉은 가난, 소설의 어려움 따위들이 한데 뭉친 괴로움"을 절감한다. 너무 괴롭다 못해 "취직을 할까? 취직을 해서 아늑하고 안전한 달팽이 껍데기 속으로 기어들어갈까?"(p. 181) 생각해보기도 한다. 전업 작가로서의 고단함과 가족에 대한 미안함, 그리고 세속적인 성취를 하고 있는 다른 집단 사람들과의 비교에 따른 속상함 같은 것들이 얽히고설키면서 그의 마음을 심란하게 한다. 현실의 고단함을 넘어서 오로지 자기 글만으로 세상과 대결하겠다는 작가로서의 다부진 결의가 뒷걸음질 치기도 한다. 계속 긴장하는 가운데 불안하게 살 것이 아니라 편안하게 살고 싶은 생각이 들기도 한다. 그러다가 다시 숙고한다.

넌 아마 지금의 상태를 지옥이라고 생각하는 모양이다. 그래 그건 지옥인지 모른다. 아니 분명히 지긋지긋한 지옥이다. 그곳에는 리더도 없고, 길잡이도 없고, 명령하는 사람도 없고, 오직 순도 백 프로 이상의 완전무결한 자유가 있을 뿐이다. 그건 지옥 같은 자유다. 사막 같은 자유다. 길도 없고 의무도 없고 오직 성실만이 대뚝하게 남아 있는 자유다.
　　—그러나……
　　—그러나?

─그래, 그러나!

─그러나 뭐냐?

─그건 즐거운 지옥이다. 눈 뜬 지옥이다, 알아들어?

(pp. 181~82)

결국 홍성원은 자유 지성으로서 작가의 길에 '즐거운 지옥'이라는 역설적 이름을 부여한다. 현실적으로 고단하고 힘겨운 상황에 처해야 하기에 지옥에 가깝지만, "그러나" 그 누구보다도 자유롭게 자기 길을 스스로 열고 성실하게 나아간다면 때로 "대뚝하게", 기우뚱하거나 흔들릴 수는 있지만 그래도 즐거울 수 있는 지옥이라는 얘기다. 이에 대해서는 일찍이 김주연이 적절한 맥락과 해석을 부여한 바 있다. 「즐거운 지옥」을 지탱하는 "두 개의 튼튼한 기둥"으로 "현실의 모순을 꿰뚫어보는 튼튼한 상황 인식"과 "그러한 기반 위에서 문학이 무엇을 할 것인가를 깊이깊이 생각하는 튼튼한 문화 인식"을 주목하고, "'지옥'이 앞의 인식에서 씌어졌다면 '즐거운'은 그 뒤의 인식에 의해 메워진 것"이라고 했다.[10] 문학의 길, 글쓰기의 길과 관련한 이런 역설적 인식은 세기를 달리한 지금도, 그리고 앞으로도 당분간은 여전히 통할 수 있는 '오래된 미래'에 값하는 것이라 하겠다. 이와 관련하여 홍성원 소설의 특성을 인상적으로 정리한 김인환의 논의가 눈길을 끈다.

홍성원은 뿌리내릴 장소가 없기 때문에 뿌리내릴 장소

---

10 김주연, 『문학과 정신의 힘』, 문학과지성사, 1990, p. 323.

를 가지려고 하지 않는다. [……] 이제 그만 됐다고 쓰기를
멈추게 해줄 수 있는 은신의 순간은 어디에도 없다. 그것은
아무리 걸어도 끝이 보이지 않는 길, 길 없는 사막의 길이
다. 홍성원에게는 쓰기와 살기가 하나이다. 홍성원의 존재
는 홍성원의 창작과 뗄 수 없이 얽혀 있다. [……] "나는 쓴
다. 그러므로 나는 있다"고 홍성원은 말한다. "나는 내가 쓴
글이다. 글 이외로는 나를 판단하지 말라"고도 홍성원은 말
한다. 멈춰설 수도 없고 되돌아갈 수도 없는 글쓰기는 즐거
운 방황이고 선택한 지옥이다. 영역을 제한하지 않는 이 방
황이 홍성원의 소설에 광대한 세계를 펼쳐놓는다.[11]

무엇보다도 "나는 쓴다. 그러므로 나는 있다"는 데카르트
식 정언명제를 도출한 것이 종요롭다. 많은 작가가 이런 명제
를 내세우고 싶어 하지만 실상 거기에 부합하기는 지난한 일
이다. 그 어려운 명제에 도전한 홍성원의 서사 역정은 과연 오
로지 쓰는 것으로 자기 삶을 입증한 '즐거운 지옥'의 구체적
징표들이다. 「즐거운 지옥」에서도 그렇고 훗날 장편소설 『그
러나』에서 더욱 총체적으로 형상화한 "그러나"의 사상이 주
목되는 것도 자연스럽다. 현실은 작가와 동시대의 문제적 인
물들에게 늘 엄혹하게 다가왔지만, 홍성원은 언제나 "그러나"
의 정신으로 치열하게 현실과 대결하며 긴장감 넘치는 서사
세계를 일구어냈다. 그러니 이렇게 바꾸어도 좋으리라. '그러
나 나는 쓴다, 그러므로 나는 있다.' 그런 생각대로 썼고, 그런

11 김인환, 「도전의 미학」, 『홍성원 깊이 읽기』, p. 128.

생각대로 살았다. 작가 홍성원의 소설과 삶은 과연 그러했다. 그리고 생각대로 산다는 것과 관련한 인상적 성찰의 지평을 열었다.

| 작가의 말 |

  그동안 여러 곳에 발표한 중·단편소설이 약 50편을 헤아린다. 그러나 책 제작상의 어려움으로 이곳에서는 그중에 일곱 편만을 따로 뽑아 묶는다.

  내 경우 장·단편에 관계없이 작품의 제작 과정을 크게 둘로 나눌 수 있다. 하나는 작의(作意)가 먼저 있은 후 제작에 착수된 의도적인 작품들이고, 또 하나는 소재가 작의를 유도하여 수시로 자유롭게 제작된 작품군이다. 그러나 이곳에 실린 작품들은 대부분이 그 두 개의 계열 중 어느 쪽에도 속하지 않는다. 그들은 나의 하찮은 일상들을 직접 소재로 선택했거나, 때로는 나 자신이 이야기 속에 함께 버무려져 내가 바로 그 소설의 내레이터가 되기도 한다. 따라서 이곳에 실린 작품들은 나를 포함한 나의 이웃들과 그들의 일상에 관한 이야기다. 적당한 대우를 받지 못한다고 생각할 때 사람은 불행해지고 터무니없이 잔소리가 많아진다. 그러나 나는 그것들 속에서 정직한 잔소리만을 골라 썼다고 스스로 자부한다. 이 경우의 정직이란 뜻은 거짓과 가짜의 포위 속에서 부단히 눈을 뜨고 속지 않으려고 노력하는 것을 말한다.

나는 곡예를 싫어한다. 특히 언어의 곡예는 내가 가장 싫어하는 바다. 더구나 그것이 의뭉한 암수(暗數)로서 동원되었을 때는 나는 증오가 아니라 뱃속으로부터 맹렬한 경멸을 느낀다. 결국 내가 지금까지 해온 작업은 요망 안 떨기와 속임수 안 쓰기의 일관성 위에서 지속되어온 것 같다. 이것은 그러나 작품들의 질료(質料)인 언어들의 조합, 배열에만 국한된 것은 아니다. 소재의 선택, 작중인물의 선별에서도 이것은 나의 일관된 취향으로 되어 있다. 나의 주인공들이 목에서 힘을 뺄 때, 그들이 장차 어떻게 될 것인가는 앞으로 내가 풀어야 할 난해한 숙제로 남아 있다. 그러나 '소설은 암수다'라고 하는 것처럼 나를 화나게 하는 것은 앞으로도 계속 없을 것이다.

작품의 배열은 발표 연대순을 무시하고 일곱 편들이 노출하고 있는 유사성을 고려하여 조정한 것이다. 물가와 풍속들이 너무 빨리 변하다 보니 작품 속의 석유값 따위들이 지금의 그것과는 터무니없이 격차가 난다.

끝으로 이 소설집이 나오게 된 것은 문학과지성사에 관계하고 있는 가까운 친구들의 우정의 덕임을 밝혀둔다. 특히 이 책의 편집을 맡아준 김병익 형에 대하여는 아무리 감사해도 모자랄 지경이다. 장정의, 권영빈 형에게도 빚진 바가 매우 크다.

1975년 12월
홍성원